四川大学中国俗文化研究所丛书

刘亚丁 | 著

俄罗斯文学(1760—2010)感悟录

中国社会科学出版社

图书在版编目(CIP)数据

俄罗斯文学(1760~2010)感悟录/刘亚丁著. —北京：中国社会科学出版社，2016.9
ISBN 978-7-5161-7811-9

Ⅰ.①俄… Ⅱ.①刘… Ⅲ.①俄罗斯文学—文学研究—1760~2010 Ⅳ.①I512.064

中国版本图书馆CIP数据核字(2016)第051366号

出 版 人	赵剑英
责任编辑	郭晓鸿
特约编辑	席建海
责任校对	王佳玉
责任印制	戴 宽

出　　版	中国社会科学出版社
社　　址	北京鼓楼西大街甲158号
邮　　编	100720
网　　址	http://www.csspw.cn
发 行 部	010-84083685
门 市 部	010-84029450
经　　销	新华书店及其他书店

印刷装订	北京君升印刷有限公司
版　　次	2016年9月第1版
印　　次	2016年9月第1次印刷

开　　本	710×1000　1/16
印　　张	18.5
插　　页	2
字　　数	303千字
定　　价	68.00元

凡购买中国社会科学出版社图书，如有质量问题请与本社营销中心联系调换
电话：010-84083683
版权所有　侵权必究

总　序

这套丛书是四川大学中国俗文化研究所部分同人的学术论文自选集。

四川大学中国俗文化研究所成立于1999年6月，2000年9月被批准成为教育部人文社会科学重点研究基地，是"985工程"文化遗产与文化互动创新基地的主要依托机构，也是"211工程"重点学科建设项目的重要组成部分。研究所下设俗语言、俗文学、俗信仰、文化遗产与文化认同四个研究方向，涵盖文学、语言学、历史学、宗教学、民俗学、人类学等多个学科，现有专、兼职研究人员20余人。

多年来，所内研究人员已出版专著百余种；研究所成立以来，也已先后出版"俗文化研究""宋代佛教文学研究"等丛书，但学者们在专著之外发表的论文则散见各处，不利于翻检与参考。为此，我们决定出版此套丛书，以个人为单位，主要收集学者们著作之外已公开发表的单篇论文。入选者既有学界的领军人物，亦不乏青年才俊；研究内容以中国俗文化为主，也旁及其他一些领域；方法上既注重文献梳理，亦注重田野考察；行文或谨重严密，或议论生新；在一定程度上展示出了我所的治学特色与学术实力。

希望这套丛书能得到广大读者和学界同人的关注与批评！

四川大学中国俗文化研究所

目 录

自序 ………………………………………………………………………（1）

第一编　俄罗斯古典文学篇

第一章　本土与外来因素之争：罗蒙诺索夫批评史的潜文本 …………（3）
第二章　三种《叶甫盖尼·奥涅金》注释本解读 …………………………（19）
第三章　19世纪高加索战争的文学再现
　　　　——以莱蒙托夫和列夫·托尔斯泰的行旅和创作为例 …………（32）
第四章　在放肆的邪恶旁边还有孱弱的良善
　　　　——陀思妥耶夫斯基的"残酷结构" ………………………………（50）
第五章　19世纪后半叶俄罗斯文学、艺术本土化转向描述及原因
　　　　探寻 ……………………………………………………………（60）
第六章　文化试错的民族寓言：《罪与罚》的一种解读 …………………（68）

第二编　苏联时代文学篇

第一章　个人毁灭与英雄崇拜：20世纪二三十年代"中心文学"阐释 ……（81）
第二章　肖洛霍夫的写作策略 ……………………………………………（96）
第三章　肖洛霍夫的中心化 ………………………………………………（110）
第四章　《癌病房》：传统与现实的对话 …………………………………（119）
第五章　土地与家园：文化传承中的《告别马焦拉》 ……………………（127）

第三编　新俄罗斯时代文学篇

第一章　肖洛霍夫的边缘化 ………………………………………………（145）

第二章　普京文学形象上的"中国"油彩 …………………………（157）
第三章　祖国保卫者形象塑造
　　　　——2012年2月23日普京卢日尼基体育场演讲分析 ……（163）
第四章　俄罗斯当代作家对中国传统文化的利用与想象 …………（185）

第四编　中俄文学、文化篇

第一章　孔子形象在俄罗斯文化中的流变 …………………………（203）
第二章　异域风雅颂　新声苦辛甘
　　　　——俄罗斯汉学家的《诗经》翻译 ………………………（221）
第三章　历史类型学的启示
　　　　——李福清院士的文学研究方法 …………………………（231）
第四章　俄罗斯《中国精神文化大典》：翻译与思考 ………………（241）

Дополнение 1　《Судьба человека》：реализм или символизм ……（250）
附录 2　向死而生的人生醒悟：普希金四个小悲剧赏析……………（264）

CONTENTS

Preface ·· (1)

Part One   Russian Classical Literature

Chapter I   Controversy over Domestic and Foreign Elements: Subtext of Lomonosov's Criticism History ·································· (3)

Chapter II   A Peep of the Three Annotated Editions on *Yevgeni Onegin* ······ (19)

Chapter III Literary Representation of Caucasian War in 19th Century
——Take the Travel and Creation of Lermontov and Tolstoy as Examples ··· (32)

Chapter IV   Puny Goodness Aside the Licentious Evil
——Dostoevsky's "Cruel Structure" ··························· (50)

Chapter V   Description and Causes of Russian Literature and Arts Localization in Late 19th Century ··· (60)

Chapter VI   A Trialand Errorof Culturesas National Allegory: AnInterpretation of Crimeand Punishment ··· (68)

Part Two   Literature in the Soviet Union

Chapter I   Individual Destruction and Hero Worship:
Explanation for "Center Literature" from the 1920s to the 1930s ··· (81)

Chapter II   Sholokhov's Writing Strategy ······································ (96)

Chapter Ⅲ　Sholokhov's Centralization ……………………………… (110)
Chapter Ⅳ　*Cancer Ward*: Dialogue Between Tradition and Reality …… (119)
Chapter Ⅴ　Land and Home: *Farewell to Matyora* in Cultural
　　　　　　Inheritance ………………………………………………… (127)

Part Three　New Russia Era

Chapter Ⅰ　Sholokhov's Marginalization …………………………… (145)
Chapter Ⅱ　"Chinese" color in Putin's Literary Image ……………… (157)
Chapter Ⅲ　Motherland Protector Image-building
　　　　　　——Analysis on Putin's Speech in Luzhniki Stadium on Feb.,
　　　　　　23rd, 2012 …………………………………………………… (163)
Chapter Ⅳ　Usage and Imagination of Chinese Culture by Russian
　　　　　　Contemporary Writers ………………………………………… (185)

Part Four　Sino-Russian Literature and Culture

Chapter Ⅰ　The Change of Confucius' image in Russia Culture ……… (203)
Chapter Ⅱ　Exotic Styles from Foreign Country, Different Tastes in New Voice
　　　　　　——The Translation of *the Books of Songs* by a Russian
　　　　　　Sinologist …………………………………………………… (221)
Chapter Ⅲ　A Mixture　from Typology and Historical Typology
　　　　　　——Academician B. Riftin's Literary Study Methods …… (231)
Chapter Ⅳ　Russian *Chinese Spirit and Culture Encyclopedia*: Translating
　　　　　　and Thinking ………………………………………………… (241)
Appendix Ⅰ　*The Fate of a Man*: Realism or Symbolism? …………… (250)
Appendix Ⅱ　Life Awakening of Being-towards-death: Appreciation and
　　　　　　Analysis of Pushkin's Four Small Tragedies …………… (264)

СОДЕРЖАНИЕ

Предисловие ·· (1)

Часть первая. Классическая литература России

Глава 1. Русские и зарубежные факторы подтекста критической литературы
о творчестве М. Ломоносова ················· (3)

Глава 2. Варианты романа «Евгений Онегин» А. Пушкина
—опыт современного комментария ············· (19)

Глава 3. Кавказские войны X1X века России в зеркале творчества
М. Лермонтова и Л. Толстого ················· (32)

Глава 4. Рядом с распущенным злом стоит хилая доброта—анализ
«жестокой» композиции творчества Ф. Достоевского ········ (50)

Глава 5. Опыт культурологического анализа «проб и ошибок»
национальной басни в романе Ф. Достоевского «Преступление
и наказание» ································ (60)

Глава 6. Описание и анализ изменений развития русской литературы
и искусств с вектора западного на отечественный (2-я
половина X1X века) ·························· (68)

Часть вторая. Советская литература

Глава 1. Анализ тем разрушения личности и возвеличения героического
как одного из главных направлений литературы 20-30-х.
гг XX в. ···································· (81)

Глава 2. М. Шолохов: опыт анализа «мудрого» наследия ········ (96)

Глава 3. Об особенностях восприятия в СССР возросшего творческого авторитета М. Шолохова с конца 1930 годов ················ (110)

Глава 4. «Раковый корпус» А. Солженицына: диалог традиций и действительности ················ (119)

Глава 5. «Прощание с матёрой» В. Распутина как продолжение развития наследия классической русской литературы ················ (127)

Часть третья. Русская литература от XX к XXI веку

Глава 1. Анализ попыток маргинализации жизни и творчества М. Шолохова ················ (145)

Глава 2. Опыт выявления «китайской» особенности литературного образа В. Путина ················ (157)

Глава 3. Анализ образа защитника отечества в выступлении В. Путина на стадионе "Лужники" 23 февраля 2012 года ················ (163)

Глава 4. Китайская культура в произведениях русских писателей нового времени ················ (185)

Часть четвёртая. Китайские мотивы в литературе и культуре России

Глава 1. Трансформация философского наследия Конфуция в русской культуре ················ (203)

Глава 2. Особенности переводов «Ши цзина» на русский язык. ······ (221)

Глава 3. Об основах методология литературоведения Б. Л. Рифтина как синтеза типологии и исторической поэтики ················ (231)

Глава 4. Заметки и размышления об энциклопедии «Духовная культура Китая» ················ (241)

Дополнение 1 Рассказ «Судьба человека» М. Шолохова: реализм или символизм ················ (250)

Дополнение 2 Жизнь и смерть: О «Маленьких трагедиях» А. Пушкина ················ (264)

自　序

　　为学之道，涵养用敬，甘之饴之，乐而忘倦，或可略有所得。收入本书的文章都是读书思考之余的有感而发，可以算是既无升等晋级远虑，又无数量考核近忧的"心之所指"之作。

　　这些文章基本上是20世纪90年代中后期以来陆续写成的，它们又同我原来的学术思考和成果有着内在的联系。为说明这一联系，有必要对自己的学术工作及如何走上俄罗斯文学研究这条道路略作回顾和说明。吾生有幸，遇上了不少好老师、好的领路人和无私的帮助者。假如没有他们的指导、帮助和提携，我不可能有学术上的收获。1975年，我所就读的四川省内江市初六中刚刚开设俄语课，贺心蓉老师既是俄语老师，又是班主任。得知我不愿意学俄语，她在我的作业本上用工工整整的中文和俄文抄写了罗蒙诺索夫赞扬俄语的名言，让我深受感动。1982年我本科毕业的时候，川大中文系系主任唐正序先生做我毕业论文的指导老师。我记得我把论文的定稿交给他，他看了两天后，要求我重抄一遍。他说我的字太潦草，要当老师，要写文章，务必认真负责，不可马虎。唐先生给了我很好的教益，让我至今不忘。涂尚银、胡箔等老师的俄语课让我对俄语产生了爱好。应届考上研究生后，我在吉林大学刘翘、李树森先生指导下读俄罗斯语言文学专业的硕士，两位先生把我领上了学习研究俄罗斯文学的道路，奠定了我未来的发展方向。李先生所从事的肖洛霍夫研究，刘先生所从事的陀思妥耶夫斯基研究都激发了我后来的学术热点。谭林、宋昌中、张瑜婉等老师的"苏联文学史"和"俄语精读"等课程让我受益匪浅。用红灯牌收音机"偷听"苏联电台、到吉大主楼看每周播放的苏联电影，都成了我练俄语听力的土办法。从吉大毕业分配到川大工作后，获得原国家教委国际司和国家留学基金委的资助，我先后到斯塔夫罗波尔师范学院、莫斯科大学、俄罗斯师范大学做访问学者，听俄罗斯专家的有关课程，为学术研究搜集了资料，建立了一定的学术联系。我陆续写了一些文章，出版了几本书，主要是研究俄罗斯文学的。我受到石璞、张永言、赵振铎、唐正序、龚翰雄等先生的关心和提携，得到吴元迈、孙绳武、石枕川、陈众议等先生的奖掖和帮助。我妻子杨黎、儿子刘擎苍则成为我神游学海的"加油站"。1999年，已经当了两年教授后，我又有幸在川大项楚先生指导下攻读中国古典文献学的博士学位。项先生不但让我学到了文献学的知识，更让我对中国文化产生了愈加炽热的眷恋之情。此后，我的学术研究别开生面，旁涉佛教文学和俄罗斯汉学。2010年，四川大学成立由教育部国际司确立的中俄人文合作工作机制框架内的研究机构——当代俄罗斯研究中心，学校任命我为中心学术委员会主席，我的翻译、研究工作又有所拓展。

20世纪80年代中后期，我国有一股文化研讨热，恰逢我就读硕士研究生期间和毕业后到四川大学刚任教之时。我受到这股热浪席卷，加上当时人还年轻，初生牛犊不怕虎，就大胆写了一本《十九世纪俄国文学史纲》（1989年）。这本书试图在对俄罗斯文学的社会学解读之外，另寻一观照之点——以文化的冲突和融合来解释俄罗斯文学在19世纪的演变。当时，苏联和我国的俄罗斯文学研究界，占主流的观点是：19世纪俄罗斯文学是俄罗斯民族解放运动的反映，民族解放运动分为贵族革命阶段（1825年以后）、平民知识分子和资产阶级民主革命阶段（1861年以后）、无产阶级革命阶段（1895年以后）。文学的分期也与此相应：浪漫主义和现实主义文学阶段、批评现实主义文学阶段和资产阶级颓废主义及无产阶级新文学出现的阶段。① 在《十九世纪俄国文学史纲》里，我指出：俄罗斯的

---

① См.: История русской литературы XIX века, 1800–1830-е гг. Под редакцией В. Аношкиной и С. Петрова, Москва, 《Просвещение》, 1989, cc. 7–8, а так же История русской литературы, т. II, (Литература первой половины XIX века). Редакция: А. Лаврецкий, У. Фохтс, А. Цейткин. М-Л.: Издательства Акдеими наук СССР, 1963, c. 18. 参见曹靖华主编《俄苏文学史》第一卷，河南教育出版社1992年版，第2—4页。

现代化从彼得一世时期开始经历了物质层面的现代化，19世纪开始进入制度和心灵层面的阶段。19世纪的俄罗斯文学则是对制度和心灵现代化的忠实记录。①《十九世纪俄国文学史纲》把19世纪的俄罗斯文学分为三个时期，即19世纪初至19世纪40年代末的"西方文化昂扬期"；50年代的"文化转折期"；60年代以后的"民族文化繁荣期"。②现在看来，《十九世纪俄国文学史纲》有种种缺陷，比如，西欧文化与俄国本土文化的对话关系在一些作家的作品中挖掘得不够深入；由于资料的欠缺，对在19世纪前期守持本土文化的作家基本没有涉猎。尽管如此，现在看起来，《十九世纪俄国文学史纲》的基本思路也还有其合理性。中国社会科学院科研局编《新中国社会科学五十年》、"中国社会科学学科发展报告丛书"《当代中国外国文学研究1949—2009》、上海市社会科学界联合会编《二十世纪中国社会科学·文学卷》等著录此书，它也被多种外国文学史及不少学者的专著、论文引用。本书收入的《19世纪后半叶俄罗斯文学、艺术本土化转向描述及原因探寻》（2012年发表于《中国俄语教学》）一文，就包含了对19世纪俄罗斯文学后两个时期的思考：19世纪前半叶俄罗斯的精英分子，如十二月党人、别林斯基等援西救俄，以为西欧的今天即是俄国的明天，可是1848年欧洲革命使俄罗斯的精英分子意识到：俄罗斯的村社制度等可以使俄国绕过资本主义直接进入社会主义，因而重新重视本土的资源；19世纪后半叶，俄国出现了一系列大事件，它们导致从统治阶层到民间思想运动都呈现向内、向下趋向，尽管其目的不同，但都有诉诸俄国最底层的农奴和普通民众的意图。揭示俄罗斯本土文化的全面回归，为阐释俄罗斯文艺中最辉煌巨作的连续问世将会提供新的路径。收入本书的《文化试错的民族寓言：〈罪与罚〉的一种解读》（2008年发表于《外国文学研究》），从《十九世纪文学史纲》提出的文化冲突与融合的解释体系来阐释陀思妥耶夫斯基的《罪与罚》：本文将《罪与罚》纳入19世纪俄罗斯知识者先学西方文化后回归本土文化的大背景中来观照。陀思妥耶夫斯基在19世纪40年代受空想社会主义等西方思潮影响，50年代以后归依东正教，首倡土

---

① 参见刘亚丁《十九世纪俄国文学史纲》，四川大学出版社1989年版，第1—15页。
② 同上书，序，第1—3页。

壤理论，回归俄罗斯传统文化。作家本人对文化试错的反思，映射为《罪与罚》中拉斯科尔尼科夫文化抉择的叙事深层结构。借鉴格雷马斯符号学的矩阵图，分析体现文化冲突的主人公犯罪和救赎的叙事轴，同时分析其他人物在两种文化之间的抉择，由此得出结论：《罪与罚》表达了对作家本人文化试错的理智清算，对俄罗斯民族文化选择的深刻反思。

对于20世纪俄罗斯文学（又称为苏联文学），笔者在20世纪90年代中期也有所涉猎，1996年出版了一本《苏联文学沉思录》。当时由于俄罗斯的同行们热衷于反思自己文学的历史，所以关于20世纪俄罗斯文学研究的新材料、新观点不断涌现。在这本书里，我把当时俄罗斯同行和我国俄罗斯文学研究者对20世纪俄罗斯文学的"三分天下"说（即社会主义现实主义文学、侨民文学和回归文学三足鼎立）[①] 化繁为简，提出了20世纪俄罗斯文学二水分流说——体现社会主义现实主义的"中心文学"，将侨民文学和回归文学合并为"边缘文学"。我借用巴赫金的复调小说理论中的对话思想，将20世纪的俄罗斯文学看成中心文学与边缘文学的对话过程。普拉东诺夫的《切文古尔镇》同当时和后来的建设题材作品进行了"对话"。肖洛霍夫的《静静的顿河》以关注"人的魅力"的审美标准同很多作品的注重进步与倒退的历史标准展开了"对话"。索尔仁尼琴的《癌病房》与奥斯特洛夫斯基先前的《钢铁是怎样炼成的》围绕价值标准展开了"对话"。《苏联文学沉思录》借用"文学史上的进化观念"把20世纪俄罗斯文学看成一个发展过程。第一时期："创新与争夺文化霸权"（1932年以前），不管是世纪之初的象征派、阿克梅派、无产阶级诗人、未来派的更替，还是20年代文学团体之争；也不管是表现方法的创新，还是总体创作原则的探索，当事人都怀有"以我之创新一统天下"的意气，这个时期的文学洋溢着"年轻人"的青春活力。第二个时期："中心、边缘、对话"（20世纪80年代以前），随着社会主义现实主义的出现，形成了文化的中心话语与边缘话语对话的格局。苏联文学至此进入鼎盛期，最成

[①] См.: В. Акимов. Сто лет русской литературы. СПб.: Лики России, 1995, сс. 3 – 10. М. Голубков. Русская литература XX в. После раскола. М.: Аспект пресс, 2001, сс. 2 – 11. 参见周启超《二十世纪俄语文学：新的课题，新的视角》，《国外文学》1993年第4期。

熟、最完美、最有大家气象的作品大都产生于这个时期。第三个时期："暮气、危机、多元"（苏联解体之前），该时期的苏联文学出现回顾过去、重写历史的"衰老"迹象，文学也为苏联社会出现的各种危机敲响了警钟，作品的思想观念和艺术手法呈现多元化趋向。① 这本书也受到国内同行关注，多有引用。如中国社会科学院科研局编的《新中国社会科学五十年》、"中国社会科学学科发展报告丛书"《当代中国外国文学研究1949—2009》、教育部社政司编的《中国高校人文社会科学研究年鉴：1996—2000》等著录此书，不少文学史及许多学者的专著、论文引用此书。自然这本书也有很多不足，比如，未能把对话性贯穿到每一部分，再比如，对多数作家的创作过程也未予更多的关注。

《苏联文学沉思录》所提出的从"中心文学"与"边缘文学"的分野来观照20世纪俄罗斯文学的研究路径，在我后续的研究中得到了进一步运用。比如，我后来承担国家社科基金项目"肖洛霍夫的创作与苏联文学的关系"，在对肖洛霍夫做了比较深入的研究后写了一篇《肖洛霍夫的写作策略》（2000年发表于《外国文学评论》），本书收入了此文。这篇文章就是将肖洛霍夫置于"中心文学"与"边缘文学"的关系中来加以阐释，揭示了他获得殊荣的独特原因：苏联文学中心与边缘的对立为认识肖洛霍夫的价值提供了新的思路。肖洛霍夫既遵从中心文学的规则，又突破其约束，他的作品有许多与边缘文学相重合的东西，他本人却对边缘作家采取批判态度。他既有中心文学的合法性，又有边缘文学的批判性。他处于中心与边缘的过渡地带。这就是肖洛霍夫能够在不同历史时期、在具有不同审美趣味的读者中获得广泛接受的原因。我的专著《顿河激流——解读肖洛霍夫》（2001年）把肖洛霍夫同"左邻右舍"放在一起来研究，也就是在"中心文学"与"边缘文学"的关系中来发掘肖洛霍夫难以复制的特殊价值。李铁映主编的《中国人文社会科学前沿报告2001年卷》收录了此书，我的研究肖洛霍夫的论文也被《新华文摘》等转载。

进入21世纪后，我的俄罗斯文学研究领域有所拓展。一方面，我继续

---

① 参见刘亚丁《苏联文学沉思录》，四川大学出版社1996年版，第2—3页。

先前展开的肖洛霍夫研究工作，主持国家社科基金"肖洛霍夫研究史"和中国社会科学院重大项目"外国文学学术史工程"子项目"肖洛霍夫学术史研究"，在我国和俄罗斯的学术会议和学术刊物发表有关的研究成果，收录在本书附录中的俄文文章《〈一个人的遭遇〉：现实主义还是象征主义》（"Судьба человека"：реализм или символизм）就是我应邀在国立肖洛霍夫故居博物馆保护区（Государственный музей-заповедник М. А. Шолохова）主办的国际学术会议上做的发言，然后它作为论文被该机构的馆刊《维约申斯克学报》（Вёшенский вестник）发表（该刊连续 3 期发表我研究肖洛霍夫的文章，我先后有 5 篇研究肖洛霍夫的论文在俄罗斯发表）。我与 5 位同行精心撰写的《肖洛霍夫学术史研究》、我选编的《肖洛霍夫评论集》（我翻译了其中的三篇论文）也已于 2014 年在陈众议先生主持的"外国文学学术研究史"丛书中出版。2012 年，由俄罗斯学者尤·德沃利亚申主编的《肖洛霍夫百科全书》引用我有关肖洛霍夫研究的著作和论文，称赞我对肖洛霍夫研究所做的工作。① 另一方面，我将俄罗斯文学研究的视野也在"往前"和"向后"拓宽。"往前"，追溯到 18 世纪 60 年代罗蒙诺索夫进入俄国批评视野之际，有对我国和世界的斯拉夫学界都比较忽视的 18 世纪大诗人（更是大科学家）罗蒙诺索夫的研究；"向后"，延展到 2013 年，有对当今俄罗斯小说中弗拉基米尔·普京文学形象的素描，有对他 2013 年的演讲文本（大体也可算文学、文化文本）的分析。

跟随项楚先生研习中国古典文献学后，再加上利用首届教育部"新世纪优秀人才"项目资助从事"神话与现实：20 世纪苏联/俄罗斯文学的中国形象"课题研究，我的学术兴趣有所延展，在研究俄罗斯文学的基础上，对中国文化在俄罗斯文学、文化中的踪迹予以关注，同俄罗斯的汉学家时有过从，直至我作为国家社科基金重大项目首席专家，带领国内 50 多位专家翻译俄罗斯汉学界 6 卷本的大作《中国精神文化百科全书》（俄罗斯汉学家在书脊上直接写上汉字"中国精神文化大典"）。因此，中国文化与俄罗斯、俄罗斯汉学的关系又成了我的俄罗斯文学研究的自然延续。本

---

① Шолоховская энциклопедия. Главный редактор Ю. А. Дворяшин, М. ：Синергия，2012，с. 632，с. 916.

书选取了曾发表过的《俄罗斯当代作家对中国传统文化的利用与想象》《异域风雅颂　新声苦辛甘——俄罗斯汉学家的〈诗经〉翻译》《"著文颂学问　语疏意弥真"——李福清院士中国文学研究方法》等文。近期，我的《龙影朦胧——中国文化在俄罗斯》将由北京大学出版社出版，这是比较全面呈现我在中俄文化关系方面的研究成果的一本书。

本书所收录的都是我作为唯一作者已经发表的论文，按照俄罗斯文学本身发展的时序、研究现象所属的时段缀成三编，最后一编则是我对中国文学、中国文化在俄罗斯文化中的痕迹的观察和研究，也有对俄罗斯汉学的认真探寻和学术考量。附录中收录了我在俄罗斯发表的论文《〈一个人的遭遇〉：现实主义或象征主义》、我主编的上海辞书出版社出的《外国戏剧鉴赏辞典（近代卷）》中我自己写的鉴赏普希金戏剧的文章。

生也有涯，学也无涯，以有涯之生，自然难以穷尽无涯之学。有时不免"略地"稍多，翻耕不够深，甚至认稗为稻。若读者方家不吝赐教，则区区幸甚，欣忭莫名。

我以为，做大学教师，做人文学术研究，"领悟"与"阐释"是两项看家本领。作为老师或研究者，首先要成为纳博科夫所要求的那种优秀的读者，要在反复阅读经典中有所领悟，甚至产生洞见，与经典的创作者"相看两不厌"，不时"会心一笑"。既有感悟，就会在学术史和史料上多方求索，力求以可靠的材料来证实它，以恰当的理论来照亮它（理论不是招牌和广告，而是化在水中的盐），以条理清晰的文字来表述它。有所发现，又能诉诸语言、文字，与同学、同行、读者分享，赏心乐事莫大于斯。

《外国文学评论》《外国文学研究》《俄罗斯文艺》《中国俄语教学》《俄罗斯研究》《国外社会科学》《中国文化研究》、我国台湾政治大学《俄罗斯语文学报》、俄罗斯的《Вёшенский вестник》等刊物和一些论文集发表了本文集的文章；四川大学中国俗文化研究所的领导和同事，匿名评审专家，上述杂志的编辑、中国社科出版社的郭晓鸿编审付出辛勤劳动；蒙四川大学"俗文化丛书"不弃，收录此书，在此谨致谢忱。

第一编

俄罗斯古典文学篇

第一章 本土与外来因素之争:罗蒙诺索夫批评史的潜文本

罗蒙诺索夫（М. В. Ломоносов，1711—1765）是 18 世纪俄罗斯的大科学家、大诗人，他的第一部作品被别林斯基认定为俄罗斯文学的起点①，他被称为"俄罗斯诗歌和标准语的改造者"②。在我国的俄罗斯文学研究界和西方的斯拉夫学界对罗蒙诺索夫有所评述。③ 对罗蒙诺索夫的批评、研究史，俄罗斯同行略有梳理。④ 但在我国，尚未对罗蒙诺索夫在批评、研究史中的痕迹作学术性考察，本文聊补遗阙，拈出三个问题，即 18 世纪俄罗斯诗人以西欧先贤比喻罗蒙诺索夫，19 世纪前 50 年关于他与彼得一世关系的争论，跨越一个多世纪（1840—1970）的对罗蒙诺索夫的诗歌格律的讨论。这些问题终究归结于俄罗斯文化与外来文化的关系，最终都折射出了每个时代写作者自身的文化认同。本文以史料为基础，以对话性为线索，分析缘由，归纳特征，抛砖引玉，以待方家批评教正，并借此吁请学者关注 18 世纪俄国文学。

---

① Белинский Б. Г. Избранные сочинения. М. и Л.：ГИХЛ, 1949, с. 865.

② История русской литературы. Т. I（Литература X - XVIII веков）. Главный редактор Д. Д. Благой, М и Л.：Издательство Академии наук СССР, 1958, с. 427.

③ 参见曹靖华主编《俄苏文学史》第一卷，河南教育出版社 1992 年版，第 31—33 页；任光宣、张建华、余一中《俄罗斯文学史》（俄文版），北京大学出版社 2004 年版，第 33—35 页。The Cambridge History of Russian Literature, Revised edition. Edited by Charles A. Moser. New York：Cambridge University Press, 1992, pp. 57 - 62.

④ См. Кулешов В. И. История русской критики. М.：《 Просвещение 》, сс. 33 - 34, 164 - 166.

第一节 喻与谑

罗蒙诺索夫在世时对他的评价就此起彼伏。在他去世之际和以后，对他的评价和文学批评渐趋频繁。

在赞扬罗蒙诺索夫的诗作和散文体赞词中，满是以古希腊、罗马、希伯来诗人演说家来比喻他的句子。1765年4月15日，Л. И. 西奇卡列夫在《致罗蒙诺索夫的悼词》中，以费宾（阿波罗——作者注）的口气哭道："吾之所罗门趋塚，／余何再为阿波罗。"① 在这篇诗歌体的悼词中，波里许谟尼亚（缪斯之一——作者注）也如此哭道："吾之活泼泼荷马，汝已永世得安眠。余有哀情倩谁诉，惟睹汝魂之华殿。"② 在诗的结尾处诗人写道："天人永诀，／俄罗斯之所罗门。"③ 整首诗形成了这样的结构：天神为罗蒙诺索夫去世而哭诉，并将他比喻为希伯来或希腊的诗人、演说家。

1777年，著名诗人 В. И. 迈科夫写道：

> 伟丈现身俄众前，善融格致与天然。
> 兴来激越抚诗琴，悦耳乐音杂雷电。
> 妙语揭幕自然宫，新饰翻看更斐然。
> 彼得伟业何其壮，罗翁颂之意兴酣。
> 渠显俄罗斯殊誉，巨匠罗翁自伟岸。
> 科学更烛其禀赋，西塞维吉品达见。④

最后一句诗中，迈科夫一口气列举了古希腊、罗马的三位演说家、诗

---

① Сичкарев Л. И. Надгробная песнь М. В. Ломоносову. В книге 《 М. Ломоносов глазами современников 》. Сост. Г. Г. Мартынов, М.: Издательство Ломоносове, 2001, с. 285.

② Сичкарев Л. И. Надгробная песнь М. В. Ломоносову. В книге 《 М. Ломоносов глазами современников 》, с. 285.

③ Там же, с. 288.

④ Майков В. И. К изображению М. В. Ломоносова. В книге 《 М. Ломоносов глазами современников 》, с. 295.

人：西塞罗、维吉尔和品达罗斯，以他们来比喻罗蒙诺索夫。1774 年，作家 М. Н. 穆拉维耶夫《罗蒙诺索夫赞词》中有如此的赞美："把他想象成俄罗斯的荷马，俄罗斯的品达罗斯吧，或者，直截了当把他称为俄罗斯帕纳斯的创造者。"① 1797 年，诗人卡拉姆辛也在《罗蒙诺索夫像赞》中写道："冬国白雪飘飞中，帕纳神示俄国荣。品达罗斯骚人帝，吾土降生罗蒙诺索夫。"② 卡拉姆辛以缪斯帕纳斯神的神谕为由头，将俄罗斯降生的罗蒙诺索夫称颂为诗人之王品达罗斯。

对罗蒙诺索夫的评论，倒是国外的人士更为中肯贴切。德国人奥古斯特·什列策尔（August Scblöer）在 18 世纪 70 年代末 80 年代初写了《谈罗蒙诺索夫》，他说，罗蒙诺索夫"创造了新的俄罗斯诗歌，他也是第一个人，赋予了俄罗斯新散文以力量和表现手法。他的祖国褒奖他，他的追随者则为了自己的成功而利用他的著作，将他奉为圣人，并称颂他是'维吉尔和西塞罗同时诞生于霍尔莫列茨（罗蒙诺索夫的家乡——引者注）'"③。似乎这位德国人对俄罗斯同行的赞美略有微词。法国托马斯（Tomas）院士写道："天才的沙皇彼得既在俄国播撒科学之种，又播撒美词之种。我们可以例数七位荣耀之美词家，其中之一即为罗蒙诺索夫先生。他乃是自然作家，迄今为其祖邦屡博殊荣。"④ 对罗蒙诺索夫本人写的关于彼得一世的颂词，他展开了评述："在另一段，记述沙皇南征北战时，他本人已为俄罗斯之人格化，似可想象他满是血丝和哀伤的眼光。他'张开双臂'，向彼得呼唤道：'归来吧，火速归来！我的心正被叛徒撕裂。'通灵的大英雄听闻他哀唤，果然回还。旋即又描写了皇帝在国外，他轮番

---

① Муравьев М. Н. Похвальное слово Ломоносову. В книге «Ломоносов и русская литература», ответственный редактор А. С. Курилов, М.：«Наука», 1987, с. 249.

② Карамзин Н. М. Полное собрание стихотрений. Л.：Советский писатель. Ленинградское отделиние, 1966, с. 234；См.：Кочетова Е. Д. «М. В. Ломоносов в оценке русских писателей-сентименталистов». В книге «Ломоносов и русская литература», с. 275.

③ August Ludwig Scblöer's öffentlicberzuer und privat-Leben, von ibm sebst bescbrieben. Göttingen. 1802. Вкниге «М. Ломоносов глазами современников», с. 71. 一说此处"维吉尔和西塞罗"是俄译者加进的。参见《М. Ломоносов глазами современников》, с. 343.

④ August Ludwig Scblöer's öffentlicberzuer und privat-Leben, von ibm sebst bescbrieben. Göttingen. 1802. Вкниге «М. Ломоносов глазами современников», с. 444.

征战瑞典、土耳其、波兰、克里米亚和波斯；国内他又讨伐射击军、分裂教徒和哥萨克。"① 通过这段夹叙夹议，托马斯看到了罗蒙诺索夫美文表征的文化意义："应该承认，在这几段引文中充盈着崇高之真正美文。一百年前，俄国几乎无人知晓，古代西徐亚人之后代生活在半野蛮状态，就在那里他们奠基京城，为蛮荒的、人迹罕至的原野树立了典型。难以想象，在一百年前美文可以达到这样的高度，同样不可思议，在芬兰湾，在离黑海15纬度之所在，在彼得堡之科学院里，先前之西徐亚人会朗诵如此的颂词。"② 与俄国诗人对罗蒙诺索夫的赞美相比，这样的评述反倒透露出真诚的欣赏和不浅的见识。

在浮喻飘飞的俄国罗蒙诺索夫批评空谷，突然响起震耳足音，1790年，拉吉舍夫的《论罗蒙诺索夫》问世了。这是附在他《从彼得堡到莫斯科旅行记》末尾的论文。拉吉舍夫最有冲击力的论断是："你遵循一般的习惯向沙皇献媚，这一点我并不羡慕你。沙皇不但不值得用庄严的颂歌去赞美，连三弦琴的叮咚声都不配，而你却在诗歌中颂扬伊丽莎白。"③ 颂扬帝王本是俄罗斯古典主义的基本主题，特烈季阿科夫斯基等在罗蒙诺索夫之前早有此类作品，但罗蒙诺索夫写的诗则既多且长，以至每逢沙皇登基的纪念日他都会写长篇颂诗呈献。同时代人对他的帝王颂歌给予关注，并表示认同。1780年，什杰林在《俄罗斯文学史料》中谈及罗蒙诺索夫的《彼得颂》有关创作背景，说："该作颇获宿将叹赏，更一惊俄人。"④ И.

---

① Essai sur les éloges, par Tomas, del 'Acadéie Française, t. II. Paris, 1894. В книге 《 М. Ломоносов глазами современников 》, с .445.

② Essaisurles éloges, par Tomas, del 'AcadéieFrançaise, t. II. Paris, 1894. В книге 《 М. Ломоносов глазами современников 》, 托马斯讨论的是罗蒙诺索夫的《彼得大帝赞辞》，1755年4月26日罗蒙诺索夫本人朗诵于科学院大会。该作品载于 ЛомоносовМ. В. Полное собрание сочинений. М и Л：издательство Академии наук СССР, 1959, т. 8, сс. 584 – 612；ЛомоносовМ. В. Избранные произведения, М：《 Наука 》, 1986, т. 2, сс. 244 – 263. 托马斯夹叙夹议那一段文字，似乎可以听到托马斯的春秋笔法，国外的论者对彼得大帝的不息征战，比俄国人更敏感。其实在罗蒙诺索夫的赞辞里包含了后来俄罗斯地缘政治传统的雏形。

③ ［俄］拉吉舍夫：《从彼得堡到莫斯科旅行记》，汤毓强等译，外国文学出版社1982年版，第224页。《剑桥俄罗斯文学史》对此也有所涉猎，参见 *The Cambridge History of Russian Literature*, pp. 58 – 59。

④ Куник. Сборник материалов для истории Иператорской Академии наук в XVIII век. Ч II, сс. 389 – 390. В книге 《 М. Ломоносову глазами современников 》, с. 326.

波格丹诺维奇在 1784 年也指出，罗蒙诺索夫之所以伟大，是因为他是"伊丽莎白的歌手"①。拉吉舍夫对罗蒙诺索夫的帝王颂歌厉声喝断，并非因为他对已故的罗蒙诺索夫不敬，在此文中他盛赞罗蒙诺索夫的天才和诗歌方面的贡献。他是担心流毒所及，麻痹新一代人，所以他说："如果无损于真理，对后代无害，那么我也许就原谅了你。"② 千人之诺诺，不如一士之谔谔。拉吉舍夫被认为是俄国历史上第一个具有鲜明民主思想的作家。普列汉诺夫说，就其思想方式来说，"拉吉舍夫怎样也不能与当权者的独断专横作妥协"③。拉吉舍夫在 18 世纪末就已然看清了俄罗斯民族的主要任务，并艰苦卓绝践行之。因为《从彼得堡到莫斯科旅行记》，拉吉舍夫被叶卡捷琳娜二世流放西伯利亚，此系题外话。

　　同国外同行相比，18 世纪后三十多年俄罗斯罗蒙诺索夫评论不乏特色，多以诗赞诗人，且常借非俄罗斯神话人物或诗坛巨子来称扬他，属即兴点评，除拉吉舍夫而外，鲜有深刻思考。何以会如此？原因之一，其时是俄罗斯文人文学的奠基期，罗蒙诺索夫本人及比他略年长的康捷米尔和特烈季阿科夫斯基，为俄罗斯的文学殿堂铺下了头几块基石，批评术语既乏，文学理论待兴。原因之二，距离太近，罗蒙诺索夫同时代人对他可端详眉目，但未及注视面貌，遑论打量全身，他的许多价值尚在遮蔽中。评罗蒙诺索夫即兴点评时有，洞见傥论、系统研究则有待后贤。如果非要给这个时期的俄国罗蒙诺索夫批评定性，那么可以勉强称之为修辞性批评。

　　从俄罗斯诗人、批评家对罗蒙诺索夫的批评来看，他们言辞背后的关注点是文化认同问题。在拉吉舍夫对罗蒙诺索夫的喝断中，不难发现他对俄式君主专制的憎恶。在 18 世纪俄罗斯的许多诗人看来，只要能够在罗蒙诺索夫的作品中找到类似于西欧先贤的因素，就能确证他的上佳品质。其时正值彼得大帝改革余绪流布期，西欧的文化乃是典范，自家的传统更难

---

① См. Кулаков Л. И. Радищев о Ломоносове. В книге《Ломоносов и русская литература》, с. 275.
② ［俄］拉吉舍夫：《从彼得堡到莫斯科旅行记》，汤毓强等译，外国文学出版社 1982 年版，第 224 页。
③ ［俄］普列汉诺夫：《俄国社会思想史》第三卷，孙静工译，商务印书馆 1996 年版，第 365 页。

入智识者法眼。所以借西贤譬喻之，实在是最高礼遇。俄国诗人也借古人、西人的名头，为自己的文化英雄寻找合法化论证，以激发自身的文化自信心。

第二节 文与路

俄罗斯19世纪上半叶的罗蒙诺索夫批评实际上是一场文学、社会历史论争。

在并不太长的评论生涯中，别林斯基对罗蒙诺索夫的持续关注贯穿于他的整个批评活动始终，同时他也在与不同观念、观点的争论和对话中发展着自己的罗蒙诺索夫论。在1834年的成名作《文学幻想》中，别林斯基已为罗蒙诺索夫在俄罗斯文学中的崇高地位定了位：俄罗斯文学"最初的试作总是软弱的失败居多。接着，忽然一下子，借用我们一位同国人的非常恰切的话，罗蒙诺索夫像北极光一样照耀在北冰洋的岸上。这个现象真是美丽而耀眼啊"①！"罗蒙诺索夫是我们文学的彼得大帝：我认为这是对他的最正确的看法。"② 他在一系列文章中对罗蒙诺索夫给予了高度赞赏，1840年发表了科学院本罗蒙诺索夫文集的简短书评，1843年发表了评波列沃伊的诗剧《罗蒙诺索夫》的书评，在1843—1844年间写的《文学语言的一般意义》中讨论罗蒙诺索夫同普希金之间的关系。1847年年初，别林斯基发表《1846年俄罗斯文学一瞥》，再次热情洋溢地对罗蒙诺索夫的意义作了阐述："罗蒙诺索夫——俄罗斯文学的彼得大帝。"③ 别林斯基对罗蒙诺索夫的高度评价，激起了回应和争鸣。

在19世纪，第一个将罗蒙诺索夫置于文化分野中来展开详尽讨论的是尼·纳杰日金。1836年，他的长篇论文《俄罗斯文学中的西欧主义与民族性》提出了一个尖锐的问题：俄罗斯有没有自己的文学，有没有自己的文学生活？纳杰日金认为，教会—斯拉夫语恰好在俄语刚刚开始引进书写的

---

① 《别林斯基选集》第一卷，满涛译，上海译文出版社1979年版，第35页。
② 同上书，第37页。
③ Белинский Б. Г. Избранные сочинения. М. и Л. : ГИХЛ, 1949, с. 865.

第一阶段进入了俄国,这样生动的俄罗斯民间语言就只有在非常狭小的一角、在低俗的日常生活中才能存在。"在这样无序、大混沌般的混乱中,俄语出现在了罗蒙诺索夫面前。"① 纳杰日金对18世纪上半叶的俄罗斯文学的现状非常失望:"假如我是画家,我会给罗蒙诺索夫描绘一幅当时俄国文学的图景:穿着希腊司祭的衣袍,顶着硕大的哥特人的假发,戴着罗马人的帽子。"② 由此,他开始了同别林斯基的争论:"俄罗斯文学编年史中的伟丈夫(即罗蒙诺索夫——引者注)拿这种语言有什么办法呢?罗蒙诺索夫绝非语言的改造者,因为他没有带给它任何新的东西。罗蒙诺索夫只是调和了令俄语四分五裂的各种对立的因素,赋予它有条件的和谐、互相配合和让步,正因为如此也就给了混乱以整齐的完整,在其中形成了人为的统一,给了它一幅正确的面孔。"③ "这位伟丈夫对俄罗斯文学中争夺统治地位的三种对立因素是无能为力的。它们分别是,斯拉夫因素、教会烦琐哲学因素和德国因素。"④ 因为纳杰日金认为,整个俄罗斯文化都笼罩在"欧洲主义"之中,他尖刻地把俄罗斯文学中的"欧洲主义"解释为"德国神秘主义的花言巧语,英国上流社会时髦的刚愎自用,甚至还有意大利阉人的悦耳声音"⑤。总之,在纳杰日金的眼中,罗蒙诺索夫只是一个顺应俄罗斯文学和语言杂拌状态的一般诗人。因此他的结论是,俄罗斯有文学和文学生活,但它们受到了片面模仿的压抑,因此民族性也受到戕害。

1847年,康·谢·阿克萨科夫通过了学位论文《在俄罗斯文学史和语言史中的罗蒙诺索夫》,该文的学术路径与纳杰日金的文章近似,将罗蒙诺索夫置于俄罗斯文化、语言和文学的历史运动中加以分析。在第一章中,阿克萨科夫回顾了俄罗斯文学的发展道路,认为在文学乏善可陈的背景下,在诗歌只剩下民歌的状态下,"在诗歌领域应该出现一个人物。这

---

① Надеждин Н. И. Европеизм и народность, в отношении крусской словесности. с. 414. http：// smalt. karelia. ru/~filolog/pdf2/evropena. pdf.
② Там же.
③ Там же.
④ Там же, с. 415.
⑤ Там же, с. 416.

个人物，这个天才，就是罗蒙诺索夫。这就是他在俄罗斯文学中的地位；作为一种现象，这就是他对于俄罗斯文学的伟大意义。他结束了民歌时期，引领诗歌进入了新的天地"①。他在第二章中回顾俄语的发展史：教会—斯拉夫语垄断了俄语的书写，始源俄语则仅限于在口头传播，在这样的背景下，"伟业成就了，语言变容了。1793年蓦地出现了罗蒙诺索夫的第一首诗颂，在前面所述的那些语言之后，突然之间，疲惫的耳朵因新的音响、闻所未闻的语词所震撼"②。阿克萨科夫认为罗蒙诺索夫的意义就在于，"在将俄语同教会—斯拉夫语区别开来，并将俄语从教会—斯拉夫语的束缚中解放出来的时候，在赋予教会—斯拉夫语以特殊的地位的时候，罗蒙诺索夫将俄语提升到了很高的境界，将它同文学一起，提升到了共同书面语的境界"③。

他们对罗蒙诺索夫的评论研究，实际上在进行争论。争论的焦点，从表面上看是围绕罗蒙诺索夫与彼得一世的关系展开的。别林斯基破题，首先提出了罗蒙诺索夫是文学中的彼得大帝之说。在上述著作中，纳杰日金则与别林斯基"对着讲"："人们常把他称为俄语的改造者，俄罗斯文学中的彼得大帝。窃以为不然。"④ 何以不然，从上面引文中可以看出，纳杰日金认为，罗蒙诺索夫在文学中未有彼得一世在国家里那截断众流、百业齐兴之革命性举动。纳杰日金对彼得一世本身是肯定的。他说彼得一世热衷于立事功，对语文之道不曾预闻，甚至很冷淡。"改革的天才（彼得一世——引者注）知晓民族精神坚不可摧的韧劲，知道总有一天它会夺回失去的权力，他带着对自我完善的高贵自信，带着同自己的欧洲兄弟无可争辩的平等感，这就能解释他对于属于俄罗斯的民族性，属于俄语的一切冷漠的态度。"⑤ 同别林斯基相比，他反而对罗蒙诺索夫有所贬抑，

---

① Аксаков К. С. Ломоносов в истории русской литературы и русского языка. М.: Либроком, 2011, c. 48.

② Там же, с. 248.

③ Там же, сс. 251 – 252.

④ Надеждин Н. И. Европеизм и народность, в отношениии к русской словесности. с. 414. http: //smalt. karelia. ru/ ~ filolog/pdf2/evropena. pdf.

⑤ Там ж, c. 413.

即认为他只是守成，并未创新。

在前述著作中，阿克萨科夫采取了与纳杰日金完全相反的策略：高度肯定罗蒙诺索夫在文学史和语言史上的贡献，但对彼得一世则多有责难："彼得大帝之后的时期出现了新的片面性，可怕的片面性，民族走极端到了这样的地步：我们完全抛弃了自己的历史、文学，甚而至于语言。一个以外国人名来命名的城市，一个建在异国人的岸边，同俄罗斯的历史记忆没有任何关联的城市，成了我们的京畿。"① 阿克萨科夫是斯拉夫派的领袖人物，其基本历史观念是：人民（土地）与国家（政权），这两种力量在西方是混乱的，在俄罗斯，彼得一世改革之前，人民和国家是和谐并存的，到了彼得一世时期，贵族和知识分子脱离人民，国家开始压榨"土地"。② 因此，阿克萨科夫对彼得面向西欧的改革充满了忧虑，他陷入悖论：一方面他否定彼得，另一方面对罗蒙诺索夫却给予高度肯定。他没有足够的材料和学力来反驳罗蒙诺索夫近似彼得一世论，但为避免暴露悖论，他采取了顾左右而言他之术：对罗蒙诺索夫创作的充满欧洲文化内涵的作品，他视而不见，却另做文章，以示罗蒙诺索夫同彼得一世的分别：罗蒙诺索夫"很快发现了彼得功绩必不可免的片面性、必不可免的片面方向——这功绩的外在形式和结果。他看到，假科学之名，外国的东西压倒了俄罗斯的东西，看到如此这般地描写德国人，以便向俄罗斯人解释俄国的历史；看到在一切领域德国帮如何占了上风。罗蒙诺索夫对这一切了如指掌，作为俄罗斯大地伟大的儿子，他奋起反抗这种片面性，在其自然进程如此强劲之时。……罗蒙诺索夫将对教育和对俄罗斯之爱相结合，将恶毒的诅咒抛向自己的敌人——在俄国的德国人，为了俄罗斯，为了她的教育，他展开了始终不渝、残酷无情的斗争，这一切在他的大量书信中是表露无遗的"③。接着，他大量摘录了罗蒙诺索夫书写中对科学院的德国同行的指摘。于是乎，抑彼扬罗就显得不太乖谬了。

别林斯基的《1846年的俄罗斯文学一瞥》与阿克萨科夫的前述文章几

---

① Аксаков К. С. Ломоносов в истории русской литературы и русского языка, с. 4.
② Аксаков Канстатин Сергеевич, http://www.hrono.ru/biograf/bio_a/aksakovks.php.
③ Аксаков К. С. Ломоносов в истории русской литературы и русского языка, с. 320.

乎是同时发表的，但他们的观念似乎是在激烈交锋。别林斯基是从回应前面提及的纳杰日金质疑开始自己的论述开始的，他先承认对方的观点不无道理："罗蒙诺索夫对俄罗斯文学的影响，如同彼得大帝对整个俄罗斯的影响一样：文学久久地沿着他指引的道路前行，可是最后突然摆脱他的影响，走上了一条罗蒙诺索夫本人不可能预见、不可能预感的道路。他给文学提供了书面的方向，这是模仿的，因而显然也是没有结果的、没有生命力的，自然也是有害的方向。这是真话，但它无论如何也不能抹杀罗蒙诺索夫的伟大功绩，不能剥夺他俄罗斯文学之父的权利。"① 在别林斯基看来，对彼得大帝的误解，是误解罗蒙诺索夫的内在原因："我们文学中的旧教徒不正是这样谈论彼得大帝吗？他们的错误不在于他们谈论彼得大帝及他所创建的俄国，而在于他们由这个结果所得出的结论。据他们看来，彼得的改革毁灭了俄国的人民性，自然也就毁灭了生活的全部精神，因此俄国的拯救除了重新返回科什金时代的高贵的宗法制，别无他途。"② 在正面回应了斯拉夫派等批评家的质疑后，别林斯基再次阐发了罗蒙诺索夫对西欧文学的借鉴和模仿的意义："他人的，从外在获取的内容，不管在文学中，还是在生活中都无法掩盖缺乏自己的、民族的内容这个事实，但是随着时间的推移，它可以转化到它的内部，正如人摄取的外来的食物可以在他身上再生出血肉，成为支撑他的力量、健康和生命的东西。我们不打算阐发在彼得一世所创建的俄罗斯是如何做到这一切的，也不打算阐发罗蒙诺索夫所开创的俄罗斯文学是如何做到这一切的；这一切已经做了，而且正在做，这是历史事实，其正确性是显而易见的。"③ 针对斯拉夫派对彼得一世和罗蒙诺索夫模仿的诟病，别林斯基作了如此有力的回击。

上述三位批评家如此辨析罗蒙诺索夫与彼得一世的关系，如此热烈地讨论罗蒙诺索夫的文学之外的意义，包含着非常丰富的内涵。从文学与文化思潮的关系看，这实际上是斯拉夫派同西方派的一次交锋。19 世纪 30—

---

① Белинский Б. Г. Избранные сочинения. М. и Л. : ГИХЛ, 1949, с. 865.
② Там же.
③ Там же.

第一章 本土与外来因素之争:罗蒙诺索夫批评史的潜文本

40年代正是俄罗斯思想界的两大流派——斯拉夫派和西方派形成的时期,双方的争论十分激烈。争论的焦点是,俄国应走什么道路,谁是主导力量。斯拉夫派认为,彼得之前的俄国是村社和宗法制的理想时代,必须纠正彼得一世对俄国生活的歪曲。西欧派高度肯定彼得一世的作用,认为他把东方的俄国带上了西方的发展道路。① 阿克萨科夫是斯拉夫派的主将,别林斯基则是青年的西方派领袖。他们既是好友,也是论敌。围绕果戈理的《死魂灵》,他们争论激烈,互相指名道姓地指摘对方。在关于罗蒙诺索夫的争论中,他们则隔空过招,针锋相对。因为作为斯拉夫派,阿克萨科夫反对彼得一世时代所形成的学习西方的精神,他特地强调罗蒙诺索夫同德国派的斗争;与之相对,别林斯基则强调,外来的东西"可以转化到它的内部"。纳杰日金则当了骑墙派,他既讨好西欧派,对彼得一世多有肯定;又在文章的末尾打出斯拉夫派旗号:"我们的教育筑基于东正教、专制制度和人民性。这三个概念在文学中可以合而为一。只要我们的文学是东正教式的、专制制度式的,她就是人民的。"②

从文学与社会思想的关系来看,这里实际上承载着对俄罗斯国家发展道路的思考。在19世纪前50年的俄罗斯,文学创作和文学批评具有特殊的、超越文学的功能。由于当时的沙皇专制制度和农奴制对人民的压迫,更由于1825年十二月党人起义失败后的政治高压,文学创作和文学批评成了探索民族和国家发展道路的唯一途径,正如赫尔岑所说:"凡是失去政治自由的人民,文学是唯一的讲坛,可以从这个讲坛上向民众倾诉自己愤怒的呐喊和良心的呼声。……在这样的社会中文学的影响获得了西欧其他国家所已丧失的规模。"③ 综合这两点,可以看出,对19世纪上半叶罗蒙诺索夫的批评,实际上成了探索俄罗斯民族、国家发展道路的一个特殊平台,批评家们既指点文学,又借题发挥展开了对未来发展道路的争论,这就表征了最典型的俄罗斯文学评论模式——社会历史批评。

---

① 参见曹维安《俄国的斯拉夫派与西方派》,《陕西师范大学学报》1996年第2期。
② Надеждин Н. И. Европеизм и народность, в отношениии к русской словесности, c. 444. http://smalt.karelia.ru/~filolog/pdf2/evropena.pdf.
③ 转引自刘宁主编《俄国文学批评史》,上海译文出版社1999年版,第XXII页。

第三节　诗与律

在长达一个世纪的时间里，从 1847 年别林斯基的论述开始，到 20 世纪 60—70 年代日尔蒙斯基等的讨论，罗蒙诺索夫评论中出现了关于诗歌格律的对话和争论。除了苏联、俄罗斯学者，西方的学者也参与其间，使之成了包举俄内外的有趣学术对话。

1847 年，别林斯基认为，罗蒙诺索夫是俄语中写重音诗抑扬格的第一人。"1739 年，28 岁的罗蒙诺索夫——俄罗斯文学中的彼得大帝，从德国的土地上寄回了自己著名的《占领霍金颂》，从这部作品开始，应该公正地认为，俄罗斯文学开始了。康捷米尔所做的一切，对书籍毫无影响，特烈季阿科夫斯基所做的一切也未能成功，甚至他引入俄罗斯诗歌中的正确的音节诗的音部也是如此……正因为如此，罗蒙诺索夫的这首颂诗是俄语中的第一首用正确格律写成的诗。"① 所谓"正确的格律"即指抑扬格。别林斯基或许是首创罗蒙诺索夫是俄罗斯抑扬格创始人之说的人，此说在 19 世纪及 20 世纪初得到众多学者的认可。1923 年，普姆皮扬斯基指出，"就像用节奏武装起来的帕拉斯科尔尼科夫一样"，罗蒙诺索夫是抑扬格的创造者，"罗蒙诺索夫的诗律包含了全部（还有最罕见的）抑扬格"。②

但有苏联学者对此提出反驳。18 世纪文学研究的重要学者 П. Н. 别尔科夫在 1935 年发表的《18 世纪前 30 年俄语诗歌史断片》一文中作了认真考察。他提出了过去人们未曾注意到的事实：在 1704—1705 年的《莫斯科教会的历史—神学观察》一书中就记载了外国传教者斯帕尔文费利特（И. Г. Спарвенфельдта）翻译的《路加福音》中的一段文字，这是用拉丁文记录的俄文译本，根据其俄文，别尔科夫认为："这是重音诗，是用正

---

① Белинский Б. Г. Избранные сочинения. М. и Л. : ГИХЛ, 1949, с. 865.
② Пумпянский Л. В. К истории русского классицизма: (Поэтика Ломоносова) (1923), Контекст—1982, М. : Литературно-теоретические исследования, с. 211, с. 327. Цитаты из статьи «У истоков русского четырехстопного ямба: генезис и эволюция ритма». М. И. Шапира. Philologcal (3) 1996, с. 85.

确的四步扬抑格写成的。"① 他就把关于俄语重音诗出现的时间向前推了34年，而且创始者并非俄国人。而且他认为，特烈季阿科夫斯基也看到过这首诗。② 这就推翻了罗蒙诺索夫是音节重音诗的俄国发明者之说。

非常有趣的是，尽管别尔科夫是大权威，可是他这个反潮流的观点在苏联基本没有引起反响。1958年，俄罗斯科学院版《俄罗斯文学史·第一卷：10—18世纪》就没有吸收别尔科夫的观点。在该文学史中，回顾了罗蒙诺索夫同特烈季阿科夫斯基关于音节诗和音节重音诗的争论，然后写道："罗蒙诺索夫将《关于诗歌格律的通信》和《占领霍金颂》一起寄到俄国。这是用新的音节—重音格律写成的，而且它确定了在以后的岁月里在俄语诗歌中占主流的四步抑扬格。罗蒙诺索夫发现这种诗律尤其适合颂诗体裁，他还援引这种诗格，说它'从低至高'——即从无重音的音节到有重音的音节，这就形成了这种'高级'体裁的必备条件。"③ 这样，该文学史绕过别尔科夫，回复到了别林斯基那里，即肯定从《占领霍金颂》开始罗蒙诺索夫开创了俄罗斯诗歌格律的新时期。耐人寻味的是，该文学史未让别尔科夫执笔写有关罗蒙诺索夫的章节。

倒是国外学者注意到了别尔科夫的研究。1965年，美国学者B.O.昂比冈（Unbegaun, B.O）在其《俄罗斯诗学》一书中引用了别尔科夫的观点。④ 但昂比冈做了进一步阐发："音节诗是从波兰借鉴过来的。照特烈季阿科夫斯基的说法，音节重音诗是继承俄语民间诗歌的实践而来的，然而事实却是，新的诗歌的开创者认识到，带重音的词是节奏最重要的基础。除了少数扬抑格外，有规律间隔的重音，是音节—重音诗歌的现实基础，在抑扬格的诗句中尤其如此，这种重音似乎是将德语诗律运用于俄语诗歌的结果。"⑤ 昂比冈与别尔科夫相近，主张俄语诗歌格律模仿异国说。在普

---

① Берков П. Н. Из истории русской поэзии первой трети XVIII века（К проблеме тонического стиха）//XVIII век. М и Л.：Издательство Академим наук СССР, 1935, Сборник 1, с. 68.

② Там же, с. 69.

③ История русской литературы. Главный редактор Д. Д. Благой. Т. I（Литература X - XVIII веков）. М и Л.：Издательство Академии наук СССР, 1958, с. 433.

④ Unbegaun, B. O. *Russian Versification*. Oxford：Clarendon Press, 1956, pp. 10 - 11.

⑤ Ibid., p. 10.

雷明格（Alex Preminger）主编的《普林斯顿诗学和诗歌百科全书》中，也将罗蒙诺索夫视为新的诗歌格律的创造者："在忽视特烈季阿科夫斯基注重俄罗斯诗歌本性的观点的同时，不是将他，而是将他的对手罗蒙诺索夫称为'俄罗斯的达·芬奇'。罗蒙诺索夫是大科学家、学者和诗人，他借助重音词，或者通常所说的音节重音，创造了新的诗歌格律。在他之后，抑扬格成了俄语诗歌最常见的格律，一直持续至今。"① 本书谈到了18世纪俄罗斯诗歌与彼得一世改革的关联，谈到其与法国新古典主义的关系，但没有涉及新的诗歌格律是否借鉴了外国诗的问题。

俄罗斯的学者对罗蒙诺索夫在俄语诗歌格律诗初创期的作用的讨论一直未停息，而且同西方的学者展开了对话。1968年，В. М. 日尔蒙斯基发表了《抑扬格诗的民族形式》，他首先对昂比冈的俄语格律诗模仿外国诗歌格律之说提出质疑，然后转化了研究角度："与比较诗律学的这项任务相适应，我们不拟研究昂比冈教授所理解的意义上的诗律从一种语言到另一种语言的借鉴的环节，而是在同民族语言材料、同特定语言的诗律的辩证的联系中，比较诗歌民族形式的异同。这种比较既有发生学的性质，又具类型学的性质。"② 日尔蒙斯基大量列举了罗蒙诺索夫抑扬格颂诗中出现的重音脱落现象，即掺杂在抑扬格中的抑抑格（即连续两个音节没有重音——作者注）。比如日尔蒙斯基承认，就主题、体裁和分行而言，德国诗人京特1718年的《欧根亲王战胜土耳其人颂》是罗蒙诺索夫1739年的《占领霍金颂》的范本，但在诗律方面，罗蒙诺索夫已有自己的特点。③ 在该诗1751年版本的280行诗中，出现了67次抑抑格。④ 在1843年的《夜思上帝之伟大》中，42行中有32行出现抑抑格，⑤ 在1747年和次年写的两首献给女皇伊丽莎白的颂诗中，第一首240

---

① *Princeton Encyclopedia of Poetry and Poetics*. Edited by Alex Preminger, Princeton, New Jersey, Princeton University Press, 1974, p. 728.

② Журмунский В. М. О национальных формах ямбического стиха. В его книге《Теория литературы. Поэтика. Стилистика》. Л：《Наука》. Ленинградское отделение, 1977, с. 364.

③ Там же, с. 369.

④ Там же, с. 373.

⑤ Там же, с. 374.

第一章　本土与外来因素之争：罗蒙诺索夫批评史的潜文本 | 17

行中有 188 行出现抑抑格，第二首 240 行中有 170 行出现抑抑格，抑抑格大致占 25%。① 根据这些现象，日尔蒙斯基得出了如此的结论："正确无误的语言感和强大的诗人禀赋导致罗蒙诺索夫从节奏上解放了俄语抑扬格。于是他成了俄语抑扬格诗的创造者，这种诗格的特点是在传统的诗律模式与其母语的特征的互动中形成的。"② 日尔蒙斯基在苏联是以思想开放著称的，不是那种动辄强调"俄罗斯天下第一"的狭隘学者，但在此文中，他却一反惯常风格，以归纳法特地突出了罗蒙诺索夫在抑扬格创造中尊重"本民族特性"的功劳。③ 为回应日尔蒙斯基的观点，К. Ф. 塔拉诺夫斯基1975 年发表了《早期俄语抑扬格及其德国样板》，他指出，在 1751 年的《占领霍金颂》的最后编定本中，同"京特的诗非常近似"。④ 与此同时，塔拉诺夫斯基又通过分析罗蒙诺索夫翻译的阿那克瑞翁的作品和《圣经》雅歌、苏马罗科夫的《哈姆雷特》等作品，指出了早期俄语抑扬格的变形。他的结论是："从 1746—1748 年罗蒙诺索夫和苏马罗科夫这两位诗人的创作看，俄语早期抑扬格获得了足以区别于其德国样板的民族特质。"⑤

从关于罗蒙诺索夫对俄语格律诗的贡献的讨论中，可以看出有两种观点或倾向：或认为罗蒙诺索夫从外国（德国）引进了抑扬格，或强调他对民族性因素的重视。其实在彰显学理性的诗律讨论中，依然可以隐约察觉到作为后发国家的俄苏学者对什么是"俄罗斯的因素"、什么是"外来的因素"的特殊敏感，这成了他们研究问题的潜在背景。此外还应看到，诗律问题是罗蒙诺索夫评论中唯一发生过俄/西对话的论域。俄苏与西方学

---

① Журмунский В. М. О национальных формах ямбического стиха. В его книге 《Теория литературы. Поэтика. Стилистика 》. Л: 《 Наука 》. Ленинградское отделение, 1977, с. 374.

② Там же.

③ 参见 Жирмунский В. М. Байрон и Пушкин. Пушкин и западные литературы. Ленинград: Наука Ленинградское отделение, 1978. 在该书中他以详尽的对比分析了拜伦对普希金和俄罗斯浪漫主义诗歌的影响，日尔蒙斯基指出："拜伦的诗作通过普希金这个中介渗入了俄罗斯诗歌之中。"（该书第 332 页）刘亚丁援引了日尔蒙斯基的该著来说明普希金受拜伦影响的情况（刘亚丁：《十九世纪俄国文学史纲》，四川大学出版社 1989 年版，第 63—65 页）。应注意，日尔蒙斯基比较拜伦与普希金的著作是 20 世纪 20 年代的旧作，所以 60—70 年代他讨论罗蒙诺索夫时观念有变亦属正常。

④ Тарановский К. Ф. Ранние русские ямбы и их немецкие образцы. XVIII век. Сборник 10. Л.: 《 Наука 》, Ленинградское отделение. 1975, с. 33.

⑤ Там же, с. 38.

者之间只在罗蒙诺索夫批评的局部问题上有所对话，从整体上看，罗蒙诺索夫的文学价值并未进入当代西方学术视野。①

洛特曼将罗蒙诺索夫放在俄罗斯文化发展和符号学的大框架上来审视，他指出："罗蒙诺索夫历史地站在分界点上，这是彼得大帝之前和之后的文化的分界点，这是历史传统和西欧文化对接的分界点。"② 洛特曼对罗蒙诺索夫创作中的这个特点的概括是非常准确的，这个特点也反射在了我们所讨论的对这位俄罗斯诗人的批评、研究史中。从对上面的三个问题的分析中可以看出，不管是18世纪以西欧先贤比喻罗蒙诺索夫，19世纪前50年关于他与彼得一世关系的争论，还是跨越一个多世纪的对罗蒙诺索夫的诗歌格律的讨论，都可归结到他所表征的文化意义之争上。诗人或批评家或认为他代表了西方的、先进的东西，或认为他在守持俄罗斯本土的因素，这最终都折射出了每个时代写作者自身的文化认同。俄苏的罗蒙诺索夫评论研究，跨越了俄罗斯文学批评从草创期到成熟期的全部阶段，内涵与外延在不断演变，但大都与民族国家发展道路等大问题具有密切的联系。在某种程度上可以看出，俄苏的罗蒙诺索夫批评、研究与俄罗斯文学本身的发展历程具有平行性，该历程的重要内核之一，就是在外来的因素和本土的因素之间抉择，以确立属于自身的发展道路。

---

① 在回溯到1990年的Web of Knowledge检索平台检索到有关罗蒙诺索夫的289篇论文，其中文学方面的论文3篇，2篇是俄罗斯的《Русская литература》发表的，1篇是 *SLAVONIC AND EASTEUROPEAN REVIEW* 发表的。在Gale的文字版中没有收录任何关于罗蒙诺索夫的资料。

② Лотман Ю. М. Ломоносов и некоторые вопросы своеобразия русской культуры XVIII века. В его книге 《История и типология русской культуры》. СПб.: Искусство-СПБ, 2002, с. 370.

第二章　三种《叶甫盖尼·奥涅金》注释本解读

普希金（A. C. Пушкин, 1799—1837）的诗体小说《叶甫盖尼·奥涅金》（以下简称《奥涅金》）问世后，阐释繁多，论著迭出，最富有戏剧性的学术公案，当是三个旨趣迥异的注释本在48年间于苏联和美国相继出版。第一本是1932年出版的尼古拉·布罗茨基（Н. Л. Бродский, 1881—1951）的注释，[①] 第二本是1964年出版的弗拉基米尔·纳博科夫（V. V. Nabokov, 1899—1977）的英文翻译和注释本，[②] 第三本是1980年出版的尤里·洛特曼（Ю. М. Лотман, 1922—1993）[③] 的注释。普希金研究在俄罗斯已成专门学问，但对《奥涅金》的注释却并未得到应有的重视。[④]

由于注释者不同的前见和学术兴趣，三种《叶甫盖尼·奥涅金》注释本形成三种不同的学术路向：尼古拉·布罗茨基的注释为社会历史学还原；尤里·洛特曼的注释为文化学还原；弗拉基米尔·纳博科夫的注释为审美还原。三种注释的影响或建构意义值得关注：布罗茨基对若干代学者、读者的影响有迹可循；洛特曼借此进行了俄罗斯贵族文化复原的历史

[①] Бродский, Н. 《Евгений Онегин》романА. С. Пушкина: Комментарий. М.: Мультиратура, 2005.
[②] Набоков В. Комментарии к роману Александра Пушкина 《Евгений Онегин》. М.: НПК "Интелвак", 1999.
[③] Лотман Юрий, Пушкин. СПб.: Искусство-СПБ, 1997.
[④] 1966年出版的由戈罗杰茨基等主编的《普希金研究的总结和问题》（Пушкин. Итоги и проблемы изучения. Под редакцией Б. Городецкого и др., М. и Л.: Наука, 1966）对布罗茨基的其他普希金研究著作多有关注，唯独对他的《叶甫盖尼·奥涅金》注释本不置一喙。发表于《塔尔图普希金讲座》2000年第2期的舒尔的《文艺学注释问题》（Т. Шор. К проблмме литературоведческого комментария. Пушкинские чтения в Тарту, 2, 2000.）对洛特曼和布罗茨基的《奥涅金》注释的写作史有所涉猎，但也没有展开学术性的考察，更何况该文完全没有提及纳博科夫的《奥涅金》注释。

梳理和结构美学的建构；纳博科夫对诗律的领悟和小说《微暗的火》的创作因翻译注释而获得灵感。三种注释受到被注释文本的内容的刚性限制，会对某些问题产生共同的兴趣，因此会在某种程度上消解不同还原法之间原有的紧张。

梳理《奥涅金》的三种注释本的学术价值是有意义的工作，它可以揭示：学术巨匠是如何以自己的才情去激活古代经典文本的；他们是如何影响后学的；他们是如何借注释经典来深化自己的学术或创作的；他们之间是如何形成"对话"的。注释有其客观的知识性的内容，这是三位注释家所共有的。本文研究的重点是注释家的个人化的内容。三位注释家学术语境不同，审美趣味有别，价值取向不同，因此他们具有不同的前见、相异的视域。正因为如此，在他们的注释中彰显学问才情，形成三种不同的文本还原路向。

第一节　社会历史学还原

布罗茨基在《奥涅金》的注释本中自觉进行了社会历史学还原。他提出，他的注释要"在演变、矛盾和与社会环境的联系中给读者提供长诗主人公们诗学形象的完整的概念"[①]。他往往从作品的一两句话入手，小题大做，钩稽出丰富的历史上下文。在《奥涅金》的第二章叙及奥涅金在刚从故去的叔父那里继承来的庄园里进行了一项经济改革，将徭役改为佃租，小说中只用了两句诗来叙述此事："采用轻的地租制，用它代替/古老的徭役制度的重负。"[②] 布罗茨基洋洋洒洒注了4页。他首先解释徭役制；然后引用鲁宾斯坦的文章《作为十二月党人运动基础的19世纪初的经济发展》，说明徭役制对农民的剥削的程度；再引用1819年尼·屠格涅夫给亚历山大一世的关于《农奴制的状况》的条陈，引述在当时的青年贵族中传

---

① Бродский, Н. 《 Евгений Онегин 》 романА. С. Пушкина: Комментарий. М.: Мультиратура, 2005, с. 6.

② ［俄］普希金：《普希金选集》第5卷，《叶甫盖尼·奥涅金》，智量译，人民文学出版社1985年版，第60页。

阅的《祖国之子》上的普希金皇村中学老师库尼岑的反农奴制的文章；再讲述了尼·屠格涅夫和彼·维亚泽姆斯基的解放农奴的行动。显然，布罗茨基利用作品中的诗句，还原了19世纪初期俄罗斯贵族中部分精英分子对当时社会体制的核心农奴制的批判性反思。对奥涅金的"忧郁症"的注释更是如此，布罗茨基用了7页多的篇幅来追述俄罗斯当时贵族青年中的种种"忧郁症"状，他不厌其烦地引述了巴丘什科夫、В.奥陀耶夫斯基、О.谢尔宾纳、Н.屠格涅夫、维亚泽姆斯基等人谈自己精神忧郁的文字。为了证明自己在运用历史唯物主义方法，布罗茨基还通过引述格利鲍耶陀夫的《聪明误》中贵族青年恰茨基的台词等，说明是"政治制度"的"美杜莎"之头，让奥涅金这样的贵族青年血管中产生"血冷凝"。① 从总体上看，布罗茨基的注释本完成了《奥涅金》解释的现代转型。就思想资源和学术传承而言，他服膺社会历史批评方法，整个注释本蕴含着人的社会存在决定其意识的基本观念，他还引用马克思的原话，力图还原奥涅金意识的历史环境，为连斯基寻找生活原型。向上他承接19世纪别林斯基所开创的普希金批评传统，在对《奥涅金》的总体定性评价，对连斯基的评价等方面，布罗茨基承袭了别林斯基的文学批评遗产。

布罗茨基将对《奥涅金》的解释转变为一种注重"与社会环境相联系"的解释，而在社会环境中主要着力于以十二月党人运动为核心的社会关系。这种转变具有时代特征。布罗茨基出生于1881年，1904年毕业于莫斯科大学，作为一个在旧俄时代已经开始学术研究，并且已经取得成就的学者，20世纪30年代初出版的这本著作似乎也包含了布罗茨基借以表明自己的学术观点、学术研究方法向主流转向的意味。塔·舒尔指出："即使是在像布罗茨基这样的诚实学者那里，依然可以发现当时常见的庸俗社会学的痕迹。"② 在2005年版中，1964年版中谈奥涅金和连斯基是先进贵族的代表的两段文字、谈普希金对"双头鹰所象征的政治制度的一贯

---

① Бродский, Н. 《Евгений Онегин》 романА. С. Пушкина: Комментарий. М. : Мультиратура, 2005, с. 84.

② Т. Шор. К проблмме литературоведческого комментария. Пушкинские чтения в Тарту, 2, 2000.

仇视"的一段文字等被编者删去了，① 大概是因为新版编者想减弱庸俗社会学的痕迹。

应该看到布罗茨基的社会历史学注释法对苏联/俄罗斯的普希金学的影响。布罗茨基在自己编写的《俄国文学史》的相关部分也采用了《奥涅金》注释本的观点和材料。② 在现行的文学史中依然不难发现布罗茨基注释本的观点的痕迹，以莫斯科大学语文系2006年版的《俄罗斯文学史》为例，对奥涅金的忧郁精神状态的分析，对他在第八章中的精神振作的判断，对连斯基的文学观点的关注等，都可看到对布罗茨基注释的应用。③ 同时还应该指出，布罗茨基的注释是中学教师的参考书，1932年以来前后出了六版，其中仅1964年版印数就达10万册之多，显然通过中学教师这个注释本影响了一代代俄罗斯中学生对《奥涅金》的阅读和领悟。在注释出版后，布罗茨基还出版了将近900页的《普希金传》。

第二节　文化学还原

洛特曼是塔尔图符号学派的创始人和核心人物。他对《奥涅金》的注释自有其理性选择，洛特曼采用文化学还原法来解读《奥涅金》，通过对普希金的虚构文本的考察勾连出那个时代的文化上下文。在《关于俄罗斯文化的谈话录——18世纪至19世纪初俄罗斯贵族风习和传统》的序言中，洛特曼对文化给出了这样的定义："文化是人们之间的交往形式，而且文化只有在交往的组织中才能实现。"④ 从该书的题目可以看出，对洛特曼而言，文化的核心是风习和传统。洛特曼谈到普希金对上流社会的态度时说："他一方面对上流社会采取讽刺态度，另一方面他又看到，有教养的、

---

① Бродский, Н. «Евгений Онегин» романА. С. Пушкина: Комментарий. М.: Просвещение, 1964, сс. 8 – 9, с. 359.
② 参见布罗茨基《俄国文学史》，蒋路、孙玮译，作家出版社1954年版，第347—374页。
③ См.: Русская литература XIX – XX веков. М.: Издательство Московского университета, 2006, с. 94, с. 95, сс. 96 – 97.
④ См.: Лотман Ю. М. Беседы о русской литературе. Быт и традиции русского дворянства (XVIII-началоXIXвека). СПб.: Исккуство-СПБ, 2001, с. 6.

追求精神的精致社会的风习是一种价值,它是民族文化的一部分。"① 其实这也不妨看成洛特曼的夫子自道,因此考察贵族风习和传统成了他注释《奥涅金》的出发点。兹将洛特曼在注释中关注的重点列举若干。一是贵族的潇洒姿态。洛特曼对奥涅金"鞠躬起来姿势也颇为潇洒"② 做了翔实的文献学考释。洛特曼引用了 18 世纪末到 19 世纪前期的三种礼仪书籍和舞蹈教练的回忆录,还谈及贵族教育对自如驾驭肢体语言的训练;陀思妥耶夫斯基的《白痴》中的梅希金公爵不是贵族,故肢体语言僵直;赫尔岑的《往事与随想》中记录了贵族对平民知识分子别林斯基的局促和狼狈的回忆。③ 二是贵族的外语。洛特曼援引了大量材料:托尔斯泰的《童年》中小主人公对法语说不流畅的人很厌恶;《战争与和平》中平民知识分子出身的首相斯彼兰斯基讲法语没有俄语流畅;回忆录作者 A. 尼基连科所谓"法语是进入'高雅'客厅的通行证"④ 的说法,证实法语在当时的俄罗斯贵族中的特别地位。通过奥涅金使用拉丁文的诗句,洛特曼还考察了普希金在皇村中学研习拉丁文的情形,进而考证出在 1815 年耶稣会士学校开办后,拉丁文在当时追求古典教育的俄罗斯贵族中流行,雅库什金、M. 奥尔洛夫、科尔尼洛维奇等许多贵族都能自如运用拉丁文。⑤ 三是贵族的观剧。通过对原作中奥涅金进剧场的场景的注释,洛特曼考察了作为社交场的剧场,皇家剧院的隶属关系、其演员的地位和权力。⑥ 四是婚姻问题。通过对作品中拉林夫妇婚姻关系的注释,他援引 1884 年出版的《俄罗斯法典中的离婚》,考察了 19 世纪初婚姻法的规定。⑦ 五是俄罗斯文化认同问题。第八章第九节的一句"智慧生性喜好辽阔,为什么要拘束它",乍一看似无奥义,但经洛特曼一注释,就现出了其文化学意义上的玄机。洛特曼不掠美,他指出,B. 维诺格拉多夫钩稽出这句话的典出:彼得一世的

---

① Лотман Ю. Пушкин. СПб.: Искусство-СПБ, 1997, с. 712.
② [俄] 普希金:《普希金选集》第 5 卷,《叶甫盖尼·奥涅金》,智量译,人民文学出版社 1985 年版,第 10 页。
③ Лотман Ю. Пушкин. СПб.: Искусство-СПБ, 1997, сс. 551 – 552.
④ Там же, с. 551.
⑤ Там же, сс. 554 – 555.
⑥ Там же, сс. 565 – 566.
⑦ Там же, с. 606.

大臣亚·基金对彼得一世说:"俄罗斯智慧生性喜好寥廓,你为什么要拘束它?"但洛特曼将这句诗置于普希金的创作史中来分析:"对这个典故的揭示有助于解释普希金的思想进程:俄罗斯的奥涅金们的命运是与对彼得一世改革结果的思考相联系的。同时可以指出,在第七章和第八章之间有明显的断裂:同情性地引用亚·基金的话,是从《波尔塔瓦》到《青铜骑士》的明显的一步。"① 洛特曼的意思是:在《波尔塔瓦》中,普希金对彼得一世是赞扬有加的,在《青铜骑士》中对他就颇有微词了,这里洛特曼涉及普希金对彼得大帝借鉴西方文化改革的反思的演化过程。布罗茨基在注释中对19世纪初的贵族政治运动史(以十二月党人运动为核心)着眼甚多,洛特曼则对19世纪初的文化(以贵族的风习和传统为代表)关注尤笃,兼及俄罗斯对近代的文化认同变迁的考察。

通过对《奥涅金》的注释,洛特曼要达到两个目的:其一是还原普希金时代的文化,以进行俄罗斯文化学建设的历史传统梳理工作;其二是夯实自己学术大厦的文本基础。先看文化学建设。他将《奥涅金》视为风习和文化传统史的资料的重要来源。他的《奥涅金》注释本的第一部分是《奥涅金时代贵族风习简史》,在这里,他通过将《奥涅金》的文本与同时代的其他文本的互证,展开了经济和财产、贵族的教育和服役、贵族妇女的兴趣和操持、贵族在城里和乡间的府邸、上流社会人士如何度过一天、舞会、决斗、旅行工具和道路等问题。② 这里的不少内容直接来自《奥涅金》的注释文字。这个风习简史又构成了他后来出版的《俄罗斯文化谈话录——18世纪至19世纪初俄罗斯贵族风习和传统》的重要内容,这本书第二部分的"舞会"和"决斗"两节直接来自《奥涅金时代贵族风习简史》,只是个别段落略有增删。③ 另外,谈论婚姻的部分也有直接来自注释的内容。再看夯实学术大厦的文本基础问题。在注释《奥涅金》的基础上,洛特曼还进行了另一项建构。在结束注释工作后的1976年10月,洛

---

① Лотман Ю. Пушкин. СПб.: Искусство-СПБ, 1997, сс. 713 – 714.
② Там же, сс. 490 – 541.
③ Лотман Ю. М. Беседы о русской литературе. Быт и традиции русского дворянства (XVIII-начало XIX века). СПб.: Искркуство-СПБ, 2001, сс. 90 – 120, сс. 149 – 164.

特曼写信对朋友说:"刚刚交了《奥涅金》注释的稿子……工作很愉快,从符号学中逃出来,得到了休息,而且我确信,除了符号学我还能做些别的事情。"① 洛特曼在塔尔图大学开设了有关《奥涅金》的选修课,后来出版了该课程的讲稿《〈叶甫盖尼·奥涅金〉文本研究·专题课讲稿》。选修课讲稿主要涉及《奥涅金》结构问题:《奥涅金》矛盾原则、它的"他人话语"、视点问题、音调问题、文学和文学性、文本的统一性、结构功能等。② 洛特曼指出,《奥涅金》的结构是在各种破坏结构惯性之中实现的;《奥涅金》在读者的直接感受中存在着各种对立的、对位的因素,但是"在普希金的诗体小说中具有若干工作构件,它们以将各种超文本的部件聚合成一个有机的整体为目的"③。比如在《奥涅金》中大量存在着"他人话语",作品的外在形态是对话性的,甚至是多声部的,但是这些对位性的因素都是在作者的独白中呈现的,因此它们是统一的文本。④ 应该看到,洛特曼对《奥涅金》的注释是他展开结构分析的基础。比如,在注释中他就指出在第二章中达吉雅娜被描写为极端欧化的人物,在第五章中又将她置于民俗氛围之中来展现,改变了她的精神特征,这体现了"结构的矛盾性"⑤ 原则,足见对《奥涅金》的注释成了他对这部作品展开结构研究的基础。

第三节 审美还原

挟游历欧美、若干种语言娴熟流利、俄文英文小说诗歌操持应手得心的优势,纳博科夫注释《奥涅金》每每旁征博引,纵横古今,意兴遄飞,他采用的是在"东海西海,心理攸同"⑥ 意义上的审美还原。如第六章连

---

① Т. Шор. К проблмме литературоведческого комментария. Пушкинские чтения в Тарту, 2, 2000.
② Лотман Ю. Пушкин. СПб.:Искусство-СПБ, 1997, cc. 393 – 471.
③ Там же, с. 448.
④ Там же, с. 449.
⑤ Там же, с. 648.
⑥ 钱钟书:《谈艺录》,中华书局1984年版,第1页。

斯基在决斗前夜提笔给恋人奥尔加写诀别信,其中有一句:"你远远地逝去了,而今何在,/我春天的黄金的日子?"① 纳博科夫的注释达6页之多。首先引起他兴趣的是"你飞到哪里去了",他援引了17世纪英国诗人乔治·科洛普(Джон Коллоп)《灵肉》中的诗句:"哪里,我的灵魂飞到哪里去了?"② 然后是托·弗莱切的诗句"亲爱的灵魂,你飞到哪里去了?"③ 然后又是蒲伯在《我的灵魂,流浪者》中转引亚历山大大帝的诗句:"啊,你自己要飞到哪里去?"詹姆斯·佩基的《希望颂》中的"你们要飞到哪里去",安娜·巴尔勃《生命》中的"啊,你要飞到哪里去"④ 等。纳博科夫还指出,"我春天的日子"来自法国诗歌。他首先引出克莱曼·马罗《谈自我》中的"我的美好的春天和夏天永久地飞逝"⑤,此诗恰好是普希金本人翻译的。他又引基翁·硕利耶(Гийон де Шольё)的《痛风的第一次发作》中的"所有的鲜花已掠走了我的春天";伏尔泰的书信第十五中的"你看见,谣言,黯淡了我美妙春天中的沉思的早晨"。旋即又援引安德烈·谢尼埃的《哀歌》第一首中的"啊,我春天的日子,在玫瑰编花冠的时候,我能在暴风雨中欢腾"⑥。纳博科夫还指出普希金本人先于连斯基已经有了这样的感叹,举出了普希金的若干类似的诗作。纳博科夫还认为:"黄金般的日子"的意象来源于德国诗歌。布罗茨基只注出了俄国诗人的"黄金般的日子"的诗句,纳博科夫则具体分析了俄罗斯诗人茹科夫斯基类似诗句对席勒作品的仿写。纳博科夫钩稽出普希金诗句在欧洲文学中的"互文性",其学识之渊博,足以令人折服。再看他对第一章一句"我多么羡慕那滚滚的波澜,/满怀着恋情躺在她的脚边"⑦ 的"注释":纳博科夫又援引了本·琼森的《蹩脚诗人》、托马斯·莫尔的

---

① [俄]普希金:《普希金选集》第5卷,《叶甫盖尼·奥涅金》,智量译,人民文学出版社1985年版,第217页。

② Набоков В. Комментарии к роману Александра Пушкина «Евгений Онегин», с. 581.

③ Там же.

④ Там же, с. 582.

⑤ Там же, сс. 582 – 583.

⑥ Там же, с. 583.

⑦ [俄]普希金:《普希金选集》第5卷,《叶甫盖尼·奥涅金》,智量译,人民文学出版社1985年版,第33页。

《天使之爱》、拜伦的《天与地》、拉马丁的《湖》、雨果的《奥林匹奥的悲哀》中类似的描写，然后又转到俄罗斯诗人波格丹诺维奇的《玛申卡》。旋即又证明"波涛沐足"的类似的描写来自拉封丹的《普叙刻与枯皮德之爱》，他认为拉封丹是从《变形记》和《金驴记》的法文译本中模仿了类似的意象。① 纳博科夫已经完全不考虑普希金是否读过这些文字，因为雨果的那首诗写成的时候普希金已经不在人世了。纳博科夫与其说是在注释，不如说是在纵横学问，恣肆才情，几乎有天马行空、驰骋无碍之感。借注释之名，纳博科夫同布罗茨基等注家，甚至同普希金本人在比赛学识，较量才情。唯其如此，托马斯·肖认为：在翻译和注释《叶甫盖尼·奥涅金》中，"纳博科夫的普希金是他自己的，是纳博科夫的普希金"②。诚哉斯言，纳博科夫注释奥涅金中投射了自己的才情和心智，注释是纳博科夫言说自我的另一种方式。纳博科夫注释审美还原的意义，也在如此张扬的炫技中得以彰显：打通了《奥涅金》的文本和欧洲文化之间的藩篱，以期让大写的诗心渐渐敞开。

在注释《奥涅金》的基础上，纳博科夫也在两方面有所建树。首先在诗律研究方面。纳博科夫不但小说写得出类拔萃，而且其诗歌也很出色，他对诗学意义上的"怎么说"问题进行了深入剖析。在注释本的末尾是纳博科夫写的《诗律札记》，在那里他探讨了"被视为俄罗斯诗歌最杰出的代表的普希金"对四步抑扬格的运用，比较了俄罗斯的四步抑扬格同英文同类格律的异同。他深入分析了音步、弱音节重读、弱音节重读的转换、扬扬格、省略元音、变调中的差异、韵脚等问题。③ 他认为在《奥涅金》中的押韵最有创意的是："ПрямымОнегинЧильд-ГарольдомВдалсявзадумчивуюлень：Соснасадитсяввануcольдом，Ипосле，домацелыйдень…"（"奥涅金跟恰尔德·哈罗德一样，／懒懒散散，沉湎于遐想。／早晨起来，洗个冷水浴，／

---

① Набоков В. Комментарии к роману Александра Пушкина 《Евгений Онегин》, сс. 144 – 148.

② J. Thomas Shaw. Eugene Onegin by Aleksandr Pushkin; Vladimir Nabokov. //*The Slavic and East European Journal*, Vol. 21, No. 2 (Summer, 1977).

③ Набоков В. Комментарии к роману Александра Пушкина 《Евгений Онегин》, сс. 955 – 973.

整天躲进弹子房……")①他说：在这三句中"让外国人的名字与突兀的俄语口语相呼应，而且重音还落在了前置词上，它是出人意料的，但又如此自然，令人赞叹"②。纳博科夫的诗律札记也是他的注释的自然延伸，在注释中他用大量的文字谈及《奥涅金》中的诗律问题，称赞第一章第四十九节的第一、二句就韵律和音响效果来说是"神来之笔"。③ 在第一章第五十三节，纳博科夫发现写奥涅金叔父死的七句诗中有大量有规律的辅音重复，"将葬礼渲染得喜气洋洋"④。在第八章的四节中，他又分析了元音和辅音的内部韵律，并且同英语诗歌的类似现象做了比较。⑤ 更为有趣的是，纳博科夫对《奥涅金》的翻译、注释还为他创作《微暗的火》这部小说提供了灵感。中译者梅绍武指出了纳博科夫注释《奥涅金》同他写作《微暗的火》的内在关联。⑥ 在《〈微暗的火〉与绝妙的注释艺术》中，乔·莱恩斯研究了注释和小说在文体方面的联系，他还发现纳博科夫对苏联注释者"极端轻蔑"⑦。在笔者看来，纳博科夫翻译注释《奥涅金》与《微暗的火》的联系首先在于，它们的外在的"结构"是相似的：一位诗歌大师，写了一首叙事性的诗歌作品，在大师故去后有个学者来注释这部诗歌作品。其次，《微暗的火》的注释者金波特和苏联时代的《奥涅金》注释者布罗茨基具有映射关系。小说中金波特的注释错误连篇，谢德夫人指摘他是"一头大象身上的虱子""一位天才身上的巨大的寄生虫"。⑧ 金波特这样一个蹩脚的注释者，可以看成纳博科夫在自己注释《奥涅金》时所"描绘"的苏联注释者布罗茨基的"孪生兄弟"，因为在《奥涅金》注释中，纳博科夫对布罗茨基有这样一些情感性评判："不可思议的布罗茨基……写

---

① [俄] 普希金：《普希金选集》第 5 卷，《叶甫盖尼·奥涅金》，智量译，人民文学出版社 1985 年版，第 158 页。

② Набоков В. Комментарии к роману Александра Пушкина 《 Евгений Онегин 》, c. 977.

③ Там же, с. 202.

④ Там же, с. 213.

⑤ Там же, сс. 144 – 148.

⑥ [美] 纳博科夫：《微暗的火》，梅绍武译，上海译文出版社 2006 年版，第 19 页。

⑦ John O. Lyons, "Pale Fire" and the Fine Art of Annotation. // *Wisconsin Studies in Contemporary Literature*, Vol. 8, No. 2, 1967.

⑧ [美] 纳博科夫：《微暗的火》，梅绍武译，上海译文出版社 2006 年版，第 190 页。

错了书名。"① "在这里布罗茨基给出了白痴般的愚蠢注释。"② 这样看来，莱恩斯将纳博科夫在《奥涅金》注释中不能去列宁格勒查资料的感叹与金波特抱怨自己记忆不准确相提并论，③ 就同《微暗的火》的作者意图南辕北辙了。

第四节　对立与对话

三种《奥涅金》注释形成三种还原法，它们之间存在着紧张关系。布罗茨基毫不掩饰自己注释中的社会历史学立场。洛特曼则热衷于文化学还原，虽然在参考文献中他列了纳博科夫的注释本，但他对这位境外同胞的注释未做评价。在自己注释的开篇，纳博科夫就对布罗茨基的注释厉声评断道："布罗茨基站在百年来由别林斯基、赫尔岑等人给他提供的蛊惑性的讲台上宣布，奥涅金的病根在于沙皇俄国的'专制制度'。"④ 这一评断固然是纳博科夫臧否人物嗜好的自然流露，但更是为了亮出旗号：仿佛在《文学讲稿》中那样，他要借此一刀斩断社会历史学解释的魔法。岂料，很快他自己似乎也中了这魔法。对"我徘徊海滨，等待好天气"⑤，纳博科夫注释道："不应该忘记众所周知的事实：在这里如同在其他作品中一样，普希金借气象学的术语来暗示自己的政治境况。"⑥ 在接下来的一系列注释中，纳博科夫的注释似乎越来越注意社会历史性内容了，如第四章第四十五节："克利科寡妇牌、摩爱特牌（两种外国香槟酒——引者注）/……像这个和那个一样。"⑦ 纳博科夫给出了长达4页的注释，他钩稽出了这几句

---

① Набоков В. Комментарии к роману Александра Пушкина 《Евгений Онегин》, с. 27.
② Там же, с. 490.
③ John O. Lyons, "Pale Fire" and the Fine Art of Annotation. //*Wisconsin Studies in Contemporary Literature*, Vol. 8, No. 2, 1967.
④ Набоков В. Комментарии к роману Александра Пушкина 《Евгений Онегин》, с. 163.
⑤ ［俄］普希金：《普希金选集》第5卷，《叶甫盖尼·奥涅金》，智量译，人民文学出版社1985年版，第45页。
⑥ Набоков В. Комментарии к роману Александра Пушкина 《Евгений Онегин》, с. 205.
⑦ ［俄］普希金：《普希金选集》第5卷，《叶甫盖尼·奥涅金》，智量译，人民文学出版社1985年版，第159页，对译文略有修改。

诗同巴拉登斯基的《盛宴》的微妙联系：1821 年，巴氏发表的《盛宴》中曾有"酒自由地沸腾，/如同热情洋溢的智慧不耐羁绊"①。1825 年十二月党人起义失败后，书报检察官将这句诗改为"它冒着泡，沸腾着，/就像调皮的智慧不耐羁绊"②。纳博科夫认为：普希金特地补充上俏皮的"像这个和那个一样"③，是要让人联想到巴氏的被修改的诗歌。有趣的是，布罗茨基的注释提到了巴氏的诗，却没有提到检察官改诗的事，④ 纳博科夫的注释反而具有更强烈的政治色彩。在《奥涅金》中，普希金提到"瓦尔达伊"这个小镇，拉吉舍夫在《从彼得堡到莫斯科旅行记》中描写了这小镇由于贫困而出现的卖淫风气。纳博科夫注释道："拉吉舍夫是《从彼得堡到莫斯科旅行记》的具有自由思想的作者……"⑤ 并说普希金很熟悉拉吉舍夫这部作品。对普希金自己编码后焚毁的、辛辣嘲讽沙皇亚历山大一世的《奥涅金》的第十章的真伪问题，纳博科夫通过四条材料证明该章存在，而且主动引用了奥涅金可能成为十二月党人的材料。⑥ 布罗茨基则简述了第十章的解码和恢复的过程。⑦ 洛特曼提供了七条材料来证明该章的存在，其中前 4 条材料与纳博科夫的完全一样。⑧ 该章的第十一节中有一句"他们曾出卖过一个暴君"，纳博科夫为了注释其中的"暴君"（被暗杀的保罗一世——引者注）一词，援引了普希金作于 1817 年的长诗《自由颂》，并对《自由颂》作了详尽注释。他指出，苏联学者对《自由颂》的注释是"错误的"，因为他们将其"政治化"，并"迫使当今的陷入迷局的读者从中看出革命思想"。⑨ 他强调说："重复这一点并非多余，《自由颂》

---

① Набоков В. Комментарии к роману Александра Пушкина《Евгений Онегин》, с. 478.
② Там же, с. 479.
③ Там же, сс. 479 – 480.
④ Бродский, Н. 《Евгений Онегин》романА. С. Пушкина: Комментарий. М.: Мультиратура, 2005, сс. 172 – 174.
⑤ Набоков В. Комментарии к роману Александра Пушкина《Евгений Онегин》, с. 823.
⑥ Там же, сс. 866 – 869.
⑦ Бродский, Н. 《Евгений Онегин》романА. С. Пушкина: Комментарий. М.: Мультиратура, 2005, сс. 273 – 276.
⑧ Лотман Ю. М. Пушкин, сс. 743 – 746.
⑨ Набоков В. Комментарии к роману Александра Пушкина《Евгений Онегин》, с. 896.

是青年自由主义者的作品。"① 显然《奥涅金》的社会历史性内容成了三位注释家关注的对象，但应该看到，关注的对象相同，但表述是有区别的。三位注家也达成了某种共识和"对话"：《奥涅金》是一部对当时的现实持否定态度的作品，只是在普希金用什么观念来否定这个问题上他们有着不同看法。布罗茨基强调的是普希金在《奥涅金》中的革命思想，纳博科夫则认为普希金秉持的是自由主义思想。

总之，纳博科夫的审美还原法同布罗茨基的社会历史还原法之间存在微妙的关系，开始时紧张、对立，但在保留自我的前提下，逐渐现出承认和融汇的演化趋势。这主要是由《奥涅金》的内容本身对注释者的刚性限制造成的，正如伽达默尔所说："如果不理解原文的本来意义，并且在自己的再现和解释中不表现这种意义，那么没有人能演一出戏剧、朗诵一首诗歌，或演奏一曲音乐。"② 三种还原法是动态的，它们受制于被注释文本的内容，在注释和对话中也会克服各自的成见，达成更新的认识。不同还原发法之间原有的紧张会在某种程度上得以消解，足见它们之间并非隔着楚河汉界。

对《奥涅金》这部经典的阅读和研究应该是现在进行时，我们每个读者都可能对《奥涅金》产生领悟。我们局部的领悟，与注释家的洞见和研究，与普希金的原意每相契合，三心相会，默然一笑，这自然是经典阅读的赏心乐事。但是作为研究者，如果要声称自己对《奥涅金》的研究作出什么新推进，先得查阅这三本注释和其他《奥涅金》研究著作，宣布的时候才会有点底气。

---

① Набоков В. Комментарии к роману Александра Пушкина «Евгений Онегин», сс. 896 – 897.

② [德] 伽达默尔：《真理与方法》第一册，洪汉鼎译，上海译文出版社1999年版，第402页。

第三章 19世纪高加索战争的文学再现

——以莱蒙托夫和列夫·托尔斯泰的行旅和创作为例

西方斯拉夫学者对19世纪俄罗斯作家的高加索题材作品有所研究，但在我国和俄罗斯此项研究尚待展开。本文以莱蒙托夫和列夫·托尔斯泰为例，以作家行旅为切入点，从作家传记与作家作品的关联中，勾勒他们作品所反映的俄国与反叛山民的关系，以及作者对帝国拓疆政策和反叛山民的态度。莱蒙托夫早期对反叛山民的赞扬和后期对俄国征服者的正面表现形成对比。托尔斯泰在第一个时期与俄罗斯帝国政府的拓疆立场是比较吻合的，在第二个时期则在超越俄国军队与反叛山民的对立中反思了人性等问题。他们的前后演变有其自身的原因。更广泛地看，俄罗斯作家高加索题材写作与他们服军役有直接关系；俄罗斯作家的高加索题材作品未必能提供高加索战争的"编年史"，但它们提供了更主要的东西：高加索各民族的心理结构的真实图景。正因为如此，在今天，19世纪俄罗斯作家的高加索题材作品依然具有不同寻常的文化价值和现实启迪。

19世纪后半叶，沙皇俄国以战争手段完成了长达两个多世纪的对高加索的扩张。但时至今日，高加索依然是世界的热点地区之一，俄罗斯联邦的山地后院及邻国并不平静。今天对19世纪俄罗斯作家围绕高加索战争所创作的文学作品做学术考察，不但是俄国文学史研究的新开拓，而且对高加索地区的地缘政治研究亦不无裨益。

学术总是受到权利或隐或显的左右。俄罗斯作家的高加索题材作品在俄罗斯国内的文学研究中不受重视，往往只有在具体的作家选本的序言中，① 或在作家的传记中约略涉及高加索战争。但西方的斯拉夫学者却不乏建树，如已经翻译成中文的埃娃·汤普逊的《帝国意识：俄国文学与殖民主义》。再如苏珊·莱顿的《俄罗斯文学与帝国：从普希金到托尔斯泰笔下的征服高加索》，该书讨论了普希金的山民形象、别斯土舍夫—马尔林斯基对山民的叙述、莱蒙托夫早期高加索作品的东方男子汉气概和《伊斯梅尔—贝》《当代英雄》《瓦列里克》等作品、列夫·托尔斯泰的有关作品，还有关于高加索写作中的女性化问题等。该书趣味细腻，理论资源丰厚，仅举一语，"在年轻的莱蒙托夫于19世纪20年代末至30年代初所写的6部高加索作品中充斥着力比多和野性"，即可见一斑。② 卡蒂·霍雷松著有《俄罗斯边境书写》，其中分析普希金的叙事诗《高加索俘虏》《巴赫奇萨拉伊喷泉》《阿尔祖旅行记》等作品，另外还分析别斯土舍夫—马尔林斯基的《阿玛拉特老爷》和莱蒙托夫的《当代英雄》中的人民形象，分析托尔斯泰的《哥萨克》等。她详尽分析了《阿玛拉特老爷》中的维尔霍夫斯基上校和《当代英雄》中的马克西姆·马克西梅奇上尉，把他们当成了联结山民和俄国军人的中心人物。③ 这三本书都具有不俗的学术见解，但或许由于过于繁复的任务，或许因为疏于关注作家的传记的细节，问题反而有可能被遮蔽：这些俄国作家针对俄国的拓疆政策、对山民的残酷镇压表明了什么立场，对反抗俄罗斯帝国入侵的山民他们又持何种态度。况且，在我国对19世纪俄罗斯作家高加索题材作品的研究尚未展开。正是基于这样的遗憾，本文试图以莱蒙托夫和托尔斯泰为例，以作家行旅为切入点，从作家传记与作家作品的关联中，勾勒他们作品所反映的俄国军队与反叛山民的关系，以及作者对帝国拓疆政策和反叛山民的态度，同时还着意追踪同一作家在不同创作阶段这种态度的演化。

---

① Д. Жуков. Кавказская попея Льва Толстого. Предисловие к сборнику 《Л. Толстой. Кавказские рассказы и повести Л. Толстого》. М.：Советская Россия，1983，cc. 3 - 32.

② Susan Layton. *Russian Literature and Empire*：*Conquest of the Caucasus from Pushkin to Tolstoy*. Cambridge university press，1994，p. 134.

③ Katya Horanson. *Wrting at Russia's borders*. Tornto，Buffalo，London. Unversty of Tornto Press，2008，pp. 171 - 197.

狭义的 19 世纪高加索战争，是指从 1817 年开始在车臣、塔吉斯坦山地和西北高加索展开的俄国军队同反叛山民之间的战争，以 1864 年俄国军队控制阿布哈兹和占领切尔克斯人的最后据点克巴达为终点。① 广义的高加索战争则可提前到 18 世纪初彼得一世开始的俄国征服高加索的战争。这就是 19 世纪俄罗斯作家高加索写作的大背景。

第一节　莱蒙托夫与高加索战争

学术界对莱蒙托夫高加索题材作品的认识是非常不足的，有时甚至是错误的。就以汤普逊为例，她认为："他（指普希金——引者注）和莱蒙托夫从来都不怀疑自己的作为的正当性，虽然他们偶尔把俄国的代言人分成有尊严的（马克辛·马克辛梅奇、苏霍鲁科夫、布尔卓夫——都是莱蒙托夫小说《当代英雄》中的人物——原文如此，引者注）和没有尊严的（毕巧林）。他们都深信不疑，他们访问过的地方，作为穿着俄国哥萨克制服的文明的一部分，将会兴旺发达。""普希金和莱蒙托夫为俄国文本记忆制造了俄国是这一地区严厉而正义的治理英才的形象。"② 尽管笔者非常欣赏汤普逊的许多论断，但在这里不得不指出，她上述论断是不正确的：在莱蒙托夫创作的前期，他不但不是俄国的代言人，反而是反叛山民的歌颂者。

可将莱蒙托夫的高加索写作分为前后两个截然不同的阶段。第一阶段从 1828 年开始，直到莱蒙托夫 1834 年从近卫军官佐学校毕业。第二阶段从 1835 年开始直到 1841 年决斗身亡。在第一个阶段，他对敢于反抗俄国军队征讨的车臣、切尔克斯山民赞美有加，对俄国军人在高加索的暴行有所贬斥；在第二个阶段则对征服者——俄国军人大唱赞歌。

1820 年和 1825 年，当时年仅 6 岁和 10 岁的莱蒙托夫两度跟随外祖母

---

① Большая советская энциклопедия. М.：Советская энциклопедия，1973，т.11，cc. 119 - 121.

② ［美］埃娃·汤普逊：《帝国意识：俄国文学与殖民主义》，杨德友译，北京大学出版社 2009 年版，第 68、71 页。

到高加索度夏,到了高加索矿泉城和戈利亚切沃茨克。① 莱蒙托夫这些童年的印象,加上后来他自己的阅读,到1828年激发了少年诗人的创作灵感,是年他创作了两部以高加索为背景的长诗,一部是《切尔克斯人》,另一部是《高加索俘虏》。

在《切尔克斯人》中,莱蒙托夫讲述了捷列克河畔的一场激战。在捷列克河谷里切尔克斯人听说自己的王公被俄国军人俘虏,怒不可遏,摩拳擦掌,发誓要拼死救出他。要塞里俄国军人正盛装阅兵。突然,惊慌失措的俄国哨兵飞马来报,切尔克斯人在山下造反了。俄国长官立即命令团队投入战斗。两军开始了一场恶战,最后切尔克斯人惨败,土司也坠马身亡。在该叙事诗中,隐含作者的聚焦点是移动的,时而聚焦切尔克斯人,时而聚焦俄国军队,但其情感距切尔克斯人更近:"一位切尔克斯人身披甲子锁,/那装束从头到脚银光闪闪。/自由农民围坐在他周围,/还有些人径直躺在如茵草毯。/一些人把刺刀磨得更锋利,/另一些人正练习射出利箭。/突然土司站起来讲话,/周围是如此静谧,如此无言。/'切尔克斯人,我能征善战的人民,/你们每时每刻都准备出战。/要决一死战,光荣地牺牲,/没有谁比你们更加勇敢。/请抬头望把要塞瞧一瞧,/我弟兄戴着脚镣受牢狱熬煎。/他既孤独,又焦虑、悲伤,/要么救他出狱,要么我殒命黄泉。/……此刻我向穆罕默德起誓,/向全世界发出庄严誓言!/现在到了决定生死的关头,/要么让俄国人送死,遭难,/要么就是我自己把明亮的、/初升的太阳看上最后一眼。'/土司言罢,寂然肃立,/自由农民重复了三番://'要么我们击毙俄国人,要么我们自己头断。'"② 悲壮之情,表现得十分感人。

1830年,莱蒙托夫写了抒情诗《致高加索》来歌颂反抗的山民:"高加索,你这遥远的地方!你这纯朴的自由的故乡!你也充满了种种的不幸,/你也受到了战争的创伤!……/难道在这弥漫的云雾下/你的千岩万壑重峦叠嶂/也都听到了苦难的呼唤,/光荣、黄金与锁链的声响?……/

---

① Хронологическая канва жизни и творчества Лермонтова // М. Лермонтов. Сочнения. М.: Правда, 1990, т. 2, с. 649.

② Лермонтов М. Собрание сочинений в четырех томах. М. и Л.: Издательство Академии наук СССР, 1962, т. 2, с. 9 – 10.

不！切尔克斯人，别在期望/过往的年代重回到祖国：从前自由所喜爱的国土/眼看着为了自由而沦亡。"① 1830 年先后在车臣和塔吉斯坦爆发了反俄国的起义，但当地的民族解放运动很快被镇压下去。莱蒙托夫此诗就是对这一事件的回应。②

1832 年，莱蒙托夫早期的另一部长诗《伊斯梅尔—贝》则更明显地表达倾向性。长诗表现了切尔克斯人抗击俄国军人入侵中的悲剧性一幕，切尔克斯人的首领罗斯兰贝克，在同俄国哥萨克的战争中颇受切尔克斯人拥戴。后来他的胞弟——被父亲送到俄国去学习军事的伊斯梅尔回来了，切尔克斯人转而拥戴他。罗斯兰贝克趁同俄军恶战之机，害死了伊斯梅尔。在这部长诗中有这样一些诗句："怎样的草原，怎样的山峰和海洋/能够抵抗住斯拉夫人的武器？/俄罗斯的沙皇在何处压服不了/对他政令的敌视和反叛背离？/你归顺吧，契（切）尔克斯人！东方和西方的/命运，也许都将和你的命运无异。/那时刻即将来到——你将会骄傲地说：尽管我是奴隶，却是宇宙之王的奴隶！"③ 这是对不屈服的切尔克斯人的颂扬。"村庄在燃烧；它们失去了保护者，/祖国的子孙遭受敌人的攻击……/一个战胜者像一只凶残的野兽，端着刺刀冲进一个被征服的家里，他杀死了屋中的老人和孩子们，/又用他那双血淋淋的手把那/年轻的母亲和清白的闺女调戏，/但山民的妻子并不是那样可欺！/强吻之后随着来的是一阵刀声，俄罗斯人退了，叫了一声，便倒下去！'为我复仇呀，伙伴们！'于是转瞬间/简陋的小屋在他们眼前着火了，/契（切）尔克斯人自由的篝火在熊熊燃起！"④ 这是对俄军行径和山民反抗的描写。19 世纪的莱蒙托夫研究家 П. 维斯科瓦蒂伊指出：莱蒙托夫"同情山民持续而顽强地进行的捍卫自己的峡谷斗争。而且他不止一次表达这种同情"⑤。

---

① ［俄］莱蒙托夫：《莱蒙托夫诗选》，余振译，上海译文出版社 1980 年版，第 27 页。
② Лермонтов М. Собрание сочинений в четырех томах. М. и Л.: Издательство Академии наук СССР, 1958, т. 1, с. 628.
③ ［俄］莱蒙托夫：《莱蒙托夫诗选》，余振译，上海译文出版社 1980 年版，第 395 页。
④ 同上书，第 396 页。
⑤ Вистоватый П. М. Лермонтов. жизнь и творчество. М.: Типо-литография, В. Рихтел, 1891, с. 163.

即使是在苏联学者的文学史中，对这些作品的反侵略性也有客观的概括："在莱蒙托夫的早期的另一个系列，即高加索长诗《卡累》（1830—1831）、《伊斯梅尔—贝》（1832）、《巴斯童村》（1832—1833）和《反叛的山民》（1833）中，主人公的社会积极性得到了加强。这种社会积极性在《伊斯梅尔—贝》中开始获得了民族解放斗争的性质。"①

第二个时期，莱蒙托夫的倾向发生了大转弯，他的作品对高加索的书写呈现出有趣趋势：早期热情讴歌高加索山民反抗俄国侵略者的长诗，被肯定性地表现俄国入侵高加索的作品所代替。

1837年，莱蒙托夫经历了不同寻常的高加索之行。1837年，由于写了纪念普希金的《诗人之死》，莱蒙托夫被流放高加索从军。3月19日，莱蒙托夫从彼得堡出发，走上了去高加索的路途，5月到了皮亚季戈尔斯克，6月到了驻扎在阿拉普的尼日戈罗德龙骑兵团，9月到了塔曼。② 莱蒙托夫行迹的研究者为我们勾画了他1837年的高加索之行："就这样，莱蒙托夫第一次走上了格鲁吉亚战道。当时高加索是俄罗斯帝国的偏远边疆区。不间断的战争在进行着。诗人不时停下车来，为这些地方画速写，以便日后在莫斯科和彼得堡展示给朋友们看。到了梯弗利斯后，莱蒙托夫得知，在阿塞拜疆和库班省爆发了沙米尔支持者的起义，为了平息暴动，调去了莱蒙托夫服役的下诺夫戈罗得龙骑兵团的若干骑兵连。"③ 同年，莱蒙托夫接到了改流放到驻扎在诺夫戈罗德的骠骑兵团服役的命令，于是他又走上了返回俄国的路程，"从梯弗利斯出发，沿格鲁吉亚军道行进已经是12月了，这时节十字架山上总是飞舞着鹅毛大雪……莱蒙托夫向北行进。又到了库拉河与阿拉格瓦河汇合的姆茨赫塔（位于格鲁吉亚——引者注）。又到了卡伊沙乌尔峡谷，经过阴郁的古德山和十字架山，又到了雄伟的卡兹别克山。前面就是弗拉季卡夫卡兹（位于俄

---

① История русской литературы в трех томах. Главный редактор А. А. Благой, М. и Л.: Издательство Академии наук СССР, 1963, т. II, с. 550.

② Хронологическая канва жизни и творчества//М. Лермотов. Сочинения. М.: Правда, 1990, т. 2, сс. 660 - 661.

③ Андроников И. Маршрутами Лермонтова//О. Миллер. По Лермотовским местам, М.: Профиздат, 1989, с. 8.

罗斯——引者注）和俄国了"①。莱蒙托夫在《当代英雄》中则以艺术的方式再现了他自己的行旅，同时表达了对俄国武力征服高加索的正面肯定。

《当代英雄》中的人物有自己的地理跨度：1. 小说的第一叙述者和马克西姆·马克西梅奇从格鲁吉亚向俄国内地进发；2. 主人公毕巧林从内地经过格鲁吉亚到波斯，这是反向的行程。先看小说的第一叙述者，用纳博科夫的概括就是："好奇的旅行者描写了自己沿格鲁吉亚军道在高加索的旅行。"② 小说的第一叙述者遇到马克西姆·马克西梅奇的时候，后者对他说："早在阿列克赛·彼得罗维奇时代，我已经是当兵了，他来防线视察时，我已经是陆军少尉了。"③ 这个阿列克赛·彼得罗维奇就是叶尔莫洛夫。④ 实际上，旅行者和马克西姆·马克西梅奇重复了莱蒙托夫在1837年冬天的那次从格鲁吉亚向弗拉季卡夫卡兹行进的旅程。这个旅行者对他们经过的十字架山大发议论："'瞧，那就是十字架山！'……关于这个十字架还有一个相当奇怪但又十分流行的传说呢：说它乃是彼得大帝当年路过高加索时亲自竖立起来的；然而这一说法不足为信，一则彼得一世当年仅仅到过塔吉斯坦，二则这十字架上用巨大的字母题明，它是根据叶尔莫洛夫将军的命令而竖立的。至于它的竣工日期，也有清楚的记载，分明是1824年。"⑤ 这里就将叶尔莫洛夫的拓疆之功凸显了出来，以战争的手段将不服从俄国统治的各族山民消灭或驱逐，然后立上十字架，表明这是东正教的俄国征服了穆斯林山民，此地已属俄国所有。莱蒙托夫本人不但在小

---

① Андроников И. Маршрутами Лермонтова//О. Миллер. По Лермотовским местам, М. : Профиздат, 1989, cc. 8 - 9.

② Набоков В. Предисловие к 《Герою нашего времени》//Его Лекции по русской литературе. М. : Издательство Незаисимаягазета, 1999, c. 425.

③ ［俄］莱蒙托夫：《当代英雄》，周启超译，漓江出版社1995年版，第9页，译文有所修改，所据俄文本是 М. Лермотов. Сочинения, М. : Правда, 1990, т. 2, c. 458.

④ ［俄］А. П. 叶尔莫洛夫（1877—1861），此人在1816—1827年担任高加索军司令和格鲁吉亚总司令，主导高加索战争。参见 Советский энциклопедический словарь, М. : Советская энциклопедия, 1980, c. 434。

⑤ ［俄］莱蒙托夫：《当代英雄》，周启超译，漓江出版社1995年版，第43—44页。卡蒂·霍雷松的上述著作也注意到了这个细节，参见 Katya Horanson. Writing at Russia's Border. Toronto, Buffalo, London. University of Toronto press, 2008, pp. 191 - 192。

说中描写这座十字架山,还以油画描绘了它。① 在《当代英雄》中,莱顿看到了文化冲突的意义:"尽管莱蒙托夫对俄罗斯是介于西方和东方之间的一个特殊的第三地带的新观点略有所顾,但《当代英雄》并没有变成消极的综合体。与此相反,毕巧林在车臣突然发生了残酷的冲突(在《梅丽公爵小姐》中的皮亚季戈尔斯克的俄罗斯社会同样如此)。在小说的开端,毕巧林设计诱拐切尔克斯姑娘贝拉,给山民中的所有主要人物都带来了灾难。"②

1841年,莱蒙托夫写成随笔《高加索人》:"高加索人,是那种半俄罗斯、半高加索的生物。真正的高加索人是非常优异的,当得起任何敬佩,在十八岁之前他在士官学校里受教育,从那里出息成优秀的军官;他在课堂上偷偷读《高加索俘虏》,由此燃起了对高加索的热情。"在描写其服饰时,有这样的句子:"他对军大衣抱着先天的反感,却对披风情有独钟;披风就是他的托加,他总是披着它,哪怕雨水灌进衣领,哪怕冷风吹得他寒战——在所不惜!那因普希金、马尔林斯基和叶尔莫洛夫的肖像而风靡一时的披风从来不离身。"③ 莱蒙托夫的倾向的转折是明显的:由早期赞扬高加索山民反抗俄国军队的征服,转而赞美征服者,即所谓的"高加索人"和其将领叶尔莫洛夫等人。

莱蒙托夫本人在1840年7月参加了一次讨伐反叛的车臣人的战斗,并以叙事诗的形式描写了它。是年7月11日,莱蒙托夫所在的部队,由加拉耶夫中将率领,在捷列河的支流瓦列里克河岸对反叛的车臣人发起进攻。莱蒙托夫本人则充当了观察员和传令员。加拉耶夫中将在给上级的报告中夸奖了他:"进攻瓦列里河之敌人鹿砦之役,坚金步兵团之莱蒙托夫受命观察前锋之行动,并将其进展报告团队司令,且置来自隐藏于树丛之敌之威慑于不顾。此军官不惧任何危险,以超常之勇猛镇静出色完成嘱托,且与勇敢之先锋并肩突袭入敌军之鹿砦。"因瓦列里克之战,莱蒙托夫获得

---

① Миллер О. По Лермонтовскимместам, М.: Профиздат, 1989, сс. 228-229.

② Katya Horanson. *Wrting at Russia's Borders*. Tornto, Buffalo, London. Unversty of Tornto Press, 2008, pp. 214-215.

③ Лермонтов М. Сочинения. М.: Правда, 1990, т. 2, сс. 590-592.

一枚圣弗拉季米尔勋章，这对年轻的军官来说是很高的殊荣。① 莱蒙托夫同年写成的叙事诗《瓦列里克》则直接表现了诗人参加的这次征讨。在诗中，莱蒙托夫尽管对伤亡如此多的人争夺一地的必要性持有怀疑态度，但他以俄国军人的视角写了战斗："在叶尔莫洛夫时代，开进了/车臣、阿瓦里亚，开进了山里；/在那里激战，我们打败他们……将军率领随从跃马在前，哥萨克犹如蜜蜂，呐喊着铺天盖地。"② 在手稿中有这样的诗句："狡猾的敌人时隐时现，/我们重又拥挤向前。"③ 这是对莱蒙托夫亲自参加的一次战斗的真实再现。莱顿对《瓦列里克》的解读是有深度的："《瓦列里克》传达了由杀人引起的陀思妥耶夫斯基式的剧烈的疏离感：莱蒙托夫那双手沾满鲜血的抒情诗人把战争视为杀人，而不是对男子汉气的鼓励。"④ 但是，莱蒙托夫在这首作品中的立场问题，并没有得到他的关注。在同一时期，莱蒙托夫还有短诗《遗言》，其中写道："请你告诉他们，我挂了彩，/子弹把我的胸口打穿了，/我已忠诚地为沙皇死去。"⑤ 同早期的高加索作品相比较，可以明显看出莱蒙托夫立场的转折：他为身为征讨高加索山民的俄国军人而自豪。

莱蒙托夫发生这样巨大变化的原因值得探究。在第一个时期，童年、少年时莱蒙托夫爱上了高加索。他深受其时俄国流行的浪漫主义时尚的影响，崇尚自由反叛精神，高加索山民正好契合了这种精神取向。此外，他还把高加索当成了夏多布利昂笔下的南美丛林，因而玩味着其中的异国情调。其叙事诗不但欣赏高加索雄峻的自然之美，而且对反抗俄军的山民也击节赞叹。莱蒙托夫在第二个时期对俄罗斯帝国的拓疆政策的肯定也要从他本人的经历中去寻找原因。1832 年，莱蒙托夫被迫离开莫斯科大学，考

---

① Вистоватый П. М. Лермонтов. жизнь и творчество. М.： Типо-литография В. Рихтел，1891，cc. 349 – 350. 还可参见 К. Мамацев. Из воспоминаний. В сборнике М. Ю. Лермонтов в воспоминаниях современников. М.： Художественная литература，1964，cc. 264 – 265.

② М. Лермонтов. Собрание сочинений в четырех томах. М. и Л.： Издательство Академии наук СССР，1958，т. 1，cc. 499 – 500.

③ Там же，с. 697.

④ Susan Layton. *Russian Literature and Empire*：*Conquest of the Caucasus from Pushkin to Tolstoy*. Cambridge University Press，1994，p. 225.

⑤ ［俄］莱蒙托夫：《莱蒙托夫诗选》，余振译，上海译文出版社 1980 年版，第 275 页。

进了位于圣彼得堡的近卫军官佐学校,这导致了他的转折。建立这所近卫军官佐学校的目的,据其创办者尼古拉大公说,是为了让那些有良好家庭教养,受过高等教育,但又不能很好地执行纪律的青年尽快完成军事教育。① 在这所学校里,莱蒙托夫很快完成了角色转换。一方面,莱蒙托夫感到压抑和烦闷,他不断向外祖母抱怨军校生活的严格管制、枯燥乏味,盼望能早日毕业当上正式的军官;另一方面,他又热心与同学交友,积极参与学员的各种活动,如为校学生报写诗。在这里,他完成了由一个自由知识分子向职业军人的转变。② 1838 年,同学 M. 采伊德列夫要去高加索的部队,在为他饯行的宴会上,莱蒙托夫即兴赋诗:"金发的俄罗斯德国佬,/即将开拔到遥远的国度,/重新挑起战争的,/是那些胡须茂盛的异教徒。/战争的狂欢盛宴上,/他要出发,我们长吁短叹;充满那少年胸臆的,/是激烈的、钢铁般的愁绪。"③ 这里,莱蒙托夫的情感转变了:他先前所称赞的反叛山民,在这里变成了"挑起战争"的"异教徒"。当然,莱蒙托夫的转折不是直线形的,他在近卫军官佐学校期间所写的《巴斯童村》等作品中还流露了对山民的同情。

第二节 列夫·托尔斯泰与高加索战争

如果将托尔斯泰有关高加索的书写分为两个时期,托尔斯泰在第一时期(止于 19 世纪 50 年代中期)与俄罗斯帝国政府的拓疆立场是比较吻合的,尽管他对俄国将军纵容杀戮抢掠等略有反思。第二个时期(开始于 19 世纪 90 年代)则在超越帝国军队与反叛山民的对立中反思了人性等问题。

1851 年春,列夫·托尔斯泰离开了在图拉南边的雅斯纳亚·波良纳庄

---

① Вистоватый П. М. Лермонтов. жизнь и творчество. М.: Типо-литография В. Рихтел, 1891, с. 167.

② См.: Меринский А. М. Лермонтов в юнкерской школе, и его 《Воспоминание о Лермонтове》// М. Лермонтов в воспоминаниях современников. М.: Художественная литература. 1964, сс. 130 – 173; П. Вистоватый. М. Лермонтов. жизнь и творчество. М.: Типо-литография В. Рихтел, 1891, сс. 167 – 191.

③ Лермонтов М. Поэзия. Драматургия. Проза. // Библиотека русской классика М.: Слово, 2008, с. 3.

园，随着在高加索任军官的兄长尼古拉来到高加索。列夫·托尔斯泰后来以志愿兵的身份加入炮兵部队。1851 年 6 月 22 日，他第一次参加了对山民的讨伐。7 月 3 日，托尔斯泰在日记中写道："参加了袭击。行动同样不妙：行动是没有意识的，巴良金斯基胆小怕事。"① 1852 年 5 月，托尔斯泰在皮亚季戈尔斯克开始创作以此事迹为基础的短篇小说《袭击》，同年 12 月完成。② 小说以一个第一次参加战斗的志愿兵为叙述者，讲述沙皇的军队夜间突袭一个不屈服的山民的村子的经过。经过一昼夜的行军，黎明时俄军发起进攻，占领了山民已经撤离的村子。俄军抢掠财物，焚烧房屋。俄军撤离时，山民开始偷袭，一个年轻的军官负伤，很快就殒命。在这篇小说里，托尔斯泰道出了来高加索征讨山民的各种俄罗斯军官的动机。叙述者问赫洛波夫大尉："'您来这里服务是为了什么啊？''一个人总得服务啊！'他十分肯定地回答，'何况对于我们穷人来说，双薪也很有点用处。'"③ 普通军人参加高加索征讨山民的目的就此昭然若揭。还有的军官到高加索是为了追求荣誉。值得思考的是，正是这些军人合力完成了俄国在高加索的拓疆。在作品不大的规模中还引入了 19 世纪前半叶高加索战事的各方风云人物。在小说中写到了指挥这次征讨行动的将军的言行。托尔斯泰研究者德·茹科夫指出：小说中的"将军即是巴良金斯基……他是公爵，少将。20 岁时违背父母的意愿到了'性格培养学校'高加索从军。1835 年负重伤，险遭山民俘获。1845 年以上校的军阶重返高加索，参加了达尔金征讨。1851 年起担任高加索军左翼司令。1853 年巴良金斯基被任命为高加索军参谋长，但他不能忍受第比利斯的生活，返回了彼得堡。1856 年被任命为高加索总督。1859 年，在他的指挥下，俄国军队对古尼勃村发起进攻，在此役沙米尔及数百随从被俘"。④ 高加索战争中抵抗俄国军队

---

① Дневники（расположенные на Куличках）Льва Николаевича Толстого（1828 – 1910）http：//perfilovu. narod. ru/nepozn/litera. html.

② См.：Е. Маймин. Лев Толстой. М.：Наука，1978，с. 37；Л. Гусев. Лев Николаевич Толстой. материалы к биографии. 1828 – 1855 гг. М.：Издательство Академии Наук СССР，1954，сс. 297 – 298.

③ ［俄］列夫·托尔斯泰：《高加索故事》，草婴译，文艺出版社上海分社 1964 年版，第 5 页。

④ Толстой. Л. Кавказские рассказы и повести. М.：Советская Россия，1983，с. 396.

的最重要的人物沙米尔也是小说中没有出场的"出场人物"。首先是俄国军队出征时歌手们唱到了他:"沙米尔想起来反抗,／在过去的岁月里。"作品中的人物也议论了沙米尔。① 沙米尔(1791—1871)是车臣和塔吉斯坦山民首领,1834 年被选为"伊迈",即首领,他联合车臣、塔吉斯坦和切尔克斯的山民反抗在高加索的俄国军队。1859 年被巴良金斯基的部下俘虏,1866 年宣誓成为俄罗斯臣民,1871 年死于离伊斯兰圣城麦加不远的麦地那。② 这样,托尔斯泰的《袭击》就把高加索的征服者和反征服者都带到了前台。托尔斯泰的另一篇作品《伐林》的意义也不同寻常,它将俄军征服高加索战争的战术的变化在第一时间里披露了出来。1853 年,托尔斯泰在高加索开始创作短篇小说《伐林——一个士官生的故事》,1855 年完稿。在小说中,在俄军和山民的炮火的对射中,一支俄国士兵砍伐了几俄里范围内的树林。俄军撤退时,受到了山民的追击。这篇小说也是托尔斯泰对自己亲身经历的事件的描写。1852 年 1 月,巴良金斯基开始谋划迫使小车臣河两岸未归附的山民或者交出武器,迁居松查河平坦的河岸,或者退进深山。是年 1 月底,托尔斯泰从第比利斯参加士官生考试后返回达罗格拉德科夫斯卡娅镇,他参加了弗列夫斯基少将的分队的砍伐森林行动。③《伐林》就是对此事件的真实再现。托尔斯泰在高加索创作的最重要的作品是中篇小说《哥萨克》。作品以贵族青年奥列宁离开其厌倦的上流社会到高加索寻求幸福开始,结束于他向哥萨克乡间姑娘玛丽雅娜失败的求婚。作品的叙述者写到哥萨克、俄国沙皇与高加索的关系:"在这片土地肥沃的、草木茂盛的林地上,从古以来就住着英俊、勇敢而富裕的俄罗斯人,他们信奉旧教,被称为高地哥萨克。很久以前,他们信奉旧教的祖先从俄罗斯逃出来,定居在捷列河畔高地上的车臣人中间。这高地是林木茂盛的大车臣群山。在哥萨克人中流传着一个传说:伊凡雷帝有一次来到捷列河畔,召见高地上的长老,

---

① [俄]列夫·托尔斯泰:《高加索故事》,草婴译,文艺出版社上海分社 1964 年版,第 11、18 页。
② 参见 http://ru.wikipedia.org/wiki/%D0%A8%D0%B0%D0%BC%D0%B8%D0%BB%D1%8C,及李雅君《俄罗斯之痛:"车臣问题"探源》,长春出版社 2009 年版,第 118 页。
③ Толстой Л. Кавказские рассказы и повести. М.: Советская Россия, 1983, cc. 397 – 398.

把左岸的土地赐给他们，劝谕他们跟俄罗斯人和睦相处，并且答应不强迫他们归顺或改变信仰。"① 可见，托尔斯泰已经在给俄国的征服行动提供合法化论证了。

在《哥萨克》这部作品中，托尔斯泰借助自己的贵族主人公表达了对俄国征服高加索战争的态度。小说的主人公奥列宁曾悬想道："一会儿，他幻想自己以超群的勇气和惊人的力量杀死和征服无数的山民；一会儿，他把自己想象成山民，跟别的山民一起，反抗俄罗斯人，保卫独立。"② 1852年5月29日，托尔斯泰在日记中写道："5点钟起床。生活平淡无奇，健康又点小问题，嗓子疼。什么都没有写。忙于钢琴的事情。整个早上都在幻想着征服高加索。"③ 在《哥萨克》的一种异稿中，奥列宁"编制了'和平征服高加索'的计划"④。对征服山民的行动，托尔斯泰在赞同与反对之间游移，在行动上他参与了征服山民的行动，在情感上他又对大量的牺牲者表现出恻隐之心。但"征服"这个词用得很好。这里涉及宗教的高低之分，以代表文明和进步的基督教，即东正教，来征服信奉异教的穆斯林山民。苏联时代的托尔斯泰研究者在谈到托尔斯泰高加索作品的意义时也承认："确实，有过俄国的君主的轮番改变的政策，有过对反叛山民的残酷镇压的企图，有过有战略计划的、有理由的实施与无理由的残酷，有过山民的为自由而斗争与穆斯林领主充满宗教狂热的残暴……当然，还有过双方的、所有的民族英雄功勋和痛苦。"⑤ 通常，俄罗斯学界将托尔斯泰在克里米亚战争期间写的作品也算作高加索作品，因篇幅所限这里从略。

第二个时期则是在半个多世纪后，托尔斯泰对高加索交战双方的评判更加复杂多元。早在1853年7月，哈吉穆拉特向俄国军队投降的事件已经

---

① [俄]列夫·托尔斯泰：《高加索故事》，草婴译，文艺出版社上海分社1964年版，第244—245页。
② 同上书，第239页。
③ Дневники（расположенные на Куличках）Льва Николаевича Толстого（1828－1910）http://perfilovu.narod.ru/nepozn/litera.html.
④ Гусев Л. Лев Николаевич Толстой: материалы к биографии. 1828－1855 гг. М.: Издательство Академии Наук СССР, 1954, c. 303.
⑤ Жуков Д. Кавказская эполея Льва Толстого. Предисловие к сборнику «Кавказские рассказы и повести Л. Толстого». М.: Советская Россия, 1983, c. 12.

给托尔斯泰留下了印象，他写道："沙米尔手下的第二号人物哈吉穆拉特近日向政府投诚，在车臣全境这可是头号骁将，好生了得，干了不少坏事。"① 1896年，托尔斯泰开始创作中篇小说《哈吉穆拉特》。作家数易其稿，直到他仙逝后才于1912年发表于《托尔斯泰遗作》（第三卷）。② 在《哈吉穆拉特》开篇，"我"走过田野看到一朵牛蒡花，即本地人叫的"鞑靼花"。"我"费了很大的劲才把多刺扎手的牛蒡花摘下来，对此，"我"想："生命的力量和毅力多么惊人，它是如何顽强地防卫着，而且高价地牺牲了自己的生命呀！"③ 这句话不妨看作点题之语。主人公哈吉穆拉特是沙米尔手下的第一骁将，而且身任州长，突然主动向俄国前线军官投降。他英俊的外貌与和善的态度博得了俄国下级军管及眷属的好感。俄军梯弗利斯总司令、高加索总督瓦郎曹夫并不相信哈吉穆拉特会真心投降，他致信陆军大臣柴尔奈舍夫，提出利用哈吉穆拉特与沙米尔的矛盾从中渔利。本来，柴尔奈舍夫企图挑拨沙皇与瓦郎曹夫的关系，提出另外的处置哈吉穆拉特的方案，但沙皇同意瓦郎曹夫的方案，并命令加强伐林和对山民的镇压。哈吉穆拉特向瓦郎曹夫提出以俘虏和金钱交换被沙米尔扣押的他的亲属。后来他发现俄军并不信任他，也无意营救他的亲属。他利用骑马兜风的机会，策马脱离俄军的监视，在逃跑中被击毙。在《哈吉穆拉特》中，最引人注目的显然是叙述者（姑且当成隐含的托尔斯泰）对哈吉穆拉特的态度。以通常的伦理标准看，对于车臣和塔吉斯坦不归顺俄国的山民来说，哈吉穆拉特是叛徒；对俄国军人而言，这是个可资利用的变节者。但在叙述者的笔下，他却不卑不亢，脸上总是带着孩童般的微笑，因而赢得了俄军第一线官兵的敬重。而他对被沙米尔扣押的亲属的关爱和焦虑，折射出丰富的人性光彩。叙述者对这"高价牺牲"的生命掩饰不住赞美之情。相反，俄国军人则残暴无情，杀死哈吉穆拉特后，还把他的首级带到前线到处游街示众。一个俄国军人的情人玛丽娅·德美特列芙娜斥责道：

---

① Цитата из《Льва Толстого》В. Шкловского. М.：Молодая гвардия，1963，с.168.

② Примечание к《Наджи-Мурату》//Л. Н. Лолстой. Кавказские рассказы и повести. М.：Советская Россия，1983，с.404.

③ [俄]列夫·托尔斯泰：《哈吉穆拉特》，刘辽逸译，人民文学出版社1979年版，第2页。

"战争！说什么战争啊？一句话，全是刽子手。人死了应该埋在土里，而他们戏弄着玩。全是刽子手。"① 除此之外，学术界还从《哈吉穆拉特》中发现了丰富的内涵。西方的学者对《哈吉穆拉特》做了更为宏观的意义阐释：将这部小说的写作与1899—1902年的英国人屠杀布尔人的布尔战争相联系，"由于对帝国结构有了新的反思，托尔斯泰在关注农民和贵族的关系时形成了新的宗教和社会观念。在《哈吉穆拉特》中，作为不公正的社会政治体制中的牺牲者的农民的团结，是与对高加索山民的同情相融合的，俄国将这些山民当成外国人进行无情杀戮"②。苏联学者什克洛夫斯基指出："哈吉穆拉特……为农民的自由而战的战士。他无路可走。他在沙米尔那里的路，是荣誉，可不是农民，这是另一种暴政。他在尼古拉一世那里的路，是金钱和荣誉，可是俄罗斯人踏碎了农民的田地。沙米尔变成了尼古拉一世这样的暴君，哈吉穆拉特从沙米尔这个暴君跑向尼古拉这个暴君……"③ 什克洛夫斯基也启发了别的苏联学者："《哈吉穆拉特》的类似于社会国家结构的金字塔的纵切面——在其顶点是尼古拉一世和沙米尔"，"一个高傲的人，独立不羁的人，如果他选择了反抗暴政，他就会走投无路，山上沙米林的宗教暴政，尼古拉一世的制度暴政同样不能忍受桀骜不驯"。④ 从这个角度来看，托尔斯泰超越俄国军队和反叛山民之间谁是谁非的判断，开始了对人性等问题的更深刻的追问。

托尔斯泰高加索题材作品的两个阶段所体现出的作家立场有明显的变化，其前期对沙皇俄国的高加索扩张不无认同感，后期则具有了比简单的赞成与反对更丰厚的内涵。托尔斯泰演变背后的深层缘由值得追踪。在第一个时期，托尔斯泰作品中所表达的立场具有他个人复杂的心理原因。托尔斯泰1847年4月从喀山大学退学回到亚斯纳亚·波良纳庄园，意在帮助自己的农民，并通过自修以考上硕士。不料，如此的善举和志向尚未显露

---

① [俄]列夫·托尔斯泰：《哈吉穆拉特》，刘辽逸译，人民文学出版社1979年版，第173页。
② Susan Layton. *Russian Literature and Empire*: *Conquest of the Caucasus from Pushkin to Tolstoy*. Cambridge University Press, 1994, p. 263.
③ Шкловский В. Лев Толстой. М.: Молодая гвардия, 1963, с. 745.
④ Жуков Д. Кавказская эпоэзия Льва Толстого. Предисловие к сборнику «Л·Толстогй Кавказские рассказы и повести Л. Толстого». М.: Советская Россия, 1983, с. 28, с. 29.

端倪，却开始了一般贵族纨绔子弟的沉沦。他来回于莫斯科和雅斯纳亚·波良纳之间，无所事事，沉溺于赌博中不能自拔。他在1851年1月14日的日记中写道："良心折磨，腰无半文，向谢尔盖·德米特里耶维奇、戈尔察科夫、科洛什内借钱。"1月17日写道："从14日开始过得很不满意。没有跟斯托雷平去舞会；钱输光了，一个子儿都没有；全都是因为性格软弱。"① 正在他焦头烂额之际，在高加索当军官的哥哥尼古拉回到雅斯纳亚·波良纳，列夫·托尔斯泰决定跟他到高加索去，这成了他摆脱当前沉沦的良机。到了高加索后，年轻人成功立业的欲望支配着他。他开始谋求成为军人。用文艺学家、托尔斯泰传记家维克多·什克洛夫斯基的话说："他想像所有人那样，既然到了高加索，就该满载军人的静静的荣誉，以及诸如此类的行为而归。"② 1851年7月，他以志愿兵的身份参加巴良金斯基指挥的高加索军队的左翼部队。1852年3月，谋得炮兵士官的身份后，他积极勇敢参加讨伐反叛山民的大小战斗，有三次获得圣乔治勋章的机会。③ 在高加索期间，托尔斯泰为摆脱人生沉沦而从军，具有强烈的建立军功的愿望。他在创作有高加索题材作品的时候，倾向于俄国军人一边就是自然而然的事情了。作为托尔斯泰同俄罗斯帝国立场吻合的佐证，不妨再补充一条材料，1855年6月，托尔斯泰收到《现代人》杂志的编辑巴纳耶夫的信，信中说他发表在《现代人》上的《十二月的塞瓦斯托波尔》被带给了沙皇。对此，托尔斯泰在日记中兴奋地写道："把它读给皇上听，这满足了我的自尊心。"④ 到了第二个时期，在创作《哈吉穆拉特》的时候，托尔斯泰已经不复是当年刚刚从军的托尔斯泰了。1856年11月，托尔斯泰退伍，到19世纪90年代，他不但完成了《战争与和平》《安娜·卡列尼娜》等重要作品，而且已经走出了70年代末80年代初的精神危机。

---

① Дневники（расположенные на Куличках）Льва Николаевича Толстого（1828 - 1910）http://perfilovu. narod. ru/nepozn/litera. html.

② Шкловский В. Лев Толстой. М.：Молодая гвардия，1963，с. 165.

③ 参见艾尔默·默德《托尔斯泰传》（上），宋蜀碧、徐迟译，十月文艺出版社1984年版，第73—74页。

④ Дневники（расположенные на Куличках）Льва Николаевича Толстого（1828 - 1910）http：//perfilovu. narod. ru/nepozn/litera. htmlт. 46.

托尔斯泰的文学创作活动实际上是对俄罗斯贵族社会的逐渐扩展的批判过程：首先是在自传三部曲等作品中的道德认识，或道德批判阶段，其次是《战争与和平》中的道德——政治批判阶段，再其次是《安娜·卡列尼娜》的道德——经济批判阶段，到20世纪80年代以后进入了全面批判的阶段。① 而且1895年他写成了激烈指责沙皇尼古拉二世的一篇演说的文章《毫无意义的幻想》，已经表明了同沙皇政府不合作的态度。② 因此，在《哈吉穆拉特》中，托尔斯泰对沙皇及其周围进行批判就是合乎逻辑的行为。

第三节　两点余论

首先，俄罗斯作家高加索题材写作中的倾向性与其职业的变化有直接关系，具体地说就是与他们服军役有直接关系。莱蒙托夫早期写高加索，主要是歌颂山民反抗俄国军队的征服行为，后来他进入彼得堡的官佐学校，其创作倾向就发生了演变。托尔斯泰写俄国军人在高加索镇压山民，是因为他随兄到高加索当志愿兵。服军役和服文官役是19世纪俄罗斯大多数贵族和读书人的生存方式。"在19世纪的前2/3的时间里，对于俄罗斯社会的知识阶级而言，服军役和服文官役几乎是强制性的，会有一段取得尉官一类职务所必不可少的时间。对一部分人而言，服役是谋生的主要手段；对另一些人而言，服役仅仅是保障其显赫地位的官职的必备条件；对第三类人而言，是提高其社会地位的手段。国家服役涵盖了智力活动的大多数领域。"③ 据洛特曼研究，1762年2月11日，叶卡捷琳娜政府发布公告规定服役是强制性的，"服役有机地形成了贵族的荣誉观念，在同爱国

---

① 参见刘亚丁《列·托尔斯泰自传性形象系列》，《社会科学战线》1988年第2期。
② 参见倪蕊琴编《列夫·托尔斯泰生活和创作简表》，《托尔斯泰研究论文集》，上海译文出版社1983年版，第525—560页。
③ Раскин Д. Исторические реалии российской государственности и русской гражданского общества в XIX века//Из истории русской культуры. М.：Языки русской культуры，2000，т. 5，с. 473.

主义的联系中形成了伦理风习的价值"①。服役不但会改变知识阶层的生存方式，也会对其观念产生冲击。由于服役，知识阶层自然会服从国家的主流价值观念，尤其是涉及俄罗斯与其他国家发生军事冲突和外交纠纷的时候，更是如此。过去的文学史写作，或作家研究几乎完全没有顾及作家的服役对其写作观念和创作倾向的影响。尼·别尔佳耶夫的《俄罗斯思想》和伊·柏林的《俄罗斯思想家》，都认为几乎所有的俄罗斯知识分子都是同沙皇政府相敌对的。固然，19世纪俄罗斯知识分子在没有被服役束缚的前提下，往往能够独立于国家意识形态，自由思考，独立行事。但由于服役的影响，在对外扩张这一点上，这些知识分子与沙皇政府互相呼应，他们主动、自愿与国家共谋，在自己的作品中表达了与国家战略一致的内容。

其次，文学反映人的心理结构的问题。从文化演变的角度看，文学所记载的内容也值得重视。通常认为文化是由三个层次构成的：物质层次（人化自然，或对象化的劳动），心物结合的层次（政治制度、科学理论、教育制度）、心灵层次（文化心理结构、文学和艺术等）。文化的层次演变的规律是，越上层的演变越慢，最后变化的才是心理。② 也就是说，人化自然会改变，社会制度也会变更，但人的心理结构却未必会随着制度的改变而迅即演变，这就是俗话说的"江山易改本性难移"。文学则是对人的心理结构的深刻记录。19世纪俄罗斯作家的高加索题材作品，虽然未必能提供高加索战争的"编年史"，但它们提供了更主要的东西：高加索各民族的心理结构的真实图景。高加索地区的物质状况和社会形态已经发生了巨大的变化，但是从过去的伊斯梅尔—贝、哈吉穆拉特们身上，可以看出今天的高加索不屈服者的影子。反过来也可以说，在今天的高加索武装分子身上，依然流着哈吉穆拉特们的血液。正因如此，在今天，19世纪俄罗斯作家的高加索题材作品依然具有不同寻常的文化价值和现实启迪。

---

① Лотман Ю. Пушкин. СПб.：Искусство，1997，cc. 500 – 501.
② 参见庞朴《文化结构与近代中国》，《中国社会科学》1986年第6期。

第四章　在放肆的邪恶旁边还有孱弱的良善

——陀思妥耶夫斯基的"残酷结构"

2011年9月，利用到肖洛霍夫故乡参加国际学术会议的机会，笔者特地再一次盘桓在莫斯科国立列宁图书馆前的陀思妥耶夫斯基塑像前。地上黑压压几大群鸽子兀自觅食，并不抬头张望陀思妥耶夫斯基，陀思妥耶夫斯基面容沉静，仿佛在看着鸽子，低头沉思。此情此景让笔者不免想起了作家本人于1880年关于普希金演说中的一句名言："顺从吧，骄傲的人，首先摧毁你的傲气。"① 19世纪60年代，从流放和服兵役的西伯利亚回到彼得堡后，陀思妥耶夫斯基似乎顺从了，正如这塑像所刻画的，也正如作家在《罪与罚》等作品中对先前自己和同时代人的造反举动所做的自我忏悔。② 但这只是陀思妥耶夫斯基的一个方面。另一方面，陀思妥耶夫斯基对当时普遍存在的邪恶、庸俗洞若观火；更重要的是，他的内心依然躁动不安，甚至满腔愤懑，不安和愤懑积郁甚久、甚多。外邪内恶交相攻心，转而发泄为了所谓"残酷天才"。在陀思妥耶夫斯基发表那篇著名的普希金演讲后的第3年，在陀思妥耶夫斯基本人去世后，1882年，米哈伊洛夫斯基发表了一篇长文《残酷的天才》，他准确地捕捉到了陀思妥耶夫斯基的恶毒与残酷："一如先前，我们每一步都会发现陀思妥耶夫斯基主人公们身上的狼的本能：恶毒、折磨，普普通通的恶毒，技巧甚高的恶毒，与

---

① ［俄］陀思妥耶夫斯基：《普希金——1880年6月8日在俄国文学爱好者协会大会上的演说》，《陀思妥耶夫斯基散文选》，刘季星等译，百花文艺出版社1997年版，第214页。

② 参见第六章"文化试错的民族寓言：《罪与罚》的一种解读"。

爱和友谊相纠缠的恶毒。"① 米哈伊洛夫斯基的这个发现也是"天才式的",他的论文主要讨论了陀思妥耶夫斯基的前期作品的种种残酷症状。

第一节　微观的残酷结构

不妨将"残酷的天才"坐实在小说结构中。在陀思妥耶夫斯基后期（即19世纪60年代直至作家去世）作品中包含了大量的微观的残酷结构，同时还应该看到，某些长篇小说可以被看成一个大型的残酷结构。

宣泄恶毒的残酷微观结构在陀思妥耶夫斯基后期的作品中可谓俯拾即是。有逐渐加码型。在《罪与罚》第一部第五章拉斯科尔尼科夫噩梦里，本应由几匹大马拉的大货车，由一匹栗色小马拉着，折磨这小马的东西不断加码：车夫米珂里加上去了，他不断地吆喝着让大家上车，六个人上去了，他们又拉了个胖女人上车，后来又加了一个小伙子。抽打小马的"工具"也不断加码：开始是用鞭子抽，后来又用木杠打它，"米珂里加第二次挥起木杠，又第二次打在那匹不幸的小马的脊骨上。它向后坐，但使尽全力向前倒，向前拉，先拉这边，又拉那边，想把车拉动。但六根鞭子从各面抽打着它。木杠又举起来，第三次打在它身上，于是又来第四次，沉重地对准它打下去"②。最后甚至用铁棍猛打。终于，车夫和几个青年活活打死了这匹可怜的小马。加迷里娜·伊凡诺芙娜在丈夫的丧宴后在街头逼孩子卖唱直至自己倒地而死的情节，也算逐渐加码型的残酷结构，在这种结构中，陀思妥耶夫斯基穷尽了残酷的最大张力，其结果是被折磨对象或折磨者自身的暴死。

也有中间逆转型，此型还可以分出两次类，即顺转型和逆转型。前者如《白痴》第一部第五章中梅希金公爵讲述了失贞女玛丽的遭遇。少女玛丽被一个推销员诱奸后被抛弃，她回到村子后，她母亲责骂她，乡邻唾弃她，"玛丽躺在地板上，趴在老太婆脚下，又饿又累，满身褴褛，在哀哀

---

① Михайловский Н. К. Жестокий талант. http：//az.lib.ru/m/mihajlowskij_n_k/text_0042.shtm.
② ［俄］陀思妥耶夫斯基：《罪与罚》，韦丛芜译，浙江人民出版社1980年版，第68页。

痛哭。当大家全都跑来以后，她就用披散的头发挡住自己的脸，脸朝下，紧贴地板。周围全是人，大家就像看一条毒蛇似的看着她；老头子老太婆数落她，骂她，年轻人甚至耻笑她，娘们也在骂她，数落她，对之嗤之以鼻，一副鄙夷不屑的样子"①。同村的孩子们则追赶着戏弄、辱骂她。后来，由于梅希金公爵的说服和垂范，孩子们改变了态度，开始向玛丽问好。在《卡拉马佐夫兄弟》中《白痴》中的这个故事"原型"被极大地放大了，那是分别出现在第二部的《折磨》、第四部的《男孩子们》和尾声中的《伊留莎的殡葬》和《石头旁的演词》等部分的顺转型的大故事，核心是六七个男孩子欺负穷病交困的男同学伊留莎，蔑称他父亲和他是"树皮擦子"，扔石头打他。而伊留莎也勇敢、"残酷"地还击，或用刀子扎同学的腰，或咬伤阿辽沙的指头。后来，当伊留莎一病不起时，他们在他的病榻前表达了真诚的道歉和爱心，直到把他送到教堂的墓地。这里不光是孩子酿造的残酷与和解，还掺杂进成人世界的贫困与尊严等复杂的权利关系。

再看逆转型。《卡拉马佐夫兄弟》第一部第三卷第十章，格鲁申卡来到叶卡捷琳娜·伊凡诺芙娜家，他们两人都爱着德米特里·卡拉马佐夫。但前者似乎是公认的荡妇，后者则确乎系身世高贵的淑女。叶卡捷琳娜·伊凡诺芙娜对不速之客格鲁申卡大加欢迎，因为她以为格鲁申卡已主动放弃了德米特里。叶卡捷琳娜·伊凡诺芙娜好几次欢欣地吻着她的嘴唇。格鲁申卡说："您竟不嫌弃我，亲爱的、高贵的小姐。"她脸上一直带着可爱、喜悦的微笑。可是当叶卡捷琳娜·伊凡诺芙娜将自己的手送给格鲁申卡吻的时候，"格鲁申卡仿佛陶醉那只可爱的小手似的，慢慢地把它举近自己的嘴边，但刚要到唇边的时候，她忽然捏着那只手停了两三秒钟，似乎在思索着什么。'您猜怎么着，天使小姐，'她突然用最温柔、甜蜜的声音拉长着调子说，'您猜怎么着，我偏不来吻您的小手。'"她异常快乐地轻轻笑了起来。她还说："请您留着这事当个纪念，那就是您吻过我的手，可是我没有吻您的。"② 荡妇格鲁申卡拒绝吻天使小姐叶卡捷琳娜·伊凡诺

---

① ［俄］陀思妥耶夫斯基：《白痴》，臧仲伦译，译林出版社 2000 年版，第 65 页。
② ［俄］陀思妥耶夫斯基：《卡拉马佐夫兄弟》上册，耿济之译，秦水、吴均燮校，人民文学出版社 1981 年版，第 222 页。

芙娜的手，引起后者的激烈反应，并引起一番口舌交锋："'滚出去，出卖肉体的畜生！'叶卡捷琳娜·伊凡诺芙娜吼叫了起来。她那完全扭曲了的脸上，每根线条都在发抖。"格鲁申卡还击道："还讲起什么出卖肉体来了。您这个千金小姐在黄昏的时候跑到男人家里去要钱，还亲自送上门去出卖色相，我是知道的。"① 接着叶卡捷琳娜·伊凡诺芙娜粗口连连，大失名媛的贤淑。格鲁申卡所为，实在是米哈伊洛夫斯基所说的"技巧甚高的恶毒"。

更值得注意的则是八面聚焦型，这种类型中最典型的，是《白痴》中纳斯塔西娅·菲利波芙娜生日晚会的场景。这是这出悲剧的高潮，这部小说的情节的转折点。用当事人的话说，"即使方才发生的一切是转瞬即逝的、富有浪漫色彩的和不登大雅之堂的，但却是绚丽多彩、有声有色、新颖别致的"②。这个微观的残酷结构篇幅不小，从第一部的第十三章延续到十五章。梅希金公爵跟着伊沃尔金将军来到纳斯塔西娅·菲利波芙娜的寓所。除了他们两人之外，在这个生日晚会上，几乎所有的来宾，叶潘钦将军、纳斯塔西娅·菲利波芙娜的前主人托茨基，都希望纳斯塔西娅·菲利波芙娜宣布自己愿意嫁给叶潘钦的秘书加尼亚。在场的加尼亚也同样如此。因为托茨基为了娶叶潘钦的千金，已经许诺如果纳斯塔西娅·菲利波芙娜嫁给加尼亚，就有七万五千卢布的陪嫁相赠。叶潘钦将军也对她另有企图，赠给了她珍贵的珍珠项链。在大家玩了自暴其丑的游戏后，纳斯塔西娅·菲利波芙娜在听取了梅希金公爵的意见后，对叶潘钦将军说："觊觎七万五千卢布吗，是不是？你想说这话吗？别赖。你一定想说这话！阿法纳西·伊万诺维奇，我还忘了加一句，这七万五千卢布您可以收回，我实话告诉您，我让您自由，一文钱不要，白给。……将军，您把您这串珍珠也拿回去送给您夫人吧，给，拿着；从明天起，我就从这套房子里搬出去。从今以后，诸位，再也不会举行什么晚会啦！"③ 此言一出，四座皆惊。突然登徒子罗戈任带着一帮喽啰闯了进来，他带来了刚凑够的十万卢

---

① ［俄］陀思妥耶夫斯基：《卡拉马佐夫兄弟》上册，耿济之译，秦水、吴均燮校，人民文学出版社1981年版，第223页。
② ［俄］陀思妥耶夫斯基：《白痴》，臧仲伦译，译林出版社2000年版，第168页。
③ 同上书，第148页。

布。纳斯塔西娅·菲利波芙娜继续着"残酷":"'诸位,这是十万卢布,'纳斯塔西娅·菲利波芙娜以一种热切的、挑战的口吻向大家说道,'就在这个肮脏的纸包里。今天上午他像疯子一样大叫大嚷,说今天晚上准给我送来十万卢布,因此我一直在等他。他出价把我买了:先出一万八,后来又突然涨到了四万,后来又变成了现在的十万。'"叶潘钦将军插话后,纳斯塔西娅·菲利波芙娜继续说:"怎么回事,将军?不成体统,是不是?够啦,别假正经啦,我曾经坐在法国剧院的二楼包厢里,像个高不可攀的美德的化身,过去五年,我曾经像野人似的逃避所有追求我的人,似乎很高傲,很贞洁,其实是冒傻气,假正经!可是现在,你们瞧,我过了五年守身如玉的生活以后,突然有人跑来,就在你们面前,把十万卢布放在桌上,他们想必在外面还停着几辆三套马车,在等我。他给我开的是十万!加涅奇卡(即加尼亚),我看,你到现在还在生我的气吧?你当真要把我娶过门去吗?娶我,娶一个卖给罗戈任的女人!"① 经过一番嬉笑怒骂后,纳斯塔西娅·菲利波芙娜终于发出了撕心裂肺的吼叫:"加尼亚,我想最后一次看看你的灵魂,你折磨了我整整三个月;现在轮到我了。你看见这包钱了吗?里面有十万卢布!我就把它扔进壁炉,扔到火里,而且当着大伙儿的面,大家都是见证!只要火把它燎着了,你就把手伸进壁炉,而且不许戴手套,赤手空拳,挽起袖子,把纸包从火里拽出来。它就是你的,十万卢布统统归你!"② 结果,贪婪而无耻的加尼亚此刻却没有去抓着火的钱,他向门外走去,"扑通"一声晕倒在地。纳斯塔西娅·菲利波芙娜跟着罗戈任一走了之。

就美色与金钱的交换关系、就被出卖者的愤怒呐喊等"深层结构"而言,这几乎就是俄国版的杜十娘怒沉百宝箱。《白痴》甫一问世,诗人 A. H. 迈科夫在致陀思妥耶夫斯基的信中对这个场景击节赞叹:"印象如此,众多力量令人惊讶地积聚,天才般的雷电。……在小说中具有庞贝城最后几天的光亮,真是妙不可言,极为有趣(有趣到了令人称奇的地步)——简直就是奇迹。"③

---

① [俄]陀思妥耶夫斯基:《白痴》,臧仲伦译,译林出版社 2000 年版,第 154 页。
② 同上书,第 164 页。
③ См.: Людмила Саракина. Достоевский, М.: Молодая гвардия, 2011, с. 49.

另外,还有宏观的残酷结构,比如整部《罪与罚》都可以看成拉思科里涅珂夫的痛苦的心路历程,《白痴》由始至终都是纳斯塔西娅·菲利波芙娜试图挣脱凌辱、买卖的悲辛经历。由于篇幅所限,恕不详述。

第二节 邪恶与良善的纠缠

对陀思妥耶夫斯基的残酷天才式的描写,俄罗斯和西方的学者不乏分析。白银时代的诗人、批评家梅列日科夫斯基指出:"他把自己的人物投放在多么无法忍受、没有出路,难以置信的状态中啊!对于他们,他戏弄得真是无以复加了。他令这些人物通过道德堕落深渊,其恐惧程度不亚于伊凡·伊里肉体折磨的精神折磨,把他们推向罪恶、自杀、低能、震颤、瞻望、疯狂。在人类灵魂的这些可怕而低劣的处境中,陀思妥耶夫斯基那里是否流露出同样玩世不恭的幸灾乐祸态度呢,像在人类肉体可怕而低劣的环境中,在托尔斯泰那里所流露出来的?有时候不是显得,陀思妥耶夫斯基折磨自己的'小牺牲品'没有任何目的,只不过是要享受他们的痛苦吗?是的,这确实是刽子手、虐待狂、人类灵魂的大法官——'残酷的天才'。"① 苏联时代的陀思妥耶夫斯基研究家弗连德利杰尔在某种程度上认可米氏的概括。他指出,在陀思妥耶夫斯基的小说中有一种精致的、近乎科学的心理分析的方法,"被米哈伊洛夫斯基看成某种与自然科学实验者相类似的'残酷的'方法"。并认为,尽管陀思妥耶夫斯基不赞同自然科学,但他的心理描写在某种程度上又受到其影响。② A. 维亚利采夫指出:"人们常用残酷的天才来称呼陀思妥耶夫斯基(米哈伊洛维奇曾这样称呼他),为什么是残酷的?——因为他随时都在考验我们:用罪恶的美丽、信仰泯灭、折磨儿童……"③ 当然还有更加辩证的分析,英国学者罗伯特·贝尔纳普在《陀思妥耶夫斯基与心理学》中概括出陀思妥耶夫斯基作

---

① [俄]梅列日科夫斯基:《托尔斯泰与陀思妥耶夫斯基》,杨德友译,辽宁教育出版社2000年版,第264—265页。

② Фридлендер Г. М. Романы Достоевского. История русского романа в двух томах. Редакционая комиссия, А. С. Бушмин и др., М. и Л.: Наука, 1964, т. 2, с. 218.

③ Вяльцев Александр. О Боге, неверии и литературе//Континент, 2003, №116.

品中的"残酷与欲望的平行结构",他详尽分析了都丽娅在斯维特里喀罗夫起居室与其搏斗的场景,指出存在着"弱者变为胜利者"的可能性。①贝尔纳普这个假说似乎恰好可以用来解释纳斯塔西娅·菲利波芙娜在生日晚会上怒烧卖身钱的举动,这个被出卖的女子在这次残酷的发作中暂时当了回胜利者。但是,学者们对陀思妥耶夫斯基的残酷的种种阐释都不惬吾意。

于是禁不住要斗胆陈言:研究陀思妥耶夫斯基的衮衮诸公似乎都当了回"睁眼瞎",他们居然没有看到,在陀思妥耶夫斯基那里,肆虐的残酷的恶旁往往也有孱弱的良善在场,而且良善总是试图发挥作用。在拉斯科尔尼科夫的梦里,在人们残酷地折磨小马的时候,"他"是个七岁的小孩,他在呐喊:"爸爸,他们在干什么呀,他们在打那匹可怜的马!"②在打死马后,"那个可怜男孩发狂了,号叫着从人群中挤到那匹栗色小马跟前,搂着那流血的马头吻着,吻头,吻眼,又吻嘴唇……然后他跳了起来,一阵狂怒,伸出两个小拳头对着米珂里加"③。然而面对那折磨马的群氓,他是弱小无力的。

在《白痴》中,将小孩们由恶待玛丽一变而为善待她,甚至爱戴她的,恰恰就是梅希金公爵。在孩子追着打骂玛丽的时候,梅希金公爵"开始跟他们说明情况,只要有可能每天都说。他们虽然仍然骂骂咧咧的,但有时候也停下来听。我告诉他们,玛丽是多么不幸;他们很快也就不再骂她了,开始默默地走开。慢慢地,我们开始说话了,我什么事都不瞒他们;一切都对他们直说。他们非常好奇地听着,很快就可怜起玛丽来了。有的孩子在路上遇到她,开始亲热地向她问好"④。

在格鲁申卡戏弄叶卡捷琳娜·伊凡诺芙娜的整个过程中,天使般的修士阿辽沙一直在场,或者阻拦狂怒的叶卡捷琳娜·伊凡诺芙娜,或者恳求格鲁申卡赶快离开,当时他确乎无能为力。隔了一天后,阿辽沙居然隔空发挥了"调解者"的作用:在第三部第一卷第三章中,因佐西马长老死后尸腐味臭而烦恼的阿辽沙被拉基金带到格鲁申卡家,他对拉基金这样谈论

---

① Robert. L. Belknap. *Dostoevskii and psychology. The Cambridge Companion to Dostoevskii*. Edited by W. J. Leatherbrrow. Cambridge: Cambridge University Press, 2002, pp. 145 – 146.
② [俄] 陀思妥耶夫斯基:《罪与罚》,韦丛芜译,浙江人民出版社1980年版,第66页。
③ 同上书,第69页。
④ [俄] 陀思妥耶夫斯基:《白痴》,臧仲伦译,译林出版社2000年版,第66页。

格鲁申卡:"你最好看一看她,你没有看见她是怎样宽恕我的?我到这里来原想遇到一个邪恶的心灵……开始我却遇到一个诚恳的姐妹,一个无价之宝——一个充满着爱的心灵。……阿格拉菲娜·亚历山德罗芙娜(即格鲁申卡),我说的是你。你现在使我的心灵复原了。"① 这番话让格鲁申卡深受感动,她在激动地述说其他事情时,居然说出了这样一句话:"阿辽沙,请你对那位小姐说,请她不要为前天的事情生气。"②

在《白痴》中,在纳斯塔西娅·菲利波芙娜的生日晚会上,梅希金公爵几度介入,试图改变女主人的不幸结局。纳斯塔西娅·菲利波芙娜就是否嫁给加尼亚征求梅希金公爵的意见,他回答说:"不,不,您别嫁。"③当纳斯塔西娅·菲利波芙娜伤心地说:"如果我什么也没有了,谁还会娶我呢?"梅希金公爵回答说:"我会娶的。""纳斯塔西娅·菲利波芙娜,我娶的是清清白白的您,而不是一个卖给罗戈任的女人。"④ 梅希金公爵想挽救即将被毁掉的纳斯塔西娅·菲利波芙娜。可是,尽管纳斯塔西娅·菲利波芙娜感到梅希金公爵是唯一真诚爱自己的人,尽管梅希金公爵可能要继承一笔遗产,但他还是不能挽救即将被毁掉的纳斯塔西娅·菲利波芙娜。她跟着色鬼罗戈任走了,最终死在了他手里。

在伊留莎所遭遇的残酷折磨中,阿辽沙几乎始终在场,孩子们由残酷而变得仁爱,与其说是阿辽沙的启发,不如说是他们的自省。阿辽沙在和孩子们一起葬了伊留莎后,他的一番陈词,就是对残酷结构的"孱弱"的理性反思,他要大家记住曾经用石头欺负过伊留莎,后来非常爱他:"你们无论如何不要忘记,我们曾经在这里感到如何美好,我们大家同心协力,由一种美好善良的感情联系在一起。"⑤ 他认为,这种善良的感情会在他们成人之后发挥作用,"会阻止他做最大的坏事"⑥。即使在这里,阿辽

---

① [俄]陀思妥耶夫斯基:《卡拉马佐夫兄弟》下册,耿济之译,秦水、吴均燮校,人民文学出版社1981年版,第526页。

② 同上书,第531页。

③ [俄]陀思妥耶夫斯基:《白痴》,臧仲伦译,译林出版社2000年版,第147页。

④ 同上书,第156页。

⑤ [俄]陀思妥耶夫斯基:《卡拉马佐夫兄弟》下册,耿济之译,秦水、吴均燮校,人民文学出版社1981年版,第1166页。

⑥ 同上书,第1167页。

沙也是非常不自信的，他非常担心大家长大后都会成为"坏人"，① 良善竟是如此的稚嫩与脆弱。

如果我们把《罪与罚》看成裸露拉斯科尔尼科夫内心挣扎的残酷宏观结构，那么作品的后半部分，有孱弱的索尼亚所体现的良善在抚慰他的忧煎；如果把《白痴》看成透露纳斯塔西娅·菲利波芙娜内心煎熬的残酷宏观结构，那么整部作品都有病弱的梅希金公爵所体现的良善在慰藉她的悲辛；如果我们把整个《卡拉马佐夫兄弟》看成展示德米特里和伊凡内心拷问的残酷宏观结构，那么整部作品都有弱小的阿辽沙所体现的良善在平缓他们的躁动。

人心浇薄，道德衰微，曝光于敏感的陀思妥耶夫斯基的心灵。陀思妥耶夫斯基的情志又遭遇了分裂，他的理智已然摧毁了"傲气"，但世界对他的残酷暴虐，又使他的情感时时要发泄为残酷的戾气。一如他早期的作品《孪生兄弟》，善良、老实、人尽可欺的小戈利亚德金，分裂出了邪恶放肆的大戈利亚德金。由于外邪内毒交相攻，陀思妥耶夫斯基打开了人心的潘多拉魔盒，于是有了恶的淋漓尽致的宣泄，那简直就是倾山滔天而来的浊流，所有的人被席卷而入，反过来又会加强它的淫威。展示恶人的邪恶时时发作，并非陀思妥耶夫斯基的贡献。与同时代的俄罗斯作家相比，陀思妥耶夫斯基的独特洞见或许在于，他揭示了这样的秘密：生性善良的弱者，在特殊的机缘中可能被残酷的邪恶所俘虏，成为邪恶的残酷的宣泄者。折磨小马的众人中，最卖力的就是马的主人米珂里加；折磨丈夫和孩子最残忍的就是深爱着他们的、天性善良的弱者加迭里娜·伊凡诺芙娜；辱骂玛丽的，一度有众多孩童；残酷戏弄诸多体面贤达的，恰恰是任人买卖的弱者纳斯塔西娅·菲利波芙娜。似乎陀思妥耶夫斯基已经彻底绝望，他在作品中不厌其烦地援引上帝焚烧所多玛城的寓言，好像他赞同将那个被邪恶统治的世界付之一炬。然而，跟同时代，甚至跟其他时代的俄罗斯作家一样，陀思妥耶夫斯基也相信在恶的世界终究还有些许善的微光。哪怕七岁的"他"弱小无力，哪怕索尼娅是人皆轻蔑的娼妇，哪怕梅希金是

---

① 参见［俄］陀思妥耶夫斯基《卡拉马佐夫兄弟》下册，耿济之译，秦水、吴均燮校，人民文学出版社1981年版，第1167页。

身智不健全的弱者,哪怕阿辽沙是非僧非俗的青年,但他们毕竟以他们的赤诚和良善,在恶的狂热中吹来几许清凉,在邪的残酷中播下一片仁爱。可是他们病态的职业和身心,又让人不由得怀疑这善的真实性和"可行性"。这乃是陀思妥耶夫斯基作品的悲剧性之所在。相信邪恶天地毕竟有良善存焉,但良善的力量可否胜任与邪恶的较量,这乃是俄罗斯文学的一大信念、一大追问。在上下的讨伐声中,帕斯捷尔纳克于1959年写下了《诺贝尔奖》一诗,将自己比喻为落进陷阱的困兽,孤立无援,毫无出路,但诗末有云:"我坚信,那个时刻毕竟会来临,/善的精神必定/战胜庸俗和邪恶的力量。"[1] 次年,诗人便抑郁而亡。果戈理在《死魂灵》第一部中淋漓尽致地刻画了由地主、官僚、商人乌合而成的邪恶世界,在《死魂灵》第二部中,他竭尽全力去塑造集所有良善于一身的"新人",手稿尚未写完,作家已觉得"新人"过于矫情,于是一把火烧了它。

呜呼,良善与邪恶就这样纠缠于俄罗斯文学中。

---

[1] Пастернак Борис. Избранное. М. : Эксмо, 2003, с. 312.

第五章　19世纪后半叶俄罗斯文学、艺术本土化转向描述及原因探寻

本章揭示在历史教科书和文学艺术史中被遮蔽的席卷群才、囊括文艺的浪潮：19世纪后半叶俄罗斯本土文化全面回归。列夫·托尔斯泰和陀思妥耶夫斯基等的作品，不同艺术门类（"强力集团""学院叛逆者""巡回展览画派"）都反映了这一大转折。深刻厚重的大作品联袂而出，造就了俄罗斯文化史上最辉煌的50年。文学艺术中的本土文化回归是俄罗斯民族国家建构的文化大走向的折射：19世纪前半叶俄罗斯的精英分子，如十二月党人、别林斯基等援西救俄，以为西欧的今天即是俄国的明天，可是1848年欧洲革命使俄罗斯的精英分子意识到：俄罗斯的村社制度等可以使俄国绕过资本主义直接进入社会主义，因而重新重视本土的资源；19世纪后半叶，俄国出现了一系列大事件，它们导致从统治阶层到民间思想运动都呈现向内、向下趋向，尽管其目的不同，但都有诉诸俄国最底层的农奴和普通民众的意图。揭示俄罗斯本土文化的全面回归，为阐释俄罗斯文艺中最辉煌巨作的连续问世将会提供新的路径。

19世纪50年代以来，俄国的文化主流发生了戏剧性转折，在50年代以前曾对西欧文化趋之若鹜的，具有不同身份、不同政治取向、不同职业的俄罗斯文艺家突然之间都对本土文化表达了敬畏和颂赞，几乎所有的艺术门类，都表现出对本土文化资源的强烈兴趣。19世纪后半叶，俄国文化的主流是回归本土。可是，这一本土回归的大趋势是被遮蔽的。在过去的俄国历史教科书中，注重民族解放运动的发展变化，在俄国文学艺术史中，追踪现实主义的流变，而且不同门类的著作"各自为政"，彼此割裂（即使是现在时髦的文化史也是如此），因而学术界对这一席卷群才、囊括

文艺的大浪潮视而不见。唯其如此，本文的讨论或许不乏新意。

第一节　本土文化回归浪潮

两位俄罗斯的文学巨匠都在精神取向方面表现了戏剧性转折。陀思妥耶夫斯基在19世纪40年代后期曾经信奉法国空想社会主义，宣扬"法郎吉"体制。① 在结束兵役和流放后，1861年他推出了"土壤"派学说，他认为："彼得的后继者们对欧洲全不陌生，快要变成欧洲人了……我们没有能力迫使自己适应一种欧洲的生活方式"；"我们的任务是为自己创造新的方式，我们自己的、本土的，植根于我们土壤的、来自人民的精神、融合了民族各种因素的方式。但是我们并不是作为战败者而回归本土的"。② 回归本土文化成了他具有理论依据和内在动力的追求。在托尔斯泰于19世纪60年代中期发表的长篇小说《罪与罚》中，受西方思想（拿破仑形象的激励、路易·波拿巴的新拿破仑主义、虚无主义）影响而杀人的拉斯科尔尼科夫，在体现东正教信仰的索尼娅感召下，认罪伏法，获得了走向新生的机遇。③

19世纪40年代中期列夫·托尔斯泰在喀山大学就读法律系，在比较叶卡捷琳娜二世对宪法起草委员会的手谕与孟德斯鸠的《论法的精神》的作业时，对后者表达了敬意，却揭露了前者的伪善。④ 托尔斯泰在《战争与和平》和《安娜·卡列尼娜》中都重复着这样的内在结构：贵族出身的、曾沉溺于西欧思想的男性主人公，在作品开始时总是处于精神的惶恐不安之中，在接近尾声时，或因农民的启迪而获顿悟，或借宗教神秘启示而得安顿。在《战争与和平》开篇中，安德烈·鲍尔康斯基以拿破仑为事业楷模，彼埃尔·别祖霍夫则认为拿破仑体现了平等、自由、博爱的理想，但他们的精神又是惶惑的。后来，他们都经历了将拿破仑祛魅的过程，安德烈僵卧奥斯特里兹原野，在昊昊苍穹之下看破了拿破仑的渺小；

---

① См.: Сараскина Л. Достоевский. М.: Молодая гвардия, 2011, cc. 193–211.
② 《陀思妥耶夫斯基散文选》，刘季星、李鸿简译，百花文艺出版社1997年版，第112页。
③ 详见第六章"文化试错的民族寓言：《罪与罚》的一种解读"。
④ Гусев Н. Н. Лев Николаевич Толстой. Материалы к биографии с 1828 по 1855 год. М.: Издательство Академии Наук СССР, 1954, с. 225.

战争的残酷让彼埃尔意识到拿破仑的邪恶。到后来，农民出身的普鲁东让彼埃尔获得了精神的新生；宗教的爱照临了将亡的安德烈。在《安娜·卡列尼娜》的尾声中，他人转述的农民费多尔的一句话，让找不到生存意义、几近自杀的列文获得顿悟。总之，体现传统的文化的符号性人物或什物，使曾迷恋于西欧思想的主人公了摆脱了精神迷雾。

在后起的作家那里，回归本土文化的趋向就更加明显了。作家格·乌斯宾斯基在19世纪80年代有篇速写《土地的统治》。在那里，开篇就写道："俄罗斯人民中的绝大多数至今还能在不幸中保持坚韧和强大，至今还心灵年轻，勇敢无畏，孩提般温顺，总之一句话，人民，那在自己的肩上肩负一切的人民，那我们热爱、我们到他们中去疗治自己心灵伤痛的人民，至今还保持着自己强大而温顺的形象的人民，在他们心里存续着土地的统治……"① 接下来，乌斯宾斯基援引了基辅壮士歌中的圣山骑士的典故，借以证明"母亲生土"的强大无比：骑马的圣山骑士觉得自己力大无比，要找人比试比试。见到一个肩头上扛着口袋的农夫，他叫农夫把口袋放在地上。圣山骑士无论如何也动不了那口袋，最后他双手抱着口袋，使出了壮士的全部力量，苍白的脸上迸出了血珠，双脚跪在了地上，那口袋只是刚刚离开地。圣山骑士问："口袋里装了什么？"农夫答道："口袋那么重，是因为装了母亲生土。"② 这篇随笔几乎就是那个时期俄罗斯知识分子趋近民间、趋近乡土的象征性写照。

尽管普希金、莱蒙托夫和果戈理对民间文学不乏借鉴，可是在19世纪50—60年代才形成了俄罗斯历史上规模最大的民间文学的搜集整理运动。这个时期从事民间文学搜集的，有 В. 达利，有民俗学家 Ф. 布斯拉耶夫、亚·阿法纳西耶夫，还有民主主义者 П. 雅库什金、А. 胡佳科夫、П. 雷勃尼科夫等。普洛普指出："只是到了19世纪中叶才出现了对民间故事的更大规模的、遍及全社会的科学兴趣。"③ 1855—1863年阿法纳西耶夫出版了6辑《俄罗斯民间故事》，1860—1862年胡佳科夫出版了《大俄罗斯民

---

① Успенский Г. Власть земли. М. : Советская Россия，1988，c. 213.
② Там же, cc. 214 – 215.
③ Пропп В. Предисловие к 《Народным русским сказкам А. Н. Афанасьева》. М. : ГИХЛ，т. 1，1957，с. Ⅲ.

间故事》，1863 年 A. 埃尔连因出版了《乡村教师搜集的民间故事》，1864 年 E. 丘金斯基出版了《俄罗斯民间故事、俏皮话、趣闻》，1860 年达利出版了《俄罗斯民间谚语》，《雅库什金搜集的俄罗斯民歌》于 1860 年问世，《基列耶夫斯基搜集的民歌》在 1860—1874 年出了 10 辑，《雷勃尼科夫搜集的谣曲》于 1861—1867 年间出了 4 卷。①

几乎所有的艺术门类，都表现出对本土文化资源的强烈兴趣。在音乐和绘画领域也出现了回归本土的浪潮。在 19 世纪 50 年代末 60 年代初形成了音乐领域的强力集团，该集团的音乐家有巴拉基列夫、鲍罗丁、居伊、穆索尔斯基、里姆斯基—科萨科夫，他们致力于建立形成民族风格，主张运用俄国民间音乐的材料、旋律、音阶、复调等多种因素。从穆索尔斯基的作品来看，有反映俄罗斯历史的歌剧《鲍里斯·戈都诺夫》《霍万斯基之乱》，里姆斯基—科萨科夫创作了歌剧《萨德科》《五月之夜》《雪姑娘》《萨旦王的故事》《金鸡》，②还有鲍罗丁创作了歌剧《伊戈尔王》、交响音画《在中亚细亚草原》等。即使是强力集团之外的、被认为是欧化意味浓厚的柴可夫斯基，也有东正教合唱套曲等作品。1863 年，在彼得堡的皇家美术学院内出现了以克拉姆斯科伊为首的 14 名反叛者，他们拒绝按老规矩以《圣经》或神话题材来进行毕业创作，遭到学院拒绝后，他们脱离学院，成立了彼得堡自由美术家协会。③ 1870 年成立了巡回展览画派，其思想领袖为克拉姆斯科伊，代表画家有居伊、彼得罗夫、列宾、苏里科夫、希什金、列维坦等。从 1871 年开始，这些画家在彼得堡、莫斯科、基辅、哈尔科夫、喀山、奥廖尔、敖德萨等城市举办画展。他们极力真实地表现现实生活，也着力描绘俄国的历史、自然，赞美人民的力量、智慧和博大。④《伏尔加河上的纤夫》《萨德科》《意外归来》《伊凡雷帝杀子》《近卫军临刑的早晨》《查波洛什人写信给苏丹》——仅举列宾的几幅作品

---

① Пропп В. Предисловие к «Народным русским сказкам А. Н. Афанасьева». М.: ГИХЛ, т. 1, 1957, сс. Ⅲ-Ⅳ.
② 参见余志刚《西方音乐简史》，高等教育出版社 2006 年版，第 225—227 页。
③ 参见奚静之《俄罗斯美术史话》，人民美术出版社 2004 年版，第 80—81 页。
④ Калашникова Т. В. Энциклопедия русской живописи. М.: Олма-пресс, 2002, сс. 215-216.

就足以证明巡回展览画派与俄罗斯本土文化的亲近关系了。

具有不同身份、不同政治取向、不同职业的知识分子,在半个世纪的时间里不约而同地选择回归本土文化,这本身就是一种精神奇观。在文学家和艺术家将目光投向自己脚下的土地的同时,深刻厚重的大作品联袂而出,层出不穷,造就了俄罗斯文化史上最辉煌的50年。托尔斯泰在未完成的《十二月党人》中曾这样描写这个时期:"不久之前的时代,即亚历山大执政的时代,是一个文明的时代、进步的时代、繁荣的时代……"[①] 揆诸文艺,不能不说此言不虚。其原因确实值得探讨。

第二节 本土文化回归原因初探

文艺文本是社会大文本中的次文本,文学艺术中的本土文化回归是俄罗斯民族国家建构的文化大走向的折射。所以我们试图在更大的文化走向中来探寻文艺浪潮流向变化的原因。

与西欧文化的碰撞,是俄罗斯本土在19世纪后五十年产生自觉意识的推动因素。19世纪前半叶,俄罗斯的贵族青年军官由于1812—1814年俄法战争足迹遍及西欧,解放者不但没有产生胜利者的自豪感,反而在与西欧的对比中对自己祖国的落后自惭形秽。于是,他们开始了对西欧制度文化的研究,认为应该以西欧制度文化中的共和制或君主立宪制来取代本土的专制制度,并试图付诸行动,于是就有了十二月党人的起义。此后,别林斯基、赫尔岑、车尔尼雪夫斯基等知识精英继续着援西救俄的事业,或以个人主义来取代奴隶主义、群体主义,或以科学来克服宗教,或以法律来替代酷刑。[②]

在彼时精英分子的心目中,西欧的今天即是俄国的明天。仿佛是在突然之间,由于1848年的欧洲革命,俄国的精英分子赫尔岑、车尔尼雪夫斯基等突然意识到,自己先前是"如入宝山空手回":本土文化并非一无是处,反而可能是拯救被资本主义侵蚀的世界的法宝。

---

① [俄]斯科瓦尔佐娃:《文化理论与俄罗斯文化史》,王亚民等译,敦煌文艺出版社2003年版,第246页。

② 参见刘亚丁《十九世纪俄国文学史纲》,四川大学出版社1989年版,第3—10页。

第五章 19世纪后半叶俄罗斯文学、艺术本土化转向描述及原因探寻

由于1848年欧洲革命，过去从西欧的文化中寻找俄罗斯未来的俄罗斯知识分子突然发现，俄国本身就是当代社会的伊甸园。赫尔岑在这班人中最为典型。赫尔岑留居巴黎期间正好赶上1848年革命，成了这场资产阶级革命的见证人。他曾欢呼欧洲这场革命，以为它会实现革命在全世界的胜利。这场革命的失败令赫尔岑彻底失望，他不但对法国的共和制失望，而且对欧洲的思想家也感到失望。他重新反思了自己过去的思想途程，打碎了自己的欧洲偶像：“卢梭和黑格尔是基督徒。罗伯斯庇尔和圣·鞠斯特是君主主义者。”[①] 于是他只好沉痛地宣告："别了，过去的世界，别了，欧洲！"[②] 赫尔岑这个思想的流浪汉再次将目光投向了自己的祖国。在俄国的历史和现实中，赫尔岑找到拯救世界的法宝，这就是俄国残留的村社。在19世纪50年代初写成的《俄罗斯》《论俄国革命思想的发展》《俄国人民与社会主义》等著作中，他阐发村社同社会主义的联系。他分析了俄国村社的优越性：每个社员都有土地，土地属于社会，村社内部自治。他认为，村社的这些优越性，使俄国可以摆脱欧洲资本主义的道路，"我没有看到俄国一定要重复欧洲的发展道路的原因"[③]。他认为，俄国可以在发挥村社的社会主义因素中，绕过资本主义，获得新生。同时，在俄罗斯人中，他还看到了比村社更重要的东西，那就是俄罗斯在恶劣的自然条件下，在抗击异国侵略中形成的坚韧的民族性格。列宁把赫尔岑的这些思想概括为民粹派的社会主义。[④] 赫尔岑的思想历程在俄罗斯的知识分子中是很典型的。卢那察尔斯基写道："贵族赫尔岑最初梦想使俄国欧化，可是当他看到欧洲本身已经资产阶级化，他便以他那绅士灵魂中的全部力量否定资产阶级，而转向自己的对立面即农民，将这些农民奉为人类的珍珠，因此他就成了革命民粹派的始祖。"[⑤] 卢那察尔斯基还指出，托尔斯泰和巴

---

① Герцен А. Собрание сочинений, т.6, М.: Издательство Академии Наук СССР, 1955, с.117.

② Там же, с.113.

③ Там же, с.205.

④ 参见中共中央马克思恩格斯列宁斯大林著作编译局编《列宁选集》第2卷，人民出版社1977年版，第416—422页。

⑤ [苏]卢那察尔斯基：《论文学》，人民文学出版社1983年版，第264页。

枯宁也经历了同样的思想转折。

1848年，欧洲革命使俄罗斯的精英分子意识到，俄罗斯的村社制度等可以使俄国绕过资本主义直接进入社会主义，因而他们开始重新重视本土的资源。

19世纪后半叶，俄国出现了一系列大事件，它们导致俄国从统治阶层到民间思想运动都呈现向内、向下趋向，尽管其目的不同，但都有诉诸俄国最底层的农奴和农民的意图。首先是1853—1856年的克里米亚战争的失败和农奴解放运动。俄国的败绩，使俄国颜面尽失，令曾充当神圣同盟主角的俄国失去了霸主地位，由此，俄国从上到下开始反思：我们的问题出在哪里？1856年，沙皇亚历山大二世在对莫斯科贵族的一次讲话中指出："与其等待农奴自下而上地废除农奴制度，倒不如从上面来废除农奴制度为好。"① 1861年2月19日，沙皇亚历山大二世颁布了解放农奴的法令。其次，在农奴制改革的同时，还开始了1863—1874年的俄国政治生活和社会生活的重构。1864年开始设立地方自治机构——地方自治局：各阶层的代表选举县自治会，县自治会派代表参加省自治会。地方自治机关的权力限于地方经济和社会事务，如发展地方工商业，改进农业技术，解决交通、粮食供应、救济、保险教育和卫生方面的问题，对监狱、看守所进行监督等。还进行了司法改革。② 再次是从19世纪60年代开始的全俄性质的民粹主义运动，在其活动家的倡导下，19世纪70年代中期还出现了的"到民间去"运动，成千的青年学生到民间去发动造反，或去提供医疗教育服务。③ 这些因素与19世纪后五十年的俄国文艺的本土化转向具有不同程度的关联。

第三节　余论

本章揭示了19世纪后半叶俄国本土文化的全面回归，力图解释其原因。将被遮蔽的本土文化的全面回归揭示出来，具有不同寻常的意义。我

---

① Исторический факультет МГУа. Пособие по истории отечества. М.: Протор, 2000, с. 191.
② 参见姚海《俄罗斯文化之路》，浙江人民出版社1992年版，第186页。
③ Большая советская энциклопедия, т. 6. М.: БСЭ, 1974, т. 17, с. 263.

们借此才发现：无论在文学领域，还是在艺术领域，19世纪俄罗斯最有思想深度、最具影响力、今天看来最有经典性的作品都是在这一浪潮中产生的，如长篇小说《战争与和平》《卡拉马佐夫兄弟》，如油画《伏尔加河上的纤夫》、歌剧《伊格尔王》等。因为文学和艺术只有获得民族生活本身的源头活水，就像《土地的统治》那获得母亲生土的农夫，才会具有无限的伟力。揭示俄罗斯本土文化的全面回归，为阐释19世纪俄罗斯文学艺术巨作的大量、连续问世将会提供新的路径。

同时，还应看到，西欧文化在整个19世纪和20世纪初始终对俄国本土文化形成压力。从形式上看，十二月党人和列宁都援西救俄，但内容已经全然变换：十二月党人以西欧的共和制或君主立宪制来改造俄国的专制制度，19世纪50—60年代赫尔岑、车尔尼雪夫斯基等一度有借俄国村社直接跨进社会主义的迷思，后来普列汉诺夫、列宁开启了以马克思设计的社会主义来摧毁专制制度的艰巨实践。

本章对19世纪俄罗斯本土文化的转折及原因做了初步探索，错漏难免，期待方家同行教正，期待同好学者继续本课题的探讨。

第六章 文化试错的民族寓言：
《罪与罚》的一种解读

对《罪与罚》已有的多角度观照并未穷尽对这部经典作品内涵的诠释。本文将《罪与罚》纳入19世纪俄罗斯知识者先学西方文化后回归本土文化的大背景中来观照。陀思妥耶夫斯基在19世纪40年代受空想社会主义等西方思潮影响，50年代以后归依东正教，首倡"土壤"理论，回归俄罗斯传统文化。作家本人对文化试错的反思，映射为《罪与罚》中拉斯科尔尼科夫文化抉择的叙事深层结构。借鉴格雷马斯符号学的矩阵图，分析体现文化冲突的主人公犯罪和救赎的叙事轴，同时分析其他人物在两种文化之间的抉择。

陀思妥耶夫斯基的《罪与罚》（1866）是一部内涵非常丰富的小说，因此，对它的探索从来没有停止过。学者们主要从四种角度切入。其一，从社会历史观点切入。作品发表的次年——1867年，俄国批评家皮萨列夫就指出作品表现了"生存竞争"。[①] 20世纪苏联的学术研究中依然注重这部小说对当时社会历史的深刻描写，"家庭联系的崩溃、堕落、犯罪、卖淫、野蛮、酗酒、凶杀、告密，对人的尊严的各种形式的压制和侮辱，这一切在陀思妥耶夫斯基的这部长篇小说中，是作为盛行着'人对人像豺狼一样'的法则的社会生活的必然表现来加以反映的"[②]。美国学者也关注《罪与罚》所反映

---

① Pisarev, D. "A Contemporary View" (1867), *Nineteenth-Century Literature Criticism*, V.2, Detroit, Gale Research Company, 1982, pp. 157–158.

② Благой Д. (Главный редактор) История русской литературы, т.3, М.: Издательство Наука, 1964, с. 129.

的当时俄国的现实危机,如酗酒、卖淫、犯罪、贫困、新一代的观念、城市等问题。① 中国学者也有从这个角度来概括《罪与罚》的主题的。② 其二,以作家传记为基础来研究其作品,如格罗斯曼的《陀思妥耶夫斯基传》。③ 其三,宗教文化学的角度,德国学者劳德从文化哲学的角度来解读《罪与罚》,指出作品中表现了大地母亲复活的神话,④ 中国学者也多有从这个角度切入的。⑤ 其四,从精神分析的角度切入,关注《罪与罚》中包含的心理分析和心理治疗等问题。⑥ 这些研究无疑直指作品要旨,富有启发性,但是《罪与罚》犹如富矿藏,它依然诱使学者携着新的工具走近它,去发掘它的新的层面。因此不妨将作品纳入俄罗斯知识者文化选择的大视野来观照,借鉴格雷马斯符号学的矩阵图进行叙事轴分析,将对《罪与罚》文本细节的领悟与陀思妥耶夫斯基传记的相关事实相贯通。这样我们就会发现:《罪与罚》表达了对作家本人文化试错⑦的理智清算,对俄罗斯民族文化选择的深刻反思。

第一节 作家写作《罪与罚》的文化语境

研究《罪与罚》的内涵,应该先从这部小说问世之际的时代文化语境和作家文化认同入手。从表面上看,陀思妥耶夫斯基的人生轨迹与同时代

---

① Fanger, D. Apogee: *Crime and Punishment. Modern Critical Views. Fyodor Dostoevsky*. Edited by Harold Bloom. New York: Chelsea House Publishers, 1988, pp. 59–65.

② 参见刘翘《陀思妥耶夫斯基创作论稿》,吉林大学出版社1986年版,第136—138页;彭克巽《陀思妥耶夫斯基小说艺术研究》,北京大学出版社2006年版,第101—109页。

③ 参见[苏]格罗斯曼《陀思妥耶夫斯基传》,王健夫译,外国文学出版社1987年版,第433—468页。

④ 参见[德]赖·劳德《陀思妥耶夫斯基哲学》,沈真等译,东方出版社1996年版,第301页。

⑤ 参见何云波《陀思妥耶夫斯基与俄罗斯文化精神》,湖南教育出版社1997年版,第77页;赵桂莲《漂泊的灵魂——陀思妥耶夫斯基与俄罗斯传统文化》,北京大学出版社2002年版,第228—231、236—247页;王志耕《宗教文化语境下的陀思妥耶夫斯基诗学》,北京师范大学出版社2003年版,第141—143页。

⑥ 参见[英]马尔科姆·琼斯《巴赫金之后的陀思妥耶夫斯基》,赵亚莉等译,吉林人民出版社2004年版,第95—117页;冯川《忧郁的先知:陀思妥耶夫斯基》,四川人民出版社2000年版,第89—108页。

⑦ 参见[英]波普尔《客观知识》,舒炜光等译,上海译文出版社2005年版,第274—276页。

俄罗斯知识者迥然相异，但如果将他置于俄罗斯知识者文化抉择的主要流向中来看，他与他们可说是异中有同，殊途同归，都体验了先学西方文化后回归本土文化的心路历程。

19世纪，俄罗斯知识者都面临着在本土文化和西欧异质文化之间的抉择。在19世纪的前五十年，俄罗斯知识者中的先进分子都致力于向西方学习，他们要以他们所认同的先进的西方文化来改造落后腐朽的本土文化，这种追求体现在文化制度和精神的若干层面。十二月党人从西方文化中借鉴共和制或君主立宪制来取代专制制度，别林斯基等从西方文化中效法宪法精神和政治理念以革除本土的农奴制和专制制度，普希金、莱蒙托夫从西方文化中吸纳"恶魔"般的个人主义以克服农奴制赖以存在的奴才主义。① 陀思妥耶夫斯基本人也成了学习西方文化热潮中的一分子。1847年，他参加了传播法国空想社会主义的团体——彼得拉舍夫斯基小组，成了傅立叶学说最虔诚的信服者。他的同志彼·谢麦诺夫—天山斯基回忆说：陀思妥耶夫斯基"阅读圣西门、傅立叶的社会主义著作"，并热心加以传播。他还在小组上朗读别林斯基致果戈理的信，在这封信中，别林斯基提出了废除农奴制的纲领。被沙皇政府逮捕后，他依然表示自己是傅立叶的信徒，② 足见陀思妥耶夫斯基在借鉴西方文化来改造俄罗斯本土文化这一点上与当时的先进知识者是声气相通的。

19世纪中期，俄罗斯的知识者出现精神激变，由学西方转而重视自己本土的资源。1848年的欧洲革命等事件使他们意识到，深受个人主义之荼毒的西欧绝不是俄国未来的典范，他们开始从本土文化中寻找摆脱资本主义的宝贵资源。赫尔岑在高喊"别了，旧的世界，别了，欧洲"后，开始认真研究俄国普遍残存的村社制度，认定它是克服资本主义的弊端、使俄国直接进入社会主义的法宝。③ 列夫·托尔斯泰的惶恐不安的贵族主人公

---

① 刘亚丁：《十九世纪俄国文学史纲》，四川大学出版社1989年版，第3—10页。

② П. Семенов - Тан - Шаньский. Из "Мемуаров". 《Ф. Достоевский в воспоминаниях современников》. т. 1, М.: Художественная литература, 1964, cc. 202 - 216. ［苏］格罗斯曼：《陀思妥耶夫斯基传》，王健夫译，外国文学出版社1987年版，第132—158页。

③ Герцен А. Россия, Собрание сочинений А. Герцена, т. 6, М.: Издательство Академии Наук СССР, 1955, cc. 145 - 223.

们，一次次在神秘的农民的只言片语中找到精神的归依，获得内心的宁静。他自己也在信仰和生活方式上认农民为导师。民粹派则发起了"到民间去"运动，他们在为农民服务时获得的报偿是得到了农民这样的精神引路人。俄罗斯知识者文化选择转向本土的趋向分明可辨。① 在 19 世纪 50 年代，陀思妥耶夫斯基经历了其人生最悲惨的十年，由于参加彼得拉舍夫斯基小组，他由著名作家沦落为流放犯和苦役犯，他在流放中完成了文化选择的转向。当时一本《圣经》陪伴他度过痛苦孤寂的时光，于是他虔诚地重新归依东正教，"上帝赐予我某些宁静的时光，在这些时光里我形成了神圣明确的信仰的象征，这象征极其简单明了：没有什么比基督更美好、更深刻、更可敬、更理智、更勇敢、更完善"②。当苦役解除后，他回到彼得堡所做的第一件大事是创办《当代》杂志，在他自己起草的征订启事中宣告了否定学西方、回归俄罗斯土壤的新的文化选择。他的立论方式是，首先否定彼得大帝以向西方学习为宗旨的改革："彼得大帝的改革本来就使我们付出了过于高昂的代价，它使我们与人民隔离开来"，人民"称彼得大帝的追随者是德国人"。他进一步反思俄罗斯人的历史道路："彼得的后继者们……快要变成欧洲人了。我们有的时候也责备自己没有能耐成为西欧派"。他作出了自己的判断："我们不可能变成为欧洲人，我们也没有能力迫使自己适应一种欧洲的生活方式……这种生活方式与我们格格不入，是互相对立的，就好像我们不能把不是按照我们的尺寸做的别人的衣服拿来穿一样。"他的主张是："我们认为，我们也是一个独立的民族，因而我们的任务是为自己创造新的方式，我们自己的、本土的，植根于我们土壤的，来自人民精神的、融合了民族各种因素的方式。"③ 这就是陀思妥耶夫斯基的新的文化选择，几位作家组成了以他为核心的"土壤派"。很明显，陀思妥耶夫斯基在两个层面上反思了文化试错，第一是宏观的，即反思以彼得大帝向西方学习为标志的民族国家文化选择的失误；第二

---

① 参见刘亚丁《十九世纪俄国文学史纲》，四川大学出版社 1989 年版，第 10—15 页。

② Андреев И. М. Русские писатели XIX века. М.：Российское Отделение Балаамского Общества Америки, 1999, сс. 292 – 293.

③ [俄] 陀思妥耶夫斯基：《征订 1861 年〈当代〉月刊启示》，《陀思妥耶夫斯基散文选》，刘季星、李鸿简译，百花文艺出版社 1997 年版，第 111—114 页。

是微观的，即清算他自己在 19 世纪 40 年代末期受法国空想社会主义思潮影响导致的文化选择的失误，他自己通过回归上帝而回归了俄罗斯文化。

在 19 世纪，俄罗斯知识者走过了先热衷于学习西方文化，后回归本土文化的精神道路，陀思妥耶夫斯基自己的精神轨迹也与之平行，尽管在具体内涵上各有侧重。这就是《罪与罚》问世之际的时代文化语境和作家本人的文化心理背景。

第二节 文化选择与叙事深层结构

陀思妥耶夫斯基对文化试错的反思，映射为拉斯科尔尼科夫选择西方文化还是选择俄罗斯文化的叙事深层结构。我们借用格雷马斯符号学矩阵来指代《罪与罚》重要的叙事成分，[①] 可以清晰地显露出叙事的深层结构：

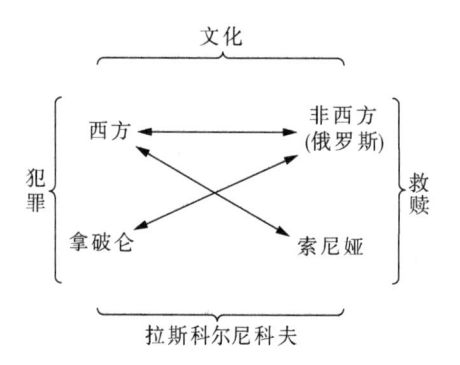

```
              文化
        ┌──────────────┐
        西方  ←——→  非西方
                      (俄罗斯)
  犯                            救
  罪         ╳                  赎
        拿破仑  ←——→  索尼娅
        └──────────────┘
           拉斯科尔尼科夫
```

《罪与罚》中有关拉斯科尔尼科夫的叙事是围绕两条基本语义轴（犯罪和救赎）来展开的，这恰好是对西方文化被非西方文化（俄罗斯文化）逐渐取代的叙述。

《罪与罚》多次涉及对拉斯科尔尼科夫杀人动机的揭示，这与对拿破仑的想象有关。第三部第五章预审官波尔费利提到拉斯科尔尼科夫原来发表的一篇题为"论犯罪"的文章，接着拉斯科尔尼科夫自己转述了文章的

---

① 参见［法］格雷马斯《论意义——符号学论文集》下册，冯俊学等译，百花文艺出版社 2005 年版，第 217—228 页；［美］弗·杰姆逊《后现代主义与文化理论》，唐小兵译，陕西师范大学出版社 1987 年版，第 90—98 页。

基本思想：穆罕默德、拿破仑等都是罪人，为了立新法而屠杀维护旧法的人；另一些人则是普通人，他们被前一类人屠杀。显然，拉斯科尔尼科夫自己和波尔费利都找到了拉斯科尔尼科夫杀人的真正动因。① 后来，拉斯科尔尼科夫自己回忆杀人的细节时突然冒出了这样的念头：拿破仑是"可以为所欲为的真正的统治者，他突袭土伦，在巴黎进行屠杀……在远征莫斯科时消耗糟蹋五十万人……这种人显然不是血肉之躯"。接着，他把拿破仑同他杀死的老太婆并置在一起，对自己的杀人行为作了这样的判断："我杀了一个原则，但我并没有跨过去。"② 似乎他已经意识到自己不是拿破仑这样的"不平常的人"。拉斯科尔尼科夫在向索尼娅忏悔时，再次提到拿破仑：如果拿破仑没有自己的土伦，他一定会杀死那个老太婆，"我学习这位权威者的榜样，把她杀了"③。拉斯科尔尼科夫杀人与拿破仑的推动作用的内在关联，应该联系当时拿破仑主义的流行史实来看。路易·波拿巴复辟后实行"拿破仑主义"，1865 年，巴黎出版他写的《尤利·恺撒传》，后来在俄国出版了其俄译本。1865 年 2 月 21 日的《莫斯科公报》发表了其序言的部分内容。在那里，路易·波拿巴提出了"伟大人物"的"使命"：他们"秉承神意"，成为"在历史时代中脱颖而出的灯塔式的杰出人物"；"强有力的个性"有权破坏普通人必须遵守的道德规范。《俄罗斯通报》1866 年第 4 期连载《罪与罚》，内容恰好就是波尔费利同拉斯科尔尼科夫谈论拿破仑的第三部第五章。④ 在这里，拿破仑成了西方文化所代表的个人主义价值观的代名词，"这是魔鬼的诱惑"⑤。拉斯科尔尼科夫时而觉得自己必死无疑，时而噩梦缠身，几近疯狂，犯罪导致他走向毁

---

① 参见 ［俄］陀思妥耶夫斯基《罪与罚》，朱海观、王汶译，人民文学出版社 1982 年版，第 341—345 页。

② 同上书，第 362—363 页。

③ 同上书，第 552 页。

④ Гус М. Идеи и образы Достоевского, М.：Издательство 《Художественная литература》, 1962, cc. 275 – 277. Fanger, D. Apogee：*Crime and Punishment. Modern Critical Views. Fyodor Dostoevsky*. Edited by Harold Bloom. New York：Chelsea House Publishers, 1988, p. 63. 彭克里：《陀思妥耶夫斯基小说艺术研究》，北京大学出版社 2006 年版，第 152 页。

⑤ ［俄］陀思妥耶夫斯基：《罪与罚》，朱海观、王汶译，人民文学出版社 1982 年版，第 556 页。

灭。拉斯科尔尼科夫的所作所为，在某种意义上正是处于彼得拉舍夫斯基小组时期的陀思妥耶夫斯基本人的写照。迷误既深，出路何在？小说的救赎叙事从第四部开始逐渐取代犯罪叙事。

《罪与罚》的叙事的另一根语意轴是索尼娅对拉斯科尔尼科夫的救赎。在第四部第四章里，索尼娅这个操着卖笑生涯的贫苦女性，激起了拉斯科尔尼科夫的敬仰，他跪着亲吻她的脚，表示向人类的苦难致敬。她给他读《约翰福音》中拉撒路复活的故事，使他深受感动。① 对这个场景，评说甚多。纳博科夫觉得它是"劣等的文学噱头"②。伊·安德烈耶夫则认为，这是世界文学中表现上帝的爱照耀下的两种性格相反的人的冲突的最杰出的篇章。③ 舍斯托夫指出，这里包含着创造奇迹的巨大力量。④ 赵桂莲引用陀思妥耶夫斯基的有关说明来解释这个场面的深刻意蕴。⑤ 与第四部第四章备受论者关注不同，第五部第四章似乎不太受重视，它在整个作品中的作用，远没有被学者认识到，这一章实际上是拉斯科尔尼科夫发生"突转"的高峰。这一章的第一句话是"拉斯科尔尼科夫一直是索尼娅积极有力的辩护人"（Раскольников был деятельным и бодрым адвокатом Сони）。⑥ 这句话中宾语的名词和形容词都是很有意味的。先看名词：辩护人（адвокат），民间通俗的说法就是"保护者"（защитник），而且他是"积极有力的"。同时，拉斯科尔尼科夫对索尼娅说话时称她为"你"，而她对他说话时称他"您"。显然，本章开始时拉斯科尔尼科夫是以索尼娅的保护者的面貌出现的，因而"居高临下"。后来，他开始向她坦白自己杀人的罪行，并为自己辩护时，两人的角色发生了"突转"。索尼娅愤怒地喊道："怎么

---

① [俄] 陀思妥耶夫斯基：《罪与罚》，朱海观、王汶译，人民文学出版社1982年版，第426—439页。

② Набоков В. Лекции по русской литературе, М.: Издательство «Независимая газета», 2001, cc. 189-190.

③ Андреев И. М. Русские писатели XIX века. М.: Российское Отделение Балаамского Общества Америки, 1999, c. 316.

④ 参见 [俄] 舍斯托夫《思辨与启示》，方珊译，上海人民出版社2005年版，第270页。

⑤ 参见赵桂莲《漂泊的灵魂——陀思妥耶夫斯基与俄罗斯传统文化》，北京大学出版社2002年版，第230—231页。

⑥ Достоевский Ф. М. Преступление и наказание, М.: Издательство «Алимп», 2001, c. 349.

办？马上去，站在十字街头，双膝跪下，先吻一吻被你亵渎的大地，然后向大家，向四面八方磕头，大声对所有的人说：'我杀了人。'那时上帝就会重新给你生命。"① 而且她对他"居高临下"——她站着，他坐在床上，她称他为"你"，而且对他使用命令式。正是索尼娅，以东正教徒的名义，以俄罗斯的名义拯救了本来会归于毁灭的拉斯科尔尼科夫。后来，拉斯科尔尼科夫果然按照她的"指令"，到十字路口去亲吻了大地，然后去自首了。在西伯利亚，索尼娅在"大墙"外陪伴拉斯科尔尼科夫，他们隔"墙"执手，心心相印，于是将发生拉斯科尔尼科夫"逐渐获得新生"的奇迹。② 作家将女主人公命名为"索尼娅"是很有寓意的。在俄语中，索尼娅（Соня）是索菲娅（Софья）的小名，其同音词是София。София（索菲娅）就是古希腊语的"智慧"（Σοφια），在《旧约》中，索菲娅就是《箴言》第八章那呼喊觉醒的"智慧"。③ 在东正教的文化传统中，索菲娅则是被亚德里安大帝（2世纪）迫害的有信、望、爱三个女儿的母亲。由于其发音的特点，在俄罗斯传统中，她是具有罗格斯之光的神祇。④ 这样，索尼娅实际上成了拉斯科尔尼科夫的睿智圣母式的拯救者，她引导他走向了复活。

在《罪与罚》中，按照第一条语意轴的逻辑，受拿破仑主义诱惑的拉斯科尔尼科夫几近毁灭。从第四部开始，在另一根轴上，东正教信仰的肉身化的、体现俄罗斯文化美质的索尼娅逐渐完成对他的救赎，使之复活。这是俄罗斯文化逐渐超越西方文化的"苦难历程"。在《罪与罚》中还叙述了波尔费利、斯维里加洛夫对拉斯科尔尼科夫罪行的明探暗查，那是作家别的意图的体现，不在本章讨论的范围。

---

① [俄] 陀思妥耶夫斯基：《罪与罚》，朱海观、王汶译，人民文学出版社 1982 年版，第 558 页。

② 同上书，第 729 页。

③ Степанов Ю. Константы: словарь русской культуры. М.: Издательство Академический проспект, 2001, cc. 479 – 481.

④ Можейко М. София, в книге 《Новейший философский словарь》, Минск: Издательство Книжный дом, 2003, c. 963.

第三节　众人物与文化论争

在《罪与罚》中，除了男女主人公在两种文化选择中的互动外，在其他人物之间也展开了文化论争，阐明这一点又会加深对上述叙事结构的理解。在第二部第五章，拉祖米欣与卢仁之间就展开了一场争论。卢仁宣扬"年轻的一代"的哲学：必须抛弃"要爱人"，"因为世界上的一切都建立在个人利益之上"。① 甚至拉斯科尔尼科夫也忍不住反驳卢仁："照您刚才鼓吹的那种理论，结果必定是可以杀人。"② 我们进而会发现卢仁实际上是"助手"，他的这些新潮思想是从列别加尼科夫那里学来的，列别加尼科夫又与所谓的虚无主义者有着暧昧的联系。③ 而且拉斯科尔尼科夫的杀人，还受到了其他"社会主义者"影响：第一部第五章大学生和军官谈话中包含着"社会主义"思想，这成了拉斯科尔尼科夫杀放高利贷的老太婆的直接推动因素。④ 这表明，在《罪与罚》中形成了明显的社会思想场域，拉斯科尔尼科夫谋划杀人，既有拿破仑式的伟人哲学的毒害，又受当时从西方传来的"社会主义"和"虚无主义"思潮的影响。与卢仁和拉斯科尔尼科夫等受西方影响的人针锋相对，拉祖米欣表明了自己的观点："照自己的意思胡说八道比照别人的意思说实话甚至还好些。照第一种情形去做，你是一个人；照第二种情形去做，你不过是只学舌的鹦鹉。"⑤ 人和鹦鹉并置其寓意是深刻的：宁可像人那样走自己的路——坚持俄罗斯本土的东西，也不能像卢仁和拉斯科尔尼科夫等那样走西方的路。显然，拉祖米欣成了陀思妥耶夫斯基"土壤"理论的代言人。这样一来，小说中的人物构成了这样几个层面：第一层，体现俄罗斯传统美德的、体现亲缘土壤美质的人物——索尼娅。第二层，自觉认识到走西方的道路是错误的，

---

① ［俄］陀思妥耶夫斯基：《罪与罚》，朱海观、王汶译，人民文学出版社1982年版，第194页。
② 同上书，第198页。
③ 同上书，第482—484页。
④ 同上书，第83—86页。
⑤ 同上书，第265页。

因而回归亲缘土壤的知识者——拉祖米欣。他的姓氏也是寓意深刻的，本来他姓"弗拉祖米欣"（Вразумихин），但所有的人都叫他"拉祖米欣"（Разумихин①），而且叙述者也一直这样称呼他，去掉词头"弗"，这个姓氏所包含的"理智"（разум）一词就显露出来。叙述者对他姓氏做这样的"处理"，是要暗示他走的是正确的道路。第三层，通过第一类人物的点化才意识到，走西方道路是错误的，进而回归传统文化——拉斯科尔尼科夫。第四层，受西方文化影响、执迷不悟的人物——卢仁、列别加尼科夫等。卢仁的名字和父名是彼得·彼得罗维奇（Петр Петрович②），这也是作家运用的有"意味的形式"，即他是彼得的儿子，他本人也叫彼得。这里似乎在回应着"土壤派"理论对俄罗斯民族的发展道路的思考：卢仁宣扬西方式的个人主义，正如彼得大帝一样，也是人在歧途。分析到这里，作品中被复杂的情节和喧哗的话语掩盖着的线形逻辑变得清晰起来：拉斯科尔尼科夫因受来自西方的拿破仑主义和"社会主义"等思潮影响而犯罪，几近毁灭，他受俄罗斯土壤肉身化的索尼娅的感化而复活，其他许多人物也在西方文化和俄罗斯传统文化之间探寻出路。因此，《罪与罚》的深层结构中包含了一场"土壤派"同西欧派的论战。

从19世纪50年代初开始，陀思妥耶夫斯基反思西方化的弊端，皈依宗教，重新肯定俄罗斯"土壤"的价值，因此，19世纪40年代他自己的西方化追求就被当成一种文化试错，彼得大帝向西方学习的改革，也被他视为民族国家发展中的文化试错。恰好在形成"土壤"思想的同时，陀思妥耶夫斯基1859年曾给其哥哥写信说："我曾对你讲过一部忏悔录式的长篇小说。目前，我已经下决心立即动手写这部小说……我将把全部心血倾注在这部作品上。早在服苦役期间，当我躺在通铺上，愁肠百结，发生思想裂变的时候，我就开始构思它了……这部忏悔录将会最终确立我的名声。"③ 因此陀思妥耶夫斯基创作《罪与罚》是自觉的"行为艺术"：用文

---

① Достоевсекий Ф. М. Преступление и наказание, М.：Издательство《Алимп》，2001, с. 111.

② Там же, с. 131.

③ [苏] 格罗斯曼：《陀思妥耶夫斯基传》，王健夫译，外国文学出版社1987年版，第434页。

学虚构的言说方式进行了文化试错的自我清算和反思。陀思妥耶夫斯基还试图通过《罪与罚》向官府表态——痛改前非，同过去的错误思想划清界限，跟先前的捣乱分子一刀两断：拉祖米欣抨击了傅立叶的观点和他的"法伦斯泰尔"——空想社会主义方案，抨击了"社会主义者"的"犯罪是对社会制度不正常的抗议"的观点。① 陀思妥耶夫斯基通过小说来表达重新做人的意图，在这里已昭然若揭。《罪与罚》还表明，这种清算和反思，是走向未来的希望所在，拉祖米欣说："通过谬误才可以得到真理。不犯十四次，甚至一百一十四次错误，就不会得到任何一个真理。"② 《罪与罚》就成了陀思妥耶夫斯基对于个人和国家关于文化选择中克服迷误走向真理的文学想象的结晶。十分明显，《罪与罚》表达了对作家本人文化试错的理智清算，对俄罗斯民族文化选择的深刻反思。

1986 年，杰姆逊曾提出这样的假设：由于第三世界的文化处于同第一世界的文化帝国主义的艰难搏斗中等因素，第三世界的知识分子总是政治斗士，"所有第三世界的文本都带有寓言性和特殊性，我们应该把这些文本当作民族寓言来阅读"③。这个假设可以借用来指称《罪与罚》。这部小说确实是讲述俄罗斯文化与西方文化及其关系的民族寓言。一本《罪与罚》，陀思妥耶夫斯基于公于私都有所得：既吐纳时代气息，其精神与当时文人的文化认同谐声共振；又隐现小我私心，其细节将作者自己的忏悔自新袒露无遗。《罪与罚》既有深邃的思想，精彩的描写，又充散布着有待完善的因素："劣等的文学噱头"，略显直白的文化论争，似嫌生硬的人物冲突和转化等。这些都可以归咎于寓言不可避免的幼稚性、连载小说的仓促疏漏，以及作家意图的繁杂——既要侦探小说的凶杀侦破，又要社会小说的冷峻残酷，还有文化反思的互相辩难，甚至还通过人物的话语把作家的自首反省昭告官府。但是，凡此种种都不足以掩盖《罪与罚》迷人的光焰。

---

① 参见［俄］陀思妥耶夫斯基《罪与罚》，朱海观、王汶译，人民文学出版社 1982 年版，第 337—338 页。
② 同上书，第 265 页。
③ ［美］弗·杰姆逊：《处于跨国资本主义时代中的第三世界文学》，张京媛译，《当代电影》1989 年第 6 期。

第二编

苏联时代文学篇

第一章 个人毁灭与英雄崇拜：20世纪二三十年代"中心文学"阐释

由于苏联解体等意识形态方面的原因，20世纪二三十年代的俄罗斯中心文学板块在当今俄罗斯学术界基本处于被遗忘的状态。本章通过对一系列作品的分析，着重揭示该文学板块被遮蔽的"政治寓言"，其中隐含着个人毁灭与英雄崇拜的逆向同构进程，然后再揭示该进程与当时现实的伦理/政治进程的平行关系及其与俄罗斯传统文化心理的内在契合，进而阐明集体主义价值观在当时的悲剧性结局。

第一节 否定"中心文学"的倾向

对20世纪俄罗斯文学的内部结构有三分说和两分说等观点。米·戈卢米勃科夫在其专著《分裂之后·20世纪俄罗斯文学》的开篇就讨论了文学的分类："几乎整个20世纪的俄罗斯文学都存在于三个子系统的轨道中：宗主国、潜文学和流散者。"① 他所谓的"宗主国"就是按照主流意识形态要求来创作的作家的作品，潜文学就是我们通常所说的"回归文学"，流散者就是"俄侨文学"。在中国，亦有学者描绘了显流文学、俄侨文学和非显流文学三足鼎立的图景。② 笔者提出：正统文学，即遵循社会主义

---

① Глубоков М. Русская литература XX века. После раскола. М.: Аспект пресс, 2000, с. 5.
② 参见周启超《20世纪俄语文学：新的课题新的视点》，《国外文学》1993年第4期。

现实主义原则创作的文学,是居于苏联文坛中心的,是"中心文学",而回归文学与俄侨文学则是与之对立的"边缘文学"。① 本文所讨论的作品基本上属于"中心文学"。

随着苏联的解体,进入 21 世纪前后,俄罗斯的文学研究者、批评家和作家几乎不约而同地遗忘了 20 世纪二三十年代俄罗斯文学中一个重要的板块,这就是处于"中心"的作家和文学现象。苏联 20 世纪 70 年代出版了科瓦廖夫主编的《苏联文学史》,该书与二三十年代相关的章节是:高尔基、勃洛克、叶赛宁、马雅可夫斯基、法捷耶夫、尼·奥斯特洛夫斯基、阿·托尔斯泰、肖洛霍夫。② 这些作家及其创作大致勾画出了"中心文学"的疆域,而被遗忘的恰好就是这个板块。尽管戈卢米勃科夫在专著中提出了 20 世纪俄罗斯文学三分的说法,也为社会主义现实主义列了专章,但全书的讨论主要集中在左琴科、高尔基、肖洛霍夫、马雅可夫斯基、扎米亚京、纳博科夫、普拉东诺夫、曼德尔施塔姆、索尔仁尼琴这些作家身上,很多传统的经典作品从他的学术视野中消失了。在维·谢缅诺娃的专著《20 世纪二三十年代俄罗斯诗歌散文》以及阿格诺索夫主编的《20 世纪俄罗斯文学》中,除了高尔基、马雅可夫斯基、肖洛霍夫以外,其他"中心文学"作家已然阙如。从莫斯科大学出版社以新材料、新观点解读古典和现代文学名著的"名著重读丛书"选目也可以看出这一趋势。1992 年以来的俄罗斯主要文学杂志中,基本没有正面论述"中心文学"的文章。苏联甫一解体,《文学问题》1992 年第 1 期就开设了"极权主义与文化"专栏。从俄罗斯和国外学者在其中发表的十篇文章来看,除了布·格罗伊斯的《社会主义现实主义诞生于俄罗斯先锋派》和阿·弗兰格尔的《社会主义现实主义的前提》两篇文章以外,其他文章均将传统的"中心文学"定性为极权主义文学或文化现象。③ 该刊 1993 年第 2 期发表"作为文学时代的 20 世纪"圆桌会议发言稿,对该时期的主流创作或回避或指责,如其

---

① 参见刘亚丁《面与线:建构俄罗斯文学史的框架》,《俄罗斯文艺》1995 年第 4 期;刘亚丁《苏联文学沉思录》,四川大学出版社 1996 年版,第 1—3 页。
② 参见符·科瓦廖夫主编《苏联文学史》,张耳等译,人民出版社 1982 年版。
③ См.: Добренко Е. и др., Серия., Тоталитаризм и культура//Вопросы литературы, 1992 г., №1.

中谢·洛米纳杰的发言就将"苏联文学"称为"保障极权主义巨石的意识形态形式",因而视其为"非文学"。①《莫斯科》杂志1996年第10期发表"20世纪俄罗斯文学：旧的意义和新的意义"圆桌会议发言稿,发言者集中讨论20世纪俄罗斯文学的宗教意义,对"中心文学"不置一评。② 笔者看到的例外只有两处,一是从2000年第1期起,《文学俄罗斯》周报开辟"文学表格"专栏,让作家、批评家和读者就问题展开回答。第一个问题是："根据你的意见,在过去百年中的最后十年,有什么文学发现值得关注？"很多人回答说,这十年中没有产生可以与前九十年相媲美的作品。这种回答表现出对过去的文学,包括对"中心文学"的怀旧情绪。③ 另外,具有左翼倾向的《青年近卫军》于1992年第7期发表《俄罗斯文学中的斯大林主义：现实主义的悲剧》一文,全面回顾社会主义现实主义的发展历程和悲剧性,同时描述了与之相对立的体现民族文化传统的文学的遭遇。④ 可见,"中心文学"被作家、批评家和研究者遗忘是明显的事实。

这样明显的缺席实际上是一种有意识的遗忘。在1990年前后,苏联/俄罗斯批评界的具体材料中可以发现令"中心文学"消亡的意识形态理据。早在1988年7月,费·库兹涅佐夫就指出了一种危险的倾向：竭尽可能"矮化"或贬低经典作家高尔基、马雅可夫斯基、托尔斯泰、肖洛霍夫、叶赛宁、特瓦尔多夫斯基、列昂诺夫和法捷耶夫,以确立新发掘出来的名字和现象的地位,或者干脆将前者的贡献一笔勾销。⑤ 后来,这种趋势日益发展。1990年7月,维·叶罗菲耶夫发表了《苏联文学的丧后宴》一文,他将苏联文学分为正统文学、农村文学和自由派文学,认为这三种文学正在失去市场,因此都会消亡,并预言新的纯文学即将诞生。⑥ 弗·

---

① Наминадзе С. и др. XX век как литературная жизнь//Вопросы литературы, 1993г., №2, с. 33.

② См.: Микушевич и др. Русская литература XX века: старые и новые смыслы//Москва, 1996г., №10.

③ См.: Литературная Россиия, 2000г., №1 - 4.

④ Васильев В. Сталинизм в русской литературе: трагедия реализма//Молодая гвардия, 1992г., №7.

⑤ Кузнецов Ф. Революция духа//Литературная Россия, 1988г., №28.

⑥ Ерофеев В. Поминки по советской литературе//Литературная газета, 1990г., №27.

伊斯坎德尔在《意识形态化的人》中以散文诗的笔调表达了自己的观点：苏联文学是社会订货的产物，而作家们又是意识形态化的产物，所以这样的文学是没有终极价值的。① 娜·伊万诺娃在《返回现实》一文中写道："苏联文学大殿的富丽堂皇的正门轰然倒塌……它将'社会主义现实主义'理论家的僵死的教条葬在了废墟下面。"② 这些学者从意识形态的层面，也就是从根本上消解了"中心文学"的合法性。作为对《苏联文学的丧后宴》的回应，尤·奥克良斯基在《丧钟为谁而鸣》中认为："体现了共产主义何蒙库路斯教条的所谓'正面主人公'也许是社会主义现实主义文学在其发展的各个历史阶段脱离现实的最明显的表征。也许恰恰是因为感觉到了'正面主人公'日积月累的营养不良，有人讥讽社会主义现实主义文学为'三个巴威尔'的文学——巴威尔·符拉索夫、巴威尔·柯察金（通译保尔·柯察金——引者注）、巴甫利克·莫洛佐夫（希巴乔夫的同名长诗的主人公——引者注）。在前两个主人公身上多少还有点与生活现实相关联的内在逻辑，第三个就像是霍夫曼的克洛什卡·塞赫斯那样的丑八怪和精神畸形儿。所有的社会主义现实主义主人公无疑都具有'巴甫利克·莫洛佐夫'的特征。"③ 奥克良斯基显然是从"中心文学"的正面主人公入手来对其加以否定的。而在《文学问题》1992年第1期的专栏中，一位西方学者则将"中心文学"与苏联社会生活联系起来，认为存在一种极权"审美化"景象："领袖领导的群众……聚合成一个由权力向全世界发出呼吁的审美整体。"④ 苏联解体前后出现的对"中心文学"的全面抨击，是意识形态选择的结果，它导致了"中心文学"在俄罗斯学术界的消失。

消失意味着遗忘，遗忘就会导致遮蔽。今天的俄罗斯学术界完全不去触及"中心文学"，当然就没有可能发现它对于今天的价值。（我国的俄罗

---

① Искандер Ф. Человек идеологизированный//Огонёк，1990г.，№11.

② Иванова Н. Возвращение к настоящему//Знамя，1990г.，№8.

③ Оклянский Ю. Поминки по советской литературе? По кому звонит колокол//Литературная газета，1990г.，№44.

④ Ханс Ганстер. Железная гармония//Вопросы литературы，1992г. 否定苏联文学的有关情况，请参见张捷《苏联文学的最后七年》第二章，社会科学文献出版社1994年版。

斯文学研究界又何尝不是如此呢?）其实，在没有被遗忘、已经或正在被阐释的文学中，同样可能有遮蔽，同样可能有未被发现的幽微之处。正如20世纪俄罗斯文学中"边缘文学"的价值远远没有被充分发现一样，20世纪俄罗斯的"中心文学"以前尽管是车载斗量的文学史和论文的研究对象，但其中的价值同样远远没有得到充分挖掘和阐释。过去（即1985年以前），由于主流意识形态的强大功能，"中心文学"受到了几乎整齐划一的观照，其深刻的内涵在一味肯定、高度赞扬中是不可能被充分揭示出来的。因此，对"中心文学"仍有再度阐释的必要。本文力图解读20世纪二三十年代俄罗斯"中心文学"的若干代表性作品，从中发掘某种被遮蔽的、具有思想价值的内涵，目的不过是借此抛砖引玉，提请学者们不要遗忘这富饶的矿藏，而应认真对待，用心发掘，让沉甸甸的贵重金属面世，以造福当今。

第二节　逆向同构进程

20世纪二三十年代的俄罗斯"中心文学"题材丰富多彩，人物以描写正面的英雄形象为主。借用詹姆逊所说用的"政治寓言"这一概念，拨开题材的轩轾、主人公社会角色的差异，笔者不难从这些作品中找到一个隐含的潜文本：个人消失了，像神一样的英雄由此而产生。换用更加学术化一点的语言就是：个人毁灭与英雄崇拜是同时展开的逆向同构进程。

马雅可夫斯基的早期创作表现出了尼采式的上帝已死、诞生了一个大写的人（往往是"马雅可夫斯基"）的主题。① 后期，他的作品中出现了个人消失，一个超人式的伊万横空出世的宏大叙事。前期略去不表，仅看后期的诗作《150000000》。该长诗于1921年4月发表时未署名，第一章的标题对此作了解释："150000000是这部长诗作者的姓名。"② 马雅可夫斯

---

① См.: Семенова С. Русская поэзия и проза 20—30 годов, М.: Наследие, 2001, cc. 144–166.

② 参见［苏］马雅可夫斯基《150000000》，余振译，《马雅可夫斯基选集》第二卷，人民文学出版社1984年版，第173页。

基以他特有的夸张表现了个人消融在群体之中的图景:"我们千百万、/千百万劳动人民,/千百万工人和职员来到这里。/我们从住宅,/我们从仓库、/从大火烧得通红的市场来到这里。"①

> 看哪,
> 俄罗斯
> 不是衣衫褴褛的穷光蛋,
> 不是一堆破瓦烂砖,
> 不是一片断井颓垣——
> 整个
> 俄罗斯
> 就是一个伊万,
> 他的
> 手——
> 涅瓦河,
> 脚踵——
> 里海草原。
> 向前去!
> 向前去!向前去!
> 不是走,而是飞向前去!②

在这样的宏大叙事中,个人自然而然地消亡了,诞生了伊万,他奋起同美国总统威尔逊决斗,战胜了后者派来的非人类的亲兵、饥饿和病菌,最后让威尔逊死于非命。个人彻底隐退,大英雄横空出世。这首长诗表达了一种极端的集体主义观念。它体现出马雅可夫斯基思想观念中一次巨大的转折,即由早期的杀死上帝、赞美大写神格化的"马雅可夫斯基"的个

---

① [苏]马雅可夫斯基:《150000000》,余振译,《马雅可夫斯基选集》第二卷,人民文学出版社1984年版,第184页。
② 同上书,第192—193页。

人主义，转向对神格化的人民进行赞美的集体主义。显然，这一转变是当时意识形态氛围对诗人产生的影响。

在富尔曼诺夫的《恰巴耶夫》(1923)中交响着两种声音：红军战士和普通民众对英雄的崇拜与小说叙述者对这种现象的反思。恰巴耶夫第一次在群众中出现，就有众人景从的场面："大家闪开一条路。恰巴耶夫第一个走了出去。在台阶旁边，聚集了一群红军战士，大家都伸长了脖子，眼睛里闪烁着喜悦和惊异的光芒，脸上堆满了恭维的笑容。'恰巴耶夫万岁！'恰巴耶夫刚走下台阶，站在前面的一个人就大声喊了起来。'乌拉！……乌拉！'红军战士从四面八方跑了过来，老百姓也围了上来。人越聚越多。"[①] 这一场景显示出，普通人对英雄的崇拜达到了宗教狂热的程度。小说中类似的场景还有多处，在恰巴耶夫师解放乌拉尔斯克后，民众对他的崇拜达到一个新的高潮。恰巴耶夫显然是一个"卡里斯马典型"[②]，但小说中叙述者的作用是复杂的。一方面，他不由自主地将这个英雄与普通人区别开来；另一方面，他又想对英雄祛魅。首先，叙述者的用词耐人寻味："聚集着一群红军战士"中的"一群"这个词，叙述者没有选择"масса"，而是采用了"толпа"，前者是中性的词，后者的一个义项具有贬义："和英雄、杰出人物相对而言的庶众。""толпа"这个词有类似于汉语中"群氓""黔首"的意思。这里，雅可布逊所说的"换喻式的离题话"，暴露了叙述者将英雄与庶众般的崇拜者相对比的潜意识。其次，在一次次表现对英雄恰巴耶夫的崇拜后，叙述者也在思索恰巴耶夫何以会产生如此神奇的魅力。小说中师政委克雷奇科夫（作者本人是该形象的原型）沉思道：恰巴耶夫的战友盲目地效忠他，信仰他的伟大，"我们这些英雄岁月一旦过去，这桩事不会有人相信，会把它看成神话"[③]。富尔曼诺夫大概已经接受了是人民群众，而不是英雄人物创造历史的观点，所以，他一再试图对崇拜恰巴耶夫的行为作出理智反思，因此才有了叙述者的矛盾。

---

① [苏]富尔曼诺夫：《恰巴耶夫》，葆煦译，人民文学出版社1957年版，第70—71页。
② 关于"卡里斯马典型"，可参见林毓生《中国传统的创造性转化》，生活·读书·新知三联书店1988年版；王一川《中国现代卡里斯马典型》，云南人民出版社1994年版。
③ [苏]富尔曼诺夫：《恰巴耶夫》，葆煦译，人民文学出版社1957年版，第209页。

这种对英雄崇拜的理性反思在该时期的文学作品中几乎是独一无二的。

长篇小说《铁流》（1925）表现了杂乱的红军士兵队伍和普通农民队伍逐渐形成一个巨大整体的过程。整部小说涉及很多人物，但是除了极个别者（如郭必诺老太婆等）以外，叙述者都没有提及他们的姓名。"男人们""女人们""哥萨克们""一个库班人"等，就构成了小说的巨大的民众群体，这在世界小说史中实属罕见。仔细阅读最后几页还会发现，在宏大的群众场面中，除了主人公郭如鹤以外，发言的人通通没有姓名，而且叙述人表达的是一种摒弃了个性的群体的、共同的东西："发言的人轮流说着话，一直说到苍茫的黄昏上来的时候；随着发言人的说话，所有的人都越来越感觉到那无限的幸福，是同有些人知道、有些人不知道的那被称作苏维埃俄罗斯分不开的。"① 个人的消失意味着他的命运在融入群体的时候就托付给了某个有权领导群体的"救世主"。《铁流》中与个人消失同步进行着另一过程，这就是对郭如鹤的集体臣服："于是一片吼声，在那无边无际的草原上滚动起来：'咱们的父亲！你晓得什么地方好，就带咱们去吧……咱们死都甘心的！'千万只手向他伸去，把他拉下来，千万只手把他举到肩上，举到头顶上举走了。无数的人声把草原周围几十俄里远都震动了：'乌啦——啦——啦！！……乌啦——啦——啦……啊——啊——啊……亲老子郭如鹤万岁！'"② 《铁流》的文本中并没有《恰巴耶夫》里那种富于理性的反思。卢纳察尔斯基在评价《铁流》时认为，"深刻的集体主义"同其他美质一起，"将这部作品推到了我们的革命文学的前列，推到了我们俄罗斯文学和世界文学的显著位置"。③

同年出版的革拉特科夫的《水泥》，开启了20世纪俄罗斯小说中一个新题材，即所谓"生产题材小说"的创作，它在个人与英雄的关系上也表现出

---

① ［苏］绥拉菲摩维支：《铁流》，曹靖华译，人民文学出版社1973年版，第205—206页。
② 同上书，第201—202页。
③ Луначарский А. Статьи о литературе в двух томах. М.: Художественная литература, 1988, т.2, с.95. 此外，值得注意的是，摩西带领以色列人出埃及的圣经情节原型在俄罗斯文学中被一次次激活。经过"置换变形"，摩西神奇的手杖在高尔基的《伊则吉尔老婆子》（1894）这篇传奇性的小说中成了丹柯那颗给众人照亮道路的燃烧的心。《铁流》无疑是一部20世纪俄罗斯版的《出埃及记》，《毁灭》也可作如是观。

很有趣的特点。这部小说尽管与上述作品题材迥异，但其中同样隐含着个人消失和神一般的英雄诞生的内在文本。小说中人物的精神朝着两个看似矛盾的方向发展：一方面是工人们对格列勃的拥戴和崇拜，另一方面是格列勃本人和其他人一样感到自己消融在群体之中。工人们对他的臣服犹如士兵和农民对郭如鹤的臣服一样，也是于危局中形成的。在工厂几乎变成废墟之后，是格列勃力排众议，推动恢复生产。当官僚主义者阻碍开工时，出差回来的格列勃粉碎了他们的阴谋。因此，与《铁流》一样，《水泥》的结尾也有众人面对主人公欢呼雀跃的场景。这种将主人公作为神来崇拜的文本在20世纪20年代就受到了同时代人的嘲弄。《水泥》出版后的第二年，也就是1926年，在《文学岗位》第32、33期的合刊上，著名讽刺作家阿·阿尔汉格尔斯基发表了《水泥工人头儿》，这是一个讽刺短篇。作品对《水泥》做了滑稽模仿。该小说最后一节的标题是"Апофеоз"。这是一个多义词，既可以译作"壮丽的结尾"，又可以译作"封神仪式"。在这一节里，小说以反讽的手法仿写了《水泥》结尾的场景：个人在胜利的狂欢中隐退了。① 在《水泥》原作中，正是在这个"封神仪式"上格列勃感到："他的生命只是这片人海当中的一粒微尘，它算得了什么呢？"② 另一个人物谢尔盖在被清除出党后无怨无悔，也有类似的感觉："恢复党籍也好，不恢复党籍也好——这件事并不重要：作为一个独立的人，他谢尔盖·伊瓦京已经不存在了。只有一个党，他只不过是它那巨大的整体中渺小的一分子罢了。"③ 像格列勃这样被人崇奉为领袖的人也会感到自我的丧失，这一点是很有反讽意味的。同时代人也察觉到了《水泥》中个性消失的特点。批评家阿·烈日涅夫在1929年出版的《文学日常生活》中对《水泥》的人物描写手法作了这样的评价：每个人物都有"社会性等价物"，因此在作品中"个性（индивидуальное）消失了，剩下了共性（общее）"。④

---

① Архангельский А. Главцмент, в книге "Русская литература XX века в зеркале пародии. Атология", сост. Кушелина О., М.: Высшая школа, 1993, с. 320.
② [苏] 革拉特珂夫：《水泥》，叶冬心译，人民文学出版社1979年版，第354页。
③ 同上书，第367页。
④ Лежнев А. Литературные будни. М.: 1929г, с. 200, цытаты из книги "Русская литература XX века. После раскола" Голубокова М., с. 153.

20世纪30年代的作品中依然有这种情形，在《钢铁是怎样炼成的》（1932—1934）中，保尔·柯察金作为一个新时代英雄的主要人格特征就是献身社会，献身事业，将"小我"融入"大我"之中。保尔参加了布琼尼骑兵之后，在战马上驰骋，每天都在同波兰白军激战。这个时候，"保尔已经完全忘记了他个人。每天都在狂热的激战里。保尔·柯察金已经融化在群众里面了；他像每个战士一样，已经把'我'字给忘了，只知道'我们'——他们说：我们团，我们骑兵连，我们旅"①。有一个情节象征性地表达了保尔将自己融入集体之中的情形：保尔·柯察金加入五个人组成的公社之中，大家同吃、同住，薪水、口粮和任何偶尔收到的包裹都必须平均分成五份。如果说其他作品表现的是个人在政治领域中消失，这部作品则展示了个人如何融进公社这个经济体，所以烈日涅夫对《水泥》的评价也适用于此处。

这样，一个进程清晰地呈现出来：一方面是富有个性的人在战争、革命和建设的火热生活中消失；另一方面，他们在放弃自己权利的同时将自己的命运支配权交付给了他们的头领，并为自己找到这样的头领而欢呼雀跃。② 在展开对这种文学现象在社会历史领域的平行现象的追寻之前，我们不妨从心理学的角度对其做粗略的探讨。塞·莫斯科维奇认为，群体是看似积极，实则消极的力量，因为个体行为是有意识的，而群体行为则是无意识的，集体催眠是使群体臣服于领袖的重要渠道。③ 从上述文学作品中那种众人景从的场景里可以观察到某种类似于集体催眠的现象，然而，个性的消亡和英雄的诞生却不仅限于此。埃·弗罗姆认为，现代人摆脱了前个人状态中社会纽带的束缚，却未获得积极意义上个人自由的实现，因为自由使他感到孤独、焦虑和无能，而个人一旦"发现自己与数百万有同样感情的人联为一体，他就会获得安全感"，这样，个体就消亡了。而非

---

① ［苏］奥斯特洛夫斯基：《钢铁是怎样炼成的》，梅益译，《奥斯特洛夫斯基两卷集》第一卷，中国青年出版社1956年版，第218页。

② 如果我们不把眼光局限在20世纪二三十年代，那么，在勃洛克的《十二个》（1918）中也有个人消失的现象。

③ 参见［法］塞·莫斯科维奇《群氓的时代》，许列民等译，江苏人民出版社2003年版，第106—137页。

精神病患者的施虐—受虐性格则是权威主义性格,"他羡慕权威,并欲臣服于它。同时又想自己成为一个权威,让别人臣服"。英雄崇拜的情结便由此而生。① 弗罗姆较好地解释了个性消亡与英雄崇拜的内在关联。限于篇幅,此处不展开讨论。

第三节　文学内外的缘由

　　个人的消失和像神一般的英雄的产生是社会群体的政治无意识,这种现象与当时意识形态之间的关系完全可以用若干西方马克思主义学者的理论来观照。从弗·詹姆逊的观点来看,当代主体的"历史野性思维"必然充斥于文学制度和所有大众文化制品中,以得心应手的形式表现于"政治寓言"里。② 前面我们分析的文学文本就是当代主体"历史野性思维"的"政治寓言"表达。换一个角度,如果分别将社会和文学看成文本,不难发现,它们之间具有明显的互文性。假如把文学作品视为发生学的结构主义研究对象,则可以发现吕·戈德曼所说的同构关系,③ 即文学文本与历史参考文本之间的吻合。这样,我们就能揭示20世纪二三十年代文学中的个人毁灭和英雄崇拜的进程与当时现实的伦理、政治进程那几乎平行的关系。

　　20世纪二三十年代是苏联社会主义制度的开创期,又是斯大林体制的形成时期。马克思主义的人道主义主张在当时的苏联被逻辑转换,集体主义观念成为人们的共识。马克思主义的聚焦点是人,是人自身的解放。人的解放意味着将束缚人发挥聪明才智的种种羁缚斩断,使其能够自由发展。④ 然而,斯大林体制却强调个人服从集体。这种转变包含着这样一种

---

①　参见[美]埃·弗罗姆《逃避自由》,刘林海译,国际文化出版公司2002年版,第101—127页。
②　参见[美]弗·詹姆逊《政治无意识——作为社会象征行为的叙事》,王逢振、陈永国译,中国社会科学出版社1999年版,第68页。
③　参见[法]吕·戈德曼《文学社会学方法论》,段毅、牛宏宝译,中国工人出版社1989年版,第84、88—89页。
④　参见叶书宗《不能拒绝社会主义人道主义——探讨苏共亡党丧权的思想根源》,《探索与争鸣》2003年第1期;郑异凡《从"人的自由发展"看苏联的教训》,《国际共产主义运动》2001年第3期。

逻辑：社会主义已经完成了把个人从阶级压迫中解放出来的历史使命，现在应该反过来要求个人对无产阶级整体利益加以服从。斯大林是从社会主义建设的紧迫性入手来论证这个问题的："我们比先进国家落后了五十至一百年。我们应当在十年内跑完这一段距离。或者我们做到这一点，或者我们被人打倒。"① 从这一现实要求出发，他提出："我们的民主应该把公共利益放在第一位。个人利益同社会利益相比几乎等于零。"② 这种观念也成为从事意识形态和文学艺术工作的人士的共识。高尔基曾经这样描述社会主义社会中个性与群体的关系："正如我们在作为劳动人民精华的劳动英雄身上所看到的，社会主义的个性只有在集体劳动的条件下才能发展起来，这种集体劳动给自己树立了最高的英雄的目的——把全世界人民从残害人们的资本主义政权下解放出来。"③ 卢那察尔斯基也谈道："我们应该试着登高远眺，展望未来……真实性首先在于：无产阶级的胜利、没有阶级社会的胜利，以及个性大大发扬。这一胜利只有在集体主义的基础上才能达到。"④ 革命文学及时反映了这样的要求。当时的无产阶级文化派特别强调集体主义，认为它是无产阶级艺术的特点，"权威的精神、个人主义的精神、互助的精神，这是教育的三个连接的典型。无产阶级诗歌属于那第三者，那最高阶段"⑤。在这样的意识形态氛围中，文学表现个人消泯在群体之中就是自然而然的事了。

20世纪二三十年代有关个人毁灭和英雄崇拜的文学作品的产生略早于斯大林体制中个人崇拜现象的出现，前者为后者提供了合法化论证。1924—1929年是苏共党内论战和反"派别"斗争时期，在此过程中，托洛茨基、布哈林等反对派被打倒，以斯大林为首的多数派取得了胜利。从1929年宣布停止实施新经济政策开始，经过全盘集体化、社会主义工业化、政治大清洗、

---

① 中共中央马克思恩格斯列宁斯大林著作编译局编：《斯大林全集》第13卷，人民出版社1956年版，第38页。

② 转引自［俄］德·沃尔科戈诺夫《斯大林》上册，张慕良等译，世界知识出版社2001年版，第394页。

③ ［苏］高尔基：《论文学》，人民文学出版社1983年版，第134页。

④ 中国科学院文学研究所苏联文学组编：《苏联作家论社会主义现实主义》，人民文学出版社1960年版，第34页。

⑤ 白嗣宏选编：《无产阶级文化派资料选编》，中国社会科学出版社1983年版，第33页。

三大运动，苏联到20世纪30年代末最终建立了斯大林模式。① 1924—1929年，党内斗争十分激烈，结果导致列宁之后的政治局委员，除斯大林以外，全部被赶出最高领导层。斯大林登上了权力的巅峰，成为无人能对其政治地位和理论权威提出挑战的领袖。② 本文讨论的时期正好与斯大林模式的准备、形成期吻合，不过文学中的英雄崇拜略早于苏联社会对斯大林个人崇拜的出现，因此，文学不自觉地为个人崇拜制造了合法化语境。

更加有趣的是，文学作品中英雄的"封神仪式"在现实中得到了应和。1929年12月21日，在斯大林五十寿诞之时，他接受了来自四面八方的崇敬。当时还出版了《斯大林传》，结尾这样写道："在列宁逝世后的这些年，斯大林成了列宁事业的最杰出的继承者，他的最正统的学生、党在建设社会主义的斗争中的所有最重要的措施的鼓舞者，党和共产国际的公认的领袖。"祝寿的文章编辑成册，单行本印了20万册。③ 对斯大林的个人崇拜似乎滥觞于此。

但从深层次的文化意义上说，苏联文学中个人的消失和神一般英雄的产生与俄罗斯民族文化心理中的皇权思想大有联系。基辅索菲娅大教堂内，11世纪中叶的一幅壁画上绘有基辅大公雅罗斯拉夫家族成员的全身像，人像头上有灵光圈，俨然圣徒模样。罗蒙诺索夫为俄国沙皇们叫好，并将人间的沙皇与上帝相比附。在他看来，彼得大帝是可以与上帝比肩而立的人物："如果要找出一位像我们所理解的上帝那样的人物，则除彼得一世以外，是再也找不到了。"④ 举凡加冕典礼、登基周年纪念、女王命名日、王位继承人的婚礼，他都要敬献颂诗。与罗蒙诺索夫相似，杰尔查文也将叶卡捷琳娜二世与上帝相提并论："谁因仁慈可与上帝同称伟大？／费丽查的美名，就是那上帝的美名。"⑤ 他因自己的诗作得以颂扬女皇而感到

---

① 参见陆南泉等主编《苏联兴亡史论》，人民出版社2002年版，第288—416页。
② 参见姜长斌、左凤荣《读懂斯大林》，四川人民出版社2001年版，第132页。
③ 参见［俄］瓦·奥西波夫《肖洛霍夫的秘密生平》，刘亚丁、涂尚银、李志强译，四川人民出版社2001年版，第23—24页；以及 Роберт Такер, Сталин. ПутькВласти 1897 - 1929, пер. Лельчука. В., М.: Прогересс, cc. 417 - 421。
④ 转引自戈·普列汉诺夫《俄国社会思想史》第二卷，孙静工译，商务印书馆1996年版，第151页。
⑤ Ломносов М., Державин Г., Избранные произведения, Киев: Днепро, 1975г., с. 44.

荣耀。在对待沙皇的态度上，普希金是矛盾的，一方面，他早期歌颂自由、抨击暴君，认为只有人民的自由和安宁才是皇座的守卫，对被刺杀的沙皇保罗冠以"戴王冠的恶徒"之骂名；另一方面，他又因写了献给沙皇的诗而为人诟病。在十二月党人起义失败的时候，他曾给新的沙皇写陈情书。苏联时代的《普希金传》将诗人在1826年12月写诗献给沙皇尼古拉解释为被迫。① 然而，普希金的确曾经认为，国家拥有君主犹如乐队有了指挥，"指挥维持着共同的和谐，他让一切有声有色，是最高和谐的统帅"。另一伟大作家果戈理也在《与友人书简选》中对俄国的君主大唱赞歌。② 在丘切夫那里，对沙皇的崇拜与对巨大的斯拉夫帝国版图的幻想交织在一起："'在复兴拜占庭大地，/古老的索菲娅教堂里，/重新祭祀基督的圣坛。'在它的面前跪下吧，——/站起来的就是全斯拉夫的沙皇。"③ 诗中体现了君主主义与弥赛亚意识的结合。在普通民众中，对沙皇的崇拜也是很普遍的现象。斯大林本人深谙传统文化中皇权主义的奥妙，他在同德国作家埃·路德维希的谈话中说："说到拉辛和普加乔夫的时候，绝不应该忘记他们都是皇权主义者：他们反对地主，可是拥护'好皇帝'。"④ 这种皇权主义崇拜再加上对东正教的神的膜拜转换成为对像神一样的英雄的崇拜。文学中的个人毁灭和英雄崇拜进程是社会心理的自然呈现，这应该是斯大林主义形成的重要社会心理条件之一。国内一些学者已经看到了斯大林现象与俄罗斯历史上皇权主义的联系。他们认为，俄国是一个具有东方专制主义传统的大国，这种政治专制是与对皇权的顶礼膜拜联系在一起的。

20世纪二三十年代俄罗斯"中心文学"的这一主题与当时的伦理/政治进程的互动关系是一个值得深思的问题。首先，民间的自我贬抑与高层的造神形成了一种共谋，这应该是20世纪苏联历史悲剧的一个肇端。其

---

① 参见［苏］列·格罗斯曼《普希金传》，王士燮译，黑龙江人民出版社1983年版，第318—323页。
② 参见［俄］果戈理《与友人书简选》，任光宣译，《果戈理全集》第六卷，安徽文艺出版社2001年版，第57页。
③ Тютчев Ф. Сочинения в двух томах. М.：Правда, т. 1, 1980г., с. 115.
④ 中共中央马克思恩格斯列宁斯大林著作编译局编：《斯大林选集》下卷，人民出版社1979年版，第304页。

次，同资本主义时代的个人主义价值观念相比，十月革命后出现的集体主义价值观念本该是人类伦理史上的进步，但当时人的价值在集体中的实现却与富有个性的人的消泯同时出现，从而导致共性对个性的完全取代。现在看来，苏联社会民主制度的建立相对有些滞后，在个人与社会、个人与国家、个人与领袖等关系的处理中背离了马克思关于社会主义社会和共产主义社会中人的解放的设想，导致集体主义向整体主义的转变，进而出现对斯大林个人崇拜的悲剧。如何打破这个看似必然的"链条"，真正回归马克思和恩格斯在《费尔巴哈》一文中所指出的"只有在集体中个人才能获得全面发展其才能的手段，也就是说，只有在集体中才可能有个人的自由"[①]，这正是我们应该深刻思考并努力实践的。

[①] 中共中央马克思恩格斯列宁斯大林著作编译局编：《马克思恩格斯选集》第一卷，人民出版社1972年版，第82页。

第二章　肖洛霍夫的写作策略

肖洛霍夫的作品具有非常广泛的读者群，持完全对立的价值观念、具有完全不同的审美趣味的接受者，都能从他的作品中找到共鸣。他的作品先后获得列宁奖、斯大林奖和诺贝尔文学奖就是明证。同时，他的小说又具有相当强的艺术生命力，当很多同时期的曾经盛极一时的作品被人遗忘或被后来的时期否定的时候，他的作品依然有价值，有热心的读者。为什么会出现这种独特现象，肖洛霍夫有什么过人之处？研究出现这种现象的深层原因，不但对于理解肖洛霍夫本人创作的价值，而且对于认识苏联文学都有所助益。我们认为，研究肖洛霍夫在读者中的极大的成功，应该首先从考察文学评论家对他的创作的意义和价值的定位入手，即找出论者对他在苏联文学大格局中的定位与他的创作实践之间的距离，然后分析肖洛霍夫是如何以自己独特的写作策略绕过苏联文学的复杂的价值规范和审美标准的限制，摆脱被扼杀或捧杀的悲剧，走向自己的成功。在这里，我们将散见于前面的一些观点和材料加以新的归纳。

第一节　中心与边缘的分野

苏联文学的大格局历来是苏联文学的当事者和研究苏联文学的人十分关注的一个问题。从苏联文学初创期的20世纪20年代到20世纪90年代后期，一直有人在对用俄语来进行文学写作的人排队归类，对这一文学整体进行分门别类。

我们见到的最早对苏俄文学进行分类的著作是1923年出版的托洛茨基

的《文学与革命》(这正好是肖洛霍夫跻身文坛的时候)。托洛茨基在该书的第一部分"当代文学"中分了若干章来讨论活跃在彼时文学舞台上的大的文学群落,第一章和有关几章的题目分别是:"非十月革命文学""革命的文学同路人""未来主义"和"无产阶级文化和无产阶级艺术"。他在序中明确指出:"明确和概括地说,我们当今文学的分类就是这样的:非十月革命文学……就形式的谱系而言,它是我们旧文学年长一脉的终结,那旧文学开头是贵族文学,最后成为彻头彻尾的资产阶级文学。'苏维埃'的农夫化文学,就形式看,它可以从旧文学的斯拉夫派和民粹派中引出自己的谱系……未来主义,无疑也是旧文学的一个分支……无论个别无产阶级诗人的成就多么显著,总的来看,所谓的'无产阶级艺术'还在经历其学徒期,它向四面八方播撒艺术文化的元素,为暂时还是一个很薄弱阶层的新阶级吸收旧有的成就,就这意义而言,它将成为未来社会主义艺术的源泉之一。"① 这种分类法包含了对后来的苏联文学发展道路的天才的预见,托洛茨基并不看好的无产阶级诗人和作家后来蔚为大观,沿着无产阶级文化派—拉普—社会主义现实主义的路子,成了苏联文学的主流;而"非十月革命"的文学和"同路人"文学则渐次隐退,潜入地下或流放海外,在孤独寂寞中依然低声吟唱着自己的旋律。

到20世纪90年代,俄国文学史家的分类仿佛是对托洛茨基的分类的遥远回应。20世纪80年代以后,大量被尘封的俄罗斯作家作品重返文坛,迫使人们打破苏联文学由社会主义现实主义一统天下旧文学史观。当时出现了解禁的回归文学、俄侨文学与正统文学并列的说法。1993年,莫斯科大学的《俄罗斯文学史大纲》中采用了两分法,即现实主义和现代主义并行,其中现实主义又分为"社会肯定现实主义"和"古典现实主义传统"两部分,尽管大纲制定者有意淡化意识形态色彩,但前一种现实主义显然是指社会主义现实主义,后一种则是指侨民和"同路人"或"回归"的作品。在我国20世纪90年代后期同样出现了讨论苏联文学面貌的一批文章。周启超提出20世纪俄语文学是侨民文学、俄苏文学和非显流文学三足鼎立的图景。② 笔者

---

① [俄]托洛茨基:《文学与革命》,刘文飞译,作家出版社1992年版,第4—6页。
② 参见周启超《20世纪俄语文学:新的课题新的视点》,《国外文学》1993年第4期。

认为，正统文学是居于苏联文坛中心的，是"中心文学"即遵循社会主义现实主义的文学，而回归文学与俄侨文学则是与之对立的"边缘文学"，"中心文学"与"边缘文学"之间有争论、对话的关系。① 所谓"中心文学"就是取得文化霸权的团体开创的以主流意识形态为指归，以社会主义现实主义为宪章的文学，就是苏维埃国家内合法化的文学。"边缘文学"则在意识形态和创作方法上拒绝此类制约，在苏维埃国家内没有合法性。实际上，每个作家都面临着一种两难的抉择：或者遵守"中心文学"的游戏规则，其作品会得到发表或奖励，但有时可能要被迫粉饰现实，掩盖真相；或者对现实采取批判的立场，进入"边缘文学"的圈子，其作品就得不到发表，甚至有可能给自己惹祸。

我们姑且借"中心文学"与"边缘文学"的两分法来追述评论界对肖洛霍夫在苏联文学中的定位。

对于评论家来说，肖洛霍夫作品的位置从来就是变动不居的。从发表《静静的顿河》起，肖洛霍夫究竟该归哪一家的问题就冒出来了。1929年，西伯利亚的《现在时》杂志上发表了一篇文章《为什么白卫军喜欢〈静静的顿河〉？》，文中说："无产阶级作家肖洛霍夫究竟完成了参与革命前的农村的阶级斗争的哪个阶级的任务？对这个问题的回答是准确而确定的。有一种最客观的意见：肖洛霍夫客观上完成了富农的任务……结果肖洛霍夫的作品甚至成了白卫军喜欢的东西。"② 烈日涅夫的观点稍微缓和一些："葛利高里是哥萨克阶层的斗志昂扬的思想家"，《静静的顿河》整部小说是"旧式哥萨克阶层的百科全书"，那么肖洛霍夫本人呢，就成了"哥萨克阶层的斗士，它的歌手"。③ 1929年年底，莉季娅·托姆在《拉普》杂志上发表《在文学岗位上》一文，声称："肖洛霍夫也好，马卡罗夫也好，卡萨特金也好，多夫任科也好，都不是富农的艺术家。但是富农的情绪对他们创作的一系列主题发生了影响，这是毫无疑问的，'天生的农夫'思

---

① 参见刘亚丁《面与线：建构俄罗斯文学史的框架》，《俄罗斯文艺》1995年第4期；刘亚丁《苏联文学沉思录》，四川大学出版社1996年版，第1—3页。
② А. П. Почему Шолохов нравился белогвардейцами? // Настоящее, 1929, No 8—9.
③ Лежнев И. Две души (О «Тихом Доне», М. Шолохова) // Молодая гвардия, 1940 г., No 10.

想是同对世界进行社会主义改造的思想相敌对的。对这种情绪进行无情的揭露——这便是马克思主义文学批评的任务。"① 许多批评家认为,肖洛霍夫带着同情写了反叛者,所以他就不是无产阶级作家。他们将肖洛霍夫打入了"另类文学"的冷宫。《新垦地》(《被开垦的处女地》)刚问世时也名声不佳,当《旗》《十月》《青年近卫军》等杂志提到《新垦地》(《被开垦的处女地》)时便是批评责难。后一家杂志声称:《新垦地》(《被开垦的处女地》)一书"客观地说是对富农的反革命情绪的隐晦表达"②。看来,肖洛霍夫进入苏联文学中心的道路充满荆棘。

卢那察尔斯基在20世纪30年代初讨论社会主义现实主义的价值的时候,把《新垦地》(《被开垦的处女地》)称为"目标明确、积极、辩证的现实主义——社会主义现实主义——类型的佳作"③。但是从20世纪50年代起,几乎众口一词,都把《静静的顿河》《新垦地》(《被开垦的处女地》)说成社会主义现实主义的典范。可能是1941年《静静的顿河》获得斯大林奖这一事件一锤定音,结束了对肖洛霍夫的长期责难。1955年版苏联《百科词典》是这样评价肖洛霍夫的创作的:"肖洛霍夫的几部长篇小说思想……都属于社会主义现实主义的优秀作品。"④ 在这一时期,关于肖洛霍夫是否属于"中心文学"的问题是最无争议的。

到了20世纪80—90年代,就肖洛霍夫该不该归属"中心文学"、他在"中心文学"中起什么作用等问题发生了激烈争论。有人怀疑他进入"中心文学"的资格,有人则将他看成"中心文学"的最恶劣的典型。1988年3月,К.斯捷潘尼扬提出了一个问题:从公布出来的肖洛霍夫的私人信件看,对20世纪20年代末的大饥荒他很清楚,可是《新垦地》(《被开垦的处女地》)并未触及,因此"同普拉东诺夫的《地槽》相比,

---

① Тоом Л. Кулак и Бедняк в литературе//Молодая гвардия, 1929, №15.

② См.: Осипов В. Открываемый роман…〈Поднятая целина〉-за сталинщину или против? // Культура. —1992. 23 май.

③ 中国社会科学院外国文学研究所《世界文论》编辑委员会编:《世界文论》第4辑,社会科学文献出版社1999年版,第192—193页。

④ Энциклопедический словарь. М.: Большая советская энциклопедия, 1955г., т.3, с. 646.

在《新垦地》(《被开垦的处女地》)中肖洛霍夫是不是没讲真话？……所以是否还能称它为社会主义现实主义作品"，针对此问题，Вл. 古谢夫指出：在《新垦地》(《被开垦的处女地》)中第一部和第二部结尾中当时形势的悲剧性表现得相当充分，只是文艺学家自己未加以注意罢了。因此，"《新垦地》(《被开垦的处女地》)是社会主义现实主义作品"①。在1993年莫斯科大学的《俄罗斯文学大纲》中，将肖洛霍夫划入"肯定的现实主义"一类，还是承认他在"中心文学"中的地位。在否定"中心文学"的人看来，肖洛霍夫是"中心文学"的负面作用的典型代表："斯大林分子肖洛霍夫在大众意识中是正在崩溃的制度的支柱（不无理由），社会主义现实主义经典作家，持不同政见者的迫害者……经过复杂的演变他成了阻碍进步的人，甚至成了反动分子。"②肖洛霍夫究竟属于"中心文学"，还是属于"边缘文学"，在今天的俄罗斯还是一个正在争论的问题。

  国内的研究者大多数将肖洛霍夫归在"中心文学"的范围。多数论者明确肯定肖洛霍夫是社会主义现实主义代表作家。孙美玲说，苏联社会主义现实主义文学为世界贡献了许多有才华的作家，"在这样一种新型文学中，肖洛霍夫占据着一个十分突出的位置"③。持同样观点的还有徐家荣的《肖洛霍夫创作研究》等书。周启超在上面提到的文章中讲他的三分法时列举的苏维埃文学作家就有肖洛霍夫，显然，他也将这位作家归于"中心文学"之列。对这种观点持有疑问的论者也有。李树森先生在《新的历史条件下的列夫·托尔斯泰——苏维埃时期农民情绪的表达者》一文中明确指出："以上我们简要地概括了他的创作的全貌：他反对阶级敌人，但也不喜欢无产阶级；他歌颂和同情的是中间阶层的人，这些人在历史的大变革中走过了坎坷不平的道路，他对他们倾注了自己的同情，这就使他的作品具有一种感伤主义的情调"；"作为苏维埃时代农民情绪的表达者，肖洛霍夫的一切特点都能从产生他那个时代——'斯大林时期'得到说明"。④

---

① Круглый стол. Отказывается ли нам от социалистического реализма? //Литературная газета, 25 мая. 1988 г.
② Московский комсомолец, 29 мая. 1993 г.
③ 孙美玲：《肖洛霍夫的艺术世界》，社会科学文献出版社1995年版，第265页。
④ 李树森：《肖洛霍夫的思想与艺术》，吉林大学出版社1987年版，第117、137—138页。

这种说法与托洛茨基所说的"'苏维埃'的农夫化文学"比较接近,也就将肖洛霍夫归入了"边缘文学"的范围。

在上面我们引用的各种说法中无非两类,要么肖洛霍夫是"中心文学"的典范,要么他是边缘作家中的骁将。实质就是,要么他遵无产阶级之命,代无产阶级立言;要么他就是富农或哥萨克中农的代言人。

其实问题远远不是如此绝对,肖洛霍夫是一位非常独特的作家,他在苏联复杂的政治文化语境中从来不作非此即彼的简单选择。说出历史真相是他的写作的基本出发点,但为了让作品能到读者手中,而不致付诸箧底,他采取了非常机智的"擦边球"的写作策略。他是如何处理同"中心文学"与"边缘文学"的关系的呢?以下试分别论述之。

第二节 疏离与归依之际

对于"中心文学"的观念,肖洛霍夫从来没有表示过不赞同,相反,他在许多场合都热情赞扬和真诚捍卫,并且在创作中力图遵循这些观念。这是肖洛霍夫作为社会主义国家的作家的一种基本态度。假如谁没有这种态度,他作为作家的合法性就会遭到质疑。同时,他又对属于"中心文学"的一些作家的写作方式和人生观念略有微词,同他们保持一定的距离,在自己写作中表现了许多"中心文学"不敢涉及和不愿涉及的东西。

肖洛霍夫正面谈论了社会主义现实主义原则的价值。在第二次俄罗斯联邦作家代表大会的开幕词《天才要为人民服务》中,他正面肯定了社会主义现实主义的价值。事实上,肖洛霍夫通过他的作品表现了苏联人民在布尔什维克领导下取得社会主义革命和建设胜利的历史过程,这正是他对社会主义现实主义原则的运用。比如,在《静静的顿河》中展示哥萨克人如何通过战争、痛苦和流血,走向社会主义。作品把拥护苏维埃,迈向社会主义称为"伟大的人类真理"。肖洛霍夫在这部史诗性长篇小说中展示了顿河地区的哥萨克人走向苏维埃政权这一历史过程,使这部作品完全符合社会主义现实主义要求,与当时的历史学家对这段历史的认识基本上是一致的(当然,作品中还有别的内容,这是我们在下面要专门讨论的问题)。因此,这部小说在有保留的前提下得到了斯大林奖和其他赞扬。在《新垦地》(《被开垦的处女地》)中,肖洛霍夫表现了在顿河边的隆隆谷村实现集体化运动的艰难过程。驱逐富农、中农加入、强行搜粮、敌人破坏、积极分子被围攻等事件构成了这个艰难过程。20世纪70年代,在科瓦廖夫编写的《苏联文学史》中,《新垦地》(《被开垦的处女地》)被视为社会主义现实主义的经典作品。"肖洛霍夫真实地、充分地再现了现实生活,塑造了一大批具有独特个性、心理活动十分复杂的人物的典型形象。艺术家的写作技巧达到了炉火纯青的地步,对他来说,忠于生活的现实,坚持人民性和党性,乃是创作的基本原则。社会主义现实主义的这些基本原则,在长篇小说《新垦地》(《被开垦的处女地》)中得到了鲜明的、令人信服的艺术体现。"① 这大概是当时对这部作品的最高褒奖,论者把归于社会主义现实主义的美称都用来赞誉这部小说。这些材料足以证明,肖洛霍夫的作品具备"中心文学"的一些基本要素。

在体现中心文学的基本要求的同时,肖洛霍夫又在自己的作品中表现了一些正统的社会主义现实主义作家不愿或不敢表现的东西。比如别的作家关注的重点是展现历史进程的乐观结局,而肖洛霍夫的艺术兴奋点则是悲剧过程和悲剧结局。

苏联的"中心文学"提倡一种"乐观的悲剧"。这个概念可以这样理解:由于苏联文学要求一种整体上的历史进化论,作品需要反映历史趋势,即社会主义革命的最终胜利(即社会主义现实主义定义中所说的"现实的革命发展"历史与记忆)。对人民痛苦经验的语言模仿。拉吉舍夫开创了关注人民痛苦经验的知识分子传统。冷落的意义指向:对痛苦的有意健忘,所以英雄主人公的牺牲与其说意味着个体肉体的毁灭,毋宁说是一种精神的震撼:一个人的牺牲将唤起更多人投身到革命事业中。这样即使是牺牲和悲剧,也会导致乐观的结果。《毁灭》中,莱奋生领导的游击队遭受了毁灭性打击,大半壮士英勇阵亡,最后只剩下19个人。当他们死里逃生看到森林边打麦的农人的时候,莱奋生不再为死去的战友哭泣,在莱

---

① [苏]瓦·科瓦廖夫:《苏联文学史》,张耳等译,天津人民出版社1982年版,第441页。

奋生重新抖擞精神时，小说戛然而止。在茹尔巴的传记小说《普通一兵》中，马特洛索夫勇敢地以自己的身体扑在敌人的枪眼上的行动只写了短短两句话："……他已经一枚手榴弹也没有了，只剩下了那种无限的精神力量和一种神圣的愿望迅速地和很好地完成自己的任务。他的被风吹日晒的、几乎像小孩子一样的脸笼罩上了一层决心。现在他比弹火还有力量，比死亡的力量更有力量了……他稍向后面一点，用迅速的跳法跑了几步，仿佛是想越过火力点。后来，差不多与火力点走平了，猛然向后一转，扑到冒烟的、黑色的枪孔上，用自己的胸膛伏到喷着火焰的机枪口上。"个体的死亡被淡化了，着重点在英雄死后对他的战友的激励上。《夏伯阳》也是如此。

在这一点上，肖洛霍夫与中心文学不同，他关注的是历史大潮中个人的悲剧命运。在《静静的顿河》中，第一次世界大战、十月革命和国内战争接踵而至，主人公葛利高里·麦列霍夫处于历史浪潮的风口浪尖，在历史的剧变中被毁灭了。当然，在这部长篇小说里也包含了他的家庭和其他哥萨克人的悲剧。小说结尾是作者关于葛利高里回家见到儿子的议论："好吧，葛利高里在许多失眠之夜所幻想的一点点希望终于实现了。站在自己的家门口，手里抱着儿子……这就是在他的生活上所残留的全部东西，这就是使他还能暂时和大地，和整个这个巨大的、在冷冷的太阳下面闪闪发光的世界联系着的东西。"这里没有丝毫的乐观情绪。有论者恰恰就是以这个悲剧结局来否定《静静的顿河》进入"中心文学"的资格："在葛利高里·麦列霍夫跨过顿河三月的流冰，手里抱着儿子的时候，是什么社会理想照耀着他呢？""《静静的顿河》贯穿着悲苦之情，其中毫无革命浪漫主义，据认为这是社会主义现实主义所必有的。作品中的乐观主义仅仅在于，永久的自然循环和不息的人世代谢。"① 在《新垦地》（《被开垦的处女地》）中，作家在展示建立集体农庄的同时，表现了一个完整的悲剧过程。在《一个人的遭遇》这部短篇小说中，索科洛夫经历了一系列的灾难，1921 年的大饥馑夺去了他的父母；在苏德战争中他成了德国人的俘虏，遭受了非人的折磨；战争还吞噬了他的妻子和孩子，只剩下他一

---

① Свецов В. Правда «чёрная» и «белая». Социальстический реализм: миф и реальность// Вопросы философии, 1989г., №9.

个人孤零零地活在世上。战后，他和他收养的孤儿相依为命，可因为他驾车不慎撞死了一头牛，竟被吊销了驾照。尽管索科洛夫有很强的象征性，但小说的着眼点是渺小个体在战争巨兽的狂舞中的巨大灾难。所以肖洛霍夫的着眼点不是群体的胜利，而是个体的牺牲。

更进一步说，"中心文学"关注的是历史进程，而肖洛霍夫创作的主旨是展现人的魅力或人性的毁灭的过程。在一般的体现中心文学观念的作品中，隐含叙述者叙述的频率和情感的距离，以被叙述对象历史价值为转移，愈能体现历史进步趋势的人物就愈是能得到隐含叙述者的关注，他们之间的情感距离就愈近。在《铁流》中，叙述聚焦的人物是郭如鹤，与他的情感距离也最近。《夏伯阳》中叙述者被传奇英雄夏伯阳征服了，对他的一举手一投足都十分关注。这些人物都是能代表历史进步趋向的英雄人物。假如依照"中心文学"的游戏规则，《静静的顿河》应该讲述以波德乔尔科夫和科舍沃伊等追随布尔什维克的红色哥萨克战胜葛利高里之流的故事，叙述者关注同情的对象应该是前两者，而不是后者。可是肖洛霍夫发现历史的进步性并不必然与人性或人的魅力画等号，也就是说，具有历史进步价值的人可能并不具有人的魅力（比如在波乔尔科夫下令杀军官俘虏和砍死柴尔佐夫的时候），相反，不代表历史进步趋势的人可能富有人性，具有人的魅力。他发现了历史价值和审美价值的背反现象，并以自己的独特方式加以艺术表现。在肖洛霍夫那里，被叙述者出现的频率不是以他的历史价值为依据，隐含叙述者与人物情感的距离也与其历史价值没有直接关系。肖洛霍夫在他的作品中设置了两重并行的话语，其一是前面说到的反映社会进步的"人类真理"这样的历史话语，该话语以历史价值为标准。这是他的作品的大背景。当叙述人物时，这个大背景及其历史价值被悬置，起作用的是关于"人的魅力"的话语，该话语以审美尺度为标准。《静静的顿河》隐含叙述者聚焦的人物是葛利高里，而不是波乔尔科夫或科舍沃伊。作家将叙述聚焦于主人公葛利高里·麦列霍夫的人性泯灭的悲剧过程。在小说的第一部中，作家有一种预设：在第一次世界大战之前，葛利高里处于人生的佳境，内心和谐，身心健康，天性快乐，热爱劳动，珍惜生命。这是他人性最完满的时期。当他走上战场，他的善良的天性始而受到撞击，继而有所减损。在激烈的阶级斗争中，他的人性越磨越少，兽性越聚越多。在大鱼村暴动后，在落草福明匪帮时，他的人性扭曲达到极点。尤其值得注意的是，在葛利高里和科舍沃伊同时出现的场面中，在两人的交锋中，隐含叙述者情感距离离前者近，而离后者远。比如，小说第四部中科舍沃伊强迫葛利高里去区上登记的场景。在他的其他作品中也有这种现象。这正是他的作品比"中心文学"的很多作品更感人，有更强、更长久生命力的主要原因——人的命运是作为个体的读者更感兴趣的东西。

也许同"中心文学"保持距离是肖洛霍夫的一种有意识的选择。有一次，法捷耶夫请创作假，日丹诺夫有心安排肖洛霍夫来代替他做一段时间作协领导工作。可肖洛霍夫以买了回月申斯克去的车票来加以调侃，令日丹诺夫无言以对，只好放了他。① 他的这个向边缘、向民间的自我放逐的举动，几乎就成了他写作和人生的一个寓言。当主流意识话语消失的时候，肖洛霍夫的作品的艺术生命力反而更加旺盛。

足见肖洛霍夫既有属于"中心文学"的一面，又有许多与之不同的东西。

第三节　中心与边缘之间

肖洛霍夫的创作同"边缘文学"的关系更复杂一些，这是因为"边缘文学"本身就是一个很复杂的现象。大致可以这样说，肖洛霍夫的作品中有与"边缘文学"相似的内容，但他个人的立场却是旗帜鲜明地反"边缘文学"的。

在肖洛霍夫的作品中，有很多内容与"边缘文学"相似或相交叉。在如何表现十月革命和国内战争这一特殊的题材方面，"边缘文学"与"中心文学"迥然有别。以《铁流》《夏伯阳》《苦难的历程》的后两部和《14—69号装甲车》等为代表的作品的主旋律是革命英雄主义，自然忽略了个人在革命和战争中蒙受的牺牲和苦难。而"边缘文学"则关注革命和战争带来的灾难性结果，就是人的野兽化。在扎米亚京的《岛民》《洞穴》

---

① 参见张宏儒主编《苏联历史的沉思》，北京经济学院出版社1991年版，第246—345页。

这些小说中，革命后的彼得格勒成了猛犸横行的洪荒之地，在物质贫乏和周围环境恶劣的背景下，知识分子失去了人格的尊严。皮利尼亚克的《裸年》表现了革命后的光怪陆离的世界，原始、混乱、灾变是这个世界的特点。阿·托尔斯泰的《苦难的历程》三部曲的第一部《两姐妹》写于他当侨民的1921年，所以作品中二月革命后有一种苦难和悲观笼罩着彼得格勒（后来由于作家归国和立场的大转变，三部曲的后两部就成了"中心文学"的代表作）。在《日瓦戈医生》中，革命和战争与其说是由叙述者展现的，不如说是由它们在主人公日瓦戈的内心感光为一种灾难性的力量。日瓦戈医生回到莫斯科以后，他与昔日看门人的女儿玛琳娜之间关于二十桶水的浪漫史等道出了"洞穴"式的知识分子人格丧失的寓意。更广泛地说，在这些作品中，人在历史的剧变中不是进步了，而是退化和野兽化了。

在《浅蓝色草原》和《顿河故事》中，初出茅庐的肖洛霍夫表现了革命的激情和英雄主义，但将他的小说和别的描写革命的作品区别开来的基本点就是凸显革命和战争对人性的戕害，人的野兽化。在《粮食委员》中，区粮食委员波加金对被抓起来将要被枪决的富农父亲见死不救。父亲对他发出诅咒："如果圣母娘娘保佑，我不死，要亲手把你的心肝挖出来。"① 后来，仿佛被枪决的父亲的诅咒应验了。波加金为了救一个冻僵的小孩被暴动的哥萨克杀死了，五脏洞开。肖洛霍夫表现的是类似于黑格尔悲剧观的东西：富农煽动农民藏粮食是不正义的，同时，儿子眼看父亲被处决而不援之以手也是不正义的。所以，冲突的双方都被毁灭了。在《静静的顿河》中，葛利高里由于其兄彼得罗被科晒沃伊杀死，变得疯狂起来，残酷地杀害俘虏的红军和红色哥萨克。这时，小说描写葛利高里已经成了"野兽"。小说中，彭楚克被指派到革命军事法庭当执法队队长，每天半夜到城外去处决犯人，其中有很多是劳动的哥萨克。当时他形容枯槁，神情恍惚，甚至丧失了性功能。可见，战争将处于不同阵营的人都扭曲了。《胎记》中也有父子相仇杀的悲剧。这些作品描写这些残酷的事件时，并不试图强调什么。但是接受者从这当中不难得出自己的结论：革命

---

① ［苏］肖洛霍夫：《肖洛霍夫文集》第1卷，金人、草婴、孙美玲译，人民文学出版社2000年版，第30页。

和战争使人变得不像人,而像野兽。一些敏感的批评家看到了肖洛霍夫与边缘作家的此种微妙联系,尤·奥克良斯基的《走运的倒霉者》一书中写道:"说实在的,从知识分子在革命和国内战争中对历史的态度来讲,浪漫主义者鲍·帕斯捷尔纳克所做的同肖洛霍夫在长篇史诗《静静的顿河》中对哥萨克和农民的态度是一致的,为此,长篇小说《日瓦戈医生》的作者被全民性地钉在了耻辱柱上。"① 应该说,肖洛霍夫在写革命和卫国战争方面与边缘作家有很多相似的地方。

边缘作家普拉东诺夫以他的《地槽》表现了集体化运动中的种种灾难性事件,用的是荒诞剧的手法。肖洛霍夫在《新垦地》(《被开垦的处女地》)中也用委婉曲折的笔法揭露了集体化运动的悲剧性。比如,前一部作品中消灭富农运动被荒诞化了:以一只在铁匠铺里打铁的熊来指认,熊对谁吼叫谁就是富农,最后,这些被熊找出来的"富农"被赶上木筏流放到海里去了。在后一部作品中,达维多夫们不但将富农扫地出门,连国内战争时期的红军战士、战后靠自己的勤劳积攒了点财产的波罗丁也被驱逐。《地槽》中集体化运动带来的饥荒是以一百口棺材、人们普遍的浮肿等暗示出来的。《新垦地》(《被开垦的处女地》)中准备暴动的潜伏的白卫军军官利亚季耶夫斯基收到的信中透露了这一信息:"我们得到可靠消息,布尔什维克中央正在向庄稼人征收粮食,说是为集体农庄准备种子。其实这些粮食将卖到国外去。因此,庄稼人,包括集体农庄庄员在内,将忍受无情的饥饿。"② 1931—1932 年的大饥馑证实了反革命的谣言,也证实了肖洛霍夫和普拉东诺夫敢于表现历史真相的勇气。同时,读者不难想象,在当时要说出真相是何等的艰难,需要何等的智慧。

在《他们为祖国而战》中,肖洛霍夫勇敢而大胆地描写了斯大林的形象,认真反思产生斯大林现象的历史和现实的原因。这部小说的手稿在勃列日涅夫审查的时候被卡住了,这位最高审查官在描写斯大林的地方打上

---

① [俄] 瓦连京·奥西波夫:《肖洛霍夫的秘密生平》,刘亚丁、涂尚银、李志强译,四川人民出版社 2001 年版,第 313 页。

② [苏] 肖洛霍夫:《新垦地》,草婴译,《肖洛霍夫文集》第 6 卷,人民文学出版社 2009 年版,第 193—194 页。

了大大的问号，以至有评论家产生了这样的感慨："上帝确定的安排真是不可思议……这有这么多巧合：肖洛霍夫诅咒持不同政见者，可是，在要求写出有关斯大林的真相时，他又几乎和他们站在一起了。"①

肖洛霍夫在自己的作品中表现了一些"边缘文学"所关注的敏感问题，他与边缘作家一样，坚持了一种不同于政治家立场的作家立场。政治家以历史进步的宏大目标为唯一的追求，在这样的追求中，个人可能成为牺牲品。作家立场的实质是关注个体的权利、愿望和追求。所以，肖洛霍夫与边缘作家一样，将在革命和战争以及建设中的被牺牲者的声音曲折地传达了出来。但是，肖洛霍夫与多数边缘作家有一个很鲜明的区别，这就是他从来都不否定布尔什维克政治家的立场的正面意义和合理性。所以，他的作品中也有关于历史进步的话语的地位，也表现了革命和建设的大趋势。在这种意义上，可以说，他的作品中同时包含了胜利者和牺牲者的声音。

更进一步说，对当时的某些边缘作家（比如持不同政见的作家），肖洛霍夫旗帜鲜明地表达了批判的态度。1965年，持不同政见的作家西尼亚夫斯基和达尼埃尔被逮捕，有人替他们说情，肖洛霍夫在党的二十三大上痛斥为他们辩护的人。前面我们已经谈到了肖洛霍夫同索尔仁尼琴的关系。对索尔仁尼琴这个地下作家的领袖人物，他也毫不客气，他在给作协的信中严厉抨击了索尔仁尼琴，甚至将他称为精神病患者，明确提议将他开除出苏联作家协会。② 足见肖洛霍夫与很多边缘作家是有根本区别的。很多边缘作家写作的目的是否定布尔什维克和苏维埃政权，而肖洛霍夫只是要揭露苏联历史中消极的、阴暗的现象，重新确立人的价值，以促进社会主义制度和个人更健康的发展。

因为有了"中心文学"的内容，肖洛霍夫的作品就获得了合法性，因为有了与"边缘文学"相似的内容，他的作品又具有很多在正统的文学史家看来很不和谐的东西。这就是肖洛霍夫迟迟不被"中心文学"接纳，受

---

① ［俄］瓦连京·奥西波夫：《肖洛霍夫的秘密生平》，刘亚丁、涂尚银、李志强译，四川人民出版社2001年版，第436—437页。

② Васильев В. Ненависть: Заговор против русского гения//Молодая гвардия. 1991, №11.

到长期质疑的原因,同时,这也是他的作品能够被具有不同的价值观念和审美趣味的人接受的重要因素。

  通过上述分析,我们发现肖洛霍夫是苏联文学史上的一个独特现象,他采取了类似于我们今天所说的"擦边球"的写作策略,因此他的作品中既有属于"中心文学"的因素,又不同于"中心文学";既有与"边缘文学"交叉的东西,又不同于"边缘文学",他处于中心与边缘之间的过渡地带。他的创作既包含了"中心文学"的正义性和合法性,又不乏"边缘文学"的批判性,这样既说出了历史的真相,又摆脱了被扼杀的结局。肖洛霍夫这一成功的个案揭示了这样一个令人深思的现象:苏联文学的正统的一流,即我们所说的"中心文学",自有其正义性、合理性,但对试图直面现实、揭示历史真相的作家又是一种禁锢。肖洛霍夫以"擦边球"的写作策略,突破禁锢,获得成功。可是又有多少作家成了这种文学的囚徒或牺牲品呢?这足以引起我们对这种文学的功过是非的认真反思。

第三章　肖洛霍夫的中心化

在肖洛霍夫创作的初期（1925—1938），拉普的或其他持庸俗社会学批评观的批评家给予他激烈的抨击，持庸俗社会学观念的握有权力的人们也给肖洛霍夫极大的压力，要他更改《静静的顿河》的内容和人物的命运。在长达14年的创作过程中，肖洛霍夫表现出了艺术家的良心与高度的勇气，为了表现历史的真相，不惜与握有权力的庸俗社会学秉持者相抗衡，拒绝了他们更改的要求，这有助于形成《静静的顿河》超越狭隘团体利益的经典品质。[①] 在20世纪30年代末期，肖洛霍夫的命运急转直"上"，文学体制向文学经典妥协，此后，他被认为具有处于文学中心的资格，成为苏联的经典作家。到20世纪80年代中期以后，随着意识形态的急剧转变，肖洛霍夫作为原来的"中心文学"的符号被祛魅和颠覆，他又被迅速边缘化。肖洛霍夫批评史似乎有一个明显的"A"字形结构。

第一节　20世纪20年代末至30年代：拒斥庸俗社会学

肖洛霍夫进入文学界并开始发表《顿河故事》和《静静的顿河》的时候，苏联文学界还散发着浓烈的阶级斗争的火药味，庸俗社会学的批评还很盛行。同时，来自各方面的庸俗社会学的压力始终伴随着长达14年的《静静的顿河》的创作过程。肖洛霍夫按照自己对生活的正确认识来进行创作，同时要在言论上、创作中拒斥各种庸俗社会学式的干扰。

---

① 参见刘亚丁《静静的顿河：成人童话的消解》，刘亚丁《苏联文学沉思录》，四川大学出版社1996年版，第100—114页。

当时文学界的阶级斗争的高调门，可以从发表有关肖洛霍夫的评论的杂志的其他栏目中感受到。如1929年一份杂志报道共青团的会议时用了这样的词句："在国内激烈的阶级斗争正在以更复杂的形式进行着……阶级斗争的形式和道路、它在现代条件下的手段都更加复杂了。对新一代劳动者进行革命教育的艰巨性正由于阶级斗争的手段的复杂性而产生。"① 该杂志指责高尔基的《工人阶级应该培养自己的文学大师》的发言是"无耻的进攻"，"掩盖了高尔基背后的真实的反动的嘴脸"。②

在《顿河故事》和《浅蓝色的原野》发表后，1927年，"拉普"批评家叶尔米洛夫称肖洛霍夫是"初学写作者"，指责他这两部短篇小说集偏离了"无产阶级文学的风格"。③ 当时，以庸俗社会学方法对《静静的顿河》大加贬斥的代表人物有扬切夫斯基、吉纳莫夫和马伊泽尔等。扬切夫斯基把《静静的顿河》称为"反动的浪漫主义作品"，他明确指出："肖洛霍夫反动性的实质何在？这部反动的浪漫主义作品是由哪些元素构成的？第一，肖洛霍夫不是以过去为将来的出发点，而是相反，让人重回过去。第二，他夸大了过去，'静静的顿河'的过往。他浓墨重彩地描绘过去那种卑鄙无耻令人生厌的图景，希望让读者也沉迷于过往的生活。我可以说，他的眼睛长在后脑勺上，并且同时有色盲症。"④ 他还写道："我认为肖洛霍夫的小说在艺术上是有很高价值的（毋庸怀疑，如果这是一部低劣的作品，那么它也不会如此知名，而肖洛霍夫也不会被宣称为无产阶级作家）。而在思想内容上，它表现的是最彻头彻尾的反革命的所作所为。"⑤ 他认为肖洛霍夫诬蔑无产阶级，把哥萨克富农作为自己的主人公，是戴着作家面具的阶级敌人，是哥萨克富农的思想家。吉纳莫夫指责肖洛霍夫用讽刺漫画的形式刻画小说中所有的布尔什维克。马伊泽尔认为肖洛霍夫小说中白军是正面形象，而布尔什维克是反面形象。⑥ 莉季娅·托

---

① Янчевский Н. Реакционная романтика// На подъёме. 1930，№12.
② А. П. Почему Шолохов нравился белогвардейцами？//Настоящее 1929，номер 8 – 9.
③ 参见［苏］舍舒科夫《苏联二十年代文学斗争史实》，冯玉律译，上海译文出版社1994年版，第283页。
④ Янчевский Н. Реакционная романтика//На подъёме. 1930，№12.
⑤ Там же.
⑥ Майзель О. 《Тихом Доне》и одном добром критике//Звезда，1929，№8.

姆（Л. Toom）也声称："肖洛霍夫也好，马卡罗夫也好，卡萨特金也好，多夫仁科也好，都不是富农的艺术家。但是富农的情绪对他们创作的一系列主题发生了影响，这是毫无疑问的，'天生的农夫'的思想是同对世界进行社会主义改造的思想敌对的。对这种情绪进行无情的揭露——这便是马克思主义文学批评的任务。"① 1929年，《现在时》杂志上发表了一篇文章《为什么白卫军喜欢〈静静的顿河〉?》(《白卫军为什么喜欢肖洛霍夫?》)，文中说："无产阶级作家肖洛霍夫究竟完成了参与革命前的农村的阶级斗争的哪个阶级的任务？对这个问题的回答是准确而确定的。有一种最客观的意见：肖洛霍夫客观上完成了富农的任务……结果肖洛霍夫的作品甚至成了白卫军喜欢的东西。"② 应该指出，这个时期正面评价《静静的顿河》的文章也发表了一些。

在持续14年的《静静的顿河》的创作中，肖洛霍夫并没有因为屈从庸俗社会学的批评而改变自己的构思，相反，他并不妥协，他依然直面历史真相，不粉饰，不曲解，体现了一位艺术家的真诚和良知。在某种意义上，他还有意识同他们相对抗，这就激起了更大的阻力。在此期间，肖洛霍夫写出《静静的顿河》的第三部，这一部中他用了很多篇幅描写顿河地区的哥萨克的暴动。作家通过大量令人信服的情节说明，国内战争时期哥萨克的暴动在很大程度上是由于党内和红军中的一部分人对哥萨克采取了过火的举动。1930年夏天，肖洛霍夫将《静静的顿河》第三部寄到了《十月》杂志编辑部。主要由热衷于宗派主义和庸俗社会学批评的拉普成员组成的《十月》编委，对《静静的顿河》的手稿吹毛求疵。责任编辑的助手卢兹金通知肖洛霍夫，《十月》停止连载《静静的顿河》，并指责肖洛霍夫捏造顿河上游的暴动，并为暴动者辩护。③ 面对《十月》编辑部的指责，肖洛霍夫并没有退却。1931年6月，他给高尔基写信求援。他在信中详细申述了自己的创作意图："但是拉普某些'正统的''领袖们'读过第六卷之后，责备我引用欺压顿河上游哥萨克的事实为暴动辩护。斗争哥萨克的政策和欺压中农哥萨克达到

---

① Тоom Л. Кризис или агония//На литературном посту, 1930, №11.
② А. П. Почему Шолохов нравился белогвардейцами? //Настоящее, 1929, №8-9.
③ Ермолаев Г. 《Тихий Дон》 и политическая цензура 1828-1991, М.：ИМЛИ РАН, 2005, с. 23.

错误方面，因为不写这些就不能揭示暴动的原因。不然，就这样无缘无故地，不仅不会发生暴动，就连跳蚤也不会咬人。"① 他在信中还抱怨编辑部的先生们对手稿胡乱勾画。由于他执意坚持自己讲真话的权利，小说的第三部迟迟不得发表。实际上，肖洛霍夫在《静静的顿河》中坚持反映哥萨克纷纷参加维申斯克暴动的历史真相，是有明确的现实针对性的。就在这封致高尔基的信中，他说："关于对待中农的态度问题长期摆在我们面前，也摆在要走我们革命道路的那些国家的共产党人面前。去年的集体化和过火行为的历史事实，在一定程度上同 1919 年的过火行为相类似，这恰好证实了这样一点。"② 为了解决《静静的顿河》第三部被搁置的问题，1931 年 6 月中旬，高尔基促成了斯大林同肖洛霍夫见面。这次会见中讨论了作品中的倾向等问题。1983 年，肖洛霍夫同普里玛回忆起了会见中的细节，斯大林问及有关《静静的顿河》的一些问题，甚至提到这部小说的第三部让白卫军感到满意的事，作家不卑不亢地做了回答，实际上故作没有领会领袖的暗示。斯大林同意了出第三部。③ 尽管斯大林同意出书，但《静静的顿河》的第三部从 1929 年一直拖到 1933 年才在《十月》上出现，而且已满是刀痕、面目全非了：其中第十一章、第二十章、第二十二章、第二十三章、第三十三章、第三十八章等章节被删掉了许多文字。责任编辑是潘非洛夫，他也是当时《十月》的主编。1932 年 4 月，《真理报》发表《国内战争史纲》写作大纲，将维申斯克暴动定性为"哥萨克的万第"，这就意味着给历史学家和小说家们定了调子：参加暴动的人就是敌人。④ 也是在 1933 年，国家文学艺术出版社准备出版《静静的顿河》前三部的单行本。肖洛霍夫在为出版社准备稿子的时候，特意将第三部中被《十月》删去的文字一一恢复，并给出版社写信申明道："所有三部中作者做了一些润饰……不打算做大的增删改动……在第三部有许多增补。这些部分是被《十月》编辑部砍掉的。我恢复这些文字，

---

① ［苏］肖洛霍夫：《肖洛霍夫文集》第 8 卷，孙美玲译，人民文学出版社 2009 年版，第 328—329 页。
② 同上书，第 330—331 页。
③ 参见刘亚丁《顿河激流——解读肖洛霍夫》，四川教育出版社 2001 年版，第 70—77 页。
④ 参见［俄］瓦·奥西波夫《肖洛霍夫的秘密生平》，刘亚丁、涂尚银、李志强译，四川人民出版社 2001 年版，第 57 页。万第，法国省名，18 世纪末法国革命期间此地长期对抗革命。

并且坚持保留它们。"① 肖洛霍夫煞费苦心，就是为了通过自己的小说向世人说清楚顿河哥萨克暴动的真相。这充分体现了一位直面现实的作家的襟怀和勇气，冒着触禁区、犯禁忌的危险，既要写出历史的真相，更要警醒党和国家的领导和工作人员，在集体化运动和类似的运动中不要犯类似的错误。同时，这也是肖洛霍夫同情弱者和无辜牺牲者的高度人道主义精神的自然表露。

在如何写《静静的顿河》的结尾和葛利高里的结局的问题上，肖洛霍夫也在长时间拒斥着来自批评界及最高层的庸俗社会学的粗暴干涉。在《静静的顿河》的创作过程中，肖洛霍夫不断感受到巨大的压力，要求他把葛利高里"变成"布尔什维克。在1930年4月2日致列维茨卡娅的信中，肖洛霍夫写道："法捷耶夫建议我做我无论如何不能接受的修改。他说，如果我不把葛利高里变成自己人，小说就不能继续连载。您知道，我在构思第三部的结尾。我终究不能把葛利高里变成布尔什维克。"② 法捷耶夫是拉普领导人，是当时《十月》的主编，其权力之大可以想象。但肖洛霍夫并不为他的劝说和逼迫所动。1935年，肖洛霍夫在回答问题的时候坚持葛利高里不可能成为布尔什维克。③ 1936年，也有评论家对《静静的顿河》的第四部的结尾提出了要求：《静静的顿河》最后一部（第四部）艺术上的主要环节应是全新的质变：最终同过去决裂，并且意识到布尔什维克主义对所有哥萨克劳动人民而言是唯一的道路。这样的结局符合历史真实，与艺术真实完全吻合。④ 批评家表达得要委婉一些，但实际上也是针对葛利高里的结局提出了改弦更张的要求。1937年9月，肖洛霍夫对到维申斯克去了解情况的苏联作协领导人斯塔夫斯基说："最后的结局是葛利高里·麦列霍夫放下武器，放弃斗争。我无论如何不能使他成为一个布尔什维克。"⑤ 1937年年底，肖洛霍夫已经写完了《静静的顿河》的第四部

---

① Шолохов М. А., Собрание сочинений, т.9, М.：Терра-Книжныйклуб，2002，с.126.
② Там же, сс.107–109.
③ См.：Дир. Разговор с Шолоховым//Известия，10 марта 1935.
④ Перцов В. Новая дисциплина//Знамя，1936．№11．с.260.
⑤ 参见孙美玲编译《作家与领袖——肖洛霍夫致斯大林》，北京大学出版社2000年版，第82页。

第 8 卷，但迟至 1940 年这部分才出现在《新世界》的第 3—4 期上，原因是斯大林对肖洛霍夫没有把葛利高里转变成红色哥萨克不满。① 肖洛霍夫学家、9 卷本《肖洛霍夫文集》（2000—2001）的编辑者弗·瓦西里耶夫写道："1938 年冬天，在读完第四部手稿后，斯大林把肖洛霍夫召到莫斯科，对他说：'要改变小说的结局，要表明，葛利高里究竟是什么人，是红色哥萨克，还是白卫军匪帮。'"② 从 1940 年发表的《静静的顿河》的第 8 卷来看，肖洛霍夫并没有接受这个指示，对葛利高里的结局没有做任何修改。格·叶尔莫拉耶夫认为，1938 年罗斯托夫州政治保安局策划实施、几乎就要得逞的逮捕肖洛霍夫的计划，实际上是斯大林对肖洛霍夫拒绝修改极端不满的一种表现形式。③

加上其他因素，《静静的顿河》具备了成为经典的内在条件：作品超越了庸俗社会学式的狭隘的、团体的、短时段的具体要求，而成为体现人民心声的高度的人道主义杰作。相反，假如肖洛霍夫的"抗干扰"能力不强，屈从庸俗社会学压力，依样画葫芦，那就会写出一部平庸的、合乎当时潮流的作品，那么世界文学就会损失一部不朽的《静静的顿河》。

第二节　20 世纪 30 年代末开始：中心化的表征

肖洛霍夫的经典化的明显表征出现在 1938 年之后。1939 年，他被选为苏联科学院院士。1940 年 11 月 8 日，在斯大林奖文学评选委员会的讨论会上，围绕是否授予《静静的顿河》第四部斯大林奖的问题展开了激烈的争论，包括阿·托尔斯泰在内的一些评委对葛利高里以匪徒的身份结束作品深为遗憾。阿·托尔斯泰说："小说第四部结尾（确切地说，小说主人公葛利高里·麦列霍夫这个强壮的哥萨克代表，既有能力又有激情，却

---

① Ермолаев Г. "Тихий Дон" и политическая цензура 1928–1991, М.：ИМЛИ РАН, 2005, cc. 62–63.

② Шолохов М. А. Собрание сочинений, т. 6, М.：Терра-Книжный клуб, 2001, с. 350.

③ Ермолаев Г. "Тихий Дон" и политическая цензура 1928–1991, М.：ИМЛИ РАН, 2005, cc. 64–65. 参见 [俄] 瓦连京·奥西波夫《肖洛霍夫的秘密生平》中译本，刘亚丁、涂尚银、李志强译，四川人民出版社 2001 年版，第 227—229 页。

走向匪帮的整个叙事部分)损害了读者心目中葛利高里·麦列霍夫不安分的形象,以及肖洛霍夫所创造的整个形象世界。"他还说:"《静静的顿河》这样的结尾是作者的构思还是个错误?我认为是个错误。假如《静静的顿河》就以第四部结束,那这就是错误……但是我们觉得,这个错误将会被那些要求作者继续葛利高里·麦列霍夫生活的读者的意志纠正过来。"但他明确表示会投肖洛霍夫的赞成票。① 法捷耶夫在评奖会上对《静静的顿河》表达了两点不满,首先是对葛利高里的结局不满:"因为这个结局我们等了14年,而肖洛霍夫却把可爱的主人公引向精神空虚。写了14年的人民互相厮杀,而结果什么都没有得到。人们走向了完全的精神空虚,这是一场没有结果的厮杀。确实,在第三卷中,肖洛霍夫把自己的主人公变成了坏人,一个反革命分子。肖洛霍夫把他引向最后的结局,这个结局对他而言是合理的。"② 其次是对作品中塑造的共产党员形象不满:"在小说中存在着某种艺术上的不真实。为什么我们打败了反革命?因为那些和反革命哥萨克做斗争的人在思想和道德上要高尚些。而在《静静的顿河》中只有三个布尔什维克人物:施托克曼,但他不是真正的,而是'基督徒似的'布尔什维克。第二个人物是本丘克,这是个用铁和混凝土包裹起来的'呆板的'布尔什维克。科舍沃伊——但这是个卑鄙之徒。"因此他表态说:"我个人的意见是,那里没有展示出斯大林事业的胜利,这让我在选择时犹豫不决。"③ 尽管讨论会上听起来一片反对之声,但在11月25日的投票中,35人无记名投票,31票赞成给《静静的顿河》第四部授奖,而另外的瓦西列夫斯卡娅的《沼泽地上的火焰》和谢尔盖耶夫—倩斯基的《塞瓦斯托波尔激战》分别只得了1票,也就是说,《静静的顿河》获得了压倒多数票。在投票后关于《静静的顿河》的记录稿中,有这样的评价:"作为真诚的艺术家,肖洛霍夫在整个史诗的范围内,不可能以其他的方式来结束《静静的顿河》的第四部。假如葛利高里·麦列霍夫走其他任何一条道路,都导致艺术

---

① Шолохов в документах Комитета по Сталинским премиям 1940 – 1941 гг. В сборнике «Новое о М. Шолохове: Исследования и материалы». М.: ИМЛИ РАН, 2003, cc. 486 – 551.

② Там же, с. 500.

③ Там же, с. 518.

上的不真实,小说的结构和内在逻辑都会坍塌。"① 最终还是决定授奖给这部作品。

从此,肖洛霍夫和他的作品在批评界、研究界渐入顺境。1939—1940年这两年间各种报纸发表有关肖洛霍夫的文章共65篇,其中,苏共中央机关报《真理报》2篇,苏联政府机关报《消息报》6篇。② 1939年1月,乌西耶维奇在发表于《真理报》的评论《静静的顿河》和《新垦地》(《被开垦的处女地》)的文章中称:"肖洛霍夫的这些作品的巨大意义在于,他在自己的作品中研究,并正确地描写了在农村发生的复杂的、矛盾的生活现象,在完满性中,展示了新的、有时是出人意料的转折。"③ 1940年年底,戈芬舍费尔在国家文学艺术出版社出版了图文并茂的《米哈伊尔·肖洛霍夫》。

肖洛霍夫的命运为什么会发生积极转向,为什么批评界和体制由对他实行强力的庸俗社会学压抑似乎突然之间转到了接纳他、赞扬他,甚至奖励他?个中原因有学者做过探讨。肖洛霍夫研究家奥西波夫指出,斯大林认为,一个大国,在伟大的高尔基去世后,不能没有可以数得出来的、在全世界引以为豪的一群作家。④ 叶尔莫拉耶夫分析了斯大林由怂恿对肖洛霍夫实行政治迫害快速地转为向他提供保护的原因:"对领袖而言,这位具有世界意义的作家可以展示苏联文学的成就。"⑤ 且看《静静的顿河》在一些国家的翻译情况,《静静的顿河》(第一、二部)在苏联刚一发表,很快就在很多国家有了译本,1929年在德国(魏玛共和国)出了《静静的顿河》第一部的译本。1930年,肖洛霍夫长篇小说在捷克斯洛伐克、西班牙、瑞典、中国出版,1931年在法国、英国、美国出版,1932年在丹麦出

---

① Шолохов в документах Комитета по Сталинским премиям 1940 - 1941 гг. В сборнике «Новое о М. Шолохове: Исследования и материалы». М.: ИМЛИ РАН, 2003, cc. 523 – 525.

② Шолохов М. А.: биобиблиографический указатель произведений писателя и литературы о жизни и творчестве. Сост.: В. Зарайская и др., М.: ИМЛИ РАН, 2005, cc. 440 – 445, c. 698, cc. 709 – 711.

③ Усиевич Е. Михаил Шолохов//Правда 1939. 1. 27.

④ 参见[俄]瓦连京·奥西波夫《肖洛霍夫的秘密生平》,刘亚丁、涂尚银、李志强译,四川人民出版社2001年版,第232页;Осипов В. Шолохов. М.: Молодая гвардия, 2005, c. 264.

⑤ Ермолаев Г. "Тихий Дон" и политическая цензура 1928—1991, М.: ИМЛИ РАН, 2005, c. 65.

版，1934年在日本出版。在这样的背景下，体制向文学经典妥协了，这也许是博弈论的经典案例。此后，他被认为具有处于文学中心的资格，成为苏联的经典作家。

以后，尤其是在苏德战争结束以后，有不少事实成了肖洛霍夫居于文学中心的表征：1955年5月24日是肖洛霍夫50岁诞辰，国家授予他列宁奖章，并在莫斯科举行庆祝他50诞辰的晚会，如《真理报》《消息报》《红星报》《文学报》5月24—25日报道在莫斯科举行的纪念肖洛霍夫诞辰的晚会或相关信息。① 肖洛霍夫连续在苏共二十大至二十四大做大会发言。②

---

① 50-летие М. А. Шолохова//Правда. 1955. 25 мая. с. 1.；Юбилейный вечер М. А. Шолохова в Москве//Известия 1955. 25 мая. с. 2；Пятидесятилетие М. А. Шолохова：Юбилейный вечер писателя в Москве//Красная звезда. 1955. 25 мая. с. 2；Правление Союза писателей СССР М. А. Шолохову//Литературная газета. 1955. 24 мая.

② Шолохов М. А. Собрание сочинений, т. 9. М. : Терра-Книжный клуб, 2002, сс. 7 – 17；сс. 22 – 32；сс. 48 – 56；сс. 67 – 73.

第四章 《癌病房》：传统与现实的对话

在索尔仁尼琴的作品中以文学性见长的，《癌病房》算得上一部。但这部小说始终逃不掉政治性解读的命运。比如莫斯科艺术出版社在2000年出版《癌病房》时曾写下这样的推荐词："人会死于不治之症。国家也会毁于不治之症。只有出现奇迹才会痊愈。假如不是人，那么一个国家怎么能够从恐惧的不治之症中得到拯救呢？"① 本章试图另辟蹊径，从作品中钩稽出俄罗斯文化传统与现实的对话性，就教于读者和方家。

第一节 道德审判

在《癌病房》中，索尔仁尼琴继承了俄国文学注重对人物进行道德评判的传统。就像列夫·托尔斯泰的《伊凡·伊里奇之死》一样，索尔仁尼琴把他的大多数人物都逼到将死的绝境中，然后再来进行道德审判，或自我反省，或强制审判。

舒路宾本是农学院的教师，为了躲避李森科事件带来的灾祸，他对一换再换的工作，一降再降的职务毫无怨言。不但如此，他还一再言不由衷地承认自己有错误。知道自己身患绝症，并且手术后还要加上体外排泄管后，他对自己的一生做了痛苦的道德反省，声泪俱下地引用普希金的诗句将自己定性为"叛徒"。② 《癌病房》中的人物如此多愁善感，沉郁顿挫，固然因为俄罗斯人骨子里特有的深沉天性，更是由于作家索尔仁尼琴的着

---

① Солженцын А. С. Раковой корпус. М.：Издательство "Аст"，2000，c. 4.
② 参见［苏］索尔仁尼琴《癌病房》，荣如德译，上海译文出版社1980年版，第506—594页。

意安排。在这里,索尔仁尼琴导演了一场现代的末日审判,把生活中的各色人等都推到了威严、阴森、可怖的审判庭上。不管他先前是令人生畏的官僚,还是为人不齿的囚犯,毫无例外,毫无特权,都被逼到了这最后的审判中。通过告密使被流放的卢萨诺夫与两个流放犯在病房中相邻而卧,就是要表明这种审判毫无例外。在这里,索尔仁尼琴扮演了与陀思妥耶夫斯基相似的角色:把人物推到精神崩溃前的一瞬间来加以拷问。在这场审判中,索尔仁尼琴出任了首席法官,他所依据的法律条文就是他为俄罗斯提出的道德律令:"不要靠谎言活着。"在以这句话为题目的文章中,他要求自己的同胞:"自己不要参加撒谎!哪怕谎言掩盖了一切,哪怕谎言支配了所有的人,但至少要坚持:别让谎言支配我。"① 舒路宾在动手术之前的"智慧痛苦",远甚于肉体痛苦,就是因为在死之将至时,他意识到了自己撒谎、苟且偷生的可耻。他对奥列格·科斯托格洛托夫忏悔道:"农业科学院倒了穆拉洛夫。教授们几十个被抓起来。让我表态承认错误,我就承认错误,要我同被捕者划清界限,我就划清界限!"② 舒路宾是良知未泯的人,他对自己进行了一场严厉的审判。

在小说中,卢萨诺夫是工业管理局里搞"人事工作的"。20世纪30年代初,他为了自己的私利,暗中诬告了自己的邻居,令其被判刑流放,然后占用了其房舍。他触犯的恰恰是索尔仁尼琴的法律:不撒谎。此后,他又利用自己的权利陷害了好些人。在小说描写的年代,正是为这些流放者"恢复名誉"的时候。此时,卢萨诺夫脖子上长了肿瘤,住进了医院。他得知,当年他诬告的那人已经回来了,他并没有就此反躬自省。卢萨诺夫不同于舒路宾,他完全丧失了自我反省和忏悔的良知。于是,首席法官就对他进行审判。小说的第十二章的题目是"审判"。叙述者迫使看似尊贵的卢萨诺夫陷入了两种恐惧中,一种恐惧是喜剧性的:怕挨打。"卢萨诺夫不是怕审判,不是怕舆论的谴责,不是怕出丑,可就是怕挨打。"③ 从这

---

① Солженцын. А. С. Жить не по лжи! В сборник 《Позиция》, М.:"Советская Россия", 1990, с. 33.
② [苏]索尔仁尼琴:《癌病房》,荣如德译,上海译文出版社1980年版,第599页。
③ 同上书,第255页。

一句关于卢萨诺夫的自由间接引语中，就可知道，他已良心泯灭殆尽。既然没有良心，奈何用良心去麻烦他？于是，首席大法官就让他处于拳头的威吓之下，不敢放肆。谁的拳头？当年卢萨诺夫诬告的邻居罗季切夫是位彪形大汉，卢萨诺夫一闭上眼睛似乎就会看到那大汉挥着拳头冲进病房的样子。在卢萨诺夫这可笑的恐惧里，包含着更深层的畏惧：时代变了，靠谎言、诬告得势的人倒霉了，正直的人有福了。卢萨诺夫的另一种恐惧是悲剧性的：怕死。既然已不能触动此人的良知，叙述者就充满恶意地偷看了他在死的威吓面前的孬种样子："从刚才他在家里对镜围上围脖时看了最后一眼到现在，半小时内肿瘤好像又大了些。他感到一阵虚软，想要坐下。"①尽管实际的情形是卢萨诺夫的病情在病房中是最轻的，自然痛楚也最少，但他却是最怕死的一个。在《审判》这一节的末尾，卢萨诺夫这个自称不怕审判，也自恃不会受任何审判的人，终于受到来自天外的审判："他的命运已经在这里，在下颌和锁骨之间决定了。这就是对他的审判。在这场审判面前，他不再有老关系，过去的功劳，不能辩护。"②首席大法官就这样剥夺了卢萨诺夫的免罪牌，把他推到了"末日审判"中，当然，这并不解恨，于是小说又专门用一章来写卢萨诺夫的噩梦，只有在这噩梦中，他才产生了被送上被告席的恐惧。

在索尔仁尼琴看来，同样是"末日审判"，结局可能完全不同。舒路宾因为良知未泯，忏悔了自己触犯的"不撒谎"的罪过，达到了内心的净化，因而就得到了救赎，即便死于病魔，也落得身心干净。正如信教的人，领了最后的圣餐，灵魂可以轻松地升入天堂。而卢萨诺夫则天良丧尽，即使体验了最后审判的威严，犹自执迷不悟，并未忏悔自己撒谎害人的罪过。从书中的结局看，他不会死于那肿瘤，他将继续活下去，将继续操那有罪的生涯。对他该怎么办？小说中没写。看来，首席大法官拿他也无可奈何，他的道德律令只能对有良知的人起作用。正因为如此，我们能够感到作家的悲哀，尤其是在对若干人的结局的讲述中。

---

① ［苏］索尔仁尼琴：《癌病房》，荣如德译，上海译文出版社 1980 年版，第 6 页。
② 同上书，第 270 页。

第二节 "人为什么活着"

对于这部小说的多数主人公来说,"活着,还是死去,这是一个问题"。在小说中,不管是年方二八的妙龄女郎,血气方刚的壮年汉子,还是垂垂老矣的白发翁媪,都同时被一只可恶的螃蟹①逼到了地狱门口。在死的恐惧和来日不多的忧虑中,他们不约而同要思考"人靠什么活着"(小说第八章的题目)。

波杜耶夫本是活得十分洒脱的人,身为建筑工人,四海为家,大把挣钱,大碗喝酒,没病没灾,走到一个新的地方,就替自己找个新的娘们儿。临到自己得了癌症时,他才觉得自己"把人生的一件大事忽视了","因为在如何迎接死亡这个问题上,他心中丝毫没有亮堂起来"。② 于是,他开始思考、读书、询问他人,想把这件大事弄明白。波杜耶夫读了列夫·托尔斯泰的《人靠什么活着》这篇短篇小说后心里亮堂了些。于是,他向每位病友都发出了"人靠什么活着"的问题。病友的回答五花八门,被剥夺了人身自由的科斯托格洛托夫认为,按照自己的意志生存最重要,他咂摸着生命力恢复时与年轻的女医护人员卓娅和甘加尔特亲昵的滋味。漂亮的中学生阿霞则认为,华服美食及时行乐是活着的全部意义。

与他们相对比,瓦季姆的答案带有理想主义的悲壮色彩。瓦季姆是烈士遗孤、地质队员,为了发明一种用放射性的水找矿的方法,他贻误了治疗自己癌症的时机。他向病友倾诉衷肠:"生命最长久的人并不是活的时间最多的人。对我来说,现在的全部问题在于我还来得及做些什么。总得在世界上做成些什么才对!我需要三年的时间!但是这三年我不能躺在医院里,我得在野外度过。"③ 他似乎并无他求,无非为了在自己身后为人们找到一种新的找矿法。在这里,瓦季姆身上闪烁出了理想的光辉:他的活

---

① 在俄语中,癌和螃蟹是同音词:рак。
② [苏]索尔仁尼琴:《癌病房》,荣如德译,上海译文出版社1980年版,第135、136页。
③ 同上书,第274页。

法与波杜耶夫、科斯托格洛托夫、阿霞一类的凡夫俗子比起来，委实高尚得多。他已经升华到可以跟《钢铁是怎样炼成的》主人公保尔·柯察金比肩而立的高度。

切不可以为《癌病房》的叙述者在为理想主义者唱赞美诗，这只是"欲贬先扬"法的第一步。后来医生告诉瓦季姆，为了阻止癌细胞转移到肝脏，必须用一种胶体金做放射源来实施治疗。开始瓦季姆不愿意让母亲以父亲的烈士身份在莫斯科为他搞胶体金。后来他渐渐被病魔摧垮了意志。"他自己也觉得奇怪，最近两个星期他怎么会如此灰心丧气、意气消沉！他明明懂得，留得意志在，不怕时运坏！现在必须同时间赛跑！现在最重要的是使胶体金走完三千公里路程的速度比癌肿转移三十厘米的速度更快！那时胶体金就来得及给他把腹股沟里的癌细胞清除干净，从而保护身体的其余部分。至于一条腿要牺牲也可以。说不定放射性胶体金能发挥乘胜追击的作用，甚至把他那条腿治好也未可知。归根结底，任何科学都不可能绝对禁止我们相信奇迹会出现。"[①] 到这里，瓦季姆原来那些充满理想主义悲壮色彩的豪言壮语全都成了谎言，剩下的只有求生的原始欲望。高大的英雄变成了可怜的乞求者：乞求胶体金，乞求活命。

小说就是用这样的方式消解"中心文学"的理想主义的。在索尔仁尼琴看来，理想主义也好，英雄主义也好，只不过是某种压力之下产生的谎言，是一种意识形态的神话，真实的只有人们的本能和他所说的良知。所以，他就用人的本能来消解这种意识形态神话。

第三节　戏拟崇高

索尔仁尼琴认为，最能体现那种意识形态神话的作品是尼·奥斯特洛夫斯基的《钢铁是怎样炼成的》。他通过对这部影响深远的作品的主人公的价值观念的戏拟，将保尔·柯察金的悲壮化为喜剧，借以肯定作家认同的活法。

---

① ［苏］索尔仁尼琴：《癌病房》，荣如德译，上海译文出版社1980年版，第326页。

《癌病房》第一个提到保尔·柯察金的是新潮少女阿霞，时装、跳舞、享乐、性交是她的全部生活乐趣。她谈起老师出的作文题"人为什么活着"，她说老师提示他们要谈谈"你对保尔·柯察金的功勋怎么看，对马特洛索夫的功勋抱什么态度"。阿霞对此是颇为不屑的。她向病友说起她和她的同学的态度："什么态度？那就是问：你自己会不会这样做。我们都写上：我们也会这样做。都快毕业考试了，何必把关系搞坏？"① 叙述者暗示读者：保尔·柯察金的崇高形象在阿霞们的心中坍塌了，英雄的"神话"就这样消失了。

第二个提到保尔·柯察金的名言的是科斯托格洛托夫。他在同卓娅谈论该不该用激素疗法来为他治疗时说："你将来是不是也会这样做？学校里是这样教的：'人最宝贵东西就是生命，生命对我们只有一次'，对不对？那就是说，该不惜任何代价抓住生命不放，是吗？"② 这里打引号的那句话是保尔·柯察金的闪烁着生命光彩的名言。叙述者通过科斯托格洛托夫这句话是想达到这样的效果：一代代苏联人不是自发地受到保尔·柯察金的形象的鼓舞，而是在学校强迫接受的（阿霞的话说得更明白）。略掉了保尔·柯察金那段话的更重要的部分，并且加上科斯托格洛托夫的引申，就完全歪曲了原义：本来是舍生取义的英雄的浩叹，变成了苟且偷生的庸人的哀鸣。

在《癌病房》中，有一个戏拟《钢铁是怎样炼成的》的故事：当一个少女将要失去自己最珍贵的东西的时候，她将自己献身于身边的少年。在《癌病房》中阿霞患乳腺癌，马上就要割掉其右乳，于是她让病友——中学生焦姆卡亲吻自己的乳房。这对少年即刻陷入狂热的爱欲中。在《钢铁是怎样炼成的》中，少女赫里斯季娜在其贞操将被彼得留拉大兵夺去前，想献身给关在同一间牢房的保尔·柯察金。保尔开始也心旌摇荡，可是突然想起了冬妮娅美丽的眼睛，他即刻冷静下来。保尔的行为方式保留了那一代人生存方式中的某种本质性的东西。这个年轻的布尔什维克不但对革命和建设一片赤诚，而且在个人感情生活的圈子中也端严方正，绝不苟

---

① ［苏］索尔仁尼琴：《癌病房》，荣如德译，上海译文出版社1980年版，第179页。
② 同上书，第335页。

且。也就是说，不但在社会生活中，而且在个人生活中，都有着对某种神圣东西的遵从和敬畏。如果说人性是由社会性和生物性相统一的产物，那么，在保尔·柯察金身上，社会性是占统治地位的。另外，奥斯特洛夫斯基叙述的语气，也如主人公的操行一样，亦是严肃的，没有任何调侃的意味。在《癌病房》中，人物的生存方式已经完全不同了。这个姑娘在这以前已经表示了对保尔·柯察金和马特洛索夫这样的英雄的漠视。而她的生活观念与保尔·柯察金相比，恰恰是另一种极端：及时行乐，以自我为中心。她同第一次见面的人就公开谈论她的性生活，她已因恣意放浪而变得毫无廉耻之心。她的顾影自怜和焦姆卡的纵情狂吻，仿佛是对保尔·柯察金的"迂阔"的嘲弄。在社会性和生物性的关系中，他们恰恰受到了生物性的支配。保尔·柯察金所追求的神圣，在这里已经彻底失落了。

应该看到，在戏拟崇高中，索尔仁尼琴以冷峻的现实主义笔法，反映出了某种客观趋势，比如青年一代理想主义价值观的泯灭等。当他的某些令人不悦的预言，后来证明不幸言中的时候，难道不需要我们花更多的耐心去理解？

第四节　驾驭文本

1976 年，在巴黎的一次电视访谈中，索尔仁尼琴谈到自己小说的艺术手法："我认为所有文学作品的第一特征就是紧凑性（плотность），艺术的紧凑性，思想、内容、情感的紧凑性。"[①] 索尔仁尼琴的小说确实写得非常紧凑，因而也就具有强烈的吸引力。从小说的空间布局来看十分紧凑，除了对卡德明夫妇的叙述游离于癌病楼之外，其他情节全都发生在癌病楼里，或与此楼有关。这从表面上看有点像阿加莎·克里斯蒂的推理小说的封闭空间布局。但是，他通过癌病医院这个小社区吸纳了时代风云，浓缩了社会景观，他是借助同时讲述若干人物的命运来实现这种"紧凑性"

[①] Солженицын А. Собрание сочинеиний. Т. 10, Вермонт. Париж：YMCA-PRESS, с. 515.

的。索尔仁尼琴同时讲述了多个人物的命运。在这里，科斯托格洛托夫、卢萨诺夫、卓娅、甘加尔特、董佐娃、焦姆卡等人物几乎花了叙述者同样多的笔墨，只是前两者略多一些。由焦姆卡和阿霞牵出了新一代的精神状态，以科斯托格洛托夫带出了政治冤案，借甘加尔特言说了犹太人在那个国家里的遭际，凭舒路宾透露了李森科事件的后遗症，令卢萨洛夫映射出小人得势的前因后果，如此一来，那个国家，那个时期的大戏剧，就在医院这小小的舞台上演出开来。

索尔仁尼琴善于用多幅笔墨来写小说，从整体上看，《癌病房》始终保持着与癌病楼的氛围相吻合的沉郁顿挫风格，但其间穿插着非常明亮的抒情性因素。如伴随生命力复苏而来的情欲萌动的摇荡煽情，是第十八章"哪怕在墓道入口处"透出的玫瑰亮色。在第三十五章"创世纪的第一天"描写奥列格出院的文本里，以基督教文化隐喻为背景，索尔仁尼琴却为奥列格提供了一个类似于古希腊神话中维纳斯诞生时的明丽天穹，借此来渲染他新生的欣悦。背景和前景之间的张力很值得玩味。

索尔仁尼琴是讲故事的高手。为勾起读者的阅读期待，小说一开始写卢萨诺夫入院时，把他的身份弄得神神秘秘。叙述者明明知道他是何许人也，但偏偏大卖关子，一会儿说他是副教授，一会儿说他是有功劳的人，一会儿暗示他在莫斯科有很铁的关系。这样就把读者的胃口给吊了起来，令人不由得想弄清楚这个卢萨诺夫究竟是何许人也。在科斯托格洛托夫和甘加尔特出场时叙述者也采用了类似的笔法。为了保持读者对每个被叙述的人物的兴趣，引起阅读的期待，叙述者运用了类似中国章回小说的"欲知后事如何，且听下回分解"的卖关子法。在写科斯托格洛托夫与卓娅调情的情节时，写到人物热血沸腾，难分难解之时，该章却戛然而止，转到另一章，写另一人物。关注人物命运的读者，就会怀着好奇读下去，好知道个究竟。叙述的视角也较为自由，开头两章，卢萨诺夫是视角人物，在这个养尊处优的官僚眼中，癌病楼分外寒碜凄清。后来，其他人物又充当了视角人物。如果按照我们已养成的阅读习惯，一定要确定何人是第一号人物，那就只能去体会叙述者同人物的情感距离。显然，叙述者同情奥列格·科斯托格洛托夫的时候居多，不妨将他确定为第一号主人公。

第五章　土地与家园：文化传承中的《告别马焦拉》

瓦·拉斯普京的中篇小说《告别马焦拉》在苏联和俄罗斯的学术界得到了较大的关注，但尚有研究的余地；本章通过对作品词意和文本的分析阐释，揭示了土地与家园主题在该小说中的建构方式：《创世记》圣乐与末日悲音的交响；通过梳理拉斯普京的创作历程，描述了他的土地与家园主题的三部曲；家园和土地在俄罗斯文化中是一个比较大的母题，拉斯普京是这个母题的最有力的传承者之一。

第一节　《告别马焦拉》的评论述评

《告别马焦拉》在苏联和俄罗斯的评论界有过较大的反响，现在中国的学者也比较关注它。

在20世纪70年代，《告别马焦拉》在苏联的反响是比较热烈的。作品发表后立刻在读者和批评界引起了强烈兴趣。《文学问题》编辑部1977年组织了圆桌会议来讨论这部作品。是年第2期《文学问题》在"瓦连京·拉斯普京的新小说"的总题目下发表了О.萨雷茨基《家园和道路》等5篇文章，就拉斯普京的创作中的农村题材作品主题的演变，就小说《告别马焦拉》的思想意义等问题展开讨论。

О.萨雷茨基的长篇论文《家园和道路》对《告别马焦拉》是持保留态度的。该文在苏联农村题材文学的大背景下，全面回顾了拉斯普京的创作道路，分析了他的《最后期限》中的主人公安娜的形象的价值。他认为

"家园是拉斯普京近年来小说创作中最重要的主题之一，拉斯普京的力量和弱点都集中表现在家园主题中"①。在这里，我们明显地感到，在思想观念和术语运用中，萨雷茨基借用了列宁评托尔斯泰一组文章的基本精神。后来的具体分析更是如此，萨雷茨基认为，在安娜的生活中不但体现了平静的特点，而且体现了"不动性"。这也包含了列宁对托尔斯泰的"不动的东方"的不赞同的态度。这已经隐含了某种政治批判的意味。文章转到《告别马焦拉》时，一开始分析达丽娅面对马焦拉被毁的命运的深深自责，"干吗没有希望？干吗没有未来？是不是因为达丽娅认为自己是人类最后的一位？是不是因为在她看来马焦拉祖宗之外的，在马焦拉之后余下的都是不人道的，毫无希望的？在达丽娅的想象中，良心、记忆、家园随着马焦拉人的迁移，将不复存在"②。马焦拉人的"不动性"体现在他们的语言中，"移居"——就意味着"趋向死亡"。于是萨雷茨基明确表态："死亡？也许不是死亡，而是新生。在这里不能同意《告别马焦拉》的作者，他很容易自我排除在任何价值进步的支持者之外，而陷于个人的命运而不能自拔。"③ 他指出，达丽娅在"世界末日"发现的"真理"不是人民的智慧，而仅仅是对人民智慧的模仿。

B. 奥茨科斯基的《告别是否太久长》与萨雷茨基的倾向基本一致，萨雷茨基更注意开导达丽娅们，使他们不至于被时代彻底抛弃，同时，奥茨科斯基也更关注科技革命的意义。他写道："拉斯普京是足够严肃的作家，显然不需要对他说明：在当今的科技革命时代计算机是人类所必需的，正如在第一次工业转折时代蒸汽机之必需，电总是优越于煤油灯，更不用说优于松明了。当然，在这部中篇小说中涉及的不是应不应该建水电站，值不值得淹掉马焦拉岛，涉及的是建设所付出的是什么样的代价，有没有无须论证的永恒的崇高价值等问题。"④ 他认为，在小说中统率一切的是达丽娅对事件的认识，对生活的把握，它们又是很有局限性的。作家没

---

① Салынский О. Дом у дороги//Вопросы литературы，1977，№2，стр. 29.
② Там же.
③ Там же, с. 30.
④ Оскоцкий В. Не слишком ли долгое это прощание//Вопросы литературы，1977，№2，стр. 40.

有设定可以同达丽娅对比、可以突破她的局限性的人物,她的儿子巴威尔也好,孙子安德烈也好,都不能与之并立,因而无法突破其局限性。在审美效果上,奥茨科斯基也指出了《告别马焦拉》的"局限性":他首先转述了小说中达丽娅粉刷老屋以永别死者的郑重告别自己的家、她悲伤地告别父母孩子的坟墓、村子里的人们对坟地遭辱的强烈反应等情节,然后指出:"在这些场景中,悲剧气氛达到了相当的高度,几乎达到了沸点,但在小说的全局中,悲剧性是不足的。不得不支持这样的看法:悲剧的人为色彩是明显的——马焦拉被毁被设定为某种与全球大洪水和宇宙大火相似的形象。同时,神话学和象征诗学不符合拉斯普京的天赋,它们使作家转向对他来说陌生的、非天性使然的因素,甚至以文学相似物来充当文学。"① 他的这一段否定性评价,针对小说中被作家称为"岛主"的那只猫、"树王",以及大雾掩盖一切的象征性的结尾。思想意义的批判性评判完成了,审美风格的否定性分析也大功告成,奥茨科斯基以一个问题结束了自己的发言:"达丽娅同马焦拉的告别是不是太久了?"② 回应了他自己的题目,实际也就给出了自己的答案。

Ю. 谢列兹廖夫的《土地,还是领地?》的倾向与前面两篇不同,对于《告别马焦拉》的首肯赞扬溢于言表。谢列兹廖夫首先同前一位发言人奥茨科斯基争论道:如果仅仅把拉斯普京的小说看成叙述具体的现实事件的艺术纪实——如某块地段、某个村落、某个岛子之类,那么可以同意奥茨科斯基的说法,作家从非悲剧的情境中勉强挤榨出了悲剧。谢列兹廖夫从普希金的叙事诗《青铜骑士》入手讨论了国家(以彼得大帝为代表)和个人(以叶甫盖尼为代表)的矛盾。他认为,在那部作品中,被十一月的大洪水冲毁了家的彼得堡小官吏叶甫盖尼,迁怒于倡导建立彼得堡城的彼得大帝,他对彼得大帝形象的青铜骑士雕像发狠动粗。突然间,青铜骑士雕像怒不可遏,策马追赶已然发疯的叶甫盖尼,后来叶甫盖尼死于非命。谢列兹廖夫指出,在这样的框架中可以看出《告别马焦拉》的悲剧性,但是

---

① Оскоцкий В. Не слишком ли долгое это прощание//Вопросы литературы, 1977, №2, с. 44.

② Там же, с. 49.

在拉斯普京的小说中结构完全不同，因为他的小说中既没有"国家意志"（它已被"干部"掩盖了），也没有主人公的个性。不是因为作品中没有个人，而是因为作品的一号主人公是马焦拉。他认为："自然，依然从国家的利益出发，从这件事也还是看不到悲剧性。然而，当着亡故者儿辈孙辈的面毁坏坟地呢？还是个人性的事件？固然是个人性的，恰恰是透过这种个人性的东西，拉斯普京看到了悲剧性因素，这种悲剧性因素已远远不是个人性的东西了。"①

谢列兹廖夫提出了最重要的问题：土地与人关系。他指出："土地与我们是什么关系：是生身母亲还是后娘？是土地养育了我们，还是它仅仅是'领地'？我们记得恰恰是拉斯普京提出了这个问题：'我出生在马焦拉，我爸爸也生在马焦拉，我爷爷也是，我是这儿的主人'……更准确地说，这是人民——土地的主人和捍卫者的声音。这声音不会'悖逆'国家的意志，因为它体现了他们的利益。这声音反对的是体现'旅游者式的'对土地的冷漠的态度。对持这样的态度的茹克来说，湖——并不是湖，而是'库区'，岛——并不是岛，而是'水淹地区'，土地——并不是土地，而是'领地'……因此人——并不是人，而是'水淹区公民'……因此我们面前是展开的不是'小个茹克'同人民之间的悲剧性冲突，而是两种意识、两种世界观的冲突。假如将土地视为领地，就会对它采取相应的态度。对土地，亲爱的土地、祖国，可以解放她。对领地，可以占领它。面对土地可以做主人；面对领地，却只能做征服者、占领者。那个持'这土地是属于大家的，属于在我们之前的人，也属于在我们之后的人'的态度的人不会说：'我身后哪管它洪水滔天。'那个视土地为领地的人，不会对在他之前或之后的东西感兴趣，他必定会采取任何手段和轻慢的态度来完成既定的任务，哪管它'洪水滔天'。"② 因此，谢列兹廖夫不同意萨雷茨基和奥茨科斯基的说法，认为《告别马焦拉》取得了真正的成功。今天看来，谢列兹廖夫提出的对待土地、对待人的两种态度，依然具有非常鲜明的现实针对性，值得我们深刻反思。

---

① Селезнев Ю. Земля или территория//Вопросы литературы, 1977, №2, cc. 50 – 51.
② Там же, cc. 55 – 56.

资深批评家、美学家 A. 奥甫恰连科发表了《问题的真实性》，与谢列兹廖夫相似，他也对《告别马焦拉》持肯定态度。他指出："我觉得，拉斯普京的新小说是一部非常严肃、复杂的作品，其某些局部甚至会引起争论。它促使人们深思。它证明作家的才能在继续发展和巩固。"① 这就在一定程度上冲淡了前两位发言人对这部作品的责难。他认为，不能简单地将拉斯普京等作家归属于"农村题材作家"。有才能的作家都会形成自己始终追寻的核心问题，有肖洛霍夫问题，有列昂诺夫问题。"忠实于自己的问题，这就是瓦连京·拉斯普京最重要的品质。他以执着、狂热的执着将这一问题一次又一次推到我们面前，对该问题的解决也日益深广，愈来愈具有价值。"② 拉斯普京试图将列昂诺夫在半个世纪以前提出的文学中的哲学思路加以继续。他还进一步分析了这个问题："拉斯普京对生活的认识有不同于肖洛霍夫和列昂诺夫的地方。他在生活中看到了挥之不去的美和毋庸置疑的严峻。也许正因为如此，作家的心因从生活中感受到的忧郁的温柔而抽搐。一个航天员在回答什么是他在地球上看到的最有力的东西的问题时说，我们的地球是美丽的，我们应该关心她，爱护她。拉斯普京也努力从这样的高度来看待我们的生活，并坚持不放过任何巩固人在地球上的地位的善行。这也许是一种迷信。就算是迷信吧，只要它是好的，就不要放过。"③ 在当时，在拉斯普京的名气还不够大的时候，像奥甫恰连科这样的资深批评家的首肯，是他继续从事创作，坚持自己为保持家园、为捍卫传统的而写作的精神支撑。

这次圆桌会议形成了两派：萨雷茨基和奥茨科斯基即以当时政府和主流媒体倡导的科技革命的精神来看待问题，而且援引列宁批评列夫·托尔斯泰的"不动的东方"作为精神资源，否定的气势是足够的。但是，他们的批评毕竟抓住了拉斯普京创作中最要害的问题——家园，尽管萨雷茨基认为在拉斯普京的创作中包含着某种"保守因素"④。谢列兹廖夫则从

---

① Овчаренко А. Верность своей проблеме//Вопросы литературы, 1977, №2, стр. 63.
② Там же, с. 69.
③ Там же, с. 71.
④ Салынский О. Дом у дороги//Вопросы литературы, 1977, №2, стр. 9.

肯定的角度分析了拉斯普京提出最重要问题——土地与人的关系。因此，20世纪70年代的这次圆桌会议已经涉及拉斯普京的《告别马焦拉》中的核心问题：家园与土地。

在20世纪90年代的文学批评和文学研究中，《告别马焦拉》同样受到关注，但似乎在研究的深度方面，未必超过20世纪70年代《文学问题》的那一组文章。1999年，莫斯科大学出版社出了"重读经典"丛书中的《重读"农村题材"散文》一书，其中关于《告别马焦拉》写道："广泛宣传的科技进步毁坏了人与自然的世代联系，恶化了环境。在受损的贝加尔湖岸边兴建的工业项目可能导致它的进一步污染。作家起而捍卫贝加尔湖。在拉斯普京看来，不但人与自然的理想世界开始被毁灭，而且人民的道德传统也在退化。"① 作者指出，拉斯普京看到了生态的恶化与人的精神道德的恶化是同步的现象，这算是独具慧眼。但总的来说，《告别马焦拉》在《重读"农村题材"散文》并没有占有应有的位置，该书评价《告别马焦拉》的文字只有两页，除去转述他人的观点的部分，作者的评价性文字只有半页。类似的情况也出现在一本大型的文学史著作中，H.列伊杰尔曼和 M. 利波维茨基的三卷本《当代俄罗斯文学史》第二卷《"悄声细语抒情诗"和"农村题材散文"》一章中有拉斯普京专节，但评论他的《最后期限》和《失火记》的文字比较多，评论《告别马焦拉》的只有短短的一段。该书的作者以明智的生活态度与不明智的生活态度作为贯穿拉斯普京全部作品的基本冲突，谈到《告别马焦拉》时，作者只是指出，拉斯普京将达丽娅的孙子安德烈看成急于告别旧世界而进入未知的新世界的人，那里还有毁坏乡村坟地、充满恶意的焚烧队。除此而外，不置一评。② 在最近的文学史著作中，《告别马焦拉》重新得到了比较充分的重视，B. K. 西戈夫主编的《文学》有拉斯普京专章，其中列了两节，分别分析《活着，但要记住》和《告别马焦拉》。该书指出：拉斯普京的这

---

① Недзвецкий В. и Филиппов В. Русская деревенская проза. М. : Издательство московского унвеситета, 1999, cc. 136 – 137.

② Лейдеман Н. Л. и Липовецкий М. Н. Современная русская литература, М. : УРСС, 2001, Книга 2, c. 53.

部作品将水电站的修建看成全民性和全人类性的题材,"作者提出了技术进步的界限,及其对自然和人类生活影响的问题"①。或许由于环境恶化加剧等原因,俄罗斯学者开始更加重视《告别马焦拉》的价值了。

近几年,《告别马焦拉》在我国引起了一些学者的注意,将它作为俄罗斯生态文学的一个重要文本认真加以阐释。梁坤在《当代俄语生态哲学与生态文学中的末世论倾向》中指出,《告别马焦拉》表现了末日论倾向,说小岛的毁灭使人想起《圣经》中的大洪水的意象,她还分析了该作品与末日论的关系。②

从上面对作品的批评研究史的简述中可以看出,《告别马焦拉》还有很大的阐释空间,比如细读文本还大有可为,将作品置于文化传承的历史语境中来分析也见有论者涉猎。本文拟从这两方面展开论述。

第二节 创世纪圣乐与末日悲音的交响

《告别马焦拉》表达了土地损益与家园存亡的主题,该主题是通过艺术文本来建构的,在这些文本中,拉斯普京更多地赋予了这个主题宗教—哲学的意义。通过对俄文原作的认真阅读,我们可以发现:创世纪圣乐与末日悲音的交响,既是《告别马焦拉》的强劲的主旋律,更是其内在的生命悸动,作品的悲剧性在于末日悲音压倒了创世圣乐。

在《告别马焦拉》中,拉斯普京坚守着家园,以深厚的传统文化为根基来抗拒毁损家园的粗鲁行径。在作品的文本中,作家有意识地运用了传统文化中的字句和文本来赞美马焦拉岛。在小说的第四节中有达丽娅静观马焦拉岛的场面,这里的丰富蕴涵迄今未被读者和学者很好地领悟。

> И тихо, покойно лежал остров, тем паче радная, самой судьбой назначенная земля, что имела она четкие границы, сразу за которыми начиналась уже не твердь, а течь. Но от края до края, от

---

① Сигов. В. К. Литература, М. : Дрофа, 2005, cc. 493 – 494.
② 梁坤:《当代俄语生态哲学与生态文学中的末世论倾向》,《外国文学评论》2003 年第 3 期。

берега до берега хватало в ней и раздолья, и богатства, и красоты, и дикости, и всякой твари по паре-всего, отделившись от материка, держала она в достатке-не потому ли и назвалась громким именем Матёра?①

岛子，尤其是命运所亲自指定的这故乡的土地，沉寂、宁静地横卧着。它界限分明，界限之外就不是大地，而是水流了。但是岛上从这端到那端，从水边到水边，有足够的平原、财富、美景、野趣、一切含灵之物——虽然它身离大陆，却是一切都成双作对——不正是因为这样，才有马焦拉的响亮名字吗？②

这是静穆的圣乐（sacred music），这实际上就是拉斯普京浓墨重彩书写的拟《创世记》：这里的词汇和意象大都来自《圣经·创世记》，首先，将岛子称为"土地"（земля），这就与《创世记》第一章首句联系在一起了——"起初神创造天地"（В начале сотворил Бог небо и землю)③，这是开天辟地的大地。"它界限分明，界限之外就不是大地，而是水流了"（имела она четкие границы, сразу за которыми началась уже не твердь, а течь），这里的"大地"（твердь）用了一个古词，恰好也是俄文本《创世记》（1：7）中用的"上帝造出大地"（И создал Бог твердь。④），这就是拉斯普京塑造的伊甸园。"但是岛上从这端到那端，从水边到水边，有足够的平原、财富、美景、野趣、一切含灵之物——虽然它身离大陆，却是一切都成双作对。"（Но от края до края, от берега до берега хватало в ней и раздолья, и богатства, и красоты, и дикости, и всякой твари по паре.）这里包含的《创世记》的潜文本，

---

① Распутин В. Прощание с Матёрой, Избранные произведения, Т. 2, М.：Художественная литература, 1990, сс. 229 – 230.

② [苏] В. Г. 拉斯普京：《告别马焦拉》，《拉斯普京小说选》，王乃倬、沈治、石国雄译，外国文学出版社 1982 年版，第 45 页。译文不尽准确，没有把"一切都成双作对"这个体现诺亚典故的关键词译出，故引文略有改动。

③ Библия. Санкт-Петербург：Христианское общество "Библия для всех", 1997, с. 1.

④ Библия. С-П., 1997, с. 1. 英文本、中文本此处略有不同。

它来自耶和华对义人诺亚的盼咐："凡有血有肉的活物，每样两个，一公一母，你都要带进方舟，好在你那里保全生命。"(《创世记》6：19，Введи также в ковчег из всех животных и от всякой плоти по паре, чтоб они остались с тобою в живых: мужеского пола и женского пусть они будут.)① 至此可以发现，《告别马焦拉》中达丽娅眼前的马焦拉岛，既是光明幸福的伊甸园，也已经暗含危机：由于与《创世记》中的诺亚典故的内在联系，小说的这段文本隐含了对人犯罪后诺亚所存身的危机四伏的世界的影射。在这幅拟《创世记》的图景中，最深刻的象征是：修建水电站大坝前的蓄水，与《创世记》上帝惩罚不义的人类的大洪水联系起来。这里不光有形象之间的直线联系。从拉斯普京反复审思当代人道德状况的持续写作来看，两种相似形象之间，带出了作家深刻的道德批判意识：土地和家园不仅被外力毁灭，更毁于人自身道德的沦丧。同时，一个更富有悲剧意味的问题也渐渐凸显：大洪水到来前，保种图存成了最迫切的使命，在《创世记》中，诺亚担当了这一使命；在《告别马焦拉》中，这个拟创世纪的发现者——达丽娅奶奶承担了诺亚的任务，肩负起保种图存的神圣使命。

苏联的学者已然注意到"马焦拉"这个名称的含义。谢列兹廖夫指出："岛子和村子的名称叫'马焦拉'，在拉斯普京的笔下这并非偶然。马焦拉（Матёра）在思想和形象方面自然是同亲缘的概念相联系的，如母亲（有大地母亲 мать-Земля 和祖国母亲 мать-Родина 等）。"② 这样的联想当然很有理由，所以阿格洛索夫的《20世纪俄罗斯文学》实际上援引了这个说法。笔者甚至这样判断，在如此熟悉基督教历史的拉斯普京的笔下，关于圣父、圣子、圣灵三位一体的位格演变的争论不休的历史，在达丽娅与马焦拉的关系中得到了有意识的再现。达丽娅首先是一位母亲，（мать）这就与马焦拉（Матёра）有了天然的联系。另外，Дарья 这个名字可以析出词根 дар，这就是一个含义非常丰富的词，它的复数形式 дары 有这样一些义项值得注意：1. "大自然的赐予"；2. "基督教神职人员在仪式中准

---

① Библия. С-П., 1997, с. 5.
② Селезнев Ю. Земля или территория//Вопросы литературы, 1977, №2, с. 56.

备的象征基督的血和肉的圣餐——面包和水"。① 母亲达丽娅与马焦拉岛一样，都是大自然的赐予，同时她又与马焦拉岛一道，同基督一样成了为人类赎罪的牺牲者。因此，达丽娅与马焦拉岛是同一精神的两种外化形态。唯其如此，达丽娅才会与马焦拉同呼吸，共命运。或许这是作家营造的"有意味的形式"，或许仅仅是笔者的主观推断，在这里提出，就正于方家。

作品的悲剧性从两方面表现出来：一是《创世记》的静穆的圣乐实际上一开始就被末日的悲音所压倒。二是保种图存的艰巨使命本来应该由年轻力壮的安德烈们来承担，但是这里却只好让行将入土的达丽娅奶奶来承担。

末日悲音在《告别马焦拉》中有如下一些循环往复的奏鸣。在小说的第三节中就出现小说中唯一的戏剧性冲突场景，在这里，人物的情绪达到了一个高潮：达丽娅和她的姐妹们听说，她们祖辈的坟地正在蒙受侮辱："外来人""魔鬼"正在盗尸。她们跑去一看，怒不可遏：原来是有人奉命在清理坟地，将坟墓的坟桩、栏杆和十字架全都锯下，正准备一把火烧掉。在《新约·启示录》第二十章中，大海、地狱交出死者，死者第二次受审，他们都被抛进火湖里。这是小说中缺席的地狱之火，真正的火很快就要烧起。为了早日拿到赔偿金，不肖之子彼得鲁哈第一个放火烧了自己赖以生存的房子，后来又大规模地烧村子里的房子，达丽娅不准放火的人随意烧自家的房子。这个细节受到了关注。"小说的第二十章，达丽娅努力把明天就要烧毁的老屋涂白，装饰上杉树。这是准确反映了基督教为死者涂圣油（临死前求得精神解脱和接受不可避免的死亡）、洗身、唱圣歌和出殡的一套仪式。"②

在作品中，末日悲音挥之不去，甚至在表现马焦拉岛上的人们劳作喜悦的场景中，也是如此。人们回到马焦拉割饲养牲口的草，搬到新镇去的人们回来了，人们兴高采烈地在岛上的草场上割草，嬉戏打闹，"割草的

---

① Кузнецов А. Большой толковый словарь русского языка, Санкт-Петербург: Норинт, 2001, с. 239.

② [俄] 符·阿格洛索夫主编：《俄罗斯文学》，凌建侯等译，白春仁校，中国人民大学出版社 2001 年版，第 523 页。

人们收工回村不慌不忙地走着……其余的人唱着歌跟在大车后面。一会儿唱这支,一会儿唱那支;一会儿唱支老歌,一会儿唱支新歌,但唱得更多的是那支老歌,永别的葬歌;原来人们都记得、都熟悉的这支歌,似乎正是为了这个时刻来唱的,才把它一直藏在心里……唱歌的人心里倒轻松些,可是他们唱的那意想中的葬礼上的歌像齐声发出的绝望的哀求,听来令人悲痛、难熬,连心都鲜血淋漓了"①。离开了家园,生命将不再有意义,在纳斯塔霞的描述中,意志坚强的伊戈尔老爹迁到新建的镇上后,很快就无疾而终。

  作为对人物的内心话语的描写,在达丽娅的意识中多次出现不如一死了之的念头。前面我们说过,作为母亲的达丽娅与马焦拉是同一精神的两个外化实在,因而当她无力完成捍卫马焦拉的使命时,她暗中选择了与马焦拉共命运、同生死。她的姐妹们也心甘情愿这样做,小说的结尾非常巧妙,马焦拉村已经全部被烧毁了,其他人也全部撤离了,达丽娅、她的姐妹们、鲍戈杜尔,还有西玛的外孙柯利卡一起,留在已经彻底清场的马焦拉。在漆黑的深夜的鸡窝式的房中,他们之间有这样的对话:"'都在一块,就算不错了,还有什么想头呢?''就是这个孩子,得想法推出去,孩子得活下去。'西玛惊恐地、坚决地说道:'不,柯利卡我可不放。我跟柯利卡在一块儿。''在一块儿就在一块儿吧。倒也是,离开咱们他上哪儿去呀?'"② 从这里可以看出,达丽娅和她的姐妹们、鲍戈杜尔与马焦拉共存亡的心迹已表达得明白无误了。当然,作家对他们最后的结局做了模糊处理,到这里戛然而止。达丽娅们与马焦拉共存亡的决心体现了俄罗斯旧教徒式的殉难精神。所谓旧教徒,指17世纪不承认尼康主教在17世纪中叶推行宗教改革的信徒,他们以徒步朝圣和集体自焚等形式,坚决抵制官方支持的这场宗教改革。③ 作品中的人物达丽娅们既然不能捍卫马焦拉岛,他们就选择与其共亡。创世的圣乐终于被末日悲音所掩盖,作品至此显现

---

① [苏] 拉斯普京:《告别马焦拉》,《拉斯普京小说选》,王乃倬、沈治、石国雄译,外国文学出版社1982年版,第115页,略有改动。
② 同上书,第226页。
③ Советский энциклопедический словарь, М.: БСЭ, 1980, с. 1277.

出神学意义上的悲剧意味,作者也就完成了对人与技术关系的深刻反思。

第三节　家园和土地主题的传承

《告别马焦拉》所关注的家园、土地等问题并不是拉斯普京独具慧眼的发现。因为家园、土地在俄罗斯文化中是一个比较大的母题,在俄罗斯文学艺术中涉及此问题的诗人、作家、画家更是不乏其人。拉斯普京是这个母题的最有力的传承者。

13世纪出现了俄罗斯著名的历史文献《俄罗斯土地毁灭记》(Слово о погибели русской земли),与俄罗斯的其他众多的以"记"(Слово)为题的作品不同,它的主人公不是帝王将相,而是"俄罗斯光明、美丽的土地",作品以充满激情的颂诗般的语言赞美俄罗斯土地上的一切,它的湖泊、河流、山川、动物、飞鸟,以及城市和教堂等。可是后来,"在这样的日子里,从亚罗斯拉夫大公,到弗拉基米尔大公,再到当今的亚罗斯拉夫大公,连同他的兄弟尤利亚——弗拉基米尔大公——全都蒙受了基督世界的灾难"。① 由于《俄罗斯土地毁灭记》是残篇,到这里就中断了。但这仿佛是一个悲剧性的前兆,《俄罗斯土地毁灭记》以土地为主人公,《告别马焦拉》也以马焦拉岛为主人公;《俄罗斯土地毁灭记》以国土的沦陷为结局,《告别马焦拉》也以马焦拉岛的淹没为结局,是宿命式的相似把相隔700多年的两部作品联系在一起,还是拉斯普京有意识以自己的作品回应这个历史文本,有待进一步考证。

15世纪前半叶,俄罗斯杰出的圣像画家安德烈·鲁勃廖夫在莫斯科北面著名的谢尔基圣三一教堂完成了《圣三一圣像画》(1422—1427)。画面上从左到右依次是圣父、圣子、圣灵。在画的左上方,圣父的头上绘有房子。不少人认为,这是俄罗斯东正教信仰体系中对家园的人性化的表现。② 在俄罗斯的传统文化中,家园的形象借宗教的载体而长久与人们相呼应。

---

① Литература древней руси, Хрестоматия. М.: Высшая школа, 1990, cc. 174 – 176.
② Русская живопись XIV – XX веков. М.: Олма-пресс, 2002, cc. 246 – 247.

Γ. 乌斯宾斯基 1882 年发表《土地的统治》,他写道:"我觉得,这个巨大的秘密就在于,俄罗斯人民最广泛的大众至今能够在不幸中保持忍耐和强壮,至今能够保持心灵的年轻,保持既强壮而又孩提般的温顺,总之一句话,人民——能够肩负起一切的人民,我们深爱着的人民,我们从他们身上寻求治愈心灵创伤的良药的人民——至今保持着自己的坚强和柔顺,恰恰是因为土地统治着他们。"① 这个气势磅礴的句子,将土地与俄罗斯人民的亲缘关系和盘托出。乌斯宾斯基接着讲述了一个壮士歌(былина),借此讲述土地统治俄罗斯人民的历史渊源:基辅罗斯壮士斯维亚托戈尔(Святогор)骑着宝马漫游天下,想测测自己的力量究竟有多大。斯维亚托戈尔在路上碰到了一个肩扛口袋的农夫,他催动宝马,可无论如何赶不上他。最后,他叫住了农夫,农夫停下来,将口袋放在地上。斯维亚托戈尔想扛起口袋,可是他双手环抱口袋,使尽全部力气只能让口袋离地毫发,自己却当即跪倒在地。他高声问农夫:"你告诉我,口袋里究竟装着什么东西?"农夫回答:"口袋里的重物是母亲的生土……我叫米库拉,农夫,姓谢利亚诺维奇,母亲的生土爱我。"② 乌斯宾斯基认为,在这个壮士歌里包含了人民生活的全部秘密。乌斯宾斯基写这样一个特写具有非常强的现实针对性。1861 年,俄国沙皇亚历山大二世颁布了废除农奴法令,其中有关于土地的规定:农民缴纳赎金后可以得到一份土地。至于份地的面积,法令规定了最高和最低定额,如果份地超过最高定额,地主可以割去多余部分,这就是所谓的"割地"。这条规定就为地主掠夺农民的份地制造了借口。经过这次改革,地主平均割去了改革前农民份地的 18%。到了 19 世纪 80 年代,失去土地的农民日益增加,因此乌斯宾斯基如此隆重地书写土地的统治,就不仅仅是发思古之幽情,而是在为失去土地的农民请命。

1878 年,B. 波列诺夫完成了《莫斯科小院》,画面上,春天的阳光下,一座被木栅栏围起来的木质农舍,紧挨着它的是歪歪斜斜的牲口棚,院子里长满了青草和野花,只有从小房子门口延伸开的两条被脚踏出的小

---

① Успенский Г. Власть земли. М.: Советская Россия, 1988, с. 213.
② Там же, сс. 214-215.

径露出黄土，没有长草。一辆套好马的大车停在院子里，一个农妇打扮的妇人提着桶从屋子里出来，四个小孩在嬉戏，两个似乎趴在地上逗昆虫，一个正欣赏摘到的野花，另一个坐在草地上号啕大哭。背景有高耸的教堂和整齐的楼房。① 究竟是城市侵占了农舍的地盘，还是农民在城市的挤榨下正竭力保全自己的家园？这幅作品是耐人寻味的。这幅作品现收藏于莫斯科特列季亚科夫美术馆。1902 年，В. 波列诺夫又画了一幅同样题目的作品，整个构图也完全一样，与 1878 年的《莫斯科小院》相比只有一点区别：农妇和小孩没有了，马车也没有了，牲口棚似乎更倾颓了。② 这幅画现被圣彼得堡俄罗斯博物馆收藏。这就更让人产生遐想：在城市的扩展中，农舍似乎已不能坚守自己的地盘。事隔 24 年后，农舍前人物的消失，似乎意味着家园的丧失成了更确切的事实。

　　土地的吸引，家园的召唤，就这样构成了俄罗斯的文脉，拉斯普京在接续着这文脉。在《告别马焦拉》中对家园的恋恋不舍，对土地的眷恋，与传统文学息息相通，甚至连表述方式都非常相近。在乌斯宾斯基的《土地的统治》中突出了一个意象，这就是土地的吸引，那个壮士斯维亚托戈尔说："口袋里的重物是母亲的生土（Тяга в сумочке от матери сырой земли）。"③ 在这里，"重物"（тяга）这个词有多个义项，其中包括"向往、想望、渴望等"。在《告别马焦拉》中，达丽娅也两次发出了这样的感慨："土地在拽人哪，今天比哪天都更有力（Тянет, тянет земля, седни, как никогда, тянет）。"④ 这里的动词 тянет，也有向往、想望、渴望等意思。对即将失去的土地、家园的向往、留恋使拉斯普京与深厚的俄罗斯文学传统相联系，但他在回归传统的同时，又容纳了时代的新气息，所以有了《农舍》的稍显乐观的结局。

　　《告别马焦拉》将土地、家园毁损与《启示录》中的末日警示相联系的手法，在后来的俄罗斯作家那里得到了延续。1987 年，德籍俄裔女作家

---

① Шедевры государственной третьяковской галереи. М.：Трилистник，2001，сс. 98 – 100.
② 100 лет сокровище национального искусства，СПб.：Русский музей，1998，с. 144.
③ Успенский Г. Власть земли. М.：Советская Россия，1988，с. 215.
④ Распутин В. Избранные произведения. Т. 2，М.，1990，с. 342.

尤丽娅·沃兹涅先斯卡娅在纽约出版了俄文版长篇小说《切尔诺贝利星》，这部以切尔诺贝利核电站泄漏为题材的小说，将《启示录》与切尔诺贝利灾难相联系。在事故发生后，核电站附近，一个叫卢基扬尼什娜的老太太说："伊戈尔老爹有本祷告的书，书上讲到了切尔诺贝利。……那书上这样说：天使烧燃了地球上面的茵陈星。用我们的话说，'茵陈'就是'切尔诺贝利'。瞧瞧，连词语都不是偶然的。火花从那个切尔诺利星落到所有河流的源头，它们马上就变成有毒的水了。我们从楼梯爬到阁楼上，你就会看见，他们在城里吵吵些什么，要洗房子，冲地，就像冲死牛皮一样。房子里的灰尘倒是冲走了，但是有毒的水就渗到地下了，流入地下汇成溪流把周围的一切活物都会毒死。瞎忙一气，就像蚂蚁一样，上帝的愤怒用水是洗不掉的。"① 其实，在小说的扉页上，沃兹涅先斯卡娅已经把这个意思说了一遍。作家选择了两条题词，第一条是《启示录》（8：10—11）："第三位天使吹号，就有烧着的大星，好像火把从天上落下来，落到江河和众水的源泉上。（这星名叫茵陈）；众水的三分之一变成茵陈，因水变苦，就死了许多人。"在这部小说里，土地、家园的毁损，似乎与神的惩罚有某种联系。沃兹涅先斯卡娅原来一直在苏联从事创作活动，1980年被驱逐出国，她应该对拉斯普京的作品很熟悉，她的《切尔诺贝利星》在某些方面受《告别马焦拉》影响，这不是没有可能的。

家园、土地的主题在俄罗斯文化中延续，拉斯普京作为这个主题最有力的传承者，他提出了自己的一系列新解，但是俄罗斯知识分子对这个主题的探索还将继续下去。

---

① Вознесенская Ю. Звезда Чернобыль, New York: Liberty Publishing House, 1987, pp. 192 – 193；参见刘亚丁《苏联文学沉思录》，四川大学出版社1996年版，第280—284页。

第三编

新俄罗斯时代文学篇

第一章 肖洛霍夫的边缘化

肖洛霍夫是20世纪俄罗斯经典作家,在剧烈社会转型之中和之后,他的声誉和地位如何,是国内学术界是比较关注的问题。如若不对苏联/俄罗斯的文学界对他的研究状况做全面详尽的查考分析,而是听凭往日记忆和模糊印象做判断,难免鲁鱼亥豕,习非成是。所以,本章借助统计分析和史实还原的方法,力求客观、科学地揭示1988年以来肖洛霍夫在文学界被边缘化的过程、特征和原因。

第一节 数据及分析

这里采取数据统计和纵横比较法,对苏联和俄罗斯发表的有关肖洛霍夫和其他作家论文数值做统计,并进行纵横比较。即对苏联时期的一个时段和转型期的一个时段发表的有关肖洛霍夫的论文进行数量比较,对有关另一类型作家的论文在这两个时段进行比较,然后对两者的关系进行比较。还抽取特定年份进行纵横比较。1968—1977年,苏联的期刊上共发表有关肖洛霍夫生平和创作的论文440篇。

表一[①] 1968—1977年苏联期刊发表有关肖洛霍夫生平和创作的论文情况

年 份	文 章 数	总 数
1968	27	27

[①] Шолохов М. А.: биобиблиографический указатель произведений писателя и литературы о жизни и творчестве. Сост. В. Зарайская и др., Москва, ИМЛИ РАН, 2005, cc. 302 – 329, cc. 393 – 401, cc. 421 – 425.

续表

年　份	文章数	总　　数
1969	25	52
1970	32	84
1971	31	115
1972	27	142
1973	32	174
1974	23	197
1975	177	374
1976	28	402
1977	38	440
共　计	440	

该时期研究肖洛霍夫的文章的均值是：

$$\overline{X_1} = \frac{27+25+32+31+27+32+23+177+28+38}{10} = 44$$

1988—1997 年，苏联/俄罗斯期刊发表的有关肖洛霍夫的文章（苏联解体后）238 篇。

表二① **1988—1997 年苏联俄罗斯期刊发表有关肖洛霍夫的文章情况**
（除去了现在不属于俄罗斯的原苏联其他加盟共和国发表的论文）

年　份	文章数	总　　数
1988	28	28
1989	24	52
1990	38	90
1991	18	108
1992	10	118
1993	23	141
1994	24	165
1995	39	204
1996	13	214

---

① Шолохов М. А.: биобиблиографический указатель произведенийписателя и литературы о жизни и творчестве. Сост. В. Зарайская и др., Москва, ИМЛИ РАН, 2005, cc. 357 – 373, cc. 407 – 411, cc. 429 – 433.

续表

年 份	文 章 数	总 数
1997	21	238
共 计	238	

该时期研究肖洛霍夫的文章的均值是：

$$\overline{X_1} = \frac{28+24+38+18+10+23+24+39+13+21}{10} = 23.8$$

。将两个时期有关肖洛霍夫的文章的均值相比较：$\frac{\overline{X_2}-\overline{X_1}}{\overline{X_1}}(100) = \frac{23.8-44}{23.8}(100) = -84.87$，即负增长 84.87%。

布宁是俄罗斯的另一位诺贝尔文学奖获得者，因为他是在离开苏维埃俄国的时候获得诺贝尔奖的，很长一个时期他在苏联文学史中是缺位的。在这两个时段里，苏联/俄罗斯有关他的研究论文发表的数字如下。

表三①   1968—1977 年苏联/俄罗期刊发表有关布宁的研究论文情况

（除去了报纸发表的文章数）

年 份	文 章 数	总 数
1968	23	23
1969	14	37
1970	46	83
1971	28	111
1972	25	136
1973	23	159
1974	29	188
1975	24	212
1976	23	236
1977	16	251
共 计	251	

该时期研究布宁的文章的均值是：

---

① Аверин Б. и друг. Бунин Иван: pro et contra. СПб, Издательство Русского Хрестиаского гуманитарного университета, 2001, сс. 897-926.

$$\overline{X_3} = \frac{23+14+46+28+25+23+29+24+23+14}{10} = 25.1$$

表四　**1988—1997 年苏联/俄罗斯期刊发表的有关布宁的论文的情况**

（苏联解体后，除去了在不属于俄罗斯的苏联其他加盟

共和国发表的论文，除去了报纸发表的有关论文）

年　　份	文　章　数	总　　　数
1988	33	33
1989	38	71
1990	49	120
1991	39	159
1992	36	195
1993	35	230
1994	45	275
1995	67	342
1996	66	408
1997	55	463
共　　计	463	

该时期研究布宁的文章的均值是：

$$\overline{X_4} = \frac{33+38+49+39+36+35+45+67+66+55}{10} = 46.3$$。将两个时期有关布宁的文章比较：$\frac{\overline{X_4}-\overline{X_3}}{3} = \frac{46.3-25.1}{25.1}(100) = 84.46$，即正增长 84.46%。

1975 年是肖洛霍夫诞辰 70 周年，该年苏联的杂志发表有关他的论文 95 篇。《俄罗斯文学》《文学问题》《文学评论》《俄罗斯科学院语文学报》《莫斯科大学语文学报》通常被认为是摆脱了文学界的派别之争的学术期刊，我们以这五种学术性期刊发表论文的情况，作为一个作家被学术界研究程度的标志。

表五　　　　1975年苏联学术性期刊发表有关肖洛霍夫的论文的情况

《俄罗斯文学》	《文学问题》	《文学评论》	《苏联科学院学报·语文学卷》	《莫斯科大学学报·语文学卷》
1	4	4	1	2
共　计		12		

5 种杂志共 12 篇。

1995 年是肖洛霍夫诞辰 90 周年，是年俄罗斯杂志发表有关他的论文 21 篇，学术性刊物发表有关肖洛霍夫的论文为零。

1995 年是布宁诞辰 125 周年，俄罗斯的杂志发表有关他的论文 67 篇，其中学术性刊物发表情况如下。

表六　　　　1995年俄罗斯学术期刊发表有关布宁的论文情况

《俄罗斯文学》	《文学问题》	《文学评论》	《俄罗斯科学院学报·语文学卷》	《莫斯科大学学报·语文学卷》
2	0	1	0	0
共　计		3		

1999 年是旅美俄裔作家纳博科夫诞辰 100 周年，这一年俄罗斯的杂志发表的有关他的俄文论文的篇数是 71 篇（去掉了在俄罗斯以外和报纸的论文），其中学术性刊物发表情况如下。①

表七　　　　1999年俄罗斯学术期刊发表有关纳博科夫的论文情况

《俄罗斯文学》	《文学问题》	《文学评论》	《俄罗斯科学院学报·语文学卷》	《莫斯科大学学报·语文学卷》
0	3	10	0	3
共　计		16		

上述数据表明：①在 20 世纪 70—80 年代有关肖洛霍夫的著述数量高，均值为 44，说明他在苏联时代处于文学界的中心，在转型期（80—90 年代）论文数量明显下降，均值为 23.8，两时期相比，负增长 84.87%。②在第一个时期被学术性期刊研究的程度也高，1975 年 5 种

---

① Аверин Б. Набоков В. В: pro et contra, СПб.: Издательство Русского Хрестиаского гуманитарного университета, 2001, сс. 981–1009.

学术期刊发表有关他的论文 12 篇，1995 年则为 0 篇。③比较组的布宁则呈相反趋势：第一时期均值 25.1，第二时期均值为 46.3，两时期比较正增长 84.46%。这说明，从 1988 年开始，在苏联/俄罗斯的肖洛霍夫研究已经逐步边缘化。

第二节　质疑与回应

对于理解文学生产和文学批评的运作方式，布尔迪厄的文学场概念工具及其相关的解释是非常有启发性的，能够通过把问题引入新的领域从而获得更深刻的认识。布尔迪厄指出："任何场域，比方说科学场（在布尔迪厄那里，文学场、艺术场与科学场是可以互相替换的——引者注），都是力量之场，一个为保卫或改变这种力量较量之场。"①在这个时期，苏联/俄罗斯对肖洛霍夫的评论研究非常准确地表现了"保卫"和"改变"文学场域格局的特征。从上面的初步结论中我们可以看出，肖洛霍夫在 20 世纪 80 年代中期以前处于文学场的中心位置，而到 20 世纪 80 年代末和 90 年代，他已经处于文学场的边缘位置，这是文学场格局变化的结果，同时，肖洛霍夫位置的变换本身就是文学场力量角逐的过程。下面我们以史实还原的方法简略描述这一角力过程。

对肖洛霍夫中心地位的挑战是从三个质疑展开的。第三章第三节已经论列这三质疑：第一个质疑是，肖洛霍夫的《被开垦的处女地》是不是一本真诚的、反映历史真相的小说。第二个质疑是，肖洛霍夫是不是真诚的人。第三个质疑是，《静静的顿河》是不是肖洛霍夫独力创作的。参见前面，在此不赘述，仅对第二个质疑略加展开。

叶夫图申科在《文学报》上发表了《与粪堆斗剑》，文中他回忆了 20 世纪 60 年代的一段往事：因自己的长诗《娘子谷》被批评，他去向肖洛霍夫求助，肖洛霍夫答应在党的代表大会上抨击官僚主义，支持年轻的诗人们。后来，叶夫图申科看到《真理报》刊登的肖洛霍夫的发言

---

①　[法] 皮·布尔迪厄：《科学的社会用途》，刘成富等译，南京大学出版社 2005 年版，第 31 页。

大失所望。在回忆之前,他谈到自己读《静静的顿河》的感想:"最痛苦的猜想就是,有两个肖洛霍夫,一个是大艺术家,一个是小人。大概在被抓的恐惧下他有朝一日犯下了违背良心的罪过,附和'假如敌人不投降,我们就消灭他'之类的口号,而后作为个人和作为作家就开始迅速地堕落。"① 这是对肖洛霍夫人格的极端怀疑。第二个质疑与当时对斯大林的评价相联系。巴克拉诺在其"非虚构小说"《请进窄门》中写道:"那位活着的经典作家肖洛霍夫以数以百万计的印数向斯大林表达了儿子般的感情:'像儿子般地亲吻肩头……'仿佛他对顿河边、库班河边数百万哥萨克被饿死熟视无睹。"② 这被一些研究家解读为将肖洛霍夫指责为斯大林分子。③

从文学场中看,这三个质疑是由库兹涅佐夫所说的"反肖洛霍夫学家"提出的,他们从不同的角度集中指向对肖洛霍夫的人格的否定性评价,这就是文学场中要"改变"文学场的行为。为回应这些质疑,肯定肖洛霍夫的人格和艺术地位的学者们,即库兹涅佐夫所说的"肖洛霍夫学家"写了大量文章和著作,由此,肖洛霍夫研究原有的路向为之一变,形成了挑战—回应的研究模式。针对质疑,肖洛霍夫学家们主要撰文或在自己的著作中作出及时的回应。如叶夫图申科在1991年1月23日发表《与粪堆斗剑》后,很快在《文学俄罗斯》(1991年第9期)中出现了马尔科夫的反驳性文章《叶夫盖尼·叶夫图申科的周期性击剑》。④ 在著述方面,为回应对肖洛霍夫人格的质疑,肖洛霍夫学家撰写了传记性的、回忆性的文章,阿列克谢耶夫的《雄鹰继续在云端翱翔》中写道:"雄鹰继续在云端翱翔,而凶狠的仇恨的毒箭也继续向他射去。"⑤ 再如瓦·奥西波夫的《肖洛霍夫的秘密生平》、弗·瓦西里耶夫的《米哈伊尔·肖洛霍夫——生平与

---

① Евтушенко Е. Фехтование с навозной кучей//Литературная газета, 1991, №3, с. 2.

② Бакланов Г. Входите узким вратами//Знамя, 1992, №3, сс. 7 – 36.

③ 参见 [俄] 瓦连京·奥西波夫《肖洛霍夫的秘密生平》,刘亚丁、涂尚银、李志强译,四川人民出版社2001年版,第1—2页。

④ Марков А. Очередные фехтования Евгения Евтушенко //Литературная Россия. 1991г., №9, с. 5.

⑤ Алексеев М. Орел продолжает парит в поднебесье //Москва, 1990г., №5.

创作简史》、维·佩捷林的《肖洛霍夫传·俄罗斯天才的悲剧》、米·米·肖洛霍夫的《父亲朴实而勇敢》和 И. 茹科夫的《命运之手——关于米哈伊尔·肖洛霍夫和亚历山大·法捷耶夫的真相与谎言》等，表现出明显的维护肖洛霍夫声誉的倾向。

在挑战—回应的模式中，肖洛霍夫研究中呈现出了比较鲜明的新特点：争论双方的文章和著作大都充满了论战的激情，因而客观性和科学性有所减损。肖洛霍夫研究的新变化、新模式在文学场内本身难以得到充分的解释，应将视野稍微拓展一下。

第三节　文学场外的考察

从 1985 年到 21 世纪初，俄罗斯进入了国家政体转变、意识形态改宗的时期，因此，肖洛霍夫研究格局剧变就不能只局限在文学场内来解释，还应从意识形态权力场探寻原因。在人类历史上，苏联/俄罗斯的转型可能是能够观察到的历史巨变造成主流意识形态解体的最典型的个案。苏联解体后，戈尔巴乔夫时代曾任苏共负责意识形态的中央书记的雅科夫列夫在 1994 年作出了这样判断："将会形成摆脱苏共统治，具有正常的市场，脱离单一的意识形态、单一的权力和单一的所有制的社会。"①这个意识形态的改宗过程应该是从 20 世纪 80 年代中期开始的，文学在其中有突出的表现。文学界形成了对立的自由派与传统派，两派各自控制了一些杂志。② 在两派纷争中，肖洛霍夫就成了焦点之一。本来，肖洛霍夫的创作是很复杂的，他既遵从中心文学的基本规则，又突破其约束。他的作品有许多与"边缘文学"相重合的东西，他作为共产党人又对持不同政见者采取批判态度。③ 但是，在自由派作家眼里，肖洛霍夫这种复杂性被遮蔽了，他成了中心作家的典范。索尔仁尼琴说："高尔基去世后，肖洛

---

① Яковлев А. Любовь к блежнему нельзя променять на ненависть к инородцу//Известия, 6 августа 1994г., с. 5.
② 参见张捷《苏联文学的最后七年》，社会科学文献出版社 1994 年版，第 21 页。
③ 对这个问题的讨论详见下一篇文章。

霍夫被当成了苏联头号作家，更何况他还是联共（布）中央委员——而且简直就是中央的活典范，他作为党和人民的喉舌，经常在党的代表大会和最高苏维埃上讲话。"① 为完成将政治领导权向文化领域推进，实现文化霸权的目的，自由派作家就要将肖洛霍夫这一作品为"中心文学"典型的符号彻底祛魅和颠覆。正如奥西波夫所指出："在不分青红皂白地毁灭苏联历史（尤其是文化史）的背景下，将肖洛霍夫从现代性中驱逐出去。在确定新的意识形态规范的最初几年里，不加区别地辱骂过去的一切。"② 这是就总体而言，在具体的个案中，肖洛霍夫生前又同现在的颠覆者中的某些人有个人恩怨。肖洛霍夫作为真诚的共产党人，对当年的持不同政见者索尔仁尼琴等人予以了严厉的抨击。索尔仁尼琴就是《静静的顿河》版权问题的最热心的鼓动者。叶夫图申科也是当年持不同政见者的同情者。一般来说，自由派成了"反肖洛霍夫学家"，传统派成了"肖洛霍夫学家"。挑战—回应的模式在意识形态的层面表现得更为清晰：几乎出现了戏剧性的场景，自由派控制的刊物和报纸抛出指责肖洛霍夫的文章，传统派的刊物和报纸则立即发表文章予以驳斥，请见表八（书单列一行；报刊占两行：上一行为发表的报刊名和时间，下一行为文章题目）。

表八　　自由派与传统派报刊关于肖洛霍夫的文章

自由派报刊	传统派报刊或书籍
《莫斯科新闻》1987（8）： 《狗鱼老爹可笑吗？》	《文学俄罗斯》1988（6）： 《石头砸向何处》
《新世界》1988（9）： 《〈静静的顿河〉发表的若干情况》 《旗》1991（3）： 《请进窄门》	《文学俄罗斯》1989（3）： 《"复原"还是杜撰》 《莫斯科》1990（5）： 《雄鹰》 《肖洛霍夫秘密生平》（1995）
《文学报》1991（3）： 《与粪堆斗剑》	《文学俄罗斯》1991（9）： 《叶夫图申科的周期性击剑》

---

① Солженицын А. Бодался теленок с дубом//Новыймир, 1991г., №12.
② 刘亚丁：《"心灵召唤我写出肖洛霍夫的真相"——俄罗斯作家瓦·奥西波夫访谈录》，《文艺争鸣》2002年第5期。

续表

自由派报刊	传统派报刊或书籍
《达乌卡瓦》1990（12）—1991（1）： 《〈静静的顿河〉反肖洛霍夫》 《新世界》1991（12）： 《牛犊顶橡树》 《新世界》1993（11）： 《〈静静的顿河〉的艺术文本"合作者"加工》	《莫斯科》1991（10）： 《〈静静的顿河〉的手稿》 《我们同时代人》1995（5）： 《一种谣言制造的经过》 《文学俄罗斯》1996/05/24/： 《丧失理智的嫉妒》 《青年近卫军》1997（11）： 《肖洛霍夫是剽窃者吗》 《关于法捷耶夫和肖洛霍夫的谎言和真相》1994 《肖洛霍夫秘密生平》1995

在意识形态权力场的纷争中，清晰地呈现了肖洛霍夫被边缘化的标志。首先，从本文第一节的表二和表六中可以看出，研究他的文章在意识形态转轨期间急遽减少。其主要原因是自由派控制的报刊除攻击肖洛霍夫外基本不发表关于他的论文了，以致从20世纪90年代中期开始出现了这样极端的局面：通常被认为是民主派掌握的报刊《新世界》《旗》《星火》和《文学报》四种报纸在1994—2003年这10年间只发表了1篇有关肖洛霍夫的论文；传统派报刊集中发表关于肖洛霍夫的论文，1994—2003年的10年间，《我们同时代人》13篇、《青年近卫军》15篇、《顿河》52篇、《文学俄罗斯》18篇，共98篇。① 同时，表三、表四和表七显示，由于意识形态改宗的原因，被挖掘出来的新名字布宁、纳博科夫确实渐渐成了文学研究界的热点。

肖洛霍夫被边缘化的第二个标志是，外部研究取代内部研究，对人的研究取代对作品的研究。个别自由派作家，即反肖洛霍夫学家采用了类似"四两拨千斤"的战术，写点小文章和随笔，将肖洛霍夫的缺点或"罪过"披露若干，指摘一通，见好就收。一些传统派人士，即肖洛霍夫学家，则被他们牵着鼻子走，如临大敌，放弃了自己原有的研究路数、原有的研究计划，以数量众多的文章和大部头的传记和著作认真回击反肖洛霍夫学家的小文章，将肖洛霍夫学从主要研究作品被迫变为主要研究作家。但从策

---

① Шолохов М. А. биобиблиографический указатель произведений писателя и литературы о жизни и творчестве. Сост. : В. Зарайская и др., М. : ИМЛИ РАН, 2005, сс. 376 – 384, сс. 409 – 414, сс. 430 – 433.

略上说，肖洛霍夫学家犯了一忌。科学研究方法论有正面启发法和反面启发法，后者集中全力解释遇到的反例和应付反驳，但往往在研究方法的确立方面是软弱无力的。① 肖洛霍夫学家如果坚持既定的研究，则属正面启发法，会在张扬肖洛霍夫的美学价值的同时，成功地捍卫肖洛霍夫的人格，因为作家的价值主要是作品本身产生的价值。但是，与他们的初衷相违背的是，这反而导致了肖洛霍夫在研究界的进一步边缘化。

边缘化的第三个标志是，肖洛霍夫研究已经从中立的学术刊物中淡出。这是与前一问题相联系的。

表九　　1994—2003年重要刊物有关肖洛霍夫的文章发表的情况

年份	《俄罗斯文学》	《文学问题》	《文学评论》	《俄罗斯科学院学报·语文学卷》	《莫斯科大学学报·语文学卷》
1994	1（著作权问题）	0	0	0	1
1995	0	0	0	0	0
1996	1（著作权问题）	0	0	0	0
1997	0	0	0	0	0
1998	0	0	0	0	0
1999	0	0	0	0	0
2000	0	0	0	0	0
2001	1	0	0	0	0
共　　计			4		

从表十可以看出，10年间这些杂志（大致可以算作我国的权威期刊）共发表有关肖洛霍夫的论文4篇。表六揭示，1995年是肖洛霍夫诞辰90周年，这一年这些刊物没有登载一篇关于他的论文。肖洛霍夫被边缘化还有其他标志，如写他的学位论文剧减，肖洛霍夫研究家后继乏人等，兹不赘述。

表一、表二、表三、表四的对比数值和前面的分析表明，1988年以来，肖洛霍夫已经逐步被边缘化，同时，原来处于文学界边缘的布宁和纳博科夫正在中心化。由于自由派在政治话语权等方面的优势，它在争夺文

---

① 参见［英］拉卡托斯《科学研究纲领方法论》，兰征译，上海译文出版社1986年版，第66—70页。

化霸权中也很顺利。苏联/俄罗斯社会政治生活动荡不已，波及文坛，殃及肖洛霍夫。从肖洛霍夫研究转折中可以引出两个值得思考的问题：第一，由于话语/权力之争导致的肖洛霍夫被边缘化并不意味着肖洛霍夫研究史的终结，因为意识形态只是文学研究的维度之一，它的局限性是非常明显的，它将非常复杂的作家及其作品扁平化为政治符号。但它不可能取代文学研究。如前所述，由于内部研究被外部研究取代，在肖洛霍夫被边缘化的过程中，文学研究的其他维度都暂时隐退了。除了极个别的情况外，争论的双方关注的焦点是肖洛霍夫的人格如何，他的作品的意识形态层面的意义和价值如何，完全忽视了他的作品在别的层面的价值。学术性期刊有关肖洛霍夫论文的缺位，固然不排除刊物暗中受话语/权力之争影响的可能，但显而易见的是，很少学者写研究肖洛霍夫的学术性文章，杂志没有优质稿源，自然也就无从发表。可是，像肖洛霍夫这样的经典作家的作品的内涵是丰富的，其中既有与时代紧密相连的意识形态性因素，又有超越时代的更深层次的内涵。随着意识形态之争的退潮，肖洛霍夫的作品被遮蔽的层面会重新显现，他的其他价值会被研究者重新关注。第二，肖洛霍夫是独特的作家，但他在苏联时代又是具有代表性的中心作家，借助前面的分析可以发现，他被边缘化表征了其他中心作家在当今俄罗斯的相似命运，若对高尔基、马雅可夫斯基和法捷耶夫等作家的研究状况做考察，应该也会发现类似的边缘化。现在，俄罗斯文学史的写作既在做减法，又在做加法，与肖洛霍夫隐退相伴随的，是原来处于尘封中的布宁、布尔加科夫和索尔仁尼琴等作家的出场，俄罗斯文学史因此而变得更丰富，更有内涵。肖洛霍夫们以自己的"沉默"换来了"对手"们的"发言"，未必不是他们的一种独特贡献。如果我们相信否定之否定是文学史书写的内部规律，那么，肖洛霍夫等中心作家再次得到俄罗斯文学界更客观的研究，得到价值重估，就不是没有可能的。

第二章　普京文学形象上的"中国"油彩

岁月不居，21世纪已匆匆驰过15载。2010年，俄国的同行已开始清点新世纪十年的文学账目了——《新世界》杂志2010年第1期发表了列·达尼尔金的《Клудж》。这篇文章的标题怪怪的，译俗点，《杂乱无章》；译雅点，《无主题变奏》。达氏点评了一系列普京题材作品，对《天使的螯伤》，击节赞赏；对《2008》和《变者圣书》，点名而已。① 恰好，这三部小说都为主人公普京（或化名为伊凡）抹上了"中国"油彩，因此，应有中国人来略做解读。

第一节　得胜还朝的沙皇

在巴·克鲁萨诺夫的《天使的螯伤》中，帝国庆祝统一节那天，庄三妹被陌生人——近卫军官尼基塔·涅季塔耶夫亲了嘴。庄三妹的老爹，当年为逃避天朝对回民的惩罚，逃到哈巴罗夫斯克，当了鱼店老板。听说女儿跟俄国军官私奔，他遵程颐"饿死事小，失节事大"的古训，当即抹了脖子。尼基塔和庄三妹在教堂里举行了婚礼。庄三妹生了女儿塔尼娅，她的中国名字叫王子得。在塔尼娅出生3年后，俄罗斯帝国开始了南方战争，尼基塔的团占领沙皇格勒（君士坦丁堡）时，尼基塔负伤住进了医院。在他死后，庄三妹生下他的遗腹子后也难产而死。遗腹子名叫伊凡·涅季塔耶夫。省首席贵族成了伊凡和塔尼娅的监护人。塔尼娅嫁给了首席贵族的儿子、哲学家彼得，生了儿子涅斯陀尔。伊凡成了士官学校的士官生。该校有个帮工的古老信徒教派老头，伊凡总去听他讲旧事。后来伊凡做梦，

---

① Данилкин Лев. Клудж//Новый мир, 2010, №1.

见天主造白王与黑王。有一天，老头将国王传位的护身符授予伊凡。此后，伊凡率兵打仗攻无不克、战无不胜，历任将军、沙皇格勒总督、执政。彼得让塔尼娅施美人计除掉了伊凡的政敌，伊凡在彼得堡登基，当了皇帝。伊凡从彼得嘴里得知，涅斯陀尔是他和塔尼娅乱伦的结果，彼得在地牢中被溺死。帝国的疆域日益扩展。①

克鲁萨诺夫不愧为酿酒高手，他把新欧亚主义当葡萄，倒进他想象的俄罗斯——斯拉夫帝国那巨大橡木桶，酿出了烈酒，让绝望于苏联崩溃的俄国读者畅饮后做了长长的弥赛亚美梦。20世纪至今俄罗斯的列·古米廖夫、米·季塔连科等倡导：俄罗斯集合欧洲、亚洲文化之优势而自成新的文化空间，是为新欧亚主义。彼得堡历史学家列·古米廖夫的《从露西到俄罗斯》叙及亚历山大·涅夫斯基同拔都的儿子结盟："1552年亚历山大到了金帐汗国，同拔都的儿子撒儿塔交好，结拜弟兄，后来撒儿塔成了汗的太子。金帐汗国同露西结盟得以实现，应归功于亚历山大大公的爱国主义和自我牺牲精神。"② 俄科学院远东所所长季塔连科院士在《中国精神文化大典》总序中写道："俄罗斯精神的自我反思激活并具体化了新欧亚主义思想。应该特地指出：当代俄罗斯的欧亚主义是客观的天文事实，是地理学的、人文的、社会的现实。俄罗斯囊括了欧洲和亚洲空间的部分，并将它们结合在欧亚之中，因而她容纳欧洲和亚洲的文化因素于自己的范围内，形成了最高级的、人本学、宇宙学意义上的精神文化合题。"③《天使的螯伤》借伊凡的血缘隐喻了亚欧文化的杂交：其父为俄罗斯人，其母是中国人。小说中有预言家声称："世界的新领路人会带领人民穿过恐惧，他将诞生于俄国的铁锤和天朝的铁砧之间。"④ 新欧亚主义又是对全盘西方化的反动，在《天使的螯伤》中，伊凡的政敌布雷金中了彼得的奸计，落荒而逃，既投靠伦敦，又向西欧各大国首脑致函乞怜。伊凡则对其余党大开杀戒。15世纪，俄罗斯便开始构筑"莫斯科是第三罗马"的弥赛亚蓝

---

① Крусанов Павел. Укус ангела//Октябрь, 1999, №12.
② Гумилев Л. Н. От Руси до России, М.: АСТ, 2008, с.192.
③ Энциклопедия. Духовная культура Китая. Главный редактор: М. Л. Титаренко, т.1. Философия. М.: "Восточная литература" РАН, 2006, с.29.
④ Павел Крусанов. Укус ангела//Октябрь, 1999, №12.

图：俄罗斯君主是拜占庭皇帝和罗马帝国皇帝真正的继承人。菲洛费长老指出："旧的罗马教会衰败了，第二罗马——君士坦丁堡的教会也遭遇刀戟之灾，现在是全新第三罗马专制繁荣时期……虔诚的沙皇，啊，你肩负重任，所有的基督教会归于你的统一，两个罗马都已衰落，第三罗马傲然屹立，第四罗马不会出现。"此后，俄罗斯在弥赛亚的旗号下，开始了建立斯拉夫大帝国的地缘政治扩张。在《天使的螫伤》中，伊凡带领俄国军队南并土耳其，西控东中欧，直捣奥地利边境，其铁骑还踏遍北非，同时觊觎北美，而且盟国中国答应以唐城为第五纵队策应其在北美的行动。《天使的螫伤》想象的斯拉夫帝国版图之大，超过了任何斯拉夫主义者的狂想。

第二节　惊慌失措的道士

这壁厢，美梦尚未醒，那壁厢，谢尔盖·多连科又以普京为主人公，渲染出令俄国读者惊悚的噩梦，这就是《2008》。2005年出版的这本小说颇有市场，因为它悬想了2008年普京第二任总统到届时的政治灾难。在发表于《俄罗斯研究》2010年第5期的《回归"哲人之邦"套话——近30年来俄罗斯作家对中国传统文化的利用与想象》中，笔者曾对《2008》略做介绍。"中国"油彩，《天使的螫伤》中伊凡是娘胎里带来的，《2008》中普京却是后天绘上的。小说从2008年1月7日开始，逐日展开对普京活动的想象，一直写到2月4日。1月7日，普京接待德国总理施罗德，普京谈及了他总统宝座的继承人——莫斯科市市长德·科扎克。接着，普京来到莫斯科河畔的练功塔，在李鸣等四名中国道士指导下，练气功，学汉语。为求长寿，普京擅离职守，飞抵俄罗斯的阿尔泰边区，对外声称休假，实则暗中飞抵中国抚顺，跟龙门派的掌门人王列平学道。此时，车臣恐怖分子占领了莫斯科的一所核电站，并攻占了另外几座城市的核电站。利蒙诺夫的红色青年先锋军攻占克里姆林宫，宣布成立革命军事委员会。普京返回莫斯科后，藏身于莫斯科一处地宫，致电布什。布什对普京声称，美国将派兵保护俄罗斯的军用和民用核设施，并占领若干俄罗斯城市，使之免受恐怖分子之扰。2月4日，恐怖分子已在一个反应堆上布了地雷。总统办公厅主任谢钦声称：普京滥用职权，违反宪法，私通美国人，已被枪决。并宣布成立拯救俄罗斯委员会。科扎克释放了监狱中的霍多尔科夫斯基。利蒙诺夫在克里姆林宫欢迎后者，让他做总理，并说国内有七个地区已经宣布拥有国家主权，令他将这些地区重新收复。普京藏在地宫里，悬想着一个日本小孩被任命为俄罗斯总统的情形。①

多连科也可算是个老道厨子，他把俄罗斯东正教的沉重末日论当主料、中国道家的逍遥出世当主打配料，再撒些调味的色情、梦幻、恐怖袭击、热核泄漏之类，翻炒起来，端出了《2008》这样一盘五味俱全的后现代文化杂烩。末日论，又称"末世论"，是关于世界终结和阴间生活的宗教学说，是关于旧世界毁灭和新世界诞生的循环论。尼·别尔嘉耶夫指出："俄罗斯思想本质上说是一种末日论思想，而这种末日论采取了各种不同的形式。"回顾俄罗斯文学，我们会发现，每当世纪转换或政治巨变时，这种末日论就会流溢于作品之中，前者如安·别雷的四部曲《交响曲》（1900—1908），后者如勃洛克的长诗《十二个》（1918）和安·别雷的长诗《基督复活》（1918）。末日论与道家的出世是这样翻炒的：道士们教普京练功，焚烧黄表纸后，阎罗王现身普京跟前，对他说："你的命运网罗已然编定，你无力改变它。"② 此后，普京的眼里充满了恐惧，他开始到处寻求长生之道，他先咨询遗传学专家，后去旁听李鸣、巫师和内外科医生等人的长寿研讨会，在会上，国安会将军卢基扬诺夫大谈特谈葛洪的长生术和丹药。接着，普京又飞抵抚顺。王列平对他纵论 2003—2023 年运势之时，正值车臣恐怖分子攻占莫斯科核电站之际。普京坐失良机，只好躲在地宫里，听任车臣恐怖分子和霍多尔科夫斯基们折腾俄罗斯。

第三节　会变身的将军

维克多·佩列文 2005 年出版了长篇小说《阿狐狸——变者圣书》。书中，名为阿狐狸的莫斯科高级妓女以第一人称来讲述其经历。据阿狐狸

---

① Сергей Доренко. 2008, М.: AdMarginem, 2005.

② Там же, с. 26.

说,"我们狐狸,不像人,不是生出来的。我们来自天上的石头,同《西游记》的主人公孙悟空是远亲"。她还说,她在历史中没有留下任何痕迹,但在莫斯科"院士"书店里可以买到干宝的《搜神记》,在那里有王灵孝被阿紫狐引诱的记载。

阿狐狸邂逅国家安全局的亚历山大少将,他让她管自己叫"灰色萨沙"。初次见到阿狐狸,这个让间谍胆寒的将军即刻变得彬彬有礼,甚至款款情深,同她分享玩网络游戏的开心,还打算送她贵重礼物。三天后,"灰色萨沙"打电约阿狐狸去自己公寓。在他对阿狐狸抒发衷情后,两人欲做亲密状时,阿狐狸的尾巴露出,"灰色萨沙"却变成了一只似人似狼的怪物,獠牙外露。阿狐狸被吓晕了。当她醒来时,"灰色萨沙"已恢复了人形。

原来"灰色萨沙"早就凭气味知道阿狐狸不是人。后来,阿狐狸也爱上了"灰色萨沙",但只要他们要做亲密状,他就会变成狼人,失去说话能力。后来"灰色萨沙"告诉阿狐狸说,他是"超级变形者"。阿狐狸认为,超级变形者就是飞升入彩虹的人。不料,后来"灰色萨沙"发现阿狐狸至少已有2000岁了,写信与之绝交,阿狐狸痛不欲生。①

为了避免站在中国馆学者的立场上对《变者圣书》做过度阐释,我们不妨看看俄罗斯学者是如何来谈论这本书中的普京形象的。在前述的文章中,达尼尔金写道:"维克多·佩列文的《变者圣书》是这样的一部长篇小说,它讲述一个妓女和一个变者,即狐狸和灰狼的纠葛,或者说,讲述两个以大写的П开始的人——佩列文和普京②抛弃斯文的故事。显然,在《变者圣书》中明显地容纳了俄罗斯文学生活中的著名母题——作家与沙皇的相遇,类似的研究出现在诸如索洛莫·沃尔科夫的题名为"斯大林与肖斯塔科维奇"的书中。佩列文把情节制作为最富想象力的'普京号角',这证明,'普京'不仅仅是政治橱窗,不仅仅是由政治学建构的商标,而是由总体艺术建构的文学的综合的人格化。"③

---

① Виктор Пелевин. Священная книга оборотня, М.: Эксмо, 2005.
② "佩列文"和"普京"的第一个字母都是"П"。
③ Лев Данилкин. Клудж//Новый мир, 2010, №1.

在这部小说中，佩列文激活了多种文化资源。《搜神记》《聊斋》（阿列克谢耶夫院士的各种《聊斋》译本在俄罗斯产生了很大影响）自不待言。同时，古希腊罗马神话中情种宙斯化为天鹅、金牛等去亲近美女的神话，古罗马诗人奥维德的那些人变动物、植物的故事，也许再次给了俄罗斯这位当红作家以灵感。为了增添中国元素，小说2005年版的封面还有用毛笔写的中国字——"阿狐狸"。

西哲有云，文学本是白日梦。人有所思必有所梦，梦是欲望、情致的折射。美梦与噩梦，固然各具色彩。在《天使的螯伤》与《2008》和《变者圣书》中，"中国"油彩的作用也大相径庭，是善是恶，读者自可分辨。其实，这"中国"油彩与我们生息的中国干系并不太大。三位俄国作家借他人杯酒，浇自己块垒，或建乌托邦，以申苏联解体之恨和对铁腕强国者的呼唤；或做白日梦，以预叙对普京去留或致政治地震的畏怖；或借人喻理，借普京形象思考文学与政治的关系，如斯而已，岂有他哉。

第三章　祖国保卫者形象塑造

——2012年2月23日普京卢日尼基体育场演讲分析

本章对2012年2月23日普京在莫斯科卢日尼基体育场拥护者集会上的讲话展开分析。从文化研究的角度看，借助文本研究和媒体研究的某些方法，将普京这次演讲看成文本和初级编码，它得到俄罗斯主流平面媒体的正面解码，得到世界平面媒体的立场各异的解码。同时，普京成功地推动了俄罗斯和各国平面媒体对他自身做解码，构成了新闻焦点。从语言学的角度看，"我们/祖国保护者"是贯穿演讲始终的整体隐喻，它也表达了演讲者的核心思想——爱国主义以及他不妥协的性格；从演讲的策略看，与"中位数投票人定理"相吻合，普京诉诸国民观念的最大公约数——多民族的俄罗斯人民热爱他们共同的祖国俄罗斯，通过文学作品激发民众的爱国热情，力图重塑自己全民领袖的形象，这不失为明智的策略。

2012年，普京王者归来，成功赢得第三次总统竞选。在这次竞选中，有一次典型事件，2月23日，即离总统选举不到10天的时候，约13万普京拥护者在莫斯科卢日尼基体育场集会，普京本人到场发表了简短的演讲。本文从文化研究、语言学和演讲策略等视角对普京的这次演讲作分析。

第一节　媒体的视角

文化研究（Culture Studies）兴起于20世纪60年代，滥觞于英国的年轻的马克思主义者，兴盛于北美，其实质是学院内的知识分子突破学院的藩篱，突破传统的文学研究，对大众文化现象产生浓厚兴趣。文化研究关注的是阶级、性别、身份、传媒等社会文本。文化研究中传媒研究的理论和方法，可以用来拓宽对普京卢日尼基演讲的研究范围，这样我们的研究就能对传统的、局限于对演讲文本本身的研究进路有所突破。文化研究理论武库有两种资源可以用于对普京卢日尼基演讲的分析。

其一是广义的"文本研究"。文化研究将社会现象，甚至物质产品视为"文本"，然后对其各个环节、各个时间节点等展开详细的研究。理查德·约翰生为文化产品的流通和消费提供了"文本研究"的线路模式和图形。

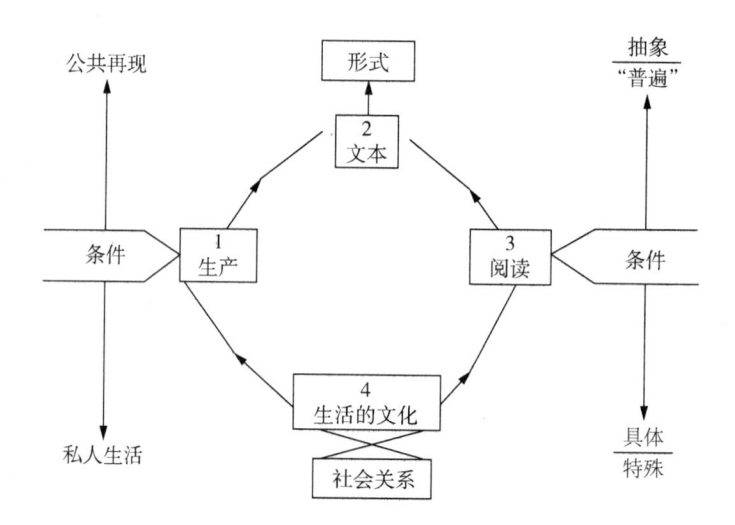

```
         形式
          │
          ▼
      ┌───────┐
      │   2   │
      │  文本 │              抽象
公共再现  └───────┘            ─────
  │      ↗       ↘           "普遍"
  │   ┌─────┐   ┌─────┐        ▲
  ▼   │  1  │   │  3  │        │
条件──▶│ 生产│   │ 阅读│◀──条件
      └─────┘   └─────┘        │
          ↘       ↗            ▼
          ┌───────┐           具体
          │   4   │           ─────
私人生活   │生活的文化│          特殊
          └───────┘
              │
          ┌───────┐
          │社会关系│
          └───────┘
```

我们把普京卢日尼基演讲设想为"1 生产"，把俄罗斯和国外的平面媒体设想为"3 阅读"，这样就比较便于分析这次演说在俄国内国外发挥作用的方式和效果。①

其二是文化研究视域中的媒体研究。斯图亚特·霍尔《编码，解码》一文中对电视主持人和电视节目制作，对电视节目在受众中产生作用的方式进行了分析，他紧扣编码和解码这两个关键词来展开分析，"要认识到

---

① 参见［美］理查德·约翰生《究竟什么是文化研究》，罗钢、刘象愚《文化研究读本》，中国社会科学出版社 2000 年版，第 14—16 页。

'编码'和'解码'的诸多环节是确定的环节"①,"在一个'确定'的过程中,这个结构利用符码产生'信息':在另一个确定的环节中,信息通过解码,而流入社会实践的结构中"②。我们不妨借用斯图亚特·霍尔之论来展开普京的卢日尼基演讲行为这个大文本发挥作用的方式和途径。一种理论模式在具体运用时要进行微调和补充。我们把霍尔的编码环节扩大一个环节,加上普京的卢日尼基演讲,这是编码的第一环节,然后才是电视报道这个编码环节;与之相应,在解码的层面,在受众前加一个层面,它是与部分电视受众所接受的电视符码相平行的符码,这就是俄罗斯和国外的纸质媒体——报纸,这就意味着,对于俄罗斯和世界的受众而言,围绕普京的卢日尼基演讲这个"文本",有两个平行符码,或者是俄罗斯官方的电视符码,或者是俄罗斯的、其他国家的报纸的符码,说它与俄罗斯官方媒体相平行,因为它们的符码不是采自俄罗斯官方电视频道,而是采自卢日尼基体育馆现场。本文仅限于对俄罗斯的、其他国家的报纸的符码进行分析。也就是说,此节的重点是俄罗斯的、其他国家的纸质媒体围绕普京的卢日尼基演讲所进行的解码。

在普京演讲的次日,官方的《俄罗斯报》发表了大篇幅的报道《祖国保卫者日》,包括照片在内几乎占了第一版整版,然后转到第三版。在报道普京到场演讲之前,该文描述了到场的两类普京支持者的观点,一类是情绪化的支持者,如莫斯科的年轻人伊凡·塔拉索夫说:"普京是运动员,这就足以说明一切了。"他的标语牌上的文字是:"普京当总统,这本身就是奥运会。"另一类是理智的支持者,如来自俄罗斯国立人文大学的学生伊戈尔·舍维廖夫对《俄罗斯报》记者指出:"反对派已经在组织对还没有举行的选举的抗议。如果我们大家都去参加选举,那我们就会看到谁是国家真正的领导人。"然后转述了莫斯科市市长索比亚宁的鼓动性发言。最后才是对普京演讲的详尽转述。③ 在《俄罗斯报》的第三版,在报道拥

---

① [英] 斯图亚特·霍尔:《编码,解码》,罗钢、刘象愚《文化研究读本》,中国社会科学出版社 2000 年版,第 352 页。
② 同上书,第 354 页。
③ Кира Латухина, Петров Виталий. День защитника Отечества// Российская газета, 24 февраля 2012, с.1, с.3.

护普京的卢日尼基体育场集会的大块面的右边的一小长溜（整版的1/4）是留给反对党的版面，其上是《带着剑和旗帜：2月23日俄共期待总统选举的第二轮》，报道俄共候选人在大剧院广场同拥护者见面。① 其下是《穿军大衣戴毛皮高帽：2月23日自由民主党再次展示自己的风格》，报道自由民主党候选人日里诺夫斯基同拥护者见面。② 这三篇报道不但在篇幅大小上形成了鲜明对比，而且撰稿记者和组稿编辑特意强调了三个集会在人数上的差异。在第一版《祖国保卫者日》的文字中特地插入"数字链接：13万人参加集会拥护弗拉基米尔·普京"。在第三版关于反对派的报道中分别透露了参加的人数，俄共的集会2000多人，而且文中称："自由民主党的集会三千五百多人。同时第三版在《祖国保卫者日》的下面还有一篇报道，《2月23日专列把乌拉尔的工人送到了首都的集会：火车到达卢日尼基》，报道外省普京拥护者参加卢日尼基集会的情况。"③

我们设想，官方的《俄罗斯报》是普京和他的团队可以掌控的媒体，普京是第一级编码源，《俄罗斯报》同具有官方色彩的电视媒体一样，属于二级编码源。对于普京的竞选行为而言，这是完全正面的编码系统，甚至可以看成普京的竞选工具之一。同时，它们又以权威的、具有影响力的媒体角色对普京的演讲做了解码，因此它们同时又是一级解码系统。

在俄罗斯的平面媒体中，与《俄罗斯报》、俄罗斯官方电视媒体这些属于普京竞选工具的一级解码系统并列的，还有其他俄罗斯国内的或国外的媒体，我们下面就分析若干俄罗斯和国外的平面媒体，它们的倾向性各不相同。它们从自己的角度对普京的卢日尼基演讲进行了立场不同、角度各异的解码。

同日，俄罗斯大众传媒《消息报》在第一版以《普京的支持者召开了创纪录的集会》为标题配有大幅照片，在第四版做了详尽报道。该报先简单提及俄自由民主党、俄共的规模较小的集会，然后详尽报道卢日尼基集

---

① Анна Закатнова. 23 февраля КПРФ ждет второго тура президентских выборов. Смечом и флагом//Российская газета, 24 февраля 2012, с. 1, с. 3.

② Там же.

③ Светлана Добрынина. Рабочих с Урала на митинг в столицу доставил специальный эшелон. Поезд прибывает в Лужники//Российская газета, 24 февраля 2012, с. 1, с. 3.

会的组织者，采访普京拥护者，报道了集会上其他发言人的讲话，然后转述普京的演讲。① 作为对普京的选举的另一种解码，同一天的《消息报》还发表了政治评论员安德拉尼克·米格拉年的文章《为什么要赢得第一轮》，这是为普京鼓吹呐喊的文章。② 《消息报》作为俄罗斯的主流媒体，其对卢日尼基集会和同日的其他集会的解读是很有意思的，通过采访突出了普京受选民欢迎的程度，也通过三个总统候选人拥护者集会的参加者数字的对比，突出了普京取胜的可能性。莫斯科出版的《文学报》不是日报，是周报，2012 年 8 期，覆盖的时间是 2 月 29 日至 3 月 6 日。作为周刊，该期在第三版刊登了伊戈尔·弗拉基米罗夫的报道《莫斯科在支持》，文章集中报道卢日尼基体育场的拥护普京的集会，作者写道："过去的 2 月 23 日，莫斯科的'我们保卫祖国'集会，可以看成居民中积聚了两个多月的选前激情的集中展示。"③ 在文中还插了俄新社发的普京的卢日尼基演讲的照片。同时应该注意的是，这一版还发表了弗拉基米尔·库尼津的文章《为什么要选普京》。他谈到了俄国当前的问题，比较了日里诺夫斯基等普京的竞争者，得出的结论是普京是最好的总统候选人。④

正如克里斯·巴克在阐释霍尔的《编码，解码》时所说："在某种程度上，观众与制造者、编码者共享文化代码，他们将在同一个框架中解码信息。然而，当观众处于不同的社会地位（如阶级和性别的），有不同的文化资源，就能够以不同的方式解码节目。"⑤ 在俄罗斯和西方的大众传媒中都有对普京的卢日尼基演讲的独特解码，它们完全不同于《俄罗斯报》等俄罗斯带有官方色彩的媒体的解码。如《文学俄罗斯》就与《俄罗斯报》等媒体形成对比，作为周报，它于 2 月 24 日出刊的第八期没有来得及对普京的卢日尼基演讲做出反应。该期只是以头版一小幅转 4 版

---

① Ольга Жермелева. Сторонники Путина собрали рекордный митинг//Известия，24 февраля 2012г. с. 1, с. 4.
② Андраник Мигранян. Почему первый тур//Известия，24 февраля 2012г.
③ Игорь Владимиров. Москва поддерживала//Литературная газета，2012г. №8, с. 3.
④ Владимир Куницын. Почему Пукин? // Литературная газета，2012г. №8.
⑤ 参见［英］克里斯·巴克《文化研究——理论与实践》，孔敏译，北京大学出版社 2013 年版，第 320 页。

整版报道了俄共主席、俄共的总统候选人久加诺夫同几位作家、诗人和批评家的见面、对话。① 到了下一期,《文学俄罗斯》才对普京的卢日尼基演讲作出反应:在3月2日(总统选举日的前两天),《文学俄罗斯》在头版发表了两篇文章,占主要篇幅的是德米特里·科列斯尼科夫的文章《我选择革命》。他表示,他对叶利钦的接班人的政策非常反感,他愿意选举艾杜阿尔德·利蒙诺夫,因为从"他精神和性格来看,都是革命家"。该文还配有《自由引导人民》的油画作为题图。② 另一篇文章是罗曼·谢钦的《我们不答应送死》,该文从头版转到第2—3版,占了第2、3版的大部分篇幅。作者对普京的卢日尼基演讲做了分析:"23日在'卢日尼基'主要候选人(指普京——引者注)的演说很是煽情。最具效果的是,演讲者由正面的情绪转向了严峻,几乎转向了对威胁俄罗斯的人的愤怒之情。"然后,作者援引了普京的几段演讲词。接着,作者质问:"在自己祖国,它的人民在哪里工作?请主要候选人作出解答。我恐怕要自己生产钉子了,因为我们没有制钉厂。我又不想让人从德国或者印度稍回钉子。……我想弄明白,谁眼睛向外看,谁在背叛祖国?这个问题,甚至猜猜都让人惊悚。"大段援引普京的原话后,作者只是用这样简略的反讽做了回应。③

足见,普京及其竞选团队,充分利用了当政者的优势,借普京卢日尼基演讲的机会,利用平面大众传媒再次巩固了普京的优势。其他竞争者在俄罗斯的平面大众传媒界明显处于劣势。

在中国的平面媒体,普京在莫斯科卢日尼基体育场的演讲也得到了解码。2月24日,《人民日报》在国际版,即第21版,发表了本报记者发自莫斯科的报道《"为了未来投票"——普京竞选团队吹响选前总攻号角》。该报道篇幅不长,描绘了卢日尼基体育场的气氛,转述了记者与两位普京支持者的对话,概括了普京演讲的内容,包括普京的这样几句话:"我们绝不允

---

① Антон Кириллов. В《Фаланстере》по-простому//Литературная Россия, №8, 24 февраля 2012г., c.1, c.4.

② Дмитрий Колесников. Я выбираю революцию//Литературная Россия, №9, 2 марта 2012г., c.1.

③ Роман Сенчин. Умереть не обещаем//Литературная Россия, №9, 2 марта 2012г., c.2, c.3.

许任何人干涉我们的内政,我们绝不允许任何人把自己意志强加在我们身上。"该报道的结尾是这样几句话:"身披印有普京头像旗帜的小伙子伊利亚斯对记者说,现在一些外部势力试图将俄罗斯引向混乱,俄罗斯人绝不会答应。"① 北京的英文报纸 China Daily 没有发表新闻报道,只是登载了俄罗斯记者拍的普京在卢日尼基体育场演讲的照片,配有文字:"呼吁支持。周三莫斯科卢日尼基体育场,总统候选人、现在总理弗拉基米尔·普京发表演讲,号召在即将举行的总统选举中支持他。"② 尽管中国的媒体对普京卢日尼基演讲的报道篇幅不大,但其倾向性、其关注点是比较明显的。

普京卢日尼基演讲在西方的平面媒体上也得到了及时解码。24 日,《纽约时报》在 A1 版并转 A8 发表埃伦·巴里的长篇文章《坚定的普京面对变化的俄罗斯》,假如从普京卢日尼基演讲编码、媒体解码的角度看,这是对这次演讲的最独特的一次解码。该文突出新闻背景和对前景的展望,对普京再次竞选总统的背景展开分析、对普京的未来做了预测。该文首先对普京的再次竞选做了形象的描绘:"在复杂的拼图版式的苏联宿舍成长起来的普京,在由请愿者和仆人组成的拜占庭式世界里度过了十多年。现在他年届六十,正面临人生最大的挑战,他要严密监视在他的照看下正在发生变化的社会,同时他还要保留这个社会的基本的面貌。"该文对普京在 3 月 4 日的总统选举中获胜并不怀疑,因而着眼于分析未来。作者采访了若干位跟普京打过交道的反对派人士,如克谢尼娅·索布恰克(普京的伯乐、圣彼得堡原市长索布恰克的女儿)说:"我的预测是,现在开始的统治,我们认为未必能坚持 6 年。"假如普京忽视反对派,那么"这场运动将积聚力量,最终它可能导致相当规模的悲剧冲突,诸如革命或政变。我想你应该知道,我并不希望它发生。我只是意识到,假如不发生根本性的变革,泰坦尼克号将撞上冰山"。该文包含反对派的声音,也有普京新闻秘书的评论,还有对普京稳控局面能力的叙述。③ 在 A8 版

---

① 陈志新:《"为了未来投票"——普京竞选团队吹响选前总攻号角》,《人民日报》2012 年 2 月 24 日第 21 版。

② "Call for Support," *China Daily*, February 24, 2012, p. 3.

③ Ellen Barry, "Resolute Putin Faces a Russia That's Changed", *The New York Times*, Freuary 24, 2012, A1 and A8.

下半版是同一位作者的文章《熟悉的总统候选人在莫斯科积聚自己的拥护者》。严格地说，这才是报道普京卢日尼基演讲的文章。在该文中，埃伦·巴里从莫斯科发出最新信息，他摘录了普京演讲这样的内容："我们绝不允许任何人干涉我们的内政，我们绝不允许任何人把自己的意志强加在我们身上，因为我们有自己的意志，这意志总是会帮助我获得胜利。我们是胜利的人民，这种基因在我们体内，并且代代相传。"他还提到有块标语牌上写着："我不会把自己的理智出卖给大使，我投普京一票。"接着，埃伦·巴里写道："这显然是在影射美国大使迈克尔·A. 麦克福尔，他被指控在官方电视台煽动革命。"这篇报道提供了俄罗斯平面媒体所未曾涉及的内容，即卢日尼基集会的一些参加者是受到与官方有联系的机构的组织的，一些老板要求自己的雇员参加，一些较大的团体则是乘公交车到莫斯科来的。下面埃伦·巴里采访了若干卢日尼基集会的参加者，他们表示会把票投给普京，或者因为担心动乱，或者因为没有比普京更适合的候选人。在版面的夹缝中，还有普京的照片和普京支持者的照片。①

24日，《泰晤士报》在第37版发表托尼·哈尔平发自莫斯科的报道《普京号召爱国者投票，抵抗下一个拿破仑侵犯祖国》，无独有偶，托尼·哈尔平也引用了埃伦·巴里所引的普京那句——"我们绝不允许任何人干涉我们的内政"。同样，托尼·哈尔平也提及有国家机构雇员被命令到场，并非所有的人都是心甘情愿的。作者也采访了若干位集会参加者，塔吉亚娜说："我们都会投票给普京。我爱他，他是那样英俊，那样直率。他以前是总统，现在国家需要稳定。"该文也提及了俄共、自由民主党和俄罗斯正义党当天的集会。② 在该文的中缝还有托尼·哈尔平写的新闻分析《民族因阶级而分裂》，他强调参见卢日尼基集会人群"比较老，比较穷，同时也更具物质上的和精神上的依赖性"。相反，反普京的集会"总是有

---

① Ellen Barry, "Familiar Candidate Rallies His Supports in Moscow", *The New York Times*, Freuary 24, 2012, A8.

② Tony Halpin, "Putin Demands the Vote of Panriots to Protect Country Next Napoleon", *The Times*, Freuary 24, 2012, p.37.

些幽默,有些创意。他们的面貌是愉悦的,年轻的,更直率,更乐观"。他说:"普京先生需要的,恰恰就是这些城市的中产阶级……但是前克格勃特工跟他们找不到共同语言。"①

从文化研究的视角来看,俄罗斯和国外的平面媒体对普京卢日尼基演讲的解码是意味深长的。假如我们回到理查德·约翰生的文化研究图示,我们会发现,政治意识在"阅读"普京卢日尼基演讲中发挥了巨大的作用。普京与他的团队商讨设计卢日尼基演讲为图示中的"私人生活",在卢日尼基演讲现场,它成为"文本",各种平面媒体对它展开了阅读。它呈现于公共视野之中。文化研究强调"围绕这个路线的不同视点的政治界限和潜力"②。我们从俄罗斯的不同平面媒体、从世界的不同平面媒体对普京卢日尼基演讲的解码,已经看到了明显的政治界限。在官方《俄罗斯报》的报道中,客观性的新闻报道却折射了"霸权"观念。雷蒙·威廉斯认为 hegemony 和 hegemonic 包含了政治、经济因素,而且包含了文化因素。广义的"霸权"概念,对于以选举政治以及民意为主的社会尤为重要。这种广义的概念,对于这种社会——社会实践必须符合主流观念,而这些主流观念表达了支配阶级的需求,主导阶级的需求——这也格外重要。③《俄罗斯报》《消息报》《文学报》通过自己的文字报道、版面设计,成功地传达出这样的信息:在即将到来的总统选举中,人民拥戴的候选人普京稳操胜券,而且其他候选人则希望渺茫。因此,《俄罗斯报》等俄罗斯平面媒体对普京的卢日尼基演讲的报道,本身就成了普京的竞选运动的一部分。《文学俄罗斯》则与之对立,不但对普京的卢日尼基演讲做了反讽,而且冷静地解构上述媒体上的"霸权"(解构针对的是更广泛的内容,不仅仅局限于这些媒体对普京卢日尼基演讲的报道):"主要的总统候选人写了若干篇文章,其中有对繁荣的许诺,有思想,有共同的未来。几十位著名人士成了主要候选人的知己,也就意味着,他们实际上即是成为他的复制品,竭尽全力和才华证明,只有他才能掌好俄罗斯

---

① Tony Halpin, "Nation Divided along Class Lines", *The Times*, Freuary 24, 2012, p.37.
② [美] 理查德·约翰生:《究竟什么是文化研究》,罗钢、刘象愚《文化研究读本》,中国社会科学出版社 2000 年版,第 23 页。
③ 参见 [英] 雷蒙·威廉斯《霸权》,《关键词:文化与社会的词汇》,刘建基译,生活·读书·新知三联书店 2005 年版,第 203 页。

这艘船的舵。"①

从编码和解码的角度来看,也会有相似的发现。针对解码过程最后一个环节——电视观众,霍尔指出:"电视观众有可能完全理解话语赋予的字面和内涵意义的曲折变化,但以一种全然相反的方式去解码信息。他/她以自己选择的符码将信息非总体化,以便在某个参照框架中将信息再次总体化。这就是电视观众的情况,他听到对限制工资的必要性的辩论,可是,每次都将提及的'国家利益''解读'为'阶级利益'。他/她利用我们必须称为对抗的符码进行操作。一个重要的政治环节(因明显的原因,它们在广播组织自身之内也与关键环节一致)就开始对抗地解读以协调的方式进行正常指涉和解码事件的时刻。这时,'意义的政治策略'——话语的斗争——加入了进来。""由于受众的立场和利益的差异或对立,解读的差异也是巨大的。"② 虽然霍尔针对的是电视受众的解码方式,但从上面已经作出的"微调"来看,这可以适用于对普京卢日尼基演讲进行解码的俄罗斯和其他国家的报纸。由于报纸本身的立场和态度的差异,解码的差异也是明显的。即使是在俄罗斯国内,由于不同的媒体所体现的立场的差异,对普京的演讲作出了不同的解码。《俄罗斯报》《消息报》《文学报》等做了正面解码,《文学俄罗斯》则做了负面解码。国外媒体对普京演讲进行解读,差异也十分巨大。中国的媒体把普京视为俄罗斯的现今政府首脑和即将就任的新的国家元首,从两国战略协作伙伴关系的角度,对普京的卢日尼基演讲做了完全正面的解码。同时也透露出了跟本国立场相一致的特殊着眼点,如对外部势力的警惕等。《纽约时报》和《泰晤士报》将普京卢日尼基演讲作为分析普京未来面临的挑战的切入点,同时表达了对普京竞选策略和未来政策的自由主义式的反思。除此以外,普京以卢日尼基演讲,推动了俄罗斯和各国各种媒体对他自身的解码,俄、中、英、美的媒体或主动或被动地随之而动。因此,普京的卢日尼基演讲成了新闻焦点。

---

① Роман Сенчин. Умереть не обещаем//Литературная Россия, №9, 2 марта 2012г., с.2, с.3.

② [英]斯图亚特·霍尔:《编码,解码》,罗钢、刘象愚《文化研究读本》,中国社会科学出版社2000年版,第364—365页。

第二节　语言学的视角

从传统的语言学的角度来看，对普京的卢日尼基演讲可以从隐喻的角度来展开解读。普京的演讲中多次使用了隐喻，既调动了在场听众的激情，又有力地抨击了反对派和国外的反对者。隐喻（metathor）是一种语言的象征方式，某一事物含蓄地被另一种事物所指代，如"生命是一片黑暗的林地"等，再如柯勒律治的《古老水手行》中的"月夜浸泡在寂静里"。[①] 雅克布逊讨论了隐喻和换喻，他指出，提及一个词会产生"替换型反映"，提到"棚屋"，会产生"窝棚""茅屋"等；还有"谓语型反映"，会产生"烧毁了""是一种蹩脚的小房子"等谓语型反应。[②] I. A. 里查兹也对隐喻做了讨论，他指出："在它的最简单的模式里，当我们使用一个隐喻时，我们有两个不同事物的思想活跃在一起，它们受到一个词或词组的维系，而这个词或词组的意义将是那两个思想互相作用的结果。"[③] 认真阅读普京的演讲词，可以发现其中有贯穿全篇的整体隐喻（global metaphor），所谓整体隐喻是把即将众多的规约隐喻结合在一起，形成复合隐喻，并由此产生一套更丰富复杂的隐喻网络。[④] 这个整体隐喻的核心是"我们/祖国保卫者"："这是具有象征性的，我们恰好今天，2月23日，在祖国保护者日聚集在一起，因为我和你们在这些日子里确实是祖国的保护者。"[⑤]

从篇章结构的角度看，"我们/祖国保卫者"，作为整体隐喻起到了结构全篇的作用。与该隐喻相对比的是"他们/祖国的背叛者""他们/祖国的敌人"。普京的整篇演讲词，从推出"我们/祖国保卫者"这个隐喻以后，共有

[①] 参见大卫·克里斯特尔《剑桥百科全书》，中国友谊出版公司1996年版，第772页；V. H. Abfams, *A Glossry of Literary Terms*. Foreign Language Teahing and Rerearch Press, Thomson Learning, 2005, pp. 154 – 158.

[②] 参见［美］罗曼·雅克布逊《隐喻和换喻的两极》，伍蠡甫、胡经之主编《西方文艺理论名著选编》，北京大学出版社1987年版，第430页。

[③] ［英］特伦斯·霍克斯：《论隐喻》，高丙中译，昆仑出版社1992年版，第87页。

[④] 参见魏纪东《篇章隐喻研究》，上海外语教育出版社2009年版，第45页。

[⑤] 普京卢日尼基演讲的文本引自 http：//ria. ru/vybor2012_ putin/20120223/572995366. html。以下不再注释。

8个意义单元，基本围绕这个整体隐喻和与之相对的"他们"隐喻展开：

1. 我们爱俄罗斯。（我们/祖国保卫者的基本情感）

2. 我们有一亿四千多万人，我们不但准备为它而工作，而且要保卫它。（我们/祖国保卫者的组成，我们的责任）

3. 我们绝不允许任何人干涉我们的内政。（我们/祖国保卫者对他们/敌人的态度）

4. 我们需要战胜和克服许多困难。（我们/祖国保卫者要做什么）

5. 我们请所有的人不要眼睛向外，不要背叛祖国。（我们/祖国保卫者对他们/背叛者的警告）

6. 我想感谢你们的支持。（我对我们/祖国保卫者的感谢）

7. 今年我们将纪念保罗狄诺战役两百周年，让我们朗诵这些诗句吧：我们大家许下决死的宏愿。（我们/祖国保卫者的感情性记忆）

8. 保卫俄罗斯的战争在继续，胜利属于我们！（我们/祖国保卫者的战争和必胜信念）

从篇章的角度来看，普京的演讲以祖国保卫者始，以保卫祖国之战在继续终，我们/祖国保卫者作为整体隐喻支配着全篇，作为光源投射各段的内容，悲壮之情激荡全篇。

普京的演讲的安排和演讲词，都对2月23日，这个俄罗斯法定的节日——"祖国保护者日"做了庄严的回应。正如前面所说，这句话出现在演讲的开头，为演讲确定了整体隐喻，既有悲情叙述的煽情意味，更有对演讲者男子汉形象塑造的作用。"祖国保卫者日"本身也是一种隐喻，即对俄罗斯国家遭遇"危险"的暗示，此点下面再展开。通过"祖国保卫者日"，普京本人和演讲组织者都借此对普京男子汉形象做了暗示。

2月23日是俄罗斯的军人节、男人节。为了庆祝1918年红军在纳尔瓦和普斯科夫战胜德国入侵者，设立了"苏联红军和红海军日"。① 苏联解体后，2002年，俄罗斯国家杜马将2月23日确定为法定假日，以庆祝"祖国保护者日"。这个节日在俄罗斯又被称为男人的节日。

---

① Энциклопедический словарь, М.: БСЭ, 1953, т., 1, с. 530.

普京在演讲的开始强调这一点，实际上包含对自己曾在国家安全部门供职的经历的暗示，将自己塑造为勇武的"祖国保卫者"。在普京传记中有这样的记载："被分配到国家安全部门工作。1985—1990年在民主德国工作。"① 国家安全部门的工作人员，在苏联和俄罗斯的文学艺术作品中是被作为英雄形象来塑造的，比如系列电视影片《春天里的十七个瞬间》，1973年莫斯科电影制片厂出品，由苏联硬派男演员吉洪诺夫（曾扮演过《战争与和平》中的保尔康斯基公爵）扮演苏联特工施季里兹。施季里兹1945年在勇闯虎穴、智斗群魔，在德国敌人内部获得德方机密情报，为苏联立了大功。苏联解体后，这部表现苏联特工英雄事迹的电视影片依然受到公众的追捧。2008年，300多名专家将这部黑白片加工成彩色片。2009年5月4日（俄罗斯的胜利日）起，主流电视台"俄罗斯"开始连播加工后的彩色的《春天里的十七个瞬间》，足见苏联时代在敌后的特工在俄罗斯时代依然不失英雄色彩。普京在演讲中强调祖国保护者日，是要向听众（现场的和电视观众）激活自己的英雄历史，以增强对他的赞同感。

在2012年大选前的几年里，对硬汉普京的报道不时出现在俄罗斯的各种媒体上。2008年8月，普京在乌苏里自然保护区用麻醉弹射击老虎，并给它戴上了GPS定位项圈。② 2009年8月在远东休假时，普京参与科学考察，他驾驶小型潜水艇驶向1400米的湖底。③ 2010年8月，普京在梁赞州视察时，亲自驾驶飞机参与灭火④。普京在演讲中强调祖国保护者日，实际上是在"借用"和"消费"自己刻意塑造的硬汉形象，激发听众对他作为俄罗斯国家的强悍的领导者、保卫者形象的认同感。

就在卢日尼基体育场的集会上，在普京讲话之前，莫斯科市长谢尔盖·索比亚宁通过对话煽起了集会者的热情："现在有人鼓动上街垒，煽动破坏一切，然后从头开始。告诉我，你们是否相信这样的政客？""不！"人群

---

① http://www.v-v-putin.ru/biography.html.
② Путин надел ошейник на уссурийского тигра. http://www.kp.ru/daily/24155.5/370876/.
③ Владимир Путин исследовал дно Байкала. http://www.clubcrocodile.ru/groups/blog-post_154.
④ Путин на самолете-амфибии потушил два лесных пожара. http://ria.ru/hs_mm/20100810/263796841.html.

中传出了响亮的声音。"我们的总统候选人是不是弗拉基米尔·普京？"索比亚宁又问道，他听到了成千上万人回答"是"。"普京是真正的男人和领袖，我们要支持他，朋友们。"索比亚宁总结道。在祖国保卫者日这一天，"真正的男人"是对男性的最高赞誉。① 足见，卢日尼基集会对普京"祖国保卫者"形象的激活，是有构思、有设计的普京形象塑造系统中的一个环节，是总统选举前对普京形象的进一步提升。

应该看到，参加总统竞选的其他候选人也试图借祖国保护者日助选。2月24日，《俄罗斯报》在第4版报道卢日尼基克集会的新闻的旁边有一小溜文字，此文报道日里诺夫斯基在普希金广场的选举暖身活动。② 日里诺夫斯基对拥护者说："今天是我们的隆重节日，沙皇军队日，苏联军队日，新军队日，今年军队在高加索。"③ 从日里诺夫斯基的装束到他的讲话，都在暗示他自己曾在高加索服役的经历。但官方的《俄罗斯报》标题——《2月23日自由民族党再次展示风格——穿军大衣戴高筒帽》，显然表达了难以掩饰的嘲讽意味。

普京的演讲结尾处有谈到保罗狄诺战役的一大段，就是为了充分利用隐喻在听众中产生联想。

今年我们将纪念保罗狄诺战役两百周年，怎么能不回忆莱蒙托夫和他所塑造的勇士群像呢？我们在孩提时，在中学时就记得这些诗句，记得那些在保卫莫斯科的决战前夜宣誓效忠祖国，渴望为之献身的战士。记得吧，他们是怎么说的？我们也会记得叶赛宁，记得为我们勇武的先辈。让我们朗诵这些诗句吧：

> 弟兄们，莫斯科就在我们后面，
> 要死在莫斯科城下，
> 要像我们兄弟一样死去，

---

① День защитника Отечества// Российская газета，24 февраля 2012，с. 1.

② 23 февраля ЛДПР снова продемонстрироваЛа свой стиль. В шинели и папахе//Российская газета，24 февраля 2012，с. 3.

③ Жириновский пришел на митинг в шинели и папахе. http：//glavcom. ua/news/71556. html.

我们大家许下决死的宏愿。

保卫俄罗斯的战争在继续，胜利属于我们！

    普京所背诵的莱蒙托夫的诗句写于1836年，描述了年轻的战士听参加过1812年保罗狄诺战役的老兵回忆当年激战的情形。由于保罗狄诺战役是1812年俄法战争最艰巨的会战，此后就是法国军队长驱直入莫斯科。普京以这些言辞推向演讲结束。这些词句既充满悲剧激情，更具有鼓动爱国激情的效果。普京所使用的隐喻的所指是清楚的，但它引导的能指是什么呢？它的能指是多层面的。《泰晤士报》解读出了其中的一层："对普京来说，敌人似乎总是兵临城下。昨天他召唤拿破仑的幽灵，警告参加总统选举集会的人们，'这是保卫俄罗斯国家的战役'。"① 然后该报道引用了普京演讲中的一段话："我们绝不允许任何人干涉我们的内政，我们绝不允许任何人把自己的意志强加在我们身上，因为我们有自己的意志，这意志总是会帮助我获得胜利。"《泰晤士报》显然读出了普京对外来的敌对力量的暗示和明示。但我们还应看到，普京塑造保罗狄诺形象的所指，还有国内的反对派，或者说国内反对派与国外的互相呼应。2011年12月，莫斯科和其他城市爆发反议会选举作弊的游行，普京在演讲中也以警告的口吻提及："我们请求所有的人眼睛不要向外看，不要跑到一边去，不要出卖自己的祖国。"演讲中的这番话，实际上是对普京自己2011年12月谈话的回应。他曾两次暗示2011年12月反议会选举作弊的游行是国内外势力合谋的结果。12月8日，普京说："我们都是成人，我们明白，部分组织者出于私利按照既定的脚本行事。同时我们也知道，我国人民不希望在俄罗斯出现在吉尔吉斯和前不久在乌克兰所出现的局面。"② 他还更明确地把目标直指美国国务卿希拉里·克林顿："尽管还没有得到中央选举委员会和国际观察员的材料，美国国务卿就指责选举不诚实、不公正。她给我们国内

---

① Tony Halpin, "Putin demands the vote of panriots to protect country next Napoleon", *The Times*, Freuary 24, 2012, p.37.

② http://gazeta.ua/ru/articles/politics/_v-nashej-strane-lyudi-ne-hotyat-razvitiya-situacii-kak-na-ukraine-putin/413304.

的某些活动家定了调子,给了信号。他们听到了信号,靠了美国国务院撑腰,积极行动起来。"①

在竞选演讲中,普京同样对"敌人""背叛者"发出抨击,这既是普京不妥协性格的自然流露,也借此机会警告各种反对者。或许有的竞选人会在竞选的关键时候,倾向于采取更委婉的表达方式,但普京似乎拒绝委婉和妥协。

因此,前面普京说,"我和你们在这些日子里确实是祖国的保护者"。于是,保罗狄诺形象的所指是清楚的,即在国内外的新的"拿破仑"的进攻下,俄罗斯如同1812年一样,危如累卵,而且他号召拥护者像莱蒙托夫的诗中所描写的那样浴血奋战,赢得选举。因此,演讲的结尾与开头相呼应,同通过整体隐喻,将自己和自己的拥护者塑造成祖国的保护者,将国内外的反对者定为拿破仑那样危险的敌人。

除了文字中的隐喻外,卢日尼基演讲的象征意义还在其他地方有所体现,比如西方的记者就从集会的场地中读出了象征意义。"即使是场所,卢日尼基体育场,举行1980年奥运会的地方,也会产生几许苏联式的怀旧情绪,怀念超级大国时代和国家订货时代。"②

从语言学的角度看,"我们/祖国保护者"是贯穿演讲始终的整体隐喻,它也表达了演讲者的核心思想——爱国主义以及他不妥协的性格。

第三节 政治策略的视角

借俄罗斯国民普遍接受的爱国主义观念以招徕投票者,同时又抨击反对派,这是普京卢日尼基演讲所体现的基本策略。在即将到来的总统选举前夕,普京的卢日尼基演讲的主要意旨,是回应俄罗斯人民最具共识的社会诉求,因而力求满足正处于分化的俄罗斯社会各阶层的最基本政治信念,这政治信念就是爱国主义,这是当时俄罗斯社会所能认同的最大精神

---

① http://www.km.ru/v-rossii/2011/12/09/vybory-v-rossii-2011-2012-gg/putin-obvinil-ssha-v-razzhiganii-besporyadkov-v-ros.

② Tony Halpin, "Nation Divided along Class Lines", *The Times*, Freuary 24, 2012, p.37.

公约。这与安东尼·唐斯和梅尔文·希尼克、迈克尔·芒克所提出的"中位数投票人定理"是吻合的。美国学者安东尼·唐斯在其《民主的经济学理论》中以空间类推法讨论了投票人的分布。① 美国学者梅尔文·希尼克和迈克尔·芒克的《解析政治学》把若干种数学模型运用于分析社会政治问题。"空间竞争是关于政治选择的一个简单的但在直观上似乎很有现实可能的模式。最基本的空间模式最初源自经济学,但是,现代选举的空间理论则是关于政治学的解析模式。主要的假定是,候选人或政党的政策立场可以被视为'空间'中的某些意义的点。政策空间可能只有一个议题,但也可以包括若干政策。"② 该书通过大量的数学模式,反复论证了"中位数投票人的政策立场是政府必须采纳的唯一选择"③。什么是"中位数投票人定理"呢?这两位作者指出:"在以多数为原则的选举中,中位数位置不可能输给其他方案。"④ 他们进一步解释说:"中位数投票人定理意味着,在政治较量中,一个社会的公民偏好分布的中间地带具有极为特殊的重要性","若对处于非中位数位置上的若干备选方案进行比较和选择,那么距离中位数较近的方案将取胜"。⑤

我们略微检视当时俄罗斯政治生态,就会发现普京卢日尼基演讲中具有与"中位数投票人定理"相吻合的策略,这是对当时局势作出的明智回应。2011年议会选举结束后,既有体制内的歧见选出的各个党派——作为他的政治基础的俄统党、作为国家杜马内的反对派的俄共、自由民主党、正义俄罗斯党,又有体制外的各种反对派。围绕12月的议会选举,反作弊游行在莫斯科、圣彼得堡和外省此起彼伏。在简短的卢日尼基演讲中,普京不可能全面阐述自己的施政理念和具体方针(这些内容,他已经通过若干篇竞选文章做了全面的阐述),他却通过爱国主义悲情讲述来煽动选民

---

① 参见 [美] 安东尼·唐斯《民主的经济学理论》,姚洋等译,上海人民出版社2010年版,第99—120页。

② [美] 梅尔文·希尼克、[美] 迈克尔·芒克:《解析政治学》,陆符嘉译,凤凰出版社、凤凰传媒集团2009年版,第12页。

③ 同上书,第8页。

④ 同上书,第59页。

⑤ 同上。

的最大的投票热情。普京要在俄罗斯国民中寻求最大的共识,这就是他在卢日尼基演讲中表达的总主题——爱国主义。在普京的卢日尼基演讲中,"俄罗斯"(Россия)这个词出现了9次,"祖国"(родина, отечество)这个词出现了7次,这几个词显然是这次演讲中的核心词。对卢日尼基演讲中的爱国主义主题,西方的记者也注意到了。《泰晤士报》驻莫斯科的记者托尼·哈尔平就是其中的一位,他发自莫斯科的报道的标题就是"普京号召爱国者投票,抵抗下一个拿破仑侵犯祖国"。普京在自己的竞选文章中也曾强调:"以公民爱国主义为基础的民族战略是我们所必需的。"①

普京将爱国主义情感具象化为"我们爱俄罗斯"。卢日尼基演讲的煽情点可以概括为"热爱俄罗斯":

> 我们积聚在这里,是为了表达我们爱俄罗斯。为了让整个国家都听我们的表达。此刻我问大家一个问题,请用最简短的"是"来回答我。我的问题是——"我们热爱俄罗斯吗?"

普京在这里通过"热爱俄罗斯"这个话题来凝聚全社会的共识,即是诉诸全社会的最大信仰共同体。在内心认同"俄罗斯"是自己的祖国,也是普京对选民民族情感认同的基本判定。那么,普京用的"俄罗斯"(Россия)这个词也具有丰厚的内涵。在俄语的历史上,"罗斯"(Русь)、"俄罗斯国家"(Русская земля)、"俄罗斯"(Россия),在不同的时期具有等值的意义。历史学家 В. О. 克柳切夫斯基认为"罗斯"(Русь)有四层含义,其一是人种学的含义,指部落;其二是社会学的含义,是指职业;其三是地理学的含义,是指地域;其四政治学的含义,是指国家领土。② 在从"罗斯"(Русь)到"俄罗斯"(Россия)的演变过程中,人种学意义逐渐淡化而政治学意义不断得到强化。从 15 世纪以后,"俄罗斯"

---

① Владимир Путин. Россия: национальный вопрос. http://www.ng.ru/politics/2012-01-23/1_national.html.

② См.: Юрий Степанович. Константы: словарь русской культуры. М.: Академический проспект, 2001, cc. 151 – 170.

（Россия）逐渐取代"罗斯"（Русь）。Б. А. 雷巴科夫在《12—13 世纪的基辅罗斯和莫斯科公国》中描绘了"罗斯"（Русь）的地域的"扩大过程"：①基辅和波罗谢（Поросье）；②基辅、波罗谢、车尔尼戈夫、北方土地、库尔斯克、沃拉尼等；③从喀尔巴仟山到顿河，从拉多加湖到黑海的整个东斯拉夫土地。① 彼得一世时代的历史学家 В. Н. 塔季舍夫在其《俄罗斯史》中使用"俄罗斯"（Россия）这个概念。② К. М. 卡拉姆辛的《俄罗斯国家史》其第一卷第一章，讨论古代俄罗斯的部分即用这样的标题"古代关于俄罗斯的信息"（Древние сведения о России），③ 则更是大量使用"俄罗斯"（Россия）这个概念。④ 尽管"俄罗斯"（Россия）在历史上已经扩展到了许多非俄罗斯民族的地方，但普京深恐"热爱俄罗斯"之问触动非俄罗斯族的听众和电视观众的敏感神经，所以他在演讲的开头部分就特地强调，来卢日尼基的人们具有"不同的民族属性"。在演讲的中间，他特地强调："我们是多民族的、统一的、强大的俄罗斯民族"（Мы-это многонациональный, но единый и могучий российский народ.）。普京的卢日尼基演讲中的这些表述实际上是对他自己竞选文章表述的观点继续阐发。在竞选文章《俄罗斯：民族问题》一文中，普京指出："俄罗斯是多民族国家，从它产生开始，在它的若干世纪的发展过程中，一直如此。在这个国家里，总是进行着民族之间在家庭里、朋友间、同事间的互相习惯、互相接触和互相融合。上百个民族生活在自己的土地上，同时又与俄罗斯人在一起。"⑤ 因此，普京的卢日尼基演讲中设计的获取最多数选民的政治热情的核心是：多民族的俄罗斯人民热爱他们共同的祖国俄罗斯。

---

① Рыбаков Б. А. Киевская Русь и русские княжества XII - XIII вв., 1993, перецитирован из Юрий Степанович Константы: словарь русской культуры. М.: Академический проспект, 2001, с. 159.

② Татищев В. Н. История российская. том первый, М-Л.: ИздательствоАНСССР, 1962, с. 89, с. 297.

③ Карамзин К. М. История государства российсого. том 1, М.: Издательство 《Наука》, 1989, с. 31.

④ Там же, с. 80, с. 85, с. 141.

⑤ Владимир Путин. Россия: национальный вопрос. http://www.ng.ru/politics/2012-01-23/1_national.html.

通过文学作品激发民众的爱国热情，这也是普京的卢日尼基演讲可见的策略。普京深知爱国情感在俄罗斯民众中的深厚积淀。"置身在一个进步的、世界主义的知识分子（特别是在欧洲）普遍地坚持民族主义具有几近病态的性格，并坚信它源于对他者（other）的恐惧与憎恨，而且和种族主义有密切关系的时代里，如果我们提醒自己民族能激发起爱，而且通常激发起深刻的自我牺牲之爱，应该不无助益吧。民族主义的文化产物——诗歌、散文体小说、音乐和雕塑——以数以千计的不同形式和风格清楚地显示了这样的爱。"① 普京不但当场向他的拥护者发问，是否爱俄罗斯，而且通过背诵莱蒙托夫的诗来激发俄罗斯之爱。他也深谙，文学中的俄罗斯之爱，已然深入俄罗斯国民之心，成了他们的集体意识。从13世纪的残卷《俄罗斯国家毁灭记》开始，俄罗斯就涌现了大批歌颂罗斯或俄罗斯的作品。在《俄罗斯国家毁灭记》中，不知名的诗人，对各个明丽的罗斯，对它的山川、城镇、王公、部落，一一历数，颂赞不已。② 在勃洛克抒情诗《俄罗斯》（Россия）一诗中，俄罗斯如戴着齐眉花巾的少女，任何魔法家都不能将它夺走。③ 在勃洛克的《十二个》中，在彼得格勒街头巡逻的赤卫队员，也以粗鲁的方式表达了对粗壮的俄罗（Русь）的爱。④ 在叶赛宁的抒情诗《你多美，罗斯，我亲爱的罗斯》中，诗人写道："天国我不要，只需给我自己的祖国。"⑤ 这些作品，同莱蒙托夫的《保罗狄诺》一样，都是俄罗斯人从中学开始就耳熟能详的作品。普京的卢日尼基演讲通过背诵莱蒙托夫的诗歌，来激活俄罗斯民众潜藏于心中的爱国情感，不失为明智之举。

在普京卢日尼基演讲中，通过强调民族、性别和年龄的包容性，来重塑自己全民领导者的形象，这也是不难窥见的策略。在演讲的开始部分，普京说："尽管是阴雨天，但依然来了这么多人，成千上万的人会聚在这

---

① ［美］本尼迪克·安德森：《想象的共同体：民族主义的起源与散布》，吴叡人译，上海人民出版社2005年版，第137页。
② Слово о погибели русской земли//Литература древней Руси. Хрестоматия. Москва, Высшая школа, 1990, с. 175.
③ 顾蕴璞选编：《俄罗斯白银时代诗选》，花城出版社2000年版，第103—104页。
④ Александер Блок. Собрание сочинений в шести томах. Т., 2, Л., «Художественная литература» Ленинградское отделение, 1980, с. 316.
⑤ ［俄］叶赛宁：《叶赛宁诗选》，顾蕴璞译，译林出版社1999年版，第39页。

里。我想提请大家注意,今天到来的各种人是具有象征性的。到这里来的人,具有不同的年龄,不同的民族归属,不同的民族信仰,有男士,也有女士。"普京在演讲的第二部分还强调:"在俄罗斯,赞同我们的观点的人,不止这十几万人,而是有几千万人。我们有一亿四千多万人,我们希望赞同我们的人更多。"普京的演讲实际上是在呼唤俄罗斯社会多数人的支持,也是对弥合社会分歧的呼唤。俄罗斯的一些社会学家已经注意到了俄罗斯社会的分歧和普京面临的形象危机。Г. Л. 克特曼在 Е. П. 多勃雷尼娅主持的题为"大选前的俄罗斯社会与政权"的圆桌会议上指出:"普京在前两个总统任期中成功地巩固了自己作为'全民总统'的有利地位。假如查看电子网站对它的谈论,那么它同比例地表现了各种社会阶层的态度。而且,'穿皮袍的'和'穿短袄的'分歧(在莫斯科和全国都有体现)在这一过程已经将这种和谐置于威胁之下。各种分歧会导致严重的后果。"① 与此相似,《泰晤士报》的记者也发现,围绕普京本身已经产生了严重的分歧。托尼·哈尔平写的新闻分析《民族因阶级而分裂》中也认为普京能够吸引年老的、贫穷的社会成员,而年轻的、有创意的人群都跑到反普京的游行人群中去了。② 普京本人对此危机有清醒的认识,所以他在卢日尼基演讲中反复强调"具有不同的年龄,不同的民族归属,不同的民族信仰,有男士,也有女士"都支持他,意在扩大同情者,重塑自己全民领袖的形象。

突出"我们",又警告"你们"或"他们",这也是普京卢日尼基演讲的另一种策略。普京在演讲中放下身段,基本不用单数第一人称——"我",在普京的短短的演讲词中,复数第一人称"我们"(мы)一格(通常做主语)出现了29次,"我们"的二格形式(нас)11次,"我们"的三格形式(нам)1次,"我们"的五格形式(нами)1次。其中,以"我们"第一格形式,即"我们"做主语的句子,有的表达心愿:"我们热爱俄罗斯";有的表达信念:"我们现在也将取得胜利(Мы и сейчас

---

① Екатерина Добрынина. Образы лидеров в массовом сознании накануне президентских выборов//Политические исследования, No. 1, 2012, с. 167.

② Tony Halpin, "Nation divided along class lines", The Times, Freuary 24, 2012, p. 37.

победим）"。这是为了消除同卢日尼基集会者和电视观众的距离，积聚人气，鼓舞士气。但是，在短短的演讲中，有两次发出了警告："我们绝不允许任何人干涉我们的内政（Мы не допустим, чтобы кто-нибудь вмешивался в наши внутренние дела）。""我们请所有的人不要眼睛向外，不要背叛祖国（И мы просим всех не заглядывать за бугор, не бегать налево, на сторону, и не изменять своей Родине）。"正如上面已经论及，这是对试图搞"颜色革命"的内外势力的警告。在分析2012年俄罗斯的选情时，有学者指出："2011年和2012年1、2月的事态的发展表明，在我国，恰恰是政权同这个阶层（指中产阶级——引者注）的代理人之间的关系集中体现为政治冲突。在这个阶层中形成了明显的要求，在政治领域即使不是革命（即'自上而下的革命'），那也是激进的改革。"① 对局势的此类分析普京未必不了解。普京在演讲中以"背叛祖国"等词汇对反对派加以对立化描写，这是普京一贯的拒绝妥协性格的自然外露，也成了他把自己塑造成坚定的祖国保卫者形象的一种策略。

从以上第一节的分析可以看出，普京的卢日尼基演讲对俄罗斯和国外平面媒体产生了直接影响，不同的媒体对其做了内容迥异的解码；从第二、三节的分析可以看出，普京将自己和自己的拥护者塑造成祖国的保卫者，以民众中的爱国主义情绪来达成社会共识，以文学作品来激活民众的爱国热情，以对反对派的不妥协态度来强调祖国保卫者的坚定性。

---

① Екатерина Добрынина. Образы лидеров в массовом сознании накануне президентских выборов//Политические исследования, No. 1, 2012, с. 170.

第四章　俄罗斯当代作家对中国传统文化的利用与想象

20世纪80年代以来，俄罗斯文学进行了新文学的建构，中国传统文化对俄罗斯文学的影响有迹可循，但中俄的学者都对此未曾留意。① 部分俄罗斯作家或直接塑造，或约略提及中国文化英雄，本章对塑造李白形象的《秉烛夜游客》和《回归太白》做了述评，并指出俄罗斯作家对庄子和老子的曲解。另一些俄罗斯作家以大量的中国传统文化元素与俄罗斯文化相拼贴，本文将分析"欧亚交响曲"系列小说、《2008》和《阿狐狸》等作品的特点、作者意图和读者接受心理。俄罗斯当代作家利用中国传统文化来构建中国形象，回归了俄罗斯18世纪末"中国是'哲人之邦'"的套话，既具有当下的针对性，又折射出"新欧亚主义"的观念，俄罗斯作家对中国传统文化的书写有自己的问题意识和出发点，但他们在俄罗斯传播中国传统文化的作用不应低估。

第一节　对中国文化英雄的领悟与曲解

一些俄罗斯作家，从浩瀚的中国文化长河中取几捧清泉，将中国真实的历史人物想象为自己小说的主人公或诗歌的吟咏对象，为俄罗

---

① 李明滨、陈建华、汪介之、刘亚丁、阎国栋和查晓燕研究了20世纪以前俄罗斯作家对中国形象的书写，К. Пчелицева. Образ Китая в русской литературе и общественной смысле XIX–XX века. Часть I. Волгоград, Перемена, 2005. 也只见第一册，即19世纪部分；有关近年俄罗斯文学与中国文化关系的研究，参见刘亚丁的论文：/Лю Ядин. Образы китайской культуры в русской прозе 1980—2000-х гг. /Проблемы Дальнего Востока. 2008，№3.

斯文学的人物长廊增添了几许异域风采。最值得关注的是两篇以李白为主人公的作品。

一篇是 B. 瓦尔扎佩强的中篇小说《秉烛夜游客》，作者构思巧妙：将李白风流得意的岁月略过不表，径直以身陷囹圄的李白给儿子的"绝笔"做开端，从这里开始倒叙李白生平的几个关键时刻。在作家的叙述中颇多精彩之笔，如李白在高力士家吟诗的场景。这边李白口吟笔录其诗，"夜宿峰顶寺，举手扪星辰。不敢高声语，恐惊天上人"；那边高力士说道："您写吧，在下不敢惊动天上人，天子是敢惊动天上人的。您的信怕是会让天子伤感的。"① 真是极好的机锋，与李白的诗对照读，绝类禅宗话头。玄宗读罢《陈情表》果然生出一番感慨："被冤判死刑者，既请求宽恕，复又对法暗怀幽怨，国有此类人，犹果之有虫豸。莫非天下少一骚客，则歌诗蒙难，诗法溃散？"他的内心话语中最令人拍案的当是："为文有规必死，治国无法则亡（В литературе есть правила—гибнет литература, а в государстве нет правил—государство гибнет）。"② 真正道尽了这个风流天子的威严与智慧。在这篇小说中还广泛征引中国古籍中的名句或故实，大都自然妥帖，仅在李白致儿子的绝命书中就有斥鹦笑鲲鹏，达摩面壁，曹植的《七步诗》。③ 足见瓦尔扎佩强对中国传统文化有较丰富的知识，有不浅的领悟。

诗仙李白之殁，我国方家、坊间说法不一，或曰醉死，或曰捉月溺死，或曰腾空而去。俄罗斯作家 C. 托洛普采夫在这几种说法之外，又想象了李白回归太白的新结局。在《回归太白》中，李白年迈体衰，潦倒落魄，客居其叔父李阳冰府上。托尔斯泰巧妙地将李白的诗歌作品自然地穿插在对主人公行动、情绪的叙述中：一个秋日的黄昏，李白乘车出了府邸，似乎又回到了太白山巅，听到云呼风唤："西上太白峰，夕阳穷登攀。太白与我语，为我开天关。愿乘冷风去，直出浮云间。举手可近月，前行

---

① Варжапетян В. Путник со свечой.// Повести о Ли Бо, Омаре Хайяме, Франсуа Вийоне. М.: Книга, 1987, сс. 22-23.
② Там же, с. 28.
③ Там же, сс. 9-13.

若无山。一别武功去，何时复更还？"① 叙述者继续写李白的思绪：此诗写于他壮怀报国的天宝初年，如今20载过去了，现在长安是回不去了，对太白山他已作别样观。他携一舟子，泛舟湖上，似乎将宫廷富贵、人世浮华都抛在了身后。"生者为过客，死者为生者。天地一逆旅，同悲万古尘。月兔空捣药，扶桑已成薪。白骨寂无言，青松岂知春。前后更叹息，浮荣安足珍。"一方面，叙述者不时烘托非现实的世界，一步步将主人公推向天国：李白来到湖上，是因为他曾做了一个梦，梦里洁白铺天盖地，驱散了黑暗。忽然，他又想起曾有个着灰裙白衫的女仆者对他说："汝身已逝，了无所存。西方仙圣，耀光接汝。"忽然，异香盈满湖上虚空。另一方面，叙述者又要给俄罗斯的读者提供必要的信息，让他们知道李白的结局是如何形成的：兰陵美酒助兴，诗人似乎回到了现实世界："我似鹧鸪鸟，南迁懒北飞。时寻汉阳令，取醉月中归。"由于皇帝的恩典，李白在流放夜郎途中获赦，返回了金陵。挚友杜甫也在诗中说，梦中不知李白是生是死。仿佛预见到了今天的湖上之行一般，杜甫担心深潭阔浪，那里有会吞噬李白的蛟龙。昨天他刚刚给叔父写了一首诗，就像留下遗嘱一样："大鹏飞兮振八裔，中天摧兮力不济。余风激兮万世，游扶桑兮挂石袂。后人得之传此，仲尼亡兮谁为出涕！"兰陵美酒将尽，轻风送来天上的蜀乐，托尔斯泰就此谱写了最后的"大和弦"：

Две фигуры в радужных одеждах-одна напомнила ему даоса Яна, которого он когда-то провожал в глухие горы Шу（не забыл еще!）,-возникли из тьмы инобытия в колеснице из пяти облаков, сопровождаемые Белым Драконом. Они пригласили Ли Бо присоединиться к ним, чудище пошевелило хвостом, раздвигая облака, и помчало Ли Бо вверх, будто на высокую гору, туда, где торжественно распалялся, еще слепя земные глаза, невыносимый свет Великой Белизны. Уже через мгновенье глаза привыкли, и

---

① Торопцев С. Возвращение к Великой Безилке//Литературная газета, № 16 (5831) 18—24 апреля 2001 г.; Книга о великой белизне. Составитель С. А. Торопцев, М.: 2002, Наталис, 2002, cc. 196-207. 这两个版本有细微区别。

Ли Бо последним земным усилием мысли подумал, что он, похоже, не уходит, а возвращается…①

两位霓裳使者，一位让他觉得像当年他送进荒僻蜀山的杨道士（记忆犹新），乘白龙伴随的五云车从非此世的暗黑中出现。他们邀李白同行，那白龙舞动龙尾，腾云拨雾，助李白飞升，就像上高山一样，在那里，太白庄严地放射着温暖的、不能忍受的光，简直会让肉眼失明。瞬息之后，李白的眼睛适应了，以最后的尘世念头想到，他好像不是离去，而是回归……

作为描写李白飞升的"大和弦"，托洛普采夫营造了多种文化元素融合的独特文本：第一，这里有大量中国文化元素，托尔斯泰所想象的李白长逝，符合中国传统文化的逻辑——与我国僧传中高僧大德圆寂时的"化佛来迎"传说暗合，比如《往生集》卷一载："齐僧柔学方诸经，惟以净业为怀。卒之日见化佛千数，室内外皆闻异香，西向敬礼而化。"② 这里基本的文化元素采自中国传统文化：李白、霓裳、太白、白龙、五云车等。第二，语言表述方式是极其"俄语化"的，托尔斯泰使用了带有多种成分的复合句，如两个身影（Две фигуры）本身是个主谓句，但带了多种附加成分，或表示其衣饰"着霓裳"（в радужных одеждах），或列举说明其中一人像杨道士，再说明其乘的车有"五云"（пяти облаков），最后还带了一个定语从句——"白龙伴随"（сопровождаемые Белым Драконом）。此外，"白龙"（原文是"怪物"——чудище）以后的句子则更加"俄式"，它自身有两个接续的两个谓语，此外还有一个副动词短语——"腾云拨雾"（раздвигая облака），在该句的末尾还带了一个以"туда, где"为连词的地点从句，这个地点从句本身又自成一个复合句。第三，在表现超验世界的神圣、光明特征时，托尔斯泰似乎借鉴了但丁和歌德的手法，《神曲·天堂篇》中圣贝拉带但丁窥见神圣三位一体的场景未必没有给托尔斯泰创作灵感。因为在托尔斯泰的笔下，太白也在光辉中有神格与人格相融汇的模糊形象。《浮士德》尾声中众天使从天而降，迎走了浮士德的灵魂，太白迎李白庶几近之。

---

① Книга о великой белизне. Составитель С. А. Торопцев, М.：Наталис，2002，с. 207.
② 《新修大正藏》卷51，第128页。

依常理，描摹他国文化英雄，小说难工，歌诗易好，但是在当今的俄罗斯作家诗人中，情况可能正好相反。在一些描写先秦诸子的诗歌和散文诗中，俄罗斯诗人所写的内容是颇可商榷的。比如只要写庄子，似乎必定与梦和睡觉有关联。《山雀》第一期女诗人 E. 齐泽夫斯卡娅发表了一组诗，总标题就是"庄子之梦"，但在该组诗中，那首《庄子之梦》只有草草四句："假如我和你一起躺下，／我在梦里想吃东西，／而且越来越饥饿，／拥抱我你可愿意？"① И. 叶夫萨的《春天》一诗的头两节是："我想成为拖着干枯辫子的瘦小的中国人，／嗓子中发出钟鸣（在他人的语言里），／在矮矮的树林里拣拾枯枝，／临睡之前捧读《庄子》。"② 显而易见，这是一种简单的联想，难以看出有什么深刻的内涵。作家 A. 巴尔托夫在散文诗集《西方与东方》中，分别有《伟大的孔子删〈诗〉》和《老子故事·〈道德经〉是怎样构思的》（Рассказы о Лао-цзы. Как была задумана "Книга пути и добродетели"）两章，在后一章中，巴尔托夫一开始就写道："公元前481年冬日。龙时之始。老子在早晨7点出了自己的茅屋。"后面洋洋洒洒地写了时辰的更替（作者写了所谓东方日历中的"水时""火时"等）、春秋轮回，草木荣枯，昆虫蛰振等，然后在最后一节中写道："2500年前，老子纵目白雪覆盖的精陵山（гору Цзин-линь）顶，回顾走过的山路，决定写《易经》（решил написать книгу перемен）。"③ 显然这是"张冠李戴"，从标题来看，作者是想展示老子创作《道德经》的缘起，但从文中的内容看，作者以时序自然的变化来表明老子在什么机缘的影响下决定写《易经》。《易经》在不知不觉中取代了《道德经》，老子成了其作者。当然，我们不必苛责俄罗斯的作家。

老子、庄子和李白是中国传统文化中的标志性人物，他们受到俄罗斯当代作家青睐，这表明俄罗斯作家对中国传统文化的认知是有眼力的。这些俄罗斯作家所呈现的对中国文化的深刻的领悟与无知曲解的交错，本身

---

① Зизевская Е. Уроки Чжуан-цзы//Зинзивер, 2010, №1.
② Евса И. Трофейный пейзаж, Харьков, 2006. Из Е. Невзглядова, Три поэта, Звезда, 2009, №1.
③ Бартов Ар. Запад и Восток//Знамя, 2007, №9.

也形成文化交流的奇特景观。

第二节　中国传统文化因素的奇幻拼贴

一些当代俄罗斯作家采用后现代的拼贴手法，杂取中国传统文化的若干要素，与俄罗斯文化相拼贴，借以想象出文化交融的虚拟时空。最引人注目者，当数笔名为霍利姆·王·扎伊奇克（Хольм ван Зайчик）的作者推出的系列小说"欧亚交响曲"（Евразийская симфония）、谢尔盖·多连科的长篇小说《2008》和维克多·佩列文的长篇小说的《阿狐狸》。

姑且将扎伊奇克的"欧亚交响曲"系列小说称为"玄幻公案小说"。目前该系列已经出版了三卷七部（第一卷：《媚狐案》《胜猴案》《狄猫案》；第二卷：《贪蛮案》《游僧案》《伊戈尔远征案》；第三卷：《不熄明月案》）。在该系列小说中，作者想象了一个巨大的奥尔杜斯（Ордусь）帝国，它是作者生造的一个新词，以金帐汗国（Орда）和古代俄罗斯的名称"露西"（Русь）相叠加，构成了一个新国名。在作者虚拟的历史时空中，13世纪60年代露西大公亚历山大·涅夫斯基与拔都的儿子议定将金帐汗国和露西合为一个统一的国家，实行统一的法律，稍后中国也加入其中。于是，出现了一个巨大的帝国，其东部的首都为汉八里（即北京），中部的首都是哈拉和林，西部的首都是亚历山大里亚·涅夫斯卡亚（即彼得堡）。在这个巨大的国家里，东正教堂的金顶同佛塔和清真寺庙交相辉映，城中心必定有孔庙，当人们遇到精神道德难题时，必定要到那里求教。[①]系列小说中有两个中心人物，一个是"郎中"、对外侦查局局长、剑客巴加都尔·洛鲍，另一个是检察长鲍格丹·鲁霍维奇·欧阳采夫。他们搭档，破获了一起起怪案。几乎每部小说都充满了奇异的不同文化文本的交汇。在各种文化的交汇中，中国传统文化的元素以不同的方式融入其中。

其一，或将中国传统文化自然而然地化为人物的内在修养。比如在《狐媚案》中郎中遇到棘手的案子时，到了亚历山大里亚·涅夫斯卡亚的

---

① Хольм ван Зайчик. Дело жадного варвара. Дело незалежных дервишей. Дело о полку Игореве. СПб.：Азбука-классика，2005，сс. 6–10.

佛光寺（Храм Света Будды），"坐在长老对面的草席上，默诵着《金刚经》，巴格（巴加都尔·洛鲍的简称——引者注）顿感期待已久的宁静，他的心变得沉静而安稳"①。佛光寺的长老宝师子为巴格手书偈语："此生行善成菩萨，行恶堕狱成狗彘。悯虫疗疾助残老，荣辱苦乐缘人行。"后来，他从偈语"荣辱苦乐缘人行"中得到了破案的启发："他似乎从长老今天的偈语'荣辱苦乐缘人行'得到了双重的报偿，是谁的行夺走了幼小的卡佳的生命？"②或在人物心理活动中，自然而然地传播进中国传统文化的元素，在《胜猴案》中，巴格沉思道："我这是怎么了？真是见了阎老三啦，好一只东拼西凑的麻雀呵，阿弥陀佛……（Да что это со мной? Какой, три Яньло, членосборный портрет воробея?! Амитофо…）""好大胆的家伙。这真是只孙悟空式的麻雀。我尊敬你（Смельчак. Воробеиный Сунь У-кун. Уважаю）。"③

其二，叙述者在讲述复杂的故事时，穿插进对中国传统文化的思考。在《不熄明月案》中，莫尔杰海·瓦纽欣是奥尔杜斯的原子弹之父，为了实现个人的理想，他企图毁灭地球。在这样纷乱的情节交织中，在叙述莫尔杰海·瓦纽欣的成长经历时，叙述者思考了儒家文化在人伦关系建构中的独特作用："个体的人，或许可以是聪明的、善良的、无私的、互信的、有远见的……可是谁见过互信，哪怕是有点远见的阿米巴虫呢？阿米巴虫只有一个生命意识：当下的榨取。……通常人们认为，国家发展的主要道路是加大对个人的尊重的程度，加大对他的需求、趣味和情感的关注的程度。……许久以前，在平等对待国家和人的前提下，孔夫子就形成了人与国家、国家与人的敬重关系的基本原则。在为父服务中，学会为国君服务。他教导说，从关怀儿子中，可以学会关心人民。"④叙事者试图以当代的观念来阐释孔子的思想。

---

① Хольм ван Зайчик. Дело Лис-обротней. Дело победившей обезьяны. Дело судьи Ди. СПб.：Азбука-классика，2005，с. 43.
② Там же，с. 44，с. 47.
③ Там же，с. 272.
④ Хольм ван Зайчик. Дело непогашеной луны. СПб.：Азбука-классика，2005，сс. 141 – 142.

其三，最外在的方式，就是随时随地都可以感受到的中国传统文化元素的存在。比如叙述者径直用俄语来拼写汉语职务等称呼，以脚注来说明这种称呼的含义，如"卫兵"（выйбин）、"郎中"（ланчжун）、①"侍郎"（шилан）、"国客"（гокэ）、"宰相"（цзанйсян）、②"将军"（цзянцзюнь）③等。每部作品的卷首都有引自《论语》的卷首语，但作者以元小说的方式来加以处理。如《不熄的明月案》的卷首语，据叙述者说是引自《论语》二十三章："夫子命弟子以各族人物为戏，任其择角。孟达曰：'吾扮德意志人。'穆达曰：'吾扮俄罗斯人。'夫子问曰：'孰扮犹太人？'众弟子默然。"④叙述者以"翻译者"的名义对该子虚乌有的"论语"题词加以说明。由于这本小说的主题与犹太人有关，题词的戏说似乎就可以理解了。整个"欧亚交响曲"所使用的卷首"论语"题词大抵都是如此的"小说家者言"。同时，"欧亚交响曲"的作者又通过作品后的附录来加入中国传统文化元素。如《不熄明月案》的第二个附录是《论象形字"仁"》，《魅狐案》的附录是 И. 阿利莫夫的论文《论中国的狐狸精和李献民的〈西蜀异遇〉》，论文的末尾就是他翻译的这篇《西蜀异遇》。《胜猴案》的附录则是维切斯拉夫·雷巴科夫节译的《唐律疏义》。《狄猫案》的附录则是虚构的《论语》第二十二章《韶矛》的注解。可见，在整个"欧亚交响曲"中，从内到外都渗透着中国传统文化的元素。

俄罗斯作家的另一部作品中也充满了中国传统文化元素，这就是谢尔盖·多连科的长篇小说《2008》。这部公开出版于 2005 年，行销于莫斯科、彼得堡大小书店的小说，既反映与普京属于不同党派的作者⑤对普京的攻讦式的想象，又弥漫着民众对后普京时代将现危局的忧虑。在小说卷

---

① Хольм ван Зайчик. Дело Лис-оборотней. Дело победившей обезьяны. Дело судьи Ди. С-Пб. : Азбука-классика, 2005, с. 16, с. 27, с. 57.
② Хольм ван Зайчик. Дело жадного варвара. Дело незалежных дервишей. Дело о полку игореве. СПб. : Азбука-классика, 2005, с. 57, с. 225, с. 482.
③ Хольм ван Зайчик. Дело непогашеной луны. СПб. : Азбука-классика, 2005, с. 149.
④ Там же, 2005, с. 10.
⑤ 谢尔盖·多连科（1959—　）记者、电台主持人，1982 年毕业于友谊大学历史语文系，2003 年 9 月声称加入了俄共（参见 http：//ru. wikipedia. org/wiki/% D0% 94% D0% BE% D1% 80% D0% B5% D0% BD% D0% BA% D0% BE2010-07-27）。

首，谢尔盖·多连科声明情节纯系作者之想象游戏，呼吁读者不必对号入座，但主人公终究是政治人物，故作品引人注目。小说从2008年1月7日开始，逐日展开对普京活动的想象，一直写到2008年2月4日。小说以一天为一节，每节都以皇历的语汇描述该日吉凶，如1月25日，"年：丁亥。月：癸丑。日：甲子。木近害水，其气殆尽，是故危殆"。① 这部政治小说似是对2008年普京结束总统任期的大选年之预测。《2008》一开始叙述了普京同德国总理施奈德的私人交往，他的别墅休闲。紧接着，作品就用大量篇幅来讲述普京作为一名道士的修炼活动。四名中国道士在莫斯科河畔之诺沃—奥加罗沃为普京修了练功塔。在李鸣（Ли Мин）、王林（Ван Линь）、周彝（Чжоу И）和许绅（Сюй Шэнь）四名道士的指导下，普京练气功，学汉语。

多连科在这部小说中利用中国传统文化元素做文章，大写特写道士的作用，甚至声称普京是天生的道士。对此，可有多种解读者，或为赞赏之解读者，或为中性之解读者，当然还有怀疑之解读者。赞赏之解读者自然会看到中国传统文化影响之广，以至一个普通的外国小说家，都可以将学道、五行等娓娓道来。但笔者宁愿做怀疑的解读者，申述理由如次：首先，从小说的情节看，道士们的作用难以恭维。道士们在莫斯科河畔教普京练功，焚烧黄表纸后，普京遭遇了阎罗王（Янло-ван），阎罗王告诉他："汝之命运网罗已然编定，汝无力改变它。"② 此后，普京的兴趣似乎就由政治转向了个人生活领域。叙述者说，1月7日，即普京跟道士练功的日子，是普京脱胎换骨之日，亦当为拯救俄罗斯委员会之纪念日。③ 从这天开始，普京四处寻找长寿之方。后来，普京离开莫斯科，到了中国的抚顺，当王列平对普京大谈特谈从2003年到2023年运势之时，正值车臣恐怖分子攻占莫斯科核电站之际。因为不在克里姆林宫，普京失去了指挥的良机，当他赶回莫斯科时局势已然失控。其次，从读者的接受心理来看，道士的形象远远谈不上是正面的。不妨设身处地去猜测俄罗斯读者对普京

---

① Доренко Сергей. 2008. М.：Ад Маргинем，2005，c. 163.
② Сергей Доренко. 2008. М.：Ад Маргинем，2005，c. 26.
③ Там же，c. 22.

异国拜师学道等情节的接受心理。俄罗斯的读者不会忘记，俄罗斯历史上多有君王迷恋神秘主义的插曲。曾带领俄罗斯人民战胜拿破仑入侵的亚历山大一世，一度受神秘主义者克吕德内夫人蛊惑，萌生了当隐士的念头。① 在俄罗斯末代沙皇尼古拉二世的朝廷里，西伯利亚的农夫、神秘主义者拉斯普京如鱼得水，始而凭巫术获宠，继而干预国政，致使民怨沸腾，终则被皇亲剪除。② 最后，从作者的意图来看，作者对中国道士似乎也不乏影射之意。普京过克里姆林宫而不入，其内陷入一片混乱，此时有人言道："这里大人物行走过，沙皇行走过，拉斯普京行走过。"③ 足见，我们不宜一见外国人写中国的事物就盲目喝彩。

第三部运用中国传统文化元素的作品是维克多·佩列文 2005 年出版的长篇小说《阿狐狸——变者圣书》。在这部小说中，名为阿狐狸的莫斯科高级妓女以第一人称来讲述其经历。据阿狐狸说："我们狐狸，不像人，不是生出来的。我们来自天上的石头，同《西游记》的主人公孙悟空是远亲。"④ 她还说，她在历史中没有留下任何痕迹，但在莫斯科"院士"书店里可以买到干宝的《搜神记》，在那里有王灵孝被阿紫狐引诱的记载，⑤ 这就是阿狐狸之前身。作品还以通信的方式引入了阿狐狸的姐妹叶狐狸和易狐狸的经历。为了增添中国元素，小说的封面还有用毛笔写的中国字"阿狐狸"。《阿狐狸》所包含的中国传统文化的元素非常多。在佩列文的短篇小说《中国太守传》、长篇小说《夏伯阳与虚空》中对中国传统文化有不浅的领悟，前者包含蚂蚁缘槐的典故，后者中佛教的"空"成了作品的精髓。⑥ 在《阿狐狸》中，作者试图在时空交错、人狐转换间揭示莫斯科社会之一角，借此探询存在。但他将主人公定位为特殊职业，毕竟难免身体

---

① 参见［法］亨利·特罗亚《神秘沙皇——亚历山大一世》，迎晖等译，世界知识出版社 1984 年版，第十一章至十五章。

② См.: Тюкавкин. В и др. История СССР, 1861 – 1917. М.: Просвещение, 1989, cc. 378 – 380.

③ Сергей Доренко. 2008. М.: Ад Маргинем, 2005, с. 226.

④ Виктор Перевин. А Хули. Священная книга оборотня. М.: Эксмо, 2005, с. 10.

⑤ Там же, сс. 11 – 12. 参见干宝、刘义庆《搜神记·世说新语》，岳麓书社 1989 年版，第 152—153 页。

⑥ 参见刘亚丁《20 世纪 90 年代俄罗斯对中国智者形象的建构》，《俄罗斯研究》2009 年第 3 期。

写作之讥，比起作者的另外两部作品，不能不说是一种向下运动。

在上述这些作品中，中国传统文化的呈现方式不同，作家的意图也各异其趣，但中国传统文化与俄罗斯文化的融合度已超越了此前的其他时期，它成了俄罗斯后现代文学文化拼盘中的自然而然的构成因素。俄罗斯作家利用中国传统文化的情感取向也是比较复杂的，有的美化，有的略为妖魔化，也有的中立化，不一而足。

第三节 回归"哲人之邦"套话

近30年来，俄罗斯作家对中国传统文化的利用与想象成果不少，他们对中国文化的理解有深有浅，其意义值得我们深究。

首先，俄罗斯当代作家利用中国传统文化来构建中国形象，回归了俄罗斯18世纪末"中国是'哲人之邦'"的套话。在中俄开始交往之后的岁月里，俄罗斯的中国想象以三种基本套话相继出现，如18世纪末的"哲人之邦"，19世纪至20世纪前半叶的"衰朽之邦"，20世纪50年代至60年代初的"兄弟之邦"。[①] 当代俄罗斯作家作品中呈现出的中国形象是以中国传统文化为核心的，因而跳过前两种套话，回复了18世纪末俄罗斯所构建的"哲人之邦"的套话。但这不是简单地重复过去，而是折射出当今俄罗斯知识分子的新认知。中国经济转型的成功进行，使一些俄罗斯知识分子认识到中国传统文化不但不是与现代化相对立的，反而成了现代化的促进因素。[②] "哲人之邦"的中国形象实际上成了当下俄罗斯现实的某种参照物。

其次，俄罗斯作家利用中国传统文化来构建中国形象，折射出"新欧亚主义"观念。"欧亚交响曲"所幻想的乌托邦天地——奥尔杜斯，既沾润彼得堡汉学家的思想余泽，又呼应莫斯科汉学家的高声倡扬。有学者认

[①] 参见刘亚丁《俄罗斯的中国想象：深层结构与阶段转喻》，《厦门大学学报》2006年第6期。

[②] Поспелов Б. Ситез конфуцианской и западной культур как фактор экономического роста//Проблемы Дальнего Востока, 1991, №5; Л. С. Переломов. От "Лунь юя" к кофуцианскому капитализму// Л. С. Переломов. Конфуций. Лунь юй. М.: Восточная литература, 1998, сс. 260 - 279.

为，"欧亚交响曲"中的奥尔杜斯来源于列宁格勒的汉学家列·古米廖夫的露西与金帐汗国共生的思想。①确实，列·古米廖夫的专著《从露西到俄罗斯》的第二章《同金帐国结盟》叙及亚历山大·涅夫斯基同拔都的儿子的结盟："1552年，亚历山大到了金帐汗国，同拔都的儿子撒儿塔（Сартак）交好，结拜弟兄，后来撒儿塔成了金帐汗国的太子。金帐汗国同露西结盟得以实现，应归功于亚历山大大公的爱国主义和自我牺牲精神。"②正是古米廖夫这种欧亚主义式的新历史解说，成了"欧亚交响曲"建构乌托邦式的奥尔杜斯国的灵感来源。在当今俄罗斯思想界，新欧亚主义在莫斯科重新被俄科学院远东所所长季塔连科院士倡导。他在若干种书中论及新欧亚主义对于当今的俄罗斯的意义，更在新近出版的《中国精神文化大典》总序中写道："俄罗斯精神的自我反思激活并具体化了新欧亚主义思想。应该特地指出：当代俄罗斯的欧亚主义是客观的天文事实，是地理学的、人文的、社会的现实。俄罗斯囊括了欧洲和亚洲空间的部分，并将它们结合在欧亚（в Евразию）之中，因而她容纳欧洲和亚洲的文化因素于自己的范围内，形成了最高级的、人本学、宇宙学意义上的精神文化合题。"③"欧亚交响曲"的实际作者是彼得堡的两位汉学家——雷巴科夫和阿利耶夫④，他们以自己的系列小说回应了季塔连科的倡导。应该指出，不管是"欧亚交响曲"，还是新欧亚主义，都不过是俄罗斯人，尤其是俄罗斯汉学家在俄罗斯民族国家面临新的国内、国际局势时所设计的某种精神文化乌托邦。它们是俄罗斯知识分子的一种自觉的文化抉择，是对经济全球化所导致的文化精神一体化挑战的一种积极回应。同时，

---

① Ольга Белова. Вячеслав Рыбаков. На будущий год в Москве. НЛО, 2004, №65. 参见陈训明《古米廖夫及其欧亚主义述评》，《俄罗斯中亚研究》2002年第3期。列·古米廖夫（1912—1992）是俄罗斯阿克梅派诗人阿赫马托娃和尼·古米廖夫之子，毕业于列宁格勒大学和俄罗斯科学院东方学所列宁格勒分所，一生坎坷，著述颇丰，成为新欧亚主义代表人物之一。

② http://www.erlib.com/Лев_Гумилев/От_Руси_до_России/9/2010-06-10.

③ Духовная культура Китая. Энциклопедия. Философия. Редакторы М. Главный редактор Л. Титаренко, М.: Восточная литература, 2006, т.1, с.29.

④ См.: Ольга Белова. Вячеслав Рыбаков. На будущий год в Москве. НЛО, 2004, №65, а также информация автора 《 Наши звезды: звезда Полынь 》 Вячеслав Рыбаков, 《 Нева 》 2007, №4.

我们也应该看到，这在客观上可以起到在俄罗斯为中国传统文化中的合理因素扬名的作用。

再次，俄罗斯作家对中国传统文化的书写有他们自己的问题意识和出发点。前面已提及，不必一见域外人士写到有关中国的名物就窃喜。俄罗斯作家对中国传统文化的书写，有必要置诸俄罗斯作家自身的文化和社会语境来辨析其意义。俄罗斯作家对中国传统文化的书写乃是社会想象实践，保罗·利科尔指出："社会想象实践在历史中的多样性表现，最终可以归结在乌托邦与意识形态两极之间。乌托邦是超越的、颠覆性的社会想象，而意识形态则是整合的、巩固性的社会想象。社会想象的历史运动模式，就建立在离心的超越颠覆与向心的整合功能之间的张力上。"① 俄罗斯作家关于中国传统文化的想象是从其民族国家自身的历史文化背景和现实语境出发的，他们对中国的传统文化的利用，一方面是将其视为乌托邦，以照见自身的缺陷。如上文征引的《不熄明月案》，叙述者关于孔子的孝的观念的思索，表达了俄罗斯作家对其当下个人与国家关系急剧脱轨而产生的忧思。其实，俄罗斯文化一直面临个体价值与群体、国家价值孰重孰轻的抉择。阿米巴式的"当下榨取"则是作家对当下俄罗斯现实中个体张扬、群体式微的形象概括。因此，孔夫子的教诲就成了乌托邦式的拯救。另一方面，俄罗斯作家书写中国传统文化元素，也可以把它当成一种意识形态，一种缺陷，反过来证明他们自身的优越性。在同一部作品中，有个人物谈到对孝的观念的评价："是太自由了点。坦率地说，这里的行为不完全符合君子的行为方式，即孝与不孝。确实是这样，贵族制教人服从，民主制的公民有按照自己的意愿生活的权利，随心所欲！在那里不分君子和小人，在那里每个人都得到尊重，因而都是好人。"② 显然，这个人物的话语在质疑"孝"的同时，表达了对他们当下现实的肯定。在《2008》中，普京与道士练功和遭遇阎罗王后，产生了追求长生的愿望，他马上召见老年病学专家马利娅·安娜托莉耶夫娜，

---

① 转引自周宁《世界之中国：域外中国形象研究》，南京大学出版社2007年版，第3页。
② Хольм ван Зайчик. Дело непогашенной луны, СПб.：Азбука-классика, 2005, с. 11. Там же，с. 176.

向她请教长生问题。叙述者写了普京提问前的自由间接引语："喏，他总不能对她说起自己那些关于五殿阎罗王的反科学的瞎说（Ну, не мог же он рассказывать ей всю свою антинаучную ахинею про Начальника Пятой канцелярии Яньло-вана）。"① 从这里不难看出，俄罗斯作家在某些地方又将中国传统文化的元素视为负面的东西，借以增强其自身文化的向心力。尽管这里或许暴露了中国传统文化中某些负面的成分，但终究在客观上起到在俄罗斯传播中国传统文化的作用。另外，这也可以起到促使我们反思自己的传统的作用。

最后，这些当代俄罗斯作家的背景和文化修养也值得关注。借用中国传统文化的作家可分为两类，其一是俄罗斯汉学家，他们率尔操觚，客串一两回作家；另一类是普通俄罗斯作家，他们对中国传统文化兴趣浓厚，熟读之，深思之，不免技痒，便拣拾一二发挥于自己的作品之中。前者如谢尔盖·托洛普采夫，他是俄罗斯科学院远东所的研究员，李白诗的翻译家、研究家。他在2004年曾出版了《太白古风》一书，将李白的五十九首古风翻译成俄文，而且每首古风都有两个译品，其一为直译，其二为诗译。该书的附录中还有托洛普采夫的论文《李白诗歌象征体系中的"羽族"》。② 2004年他又出版了《李白传》，以李白的诗文、同时代人的记述和后世学者的研究为依据，写出了学术沉思和情感激荡交织的李白评传。③ 足见托洛普采夫创作以李白为主人公的小说是有深厚底蕴的。再看系列小说"欧亚交响曲"的两位作者。雷巴科夫毕业于列宁格勒大学历史系，其博士论文为《唐代吏治中的法律状况》，现为俄罗斯科学院东方手稿研究所（原东方学研究所圣彼得堡分所）研究人员，1998—2008年陆续翻译出版了《唐律疏义》。阿利莫夫毕业于列宁格勒大学东方系，其副博士论文为《作为宋代历史文化来源的文人笔记》，现为俄罗斯科学院人类学研究所（珍宝馆）研究人员，出版了学术著作《宋代笔记中的鬼、狐、仙》，该书从大量的宋人笔记，尤其是从《太平广记》《青琐高议》等中拈出鬼

---

① Сергей Доренко. 2008, М.: Ад Маргинем, 2005, с. 46.
② Ли Бо, Дух старины, Сост. и пер. С. Торопцева, М.: Восточная литература, 2000.
③ Сергей Торопцев. Жизнеописание Ли Бо, Поэта и Небожителя, М.: ИДВ РАН, 2009.

魂、狐仙和仙等问题加以研究。① 显而易见，他们都是术业有专攻的汉学家。他们对唐代法律的翻译研究和对宋人笔记的翻译考索，成了他们创作"欧亚交响曲"系列小说的底蕴，也为之提供了想象空间。在作品中涉猎中国文化元素的俄罗斯作家更多的则与汉学没有直接关系，比如瓦尔扎佩强、佩列文、多连科等。他们都受到了俄罗斯汉学家翻译的中国文化著作和文学作品的影响。多连科的《2008》中教普京练功的王列平（Ван Лепин）被称为"道教青龙门第十八代传人"（восмнадцатый патриарх даосской Школы драконовых врат）。② 2003 年俄罗斯汉学家 Л. 戈洛瓦切娃翻译出版了传记性著作《气功大师之道》，在那本书里将传主王立平（Ван Липин）称为"道教全真派青龙门十八代传人"（восмнадцатый патриарх даосской Школы драконовых врат пошной истинности）。③ 不妨假设，多连科将人物的名字中间换了一个音，另外，他对门派的称呼略掉了"全真派"。此外，该书中，1 月 21 日医生和巫师在克里姆林宫集会研究长寿之道，会上国家安全局的将军卢基扬诺夫大谈葛洪长生术与丹药。④ 俄罗斯的汉学家 E. 托尔钦诺夫 1999 年出版了《抱朴子》译注，卢将军之高论或许正源于此。⑤ 因此，汉学家的翻译介绍工作是这类俄罗斯作家写作包含中国传统文化元素的作品的前提条件，限于篇幅，不再细述。

中俄两国山水相邻，但与欧亚主义者所设想的正好相反，中俄两大民族的文化传统差异至巨。⑥ 尽管如此，俄罗斯作家对中国传统文化的利用和想象，仍有助于俄罗斯普通民众理解过去的中国和今天的中国。中国的传统文化，俄罗斯的一代代汉学家拿了去，俄罗斯的作家又通过自己的作品放大了其声响。在全球化的时代，中国文化的国际传播已提到议事日程，一些学者也提倡中国文化要"送去"。尽管俄罗斯汉学家和作家的

---

① Алимов И. А. Бесы, лисы, духи в текстах сунского Китая, СПб.: Наука, 2008.
② Сергей Доренко. 2008, М.: Ад Маргинем, 2005, с. 79.
③ Путь мастера цигу. Подвижничество Великого Дао. История жизни уыителя Ван Липина, отшельника в миру. Пер и пред. Л. Головачевы. М.: Астрель и Аст, 2003, с. 7.
④ Там же, сс. 128–137.
⑤ Гэ Хун. Баопу-цзы. Пер., комм. Е. Торчинова. СПб.: Петербург. востоковедие, 1999.
⑥ 参见刘亚丁《观象之镜：俄罗斯建构中国形象的自我意识》，《跨文化对话》2007 年第 20 辑。

"拿去",并不等于我们的"送去",但在文化交往中,在扩大中国软实力的过程中,俄罗斯的汉学家和部分作家起到了桥梁的作用,至少我们自己送去的队伍还尚未壮大之时是这样。对俄罗斯作家利用、想象中国传统文化的情感取向(或美化,或妖魔化,或感情中立化),我们不能直接干预,但在我们制定对外文化推广战略的时候,在构思对俄文化交流的具体计划的时候,我们应在深入了解俄罗斯人的文化心理结构的前提下,作出具有前瞻性的安排和部署。

第四编

中俄文学、文化篇

第一章　孔子形象在俄罗斯文化中的流变

在俄罗斯，孔子形象的塑造，以对《四书》等儒学著作的翻译为基础，以对它们翻译的注释为延伸，以研究孔子生平思想的著述为载体。本文分析了若干位俄罗斯汉学家、作家对孔子著作的翻译、注释、研究，梳理孔子形象在18世纪末、19世纪至20世纪70年代、20世纪80年代至新世纪这三个时期的塑造。本文还探讨了俄罗斯孔子形象塑造与俄罗斯主流精神变迁的相关性等问题。借助历史符号学可知，孔子之书本身是个文本系统，它另外可以有多个语用学的意义系统，在俄罗斯的社会语境中，它产生出丰富的引申意义。

第一节　18世纪末

从笔者掌握的资料看，俄罗斯最早的孔子著作的翻译出现在1780年。笔者曾于2006—2007年在俄科学院东方文献研究所（原东方学研究所圣彼得堡分所）查找资料时，有幸找到了俄罗斯的第一本有关孔子的书，这是1780年大汉学家阿列克谢·列昂节耶夫（А. Л. Леонтьев）翻译的《四书》，它的副标题是"四书经，中国哲学家孔子第一书"。这是列昂节耶夫根据汉文和满文翻译的，大32开，马粪毛边纸，扉页右下钤"1818年亚洲博物馆"印，右底边钤"苏联科学院东方学研究所列宁格勒分所"印。前面是康熙皇帝于康熙六年撰的序。在其后的译者小序中，列昂节耶夫写道：

　　《大学》之要旨泽被远古帝王和公侯，借此他们为人们恢复了学问和律法。在此，该要旨中总是鲜明地体现为孔子的阶梯和秩序观念。在此书中曾子以十个章节来阐述了此要旨。

在此,为了理解学问和律法,采用了如此晓畅易懂的开头和结尾,它就是《大学》,在此书中它是作为进入幸福之门的钥匙而给予的,更何况,倘若不能完美地达致书中所述之举,则遑论为君子,为公侯。①

列昂节耶夫译序对《大学》的基本意义做了比较准确的概括。在译文中,他也比较准确地理解了原文的意蕴,如:

大学之道,在明明德,在亲民,在止于至善。

Закон учения великаго состоит в просвешении разумной души нашего, во обновлении просвешении простых народов, и постановлени себя и других на благе истинном.②

在《十三经注疏·礼记》卷六十"大学"篇,孔颖达正义云"'在亲民'者,言大学之道,在亲爱与民"③。若照这样理解,则俄译应为"В породнении с народом"。但列昂节耶夫译为"во обновлении просвешении простых народов",显然用了宋儒二程、朱熹的新阐释。朱熹《四书章句集注》注"在亲民"为:"程子曰:'亲,当作新'……新者,革其旧之谓也,言自明其明德,又当推以及人,使之亦有以去其旧染之污也。"④ 从列昂节耶夫的注释也可以看出其采用了朱熹对《大学》的阐发。如对《大学》中的这句话,列昂节耶夫的注解是:"孔子以如此之语教导我们拯救自我和纠正他人之道,此乃大学之基础。依照孔子之言,借助教给伟大人物上述三句话,此道有利于整个国家和普天之下繁荣之业。"⑤ 这就与朱熹

---

① Алексей Леонтьев. СЫ ШУ ГЕИ, КНИКА ПЕРВАЯ философа Конфуциуса. СПб.: Императорская Академия наук, 1780, cc. 9 – 10.
② Там же, с. 10.
③ (清)阮元刻校:《十三经注疏附校勘记》下册,中华书局1980年版,第673页 C。
④ 朱熹:《四书章句集注》,中华书局2012年版,第3页。
⑤ Алексей Леонтьев. СЫ ШУ ГЕИ, КНИКА ПЕРВАЯ философа Конфуциуса. СПб.: Императорская Академия наук, 1780, cc. 10 – 11.

的"三纲领"之说吻合了。《四书章句集注》明确将上三句话称为："此三者，大学之纲领也。"① 在后面，列昂节耶夫对"古之欲明明德于天下者，先治其国；欲治其国者，先齐其家；欲齐其家者，先修其身；欲修其身者，先正其心；欲正其心者，先诚其意；欲诚其意者，先致其知。致知在格物"的解释是，这是实现"明明德""新民"和"止于至善"的七个"阶梯"（степение）和"秩序"（порядок）。② 这与朱熹的"八目"之说也比较接近，足见列昂节耶夫是在接受宋儒的阐释的基础上来翻译注释《大学》的。《大学》后面是列昂节耶夫翻译注释的《中庸》。但笔者所见到的版本没有译完《中庸》，终止于第二十章的"果能此道矣，虽暗必明，虽弱必强"。列昂节耶夫没有翻译"四书"中的《论语》和《孟子》。尽管对《大学》和《中庸》，列昂节耶夫只是翻译和注释，只写了译者小序，但从这位汉学家言必称孔子，从他对《大学》和《中庸》的注释中对孔子的推崇来看，在他的心目中，孔子以大学和中庸之道教导君主和人民，是位充满睿智的哲人。

在 18 世纪末，有关孔子的书在俄罗斯还有两本出版。一本是《孔子生平》（Житие Кунг-Тесеэа），这是北京的基督教传教士写的，将孔子视为最杰出的古代哲学家，古代学术的复兴者。此书是由米哈伊尔·维列夫金用俄文转写的，1790 年在彼得堡出版。③《中国古代哲学初探》（Опыт древной китайцов фолософии），书中涉及儒学哲学，将它同其他哲学学说比较，同犬儒主义者、斯多葛主义者和亚里斯提卜相对比。这本书是列昂节耶夫从拉丁文翻译成俄文的，1794 在圣彼得堡出版。④

这是孔子形象在俄罗斯的首次出现，其思想者、教育者的"侧影"是比较清晰的，由于列昂节耶夫采用了朱熹的《四书章句集注》，他受宋儒影响的痕迹是比较明显的。

---

① 朱熹：《四书章句集注》，中华书局 2012 年版，第 3 页。
② Алексей Леонтьев. СЫ ШУ ГЕИ, КНИГА ПЕРВАЯ философа Конфуциуса. СПб.: Императорская Академия наук, 1780, с. 18.
③ Скачков П. С. Библиография Китая. М.: Издательство Восточной литературы, 1960, с. 42.
④ Там же, с. 43.

第二节　19世纪至20世纪70年代

列夫·托尔斯泰（Л. Н. Толстой）是19世纪俄罗斯的孔子形象的最重要的塑造者之一。对此，什夫曼（А. И. Шифман）、戈宝权、吴泽霖有深入的研究。恰好是在世界观激变的19世纪80年代，托尔斯泰对中国的先秦诸子产生了浓厚的兴趣。1884年2月底，他开始研究孔子，他在给朋友的信中说："我重感冒发烧在家，已经是第二天在读孔子。难以想象这是怎样崇高非凡的精神境界。"① 以后他陆续写成了《论孔子的著作》《论〈大学〉》文章。在《论孔子之书》一文中，托翁写道：

> 他们的信仰是这样的，他们说（这是他们的先师朱熹说的）所有的人都来自天父生，因此没有一个人心中不是蕴藏着爱、善、真、礼仪和智慧。尽管所有的人都有与生俱来的天然的善，但是只有很少的人能够将这种善加以培养并发扬到底。因此不是所有的人都知道自己心中的善，也就不能在自己身上培养这种善。可是一旦有那种具有巨大意义、天赋智慧之人物，在自己的心中发现了心灵之善，这些人物就从寻常人中突出出来。天父就会赋予这样的人物为领袖、为人师之职，并且一代代统御他们，教诲他们，使之恢复天赋之纯洁。②

这实际上是朱熹为《大学章句》写的序言的转述："大学之书，古之大学所以教人也。盖自天降生民，则既莫不与之以仁义礼智之性矣，然其气质之禀或不能齐，是以不能有以知其性之所有而全也。一有聪明睿智能尽其性者出于其间，则天必命之以为亿兆之君师，使之治而教之，以复其性。"③ 托尔斯泰的话，尽管是翻译，但这是经过文化过滤的翻译，朱熹所

---

① 吴泽霖：《托尔斯泰和中国古典文化思想》，北京师范大学出版社2000年版，第72页。
② Лев Толстой. Полное собрание сочинений. М.：Государственное издательство 《Художественная литература》，1937，т. 25，сс. 532–533.
③ 朱熹：《四书章句集注》，中华书局2012年版，第1页。

阐释的孔子的儒家观念，在托尔斯泰那里存在着有趣的文化"转换"——朱熹所说仁义礼智，变成托尔斯泰的"爱、善、真、礼仪和智慧"（любовь，добродетель，правда，обходительность и мудрость）。① 这就是托尔斯泰以自己的东正教的观念所做的文化过滤。对托尔斯泰而言，孔子是道德完善的楷模。1900年，托尔斯泰在很长的日记里翻译了《大学》《中庸》的许多章，其中关于修齐治平的那段话，同他本人追求道德完善的实践是颇相契合的。他还编辑小西译的《论语》，并在自己的出版社出版。

  托尔斯泰站在人类文化的分野的高度来看待以孔子、老子等为代言人的中国文化所体现的特殊意义。对外来文化的接受总是受制于接受者的前结构，受制于接受者自身的精神需求。托尔斯泰是从自己的宗教道德观念来解读，也不妨说是"误读"《道德经》的。在1909年写的《老子的学说》一文中，托尔斯泰写道："为了让人的生命不是苦，而是乐，人必须学会不为躯体活着，而要为精神活着（человеку надо научиться жить не для тела，а для духа）。这就是老子的教诲。他教导人要如何从躯体生活转换到精神生活。他把自己的学说称为'道'，因为整个的学说都在指明转换的道路。"② 不妨把托尔斯泰本人在19世纪70年代写的《安娜·卡列尼娜》中的一句话与之对比，这句话是这部长篇小说的精神锁钥。那就是农民费多尔的一句话："弗卡内奇……为了灵魂活着"（Фоканыч...для души живет）③，听到这话，因为找不到精神归宿而几乎自杀的列文获得顿悟，感到狂喜。因此，托尔斯泰对老子的这种误读，不妨看作他以自己的前结构来同化老子的观念。托尔斯泰采取东方文化与西方文化互相对立的观点，认为西方文化过于强调物质，而东方文化注重精神，这是人类未来的希望之所在。在目睹西方文化物质主义泛滥的时候，托尔斯泰强调东方的独特价值，因此他寄予注重精神的老子、孔子等体现的"道"以希望。在托尔斯泰看来，这"道"成了抵御这种泛滥的精神力量。托尔斯泰在跟辜

---

 ① Лев Толстой. Полное собрание сочинений. М.：Государственное издательство《Художественная литература》，1937，т. 25，с. 533.

 ② Дао дэ цзин. СПб.：Азбука-классика，2005，с. 180.

 ③ Толстой Л. Н. Анна Каренина. М.：Художественная литература，1981，с. 758.

鸿铭的通信中写道："……很久以前，我就相当好地（虽然大概还很不完整，这在一个欧洲人是很自然的）知道了中国的宗教学说和哲学；更不必说孔子、孟子、老子的学说及对他们的注疏。"①"我想中国、印度、土耳其、波斯、俄国，可能的话，还有日本（如果它还没有完全落入欧洲文明的腐化网罗之中）等东方民族的使命是给各民族指明那条通往自由的真正道路，如您在您的书中所写的，只有'道'，即道路，也就是符合人类生活永恒规律的活动。"② 以此观之，重视孔子、老子，同托尔斯泰19世纪80年代以后的他自己的探寻是殊途同归的，也就是说，他在东方的精神中，在中国的孔子、老子的思想资源中找到了对自己的精神追求的方向的印证和认可，也找到了人类救赎的希望。

从19世纪80年代开始，孔子的形象有了新的塑造因素，这是由《论语》的俄译本带来的。1884年，瓦西里耶夫（В. П. Васильев）翻译注释《论语》开启了俄罗斯的孔子接受史的一个新阶段。在小序中他指出：对于《论语》，"伟大的哲学家孔子，有时是不针对某人，有时是应弟子或旁人（诸侯、大臣和别的哲学家）之请，亲口说出的格言或高论，因此，显然首先可以把这本书视为伟大的东方思想家的言论"③。这个译本的版面比较像中国文中夹注的经典版面：先是《论语》的一句话的俄文译文，接着就是注释的文字。因为瓦西里耶夫的这个译本是供学汉语的学生用的，这样的翻译注释方法，对教学而言是比较方便的。他将"习"注释为"鸟数飞"，但将"朋"注释为"同类"④，大概可看出受了朱熹《四书章句集注》的影响。即使是瓦西里耶夫这样的大汉学家，其注释也有可商榷之处。如对"子"，他有这样的注释："（子）Цзы-сын，或 夫子 фу，цзы сын мужа，как величали в древнее время почитных лиц，а у нас приятно преводить словом философ.（子，儿子，或，夫子，丈夫的儿子，古代这样称呼尊者，我们通常以'哲学家'这个词来翻译它。）"⑤ 即他把"夫

---

① 转引自吴泽霖《托尔斯泰和中国古典文化思想》，北京师范大学出版社2000年版，第112页。
② 同上书，第116页。
③ Васильев В. Китайская хрестаматия. СПб.：1884，с.1.
④ Там же，с.3.
⑤ Там же，с.1.

子"解释为"丈夫的儿子"。

瓦西里耶夫还翻译了部分《春秋》,在他的《东方宗教:儒释道》中,他对孔子和儒教做了讨论。赵春梅概括了瓦西里耶夫对孔子的概括:孔子是一个冒险家,他具有冒险家的特点,他拥有冒险家所必须具备的人们对他的崇拜;他的理想屡屡受挫,他像冒险家一样四处碰壁,其思想长期不被统治者接受,最后失意的他才不得不转向人民,结果从对统治者服务的初衷转而站到了统治者的对立面。孔子又是"中国历史上第一位人民教育家"①。

柏百福(П. С. Попов)翻译的《论语》是俄罗斯第一本论文全译文。用今天的翻译理论来看,他的译文更多地体现了归化的翻译策略。试看两例:"子曰:'里仁为美,择不处仁,焉得知?'"——"Философ сказал: Прекрасна та деревня, в которой господствует любовь. Если при выборе места мы не будем селиться там, где царит любовь, то откуда можем набраться ума?"② 这里,"子",不是像后来俄苏汉学家那样,译为"учитель"(老师),或译为"философ"(哲学家),"仁"在这里,不是译为"гуманность"(仁慈),而是译为"любовь"(爱)。而在前面,他将"孝悌也者,仁之本与"中的"仁"译为"гуманность"。③ 另外,子曰:"邦有道,危言危行。邦无道,危行言孙。"("Философ сказал: Когда в государстве царит порядок, то как речи, так и действия могут быть возвышенны и смелы; но когда в государстве царит беззаконие, то действия могут быть возвышенны, но слова-покорны."④ 这里,柏百福将"邦有道"译为"в государстве царит порядок"。)即用"秩序"(порядок),来译"道"。稽辽拉(Л. С. Переломов)则将"邦有道"译为"В государстве, где царит Дао-Путь"⑤,稽辽拉用音译和意译相结合的组合词"Дао-Путь"来译

---

① 赵春梅:《瓦西里耶夫与中国》,学苑出版社2007年版,第110—111页。
② Попов. П. С. Изречения Конфуция, учеников его и др. лиц, пер. с кит. СПБ.: 1910, с. 20.
③ Там же, с. 2.
④ Там же, с. 81.
⑤ Переломов Л. С. КонфуцийЛунь юй. М.: Восточная литература, 1998, с. 400.

"道",也很别致。马斯洛夫(А. Маслов)在评价柏百福的《论语》翻译时指出:"在他的理解中,孔子是一位禀有基督教美德的布道者。柏百福不仅推敲适合翻译中国观念的新词,而且让它们与俄罗斯人熟知的概念相融合。而且在许多场合中做得如此准确,以至他的新引进的东西在百年来的翻译学中得到了巩固。"① 马斯洛夫此言不虚,在译"里仁为美"时,柏百福用更具基督教色彩的"爱"来代替"仁",就是很好的例证。

同瓦西里耶夫的《论语》一样,柏百福翻译的《论语》也兼顾教学之用。每一句语录通常由三部分组成:一是译文,二是注释,三是解词。注释也多采用朱熹的《四书章句集注》。解词部分往往很准确,先引出要解释的汉字,跟在汉字后的是俄文注音,然后再以俄文解释其意义。如:"三年学,不至于谷,不易得也。"对"谷",他的解词部分是这样写的:"谷,гу,хлеб——здесь значит 禄,лу,жалование,вероятно потому в древности оно выдавалось хлебом."② 其意思是:"谷,粮食,这里是指禄,俸禄,大概古代的俸禄是用粮食来支付的。"这样解释是比较准确的。

柏百福还写了介绍中国这位伟大思想家生平的文章《孔子》。在文中,他对孔子的各种贡献多有记述。如,对他的行政才能有记述,赞扬之情溢于言表:

> 很快定公任命孔子执掌东平州的中都,在一年的时间里,他把托付给他的城市治理到了这样的程度,以至四邻的统治者都想效仿他。他作为行政者的如此杰出的活动赋予他更高的职务——司空,然后是大司寇。③

对孔子整理删诗修史的功绩,柏百福也有比较准确的记述:

---

① АлексейМаслов.《Я ничего не скрываю от вас》. Конфуций. Суждения и Беседы. Ростов на Дону: Феникс, 2004, с. 141.
② Попов П. С. Изречения Конфуция, учеников его и др. лиц, пер. с кит. СПБ.:1910, с. 45.
③ Попов П. С. Конфуций. Суждения и беседы. СПб.: Азбука-классика, 2006, сс. 214 – 215.

由于疲惫和失望，孔子不复寻求任职，而且他的长期的痛苦经验使他知道，此类志向是徒劳无益的，他转而从事学术工作：为《尚书》写序言，整理仪礼汇编，删节古代的诗歌，保留三百零五首，调整音乐，为这些诗谱曲（原文如此——引者注）。他晚年尤其喜好研究《易经》，为之作注。但从下面的话中可以判断他对这些注释并不满意："加我数年，五十以学易，可以无大过矣。"①

有了在北京学习较长时间的汉学家柏百福翻译《论语》，这样的汉学家研究编写孔子生平，孔子的形象逐渐丰厚其来，成了有血有肉的人物。

进入20世纪后，在苏联时期，孔子的形象是容易被贬低的。主要是由于在思想界流行唯物主义和唯心主义斗争是哲学史的主干的学说，流行着哲学史反映阶级斗争的观念。第二版的《苏联大百科全书》第21卷（1953）的中国哲学条目的第一句话就是"中国哲学发展史，如同欧洲哲学发展史一样，是反映中国历史各阶段意识形态斗争的唯物主义与唯心主义斗争的历史"②。再如，在苏联科学院版的《世界史》中，对儒家和孔子做了富有阶级色彩的简单化的描述："儒家是公元前6—5世纪形成并流行，并在后来广泛传播的伦理—政治学说。通常认为其创始人是鲁国的传道者孔子。儒生们是贵族阶层的思想家，他们致力于捍卫宗法制残余和井田制。他们为阶级之间的不平等辩护，但对使非贵族阶级的人富裕和提高他们的地位持否定态度。按照孔子的观点，社会中的每一个人都应该安分守己。'君君，臣臣，父父，子子'孔子如此说道。"③ 这就是这部大书关于儒家的全部文字。

苏联大汉学家阿列克谢耶夫（В. М. Алексеев）院士在研究儒释道的背景下来翻译阐释孔子。1920—1921年他翻译了《论语》的前三章《学而》

---

① Попов П. С. Конфуций. Суждения и беседы. СПб. : Азбука-классика, сс. 216 – 217.
② Большая советская эциклопедия. Второе издание, Москва: «БСЭ», т. 21，1953г. , с. 269.
③ Жуков Е. М. и друг. Всемирная история. Т. II. М. : Государственое издательство "Политическая литература"，1956，с. 465.

《里仁》《八佾》，同时译了朱熹的《四书章句集注》中《论语》这三章的注释。对朱熹的集注，阿列克谢耶夫还加了自己的注释，如朱熹在集注中说"孔子为政，先正礼乐"。阿列克谢耶夫针对这个"正"字，给出了自己的注释："这个'正'已经涉及了'为政'的观念。孔子所说的要害显然是纠'正'他同时代生活的胡作非为，以恢复到他的正道的基础上去。"① 他翻译《八佾》："子语鲁大师乐。曰：'乐其可知也：始作，翕如也；从之，纯如也，皦如也，绎如也，以成。'"阿列克谢耶夫在自己的注释中写道："这里开始了孔子关于恢复古代音乐的部分宣教，也宣教通过乐书中的古语和艺术直觉来恢复学生与古代礼制的联系。"② 在这里，阿列克谢耶夫通过注释，塑造了一位为恢复古代礼制而奔走的孔子的形象。值得注意的是，他提议出版这三章译文，但未获批准。所以这个翻译注释当时未能面世，到了 2002 年才第一次公开出版。

阿列克谢耶夫在学术著作的写作中给予孔子很高的评价。他把儒学称为"无神论的、理性主义的学说"；他指出："在孔子的学说中没有关于神的理解和关于神的教条，没有神对人事的干涉，没有永生的理论。"③ 阿列克谢耶夫的这种解释，与苏联时代强调无神论的大背景是一致的。

在 1920 年他为《世界文学史》写的《中国文学》中将不小的篇幅给了孔子：他认为，《论语》只是对孔子思想的点滴记录，而且是不准确的记录，"摆脱这样的历史的、教条化的图解，我们转向孔子和他的学派的《论语》中孔子的学说。在读者的面前出现的只是万代至圣先师（一个继承者这样称呼孔子）、思想家的言论的可怜巴巴的碎片，他的人格显然比他的言论要有趣，重要得多。而他的言论则在后辈中得到很糟糕、很贫乏的转述。即使是这样，仔细阅读这些碎片，还是能够留下关于孔子学说的一些印象。这学说同那些由于政治上的崩溃而偏离生活，同时也就偏离人性的生活的懒惰的人们激烈争论，这些学说也挽救古代文化，使之不会毁

---

① Алексеев В. М. Из классического конфуцианства. Его《Труды по китайской литературе》. М. : Восточная литература, 2002, книга I, с. 209.

② Там же, с. 244.

③ См., И. И. Семененко. Афоризмы Конфуция. М. : Изд. МГУ, 1987, с. 14.

于失去人性的野蛮人之手"①。在引用了孔子的"文王既没,文不在兹乎?天之将丧斯文也,后死者不得与于斯文也;天之未丧斯文也,匡人其如予何"后,阿列克谢耶夫写道:"这是孔子预言性的自我定义,作为古代真理的承担者,他总是在自己的学派中强调'文'的概念,将文作为古代的真—道的载体……"② 不信鬼神,为人、为文、为真和道而呼吁奔走,这就是阿列克谢耶夫著作中的孔子形象。阿列克谢耶夫将自己的书斋称为"不愠斋"。这出自《论语》的第一段"人不知而不愠,不亦君子乎"。可是在私下里,阿列克谢耶夫似乎觉得孔子的学说与孔子内心的真实想法是有差异的。阿列克谢耶夫在日记中写道:"我成百上千次问自己,孔子的'爱人'的含义究竟是什么。'爱人'这个词是如此的滑稽。种种迹象表明,他恰好不但不爱人们,而且蔑视他们,所以他的'仁'是对某种东西的精挑细选。"③ 这本身又呈现了出悖谬:俄苏汉学家所发表的文章中的孔子,与他们内心所认知的孔子,或许是有差异的。

同 18 世纪后 20 年相比,19 世纪至 20 世纪 70 年代,俄罗斯/苏联持续有孔子著作的翻译介绍,但翻译研究者的数量比较少。在此时期,孔子形象逐渐丰富。若比较托尔斯泰和柏百福所塑造的孔子形象,则可以看出,在托尔斯泰那里,孔子是某种精神的象征,是被东正教化的精神性形象。这是大作家、思想家所想象的"思想化"的、显然缺乏生平材料支撑的孔子形象。而在柏百福那里,孔子的形象则变得更具体,更有血肉,更可感触。这显然是因为柏百福作为深谙中国文化的汉学家,他翻译了《论语》,这里包含了孔子种种生平信息,同时从《孔子》这篇文章本身来看,他还熟悉《史记·孔子世家》。在阿列克谢耶夫笔下孔子的形象更显复杂。

---

① Алексеев В. М. Из классического конфуцианства. Его 《Труды по китайской литературе》. М. : Восточная литература, 2002, книга I, с. 79.
② Там же, с. 68.
③ Там же, с. 13.

第三节　20世纪80年代至21世纪

具有戏剧性意味是，恰好在中苏交恶的最后阶段——20世纪80年代，苏联汉学界开始了对孔子的学术化研究。1982年，莫斯科出版由Л·杰柳辛（Л. П. Делюсин）主编的《儒学在中国》，是苏联学术界研究儒学的第一次结集，涉及儒学基本范畴的本源意义、《论语》语言的使命、《盐铁论》关于人的本性的儒家和法家观点、朱熹与中华帝国的官方意识形态、科举制度、五四运动中的打倒孔家店等学术问题。

1987年，莫斯科大学亚非学院的И. 谢麦年科（И. И. Семенеко）出版了学术著作《孔子的格言》，作为附录，他选译了《论语》的若干篇章。他的翻译有两点值得注意：其一，他没有采用俄国汉学家们通常采用的朱熹的《四书章句集注》本，而是用了中华书局的"诸子集成"丛书中的杨伯峻《论语》的注释和现代汉语翻译本。其二，谢麦年科注意到了《论语》的韵律性，他力图以诗歌般的语言来传递之。他在翻译的附注中说："这个译本的一个重要特点是它的诗歌性。保留这种诗歌性主要是因为，要传达出贯穿于《论语》中的先知般的祭祀中的情感饱满的氛围。"① 试举一二例，来看看谢麦年科诗歌体的《论语》译文：

> 忘之，命也夫。
> 斯人也，
> 而有斯疾也。
> 斯人也，
> 而有斯疾也。
> Умерает он, такова судьба.
> Такие люди
> Страдают такой болезнью!

---

① Семенеко И. И. Афоризмы Конфуция. М.：Изд. МГУ, 1987, с. 300.

Такие люди

Страдают такой болезнью!①

众人好之，

必察焉。

众人恶之，

必察焉。

Что ненавидят все,

То требует проверки.

Что любят все,

То требует проверки.②

前一条语录句子长短错落，韵脚采用了交叉韵。后一条，各句的音节比较整齐，韵脚还是交叉韵。这两条语录都翻译得比较有韵律感。谢麦年科还有很多比较散文化的译文，但也注重内部的韵律感。

谢麦年科对孔子的形象的描绘更加辩证：他从孔子的言论中拈出"恭""敬""为"三个核心词，然后分析了孔子对父辈、先王和天的祭祀仪式，转引了《诗经》中的宗庙之词若干，借此说明：从本质上说，孔子的学说"是宗教性的。这是它的主要特点，在于将自然与超自然的因素相结合，这就赋予其学说以理性的形式，消弭了世俗与宗教之间的明显的界限"③。

这就同阿列克谢耶夫关于孔子是无神论的、理性的观点有所争鸣。同时，在这里也可以看出涂尔干的宗教社会学的研究范式的影响。谢麦年科还讨论了《论语》中孔子对若干弟子的评价，认为这是对"士"的要求。谢麦年科从这些弟子的身上看到了俄罗斯式的颠僧（Юродство）精神特点。④

此后，俄罗斯的孔子著作的翻译、对孔子的研究进入了比较热的阶

---

① Семенеко И. И. Афоризмы Конфуция. М.：Изд. МГУ, 1987, с. 271.
② Там же, с. 295.
③ Там же, с. 253.
④ Там же, с. 195.

段。从这个时候开始,在同一本书里既收录《论语》的译文,又包括"孔子传"或儒学思想研究,这成了20世纪80—90年代俄罗斯孔子形象塑造的一种典型方式。我们可以举出若干种这方面的代表性著作:稽辽拉的《孔子·论语》,A. 卢基扬诺夫(А. Е. Лукьянов)的《老子和孔子:道的哲学》和 С. 马尔蒂诺夫(А. С. Мартынов)的《儒学·论语》。限于篇幅,这个时期俄罗斯大量的孔子传记和研究论文从略。

在第一本书中,稽辽拉翻译《论语》很有特色,在一些疑难的语录后面,他列举各种语种的译例进行比较。如对"民可使由之,不可使知之",他举出理雅各、韦利、刘殿爵等的英文翻译,拉尔夫·莫里兹的德文翻译,谢麦年科、克利夫佐夫等的俄文翻译,韩国、日本学者的翻译,还引用从古到今的中国学者的注释翻译:朱熹、杨伯峻、毛子水等。① 他是以这样的方式来翻译《论语》的,所以出版者称这是"第一本学术性的俄文翻译书"。本书的第一部分是"孔子",包括孔子的生平,孔子关于人、社会、国家的学说,以及孔子学术的命运等问题。稽辽拉认为:"在世界文明史中,孔子的名字是与世界宗教的创始者——耶稣基督、佛陀和穆罕默德的名字并肩而立的。从形式上看,儒教不是宗教,因为它没有教会的机制。但从重要性,从深入人心和对人民的意识的教育,对行为模式的塑造来看,儒学成功地实现了宗教的功能。在中国、朝鲜、日本、越南这些儒教国家,老一辈人和强大的国家机构往往要充当教士。儒教与犹太教、基督教和伊斯兰教的根本区别在于,这些宗教的先知把自己的话视为神的话,神通过他们的嘴来说话。孔子自己创造了话语,这就是尘世人的话语。孔子的话语,主要就是《论语》。"② 稽辽拉从影响人心、行为模式塑造的角度,塑造了孔子亦圣亦凡但堪称伟岸的形象。

卢基扬诺夫的书包括了对《论语》《道德经》全文的俄文翻译。其研究部分实际是关于孔子和老子的哲学之道的两本专著。"道"是卢基扬诺夫这本著作研究的核心概念,他写道:"从孔子自己的表述看,他并没有创造新的道和德。他只是在朝廷的社会空间中复兴古代圣君之道。对孔

---

① Переломов Л. С. Конфуций. Лунь юй. М. : Восточная литература, 1998, cc. 356 – 360.
② Там же, с. 6.

而言，问题不在于寻找道，道就在你身旁，而在于要以哲学的方式辅助道的复兴，或者换言之，将天道与人相结合，把道推广到人的道德完善的层面。"① 通过对《淮南子》和《白虎通义》中的"五常"和"五行"的分析，卢基扬诺夫进一步分析了孔子和他的弟子的"道的精神原型"——德、仁、义、礼、信。② 道的复兴者，人性完善的推动者，这就是卢基扬诺夫笔下的孔子形象。

马尔蒂诺夫翻译了《论语》全文。在儒学研究部分，他指出，孔子既是"仁"的倡导者，也是实践者。孔子认识到，在人的身上实现仁，具有不同的阶段性：其起点是人的内在的改造，即"克己复礼"，"始于效仿邻人、终于接近尧舜这样的理想典范，这其实是同一道路的不同阶段"③。同时，马尔蒂诺夫也认识到，孔子是具有政治抱负的哲学家，他详尽分析了他的国家、人民的观念，以及相互关系。在引用了孔子"何事于仁，必也圣乎"之语后，马尔蒂诺夫写道："这当然是人本主义哲学家之言。但是这位哲学家是富有现实感的政治家，他非常清醒地认识到，无论持什么学说，无论在什么境况下，政治中主要的话语都属于人民。"④ 马尔蒂诺夫还看到了孔子思想在当代世界的重大意义："人类的命运很快会发生很大的变化，人类面临资源枯竭等一系列问题，人类不得不调整需求，在资源严格限制的条件下，只有那种严格遵守伦理准则的社会，才会有渡过危机的巨大的机会，在这种情况下儒学具有巨大的机会，有可能成为人类未来的重要意识形态之一，成为人类伦理生活的一部分。我们无法猜想它的影响程度，但这个趋势是可以看得出来的。"⑤ 以仁化人，人民为重，有益于当今人类，这就是马尔蒂诺夫所塑造的孔子形象。

---

① Лукьянов А. Е. Лао-Цзы и Конфуций: философия Дао. М.: Восточная литература, 2000, с. 244.

② Там же, сс. 244 – 259.

③ 亚·马尔蒂诺夫：《仁的概念》，刘亚丁译，《跨文化对话》2007 年第 22 辑，第 86—92 页。

④ Мартынов А. С. Конфуцианство. Лунь юй. СПб.: Петербургское востоковедение, 2001, книга I, с. 85.

⑤ 亚·马尔蒂诺夫：《仁的概念》，刘亚丁译，《跨文化对话》2007 年第 22 辑。

第四节　几点小结

第一，从思想层面看，俄罗斯的孔子形象流变是与俄罗斯自身的精神建构主流相关联的。孔子的形象在俄罗斯最早出现在18世纪后20年，此时正值叶卡捷琳娜（Екатерина II）当政的时期，整个社会思潮也开始倾向于接受外来的新事物。受到法国启蒙运动的影响，俄国的思想启蒙也略有开展。"第二个时期叫作叶卡捷琳娜时期。这时由于有了增长知识的很重要的新因素而显得复杂了。在美化生活的同时还努力增长智慧。"① 她一方面表现出对法国启蒙思想的极大兴趣，同时她还对中国的文化具有极大的兴趣，创作了有中国文化元素的作品。② 在这样的背景下，列昂节耶夫翻译《大学》和《中庸》，而且特意加上康熙的序言，这就适应了"增长智慧"的时代要求。

在19世纪后半叶，托尔斯泰以及俄罗斯社会对中国文化产生浓厚兴趣的时期，恰逢俄罗斯民族重新确立自己民族的价值的时期。在从彼得大帝开始的向西方学习的阶段后，1848年的欧洲革命导致俄罗斯精英分子以怀疑的态度打量西欧，重新认识自己民族的传统和价值③。托尔斯泰则把孔子和老子所体现的对人的精神的关注，引以为包括俄罗斯在内的东方的独特的精神优势，以抵御西方物质主义的横行。其实，在这个时期，俄罗斯的中国形象是分裂的，在追求事功的俄罗斯军人和知识分子看来，比如在В. 奥陀耶夫斯基和冈察洛夫的眼里，中国是个衰朽帝国④。但在更具有胸襟的思想者，如托尔斯泰那里，以孔子和老子的思想表征的中国以及东方是人类精神的希望之所在。

20世纪80—90年代以后，苏联/俄罗斯社会既遭逢原有的主流价值体

---

① 瓦·奥·克柳切夫斯基：《俄国史教程》第五卷，刘祖熙等译，商务印书馆2009年版，第151页。
② 阎国栋：《叶卡捷琳娜二世的中国观》，《俄罗斯研究》2010年第5期。
③ 参见刘亚丁《十九世纪俄国文学史纲》，四川大学出版社1989年版，第10—14页。
④ 参见刘亚丁《俄罗斯的中国想象：深层结构与阶段转喻》，《厦门大学学报》2006年第6期。

系消弭，又面对西方的信息革命和物质主义的强大压力。俄罗斯汉学界提出了"新欧亚主义"的理论观念。所谓"新欧亚主义"，其核心观念为：俄罗斯在地理上和文化上处于欧洲和亚洲两大板块，因而能够吸收欧洲文化和亚洲文化各自的优长之处，从而形成新的文化空间。"俄罗斯精神的自我反思激活并具体化了新欧亚主义思想。应该特地指出：当代俄罗斯的欧亚主义是客观的天文事实，是地理学的、人文的、社会的现实。俄罗斯囊括了欧洲和亚洲空间的部分，并将它们结合在欧亚之中，因而它容纳欧洲和亚洲的文化因素于自己的范围内，形成了最高级的、人本学、宇宙学意义上的精神文化合题。"① 他们认为，在新的俄罗斯，新欧亚主义是主流意识形态的重要选项，以此既可填补价值体系的虚无，又可同西方抗衡。在这样的背景下，孔子的思想得到了全面的关注，俄罗斯的孔子想象塑造进入了最佳时期。孔子的形象，在某种程度上成了部分俄罗斯知识分子借以言说己志的载体。

第二，从知识层面看，俄罗斯的孔子翻译研究呈现逐渐拓展深化的趋势，孔子的形象由单面的、抽象的智者而发展成丰厚的、充实的思想者。在18世纪末和20世纪大部分时间，俄罗斯的孔子和儒家著作的翻译研究还比较个人化，比较零散。18世纪末到19世纪前半叶，孔子的形象的塑造主要是靠翻译《大学》和《中庸》的材料来支撑的，似乎更像是作为某种思想符号而出场的。到柏百福的《论语》译本出现后，加上他借助比较丰富的资料写了《孔子》，孔子的形象就变得血肉丰满了。到20世纪80年代以后，从事者更多，研究也更专业、更全面。到了20世纪90年代以后，孔子在俄罗斯文化语境中呈现了多侧面的形象。

第三，从中国的学术传统看，孔子的著作处于后代的儒家学者持续的阐释之中。俄罗斯的孔子著作翻译，孔子形象的塑造会受制于汉学家所采用的版本。孔孟之书，后世儒者代有增益。在中国学界，汉学、宋学之分是清楚的。西方汉学界也有这种意识，柯雄文（Antonio S. Cua）主编的《中国哲学百科全书》里，就有"汉儒学""唐儒学""宋儒学""明儒学"

---

① Духовная культура Китая. Энциклопедия. Философия. Главный редакторы М. Титаренко, М.：Восточная литература，2006，с. 29.

和"清儒学"等词条。① 俄罗斯学者基本没有受到汉儒郑玄和唐儒孔颖达的直接影响。介绍孔子著作的第一个阶段,他们采用的是朱熹的《四书章句集注》本中的《大学》和《中庸》,翻译中的注释也用朱熹的,也就是说受宋学影响较大。到了20世纪20年代,阿列克谢耶夫院士翻译《论语》的前三章,也用朱熹本,同时将朱熹的注释一并翻译,再加上自己的注释。20世纪50年代之前,大致可以看成宋儒(朱熹)影响时期。到了20世纪50年代以后,苏联研究孔子的学者,逐渐采用中华书局的杨伯峻的《论语》,如杨兴顺等。到了20世纪80年代,则所用《论语》《大学》《中庸》等的版本甚多,难以确定出自哪种版本。

第四,引入李幼蒸先生的历史符号学观念来理解俄罗斯文化中的孔子的形象,是会有新的收获的。李幼蒸先生写到,现代符号学认为,一个文本虽有一个本身的文本系统,在历史的环境中,它同时另有一个语用学(pragmatic)的意义系统。孔孟文本的直接意思"D"(denotation)和在其社会语境中引申的意义"C"(connotation)是可以区分的。② 借此,我们可以假设,汉儒的孔子是C1,唐儒的孔子是C2,宋儒的孔子是C3,这是孔子在中国的衍生。再进一步,将这种历史符号学的原理用于理解海外的儒学传播,那么俄罗斯汉学家则在自己的社会语境中塑造出了新的孔子形象,不妨假设孔子为CR,18世纪末孔子是CR1,19世纪以后则是CR2,20世纪80年代以后是CR2。这样,我们就会看到一幅宏伟的图景:先秦的孔子,在中国的历史长河中,在世界的文明史中,不断生长出新的意义,不断惠泽中国人和外国人,可谓善莫大焉。

---

① *Encyclopedia of Chinese Philosophy*. Editedby Antonio S. Cua. Routledge, 2002.
② 参见李幼蒸《历史符号学》,广西大学出版社2003年版,第207—209页。

第二章 异域风雅颂 新声苦辛甘

——俄罗斯汉学家的《诗经》翻译

俄罗斯的读书界对《诗经》的翻译始于19世纪50年代，当时M.米哈伊洛夫（M. Михайлов）翻译了"唐风"中的《羔裘豹袪》。1896年彼得堡出版了《诗歌中的中国、日本》一书，其中有M.麦尔查洛娃（M. Мецалова）翻译的《楚楚者茨》，O.米列尔（O. Миллер）翻译的《羔裘如濡》和M.米哈伊洛夫翻译的《燕燕于飞》等出自《诗经》的作品。①

俄罗斯第一本完整的《诗经》译本出版于1957年，由莫斯科科学出版社出版，什图金（A. Штукин，1904—1964）翻译。什图金1921—1925年就读于彼得格勒大学（列宁格勒大学），是大汉学家阿列克谢耶夫院士的学生。他曾供职于列宁格勒大学、苏联科学院东方学所等处，累罹病祸，一生坎坷。他翻译过鲁迅的《阿Q正传》，20世纪30年代开始翻译《诗经》，1957年出版。什图金译的《诗经》在后来的各种选本中被广泛采用。除了什图金的全译本而外，还有其他俄罗斯汉学家选译的《诗经》。孟列夫（Л. Меньшиков 1926—2005）翻译了"国风"中的《关雎》《螽斯》《绸缪》，"小雅"中的《天保》《谷风》等4首。② 玛丽（М. Кравцова）也翻译了"国风"中的《关雎》《螽斯》《殷其雷》《日月》《击鼓》《北门》

---

① Федренко Н. "Шицзин" и его место в китайской литературе, М.: Издательство Восточной лиературы, 1958, cc. 27 – 28.

② Китайская Поэзия. В переводах Льва Меньшикова, СПб.: Петербургское Востоковедение, 2007, cc. 35 – 39.

《北风》《静女》《汾沮洳》《枤杜》《无衣》《权舆》《鸱鸮》;"小雅"中的《鹿鸣》《四牡》《无将大车》;"大雅"中的《灵台》;"颂"中的《天作高山》《闵予小子》《有駜》。①

第一节　扬弃过度阐释　还原民歌本色

翻译活动实际上是一种阐释活动。"翻译不是在真空中产生的。翻译者的功能是给定的文化和给定的时代发挥出来的。"② 俄罗斯的汉学家在对《诗经》进行翻译时,首先,必须面对中国已经有两千年阐释历史的《诗经》,也就是说,这里每一首诗都经历了从毛诗以来的历代注家的阐释,积淀了大量的历史社会和文化信息。认同还是颠覆这种阐释,是翻译《诗经》的俄罗斯汉学家不得不面临的选择。其次,俄罗斯的《诗经》翻译家还要面对《诗经》在中国以外的国家的翻译,这就是西方的《诗经》翻译家对它的阐释,比如什图金的译本在注释中就引证了瑞典汉学家高本汉的《诗经》翻译。与此同时,翻译者自己所秉持的文化态度,自己的前见,也会直接在翻译的阐释活动中反映出来。

俄罗斯汉学家翻译《诗经》表现出了明确的阐释意图。比如什图金翻译《七月》第二节的最后一句"女心伤悲,殆及公子同归"就是一个有趣的个案,这里发生了与中国《诗经》阐释传统的有趣的分合。这两句诗在中国两千年的诗经阐释史中,就有不同的解释,如毛传曰"伤悲,感事苦也。春女悲,秋士悲,感其物化也"③。他以天人合一的观念来解释"女心伤悲",即节候的更替导致了男女的伤感。郑笺曰:"春女感阳气而思男,秋士感阴气而思女。是其物化也,所以悲也。悲则始有与公子同归之志,欲嫁焉。"④ 郑玄已将毛亨感时伤物的情绪解释成了对男女私情的抒发,并认为这个女子心

---

① Кравцова М. Е. Хрестоматия по литературе Китая. СПб.: Азбука-классика, 2004, сс. 50 – 61.
② *Translation/History/Culture. A Sourcebook*. Edited by Andre Lefevere. Shanghai Foreign Education Press, 2004, p.14.
③ (清)阮元刻校:《十三经注疏附校勘记》上册,中华书局1980年版,第389页C。
④ 同上书,第390页A。

甘情愿欲嫁公子。孔颖达赞同郑玄的说法。到了宋儒朱熹那里，对这个情节的阐释又加进对公子的赞美："而此治蚕之女感时而伤悲。盖是时，公子犹娶于国中，而贵家大族联姻公室者，亦无不力于蚕桑之务。故其许嫁之女，预以将及公子同归，而远其父母为悲也。"① 朱熹既承袭了毛亨、孔颖达以感时伤物来解释"女心伤悲"的传统，又有所发挥：与公子联姻的贵家大族的女儿也要从事采桑等田间劳动。他将"治蚕女"的身份变成了贵家大族的女儿。什图金翻译《七月》的时候仿佛在同这个阐释传统挑战，将这两句译作："На сердце печаль у неё лишь одной: В дом князя войдёт она скоро женой."② （"她的心里唯有伤悲：她很快就要到公爵家里当妻子。"）这里既没有感时伤物的意思，也没有体现朱熹那种贵家大族女儿的身份的字句，前面的"女执懿筐"中的"女"只以"姑娘"（девушка）译出。因此在这里"女"就成了普通的农家女，她心里唯有伤悲要嫁给公爵这件事。这就背弃了毛亨、郑玄至朱熹的阐释路数——以感时伤物、愿意嫁给公子来解释"女心伤悲"，将其还原民歌本位。什图金翻译的《蝃蝀》也是如此。在毛诗以来的中国古代传统阐释中，将此诗理解为"止奔"之诗，③ 即是说将它阐释为阻止淫奔的诗歌。但什图金的译本中将"女子有行，远父母兄弟"译为"Девушка к мужу идёт, покидает/Братьев своих, и отца, и мать"④ （"姑娘告别自己的父母兄弟，/去见丈夫"）。这样一来，主人公的身份就被挑明了：她是合法妻子，告别父母去见丈夫。什图金又将"乃如之人也，怀婚姻也"，译为"Брака с любимым желает дева"⑤ （"少女渴望与心爱的人成亲"），这似乎又是未婚妻所表达的心声，所以这首诗就成了少女唱的情歌。这就扬弃了毛诗以来的"止奔"的阐释传统，还原为普通的女性情歌。

《螽斯》在《诗大序》中被解释为"后妃子孙众多也"。《诗小序》则认

---

① 朱熹：《诗集传》，上海古籍出版社 1980 年版，第 91 页。
② Шицзин. Перевод А. А. Штукина. М.: Издательство Академия наук СССР, 1957, с. 184.
③ （清）阮元刻校：《十三经注疏附校勘记》上册，中华书局 1980 年版，第 318 页 С。
④ Шицзин. Перевод А. А. Штукина. М.: Издательство Академия наук СССР, 1957, с. 64.
⑤ Там же.

为："言后妃不妒忌，子孙众多也。"① 朱熹的《诗集传》延续了这种解释。清代的方玉润对后妃说有所质疑："以螽斯为不妒忌固有说与？即所谓后妃不妒忌而子孙众多，亦属拟议附会之辞。且为此诗为众妾所作，尤武断无稽。"他的质疑是有道理的，但他断定此诗是"美多男也"②，又自陷毛诗的窠臼。俄罗斯汉学家在翻译此诗的时候是如何对待的呢？玛丽将该诗的第三节译为："Саранча, саранча, прилетай/Дружным, слаженным хором! Твои дети и внуки пускай/Каждый год нарождаются снова!"③（"螽斯，螽斯伴着友好协调的合唱飞来，让你的子孙散布四方吧，年年他们都会重新繁衍子孙！"）从这里很难读出后妃"言若螽斯不妒忌则子孙众多也"之类的意思。孟列夫对《螽斯》的翻译精炼准确，他为此诗加了一条译注："这是婚礼歌，其中表达了希望新人能够像螽斯（蝗虫的一种）那样子孙众多。"④ 这里突破了毛诗以儒家礼教来解释诗经作品的"过度阐释"，将这首诗还原为民间的婚礼歌谣，于情于理都比较妥帖。

俄罗斯汉学家在《诗经》翻译中还原《诗经》风和雅的民歌本色。这与20世纪50年代以后新中国学者解读《诗经》的路数是基本一致的。比如什图金对《七月》中的"殆及公子同归"的翻译，与新中国学者的《诗经》解释暗合。余冠英的《诗经选译》将这句译为现代汉语："姑娘心里正发愁，怕被公子带了走。"⑤ 1964年出版的林庚、冯沅君主编的《中国诗歌选》将这句解释为"女子怕贵族公子胁迫她一同归去"⑥。什图金翻译《诗经》的时候余冠英的《诗经选译》还没有出版，当然，中国的古典文学学者也不太可能直接读到什图金的译本。这说明，在20世纪相似的社会背景和学术语境下，中苏的学者、译者达成了实质略同的"英雄所见"：摒弃对《诗经》的儒家式的过度阐释，使之回归民歌本色。

---

① （清）阮元刻校：《十三经注疏附校勘记》上册，中华书局1980年版，第279页A。
② （清）方玉润：《诗经原始》（上），中华书局1986年版，第80—81页。
③ Кравцова М. Е. Хрестоматия по литературе Китая. СПб.：Азбука-классика, 2004, сс. 50–51.
④ Китайская Поэзия. В переводах Льва Меньшикова. СПб.：Петербургское Востоковедение, 2007, с. 36.
⑤ 余冠英译：《诗经选译》，人民文学出版社1963年版，第163页。
⑥ 林庚、冯沅君主编：《中国诗歌选》上编第一册，人民文学出版社1964年版，第28页。

第二节　看意翻译风格　归化异化皆佳

　　俄罗斯的汉学家在翻译《诗经》的时候，必然要面对一个极大的困境，首先是不同语言的巨大差异，俄文和中文产生于不同的民族，拥有不同的文化传统，不同的知识背景。俄文翻译者的困难来自两个方面：一方面《诗经》承载、传递着中华民族的观念和名物，另一方面由于产生的年代久远，《诗经》所体现的不少观念和名物，即使今天的中国人也感到难以理解和辨识，更遑论20世纪至21世纪生息于不同的文化传统中的俄罗斯人。中华民族的某些传统观念，在俄文中是找不到相应的概念的。杰出的汉学家阿列克谢耶夫院士就曾谈到，中国的"礼"字在俄文中，甚至在欧洲文字中找不到等值的概念（эквивалент）。① 为克服这样的困境，俄罗斯的《诗经》翻译者采取了两种不同的翻译策略，或者"归化"（domestication）或者"异域化"（foreignization）。②

　　对《诗经》，俄罗斯汉学家倾向于采取先谈"归化"的翻译策略。具体呈现为以下三种形式。一是对中俄文之间意义差异甚大的名物，俄罗斯汉学家一是采用俄文现成的不相当的词来译，如对"孝"字。什图金对《周颂·闵予小子》"闵予小子，家遭不造，嬛嬛在疚。于乎皇考，永世克孝"的翻译是："Я, исполненный горя, как малый ребенок, /Принял дом наш, а он неустроен; один/Сирота-сиротою в глубокой печали. О усопший отец мой и наш господин, /Ты всегда были будешь почтительный сын."③（"我充满哀痛，就像婴孩，/正在建我们的家，可是尚未建成。孤独/的我形单影只。呵，我失去的父亲，我的君主，/你永远是充满敬意的儿子。"）玛丽的译文是："О горе мне горе! Я малым дитем/Возглавил наш дом, что еще не устроен, Скобрлю-убиваюсь, как стал сиротою. Отец мой

---

① Алексеев. В. Труды по китайской литературе, кн. 2, М.: Восточной литературы, 2003, с. 122.
② 参见许宝强、袁伟《语言与翻译的政治》，中央编译出版社2001年版，第358页。
③ Шицзин. Перевод А. А. Штукина. М.: Издательство Академия наук СССР, 1957, с. 443.

державный! О мой господин, /Правитель мудрейший, почтительный сын!"① ("我是何等的哀痛呵！我虽是年幼的孩子/主持修建家室，尚未建成，就成了哀痛至死的孤儿。呵，我的君主！/睿智的统治者，充满敬意的儿子！")在两位汉学家的翻译中，"孝"这个重要概念被"俄罗斯化"了。因为他们将"于乎皇考，永世克孝"译为"父亲（是）……充满敬意的儿子"（почтительный сын）。"孝"是中国传统伦理观念中的重要概念，《说文解字》："善事父母者……子承老也。"②《汉语大字典》指出"孝"有祭祀、孝顺、继承先人之志、服丧、效法、蓄养等七个义项。③ 儒家的"五经"中即有《孝经》。奥热戈夫的《俄语词典》对"почтительный"这个形容词的解释是：①怀着深深敬意的；②转义，具有重大意义的。④《诗经》的俄译者用这个形容词是因为"孝"在俄语中没有等值的概念，不得已而为之。二是译其表层意思，略掉其深层蕴涵。《相鼠》的最后一节是"相鼠有体，人而无礼。人而无礼，胡不遄死"。什图金译为："Посмотри ты на крысу—лапы, как надо. Человек! /А ни чина у тебя, ни обряда! /Коль ни чина нет у тебя, ни обряда, /Что же, смерть до срока тебе не награда?"⑤（"你看那大老鼠，可是有健全的肢体。这个人呀，/你既没有官位，又不懂典仪，/既然既没有官位，又不懂典仪，/干吗不把早死作为对你的奖励？"）什图金把"体"和"礼"的表层意思译出来了，而且用了"官位"和"典仪"两个词来译"礼"，但在汉文中"体"和"礼"这两个字的谐音和近义的妙用，在俄文中就未能翻译出来。三是用加解释性的文字来揭示汉语语境中的深层蕴藏。如《北风》中的"莫赤非狐，莫黑非乌"，什图金译为"Край этот страшный-рыжих лисиц сторона; /Признак зловещий-воронов стая черна."⑥（"那边是成群的红狐狸——那

---

① Хрестоматия по литературе Китая. СПб.：Азбука-классика, 2004, c. 60.
② 许慎：《说文解字》第八卷上，中国书店1989年版，第10页。
③ 《汉语大词典》编辑委员会：《汉语大字典》（缩印本），湖北辞书出版社、四川辞书出版社1995年版，第425页。
④ Ожегов С. Словарь русского языка, c. 565, М.：Издательство иностранных и национальных словарей, 1963.
⑤ Шицзин. Перевод А. А. Штукина. М.：Издательство Академия наук СССР, 1957, c. 65.
⑥ Там же, c. 54.

可是最可怕的东西。/一大群乌鸦黑压压的——那可是最最不祥的征兆。")狐狸在俄罗斯的语境中与恶兆没有瓜葛,译者只好通过注释式的翻译来告诉俄罗斯读者这方面的信息。《楚茨》第五章有"孝孙徂位,工祝致告。神具醉止,皇尸载起。鼓钟送尸,神保聿归"等句,什图金翻译为:"Потомок сыновнепочтительный занял престол. /И вновь прорицатель искусный к нему подошил: /Вещает, что духи упились довольно... И вот, /В величьи своем замещающий духов встает. /И бьют барабаны и кололол духам вослед-/Ушил заместитель, и духи уходят, их нет."①("充满敬意的子孙坐上了王位。/技艺高超的预言家走近他:/并宣称,神灵们已经喝足了……而且/被尊敬的神的替代者已经坐起。/钟鼓之声追随着神们——/神的替代者走了,神灵们也消失了。") 这里涉及若干个俄罗斯人可能非常陌生的概念,如"尸",《汉语大字典》解释为:"古代祭祀时代表死者受祭的活人。"② 什图金以"神的替代者"来表达"尸"的含义,这也是一种解释性的翻译。而且朱熹对这几句解释是:"神醉而尸起,送尸而神归矣。"③ 足见什图金用解释性翻译比较准确地传达出了这几句诗的本意。上述三类都是采取"归化"翻译策略的例证。

除了"归化"外,俄罗斯翻译《诗经》的汉学家还有采用了"异域化"策略的,如孟列夫将《关雎》中的"窈窕淑女,琴瑟友之"译为:"Где ты затворница-девца-скромница? Цинием и се завлекаю"。在这里,他将"琴"和"瑟"都采用了音译,然后加注释:"цинь"和"се"是中国古代的乐器,前者类似于齐特拉琴,后者类似于古斯里琴。④ 这样就比较真实地传达出了中文的原汁原味。与此相反,什图金和玛丽就直接用齐特拉琴和古斯里琴来翻译"琴"和"瑟"。这说明他们更倾向于"归化"的翻译策略。

---

① Шицзин. Перевод А. А. Штукина. М.: Издательство Академия наук СССР, 1957, сс. 287 – 289.
② 《汉语大词典》编辑委员会:《汉语大字典》(缩印本),湖北辞书出版社、四川辞书出版社1995年版,第405页。
③ 朱熹:《诗集传》,上海古籍出版社1980年版,第154页。
④ Китайская Поэзия. В переводах Льва Меньшикова. СПб.: Петербургское Востоковедение, 2007, сс. 35 – 36.

第三节　章法谨严生动　韵律屡见匠心

诗歌与其他文学体裁相区别之处，除了观念外，语言、音律都是非常重要的因素。① 诗歌翻译中章法和音律的处理往往成为体现译者功力和表现译者匠心的关键。《诗经》是中国最古老的诗歌汇编，其中的诗在章法和音律方面自有特色。《诗经》典型的四字句、若干行分章等特点，自不待言。它的音韵，也有顾炎武、戴震、方玉润诸家标划研究。源文本的这些章法和音律风格在翻译中如何转换成目的文本的另一种风格，值得认真考察。

在章法方面，先看句的处理。俄罗斯的译者在处理《诗经》的四字句的时候采取了灵活的手段，什图金和玛丽一般没有用四个音节（这几乎是不可能的，因为一个俄语单词一般都有两个以上的音节），甚至也没有用四个单词来对应《诗经》的四字句。他们翻译的一行中，或四个或六个单词不等。只有孟列夫所译的五首《诗经》作品基本上做到了实词性的单词每行四个，其中《螽斯》有的行是三个单词，有的行是五个单词，大概因为译者考虑到源文本本身就有三字句和五字句。再看节的处理。在节的处理方面，最可称道的是什图金对《公刘》的翻译。本来《公刘》八章，每章十一行。什图金将其中的第一、二、三、六章都译为十四行，其他章则十二行、十五行不等。这些十四行的章就是完整的十四行诗体，它们体现了普希金的"奥涅金诗节"的风致，都以前面的三个四行诗加后面的一个两行诗组成，如第一章：

В седьмую луну звезда Огня a
Всё ниже на небе день ото дня. a
И вот теперь, к девятой луне, b
Одежду из шерсти выдали мне. b

---

① 参见黑格尔《美学》第三卷下，朱光潜译，商务印书馆1982年版，第68—96页。

第二章　异域风雅颂　新声苦辛甘 | 229

> В дни первой луны пахнёт холодок, c
> В луну вторую мороз жесток, c
> Без теплой одежды из шерсти овцы, d
> Кто год бы закончить мог? d
> За сохи берёмся мы в третьей луне, b
> В четвертую в поле пора выходить-e
> А детям теперь и каждой жене b
> Нам пищу на южные пашни носить. e
> Насмотрщик полей пришел и рад, f
> Что вышли в поле и стар и млад. f①

其他不是十四行的章，也按照每四行为一个完整的意义单元来处理。每章内结构清晰，节奏分明。全部八章连缀起来，由于节奏的重复，又构成了整个译作的整体节奏之美。

在音律方面，俄罗斯诗歌的韵律，有内部韵律和尾韵等方面。俄罗斯的汉学家一般按照抑扬格或扬抑格，或抑抑扬格、扬扬抑格来处理译文。在《诗经》中，除了尾韵外，句子内部也有韵律，孟列夫意识到了这种内部韵律，竭力用俄语中相似的韵律来再现它。如《关雎》中的"关关雎鸠，在河之洲。窈窕淑女，君子好逑"，"雎鸠"是双声，"窈窕""淑女"是叠韵。孟列夫将其译为 "Гулькают, гулькают голубь и горлица, Вместе на отмели сели речной. Будет затворница девица-скромница Мужу достойной славной женой"②。他以 "Гулькают, гулькают" 来传达汉语"关关"的拟声与重复效果，以 "голубь и горлица" 来体现"雎鸠"的双声效果，以 "девица-скромница" 来模拟"淑女"的叠韵效果，真可谓煞费苦心。

从尾韵来看，什图金翻译的《公刘》第一节的韵脚为 abccbbbccb，用

---

① Шицзин. Перевод А. А. Штукина. М.：Издательство Академия наук СССР, 1957, с. 183.
② Китайская Поэзия. В переводах Льва Меньшикова. СПб.：Петербургское Востоковедение, 2007, с. 35.

的是 лю、от、ед、ет、од、од、од、ет、ет、од 等阳韵。俄文的阳韵，重音落在最后一个音节，同阴韵相比，显得铿锵有力。这与《公刘》第一节"康""疆""仓""粮""囊""光""张""扬""行"（这些字基本属于平水韵的七阳）等字有相似效果。罗蒙诺索夫所写的《1739年战胜土耳其靼鞑人及占领霍丁颂》也以阳韵为主。①

俄罗斯汉学家对《诗经》的翻译成就显著，自不待言。但其中也偶有漏译、误译。前者如《七月》中的"无衣无褐，何以卒岁"，什图金译作："Без теплой одежды из шерсти овцы, /Кто год бы закончить мог?"②（"假如没有羊羔皮做的暖和衣服，谁能结束一年呢？"）郑玄笺云："褐，毛布衣也。卒，终也。此二正之月，人之贵者无衣，贱者无褐，将何以终岁乎。"③ 什图金没有将"无褐"这一层意思翻译出来。《小雅·天保》的"天保定尔，俾尔戬穀"，孟列夫译为："Да охраняют тебе Небеса! Чтобы пожал урожай ты хлеба."④（"上天保佑你呀，又让你的粮食获得丰收。"）孟列夫显然把"穀"字理解成了"粮食"。毛亨传云："穀，禄。"⑤ 朱熹注云："穀，善也。尽善云者，犹其曰单厚多益也。"⑥ 足见这里的"穀"字与"粮食"或"谷物"等无关，孟列夫显系误译。但瑕不掩瑜，这些只能说明，译诗不易，译先秦的诗尤难。《诗经》俄文翻译这异邦新曲的咸苦酸辛，在《诗经》诞生的国度如果没有人去品评，那才是真正的辛酸。

---

① Ломоносов М., Державин Г, Жуковский В., Рылеев К. Избранные произведения, Киев: Днепро, 1975, cc. 12 – 20.

② Шицзин. Перевод А. А. Штукина. М.：Издательство Академия наук СССР, 1957, с. 183.

③ （清）阮元刻校：《十三经注疏附校勘记》上册，中华书局1980年版，第389页A。

④ Китайская Поэзия. В переводах Льва Меньшикова. СПб.：Петербургское Востоковедение, 2007, с. 38.

⑤ （清）阮元刻校：《十三经注疏附校勘记》上册，中华书局1980年版，第412页B。

⑥ 朱熹：《诗集传》，上海古籍出版社1980年版，第104页。

第三章 历史类型学的启示

——李福清院士的文学研究方法

本章在综述中俄有关研究的基础上，考察俄罗斯汉学家李福清院士中国文学研究的路径和方法。在资料方面，他重视多语种资料的搜集运用，通过商榷补充等切实推动学术向前发展；他将类型学与历史诗学相结合，形成了历史类型学，这成就了他的学术融通，决定了他的学术道路。

2012年10月3日，知道大汉学家、俄罗斯科学院院士李福清先生驾鹤西去后，我禁不住写下了这样的文字：

> 李福清院士，俄大汉学家，治中国文学年画既广且深，几无出其右者。其八十寿诞将至，天大冯骥才艺术院为之暖寿筹会。会期已近，不料噩耗传来。予受益于李院士良多，吟成五古八韵，不计工拙，聊表哀思。俄人呼癌症为螃蟹。

> 秋风吹肃气，萧瑟扫疏林。
> 李翁八十寿，津城迓伊临。
> 著文颂学问，莫城传噩音。
> 螃蟹亦何恶，先摄寿翁心。
> 邮件历历在，语疏意弥真。
> 松云暮恻染，薤露朝悲吟。
> 阴阳隔河汉，泪下沾衣衿。
> 逍遥游龙府，天宫论艺深。

对一位学者最好的缅怀，是回顾他的学术道路，思考他的学术贡献。在我国和俄罗斯，原来就有讨论李福清先生的学术成就的文章若干，如钟敬文先生为李福清先生的《中国神话故事论集》写的序，称赞他"知识的博洽""科学的敏感"，他的"分析能力"，他的"严肃与公允相结合的态度"，同时在一些具体问题上也与李福清商榷。① 马昌仪先生分阶段、历时性地点评李福清先生的学术成就，认为李福清重视唯物主义的反映论，重视系统研究，注重从诗学、审美的角度研究文学，并指出他重视资料工作。② 李明滨先生在为《古典小说与传说——李福清汉学论集》所作的序中概括了李福清学术成就的四个方面：他的研究涉及中国文学的各个领域；中国俗文学和民间文学是他研究的重点领域；他研究我国台湾原住民文化，并同大陆各民族文化比较；他研究中国民间艺术。③ 2002 年，H. 尼古林发表《汉学家、民间文学研究家、文艺学家》一文，纪念李福清先生七十诞辰，他回顾了李福清先生的学术道路，历时性地概述了他的主要学术著作，没有概评，文末是祝福之语："新的学术化境在等待着鲍利斯·利沃维奇。"④ 对于一位通讯院士，这既是祝愿，也是对寿翁将在学术殿堂升堂入室的暗示。五年后，E. 谢列勃利亚科夫在《科学院通讯院士鲍·利·李福清（为七十五诞辰而作）》一文中同样介绍了李福清先生的主要学术著作，他强调："学术界高度评价他对那些中国都不曾予以应有关注的中国文化典籍和问题的大胆的探索。解释中国人精神生活特征的不懈的热望使他总是既对当代作家的艺术作品兴趣盎然，又对数千年的书面文学和口头创作孜孜以求。"⑤ 这两篇文章还比较详细地介绍了李福清先生对蒙古民间文学的搜集和研究，他对西伯利亚、远东民间文学的研究，他这方面的著述中国同行是不太了解的。这些文章都采用按照时间顺序点评李福清

---

① 李福清：《神话故事论集》，（中国台湾）学生书局 1984 年版，第 iii—xv 页。
② 同上书，第 xvii—xxxviii 页。
③ 李福清著，李明滨选编：《古典小说与传说·序》，中华书局 2003 年版，第 1—7 页。
④ Н. Никулин. Синолог, фольклорист, литературовед: К 70-летию Б. Л. Рифтина// Проблемы Дальнего Востока, 2002, No 5, с. 191.
⑤ Е. А. Серебряков. Член-корреспондент РАН Борис Львович Рифтин（К 75-летию со дня рождения）//Известия РАН. Серия литературы и языка, No. 006 т. 66, 2007, с. 61.

院士的主要学术著作结构方式，也或多或少涉及他的文学研究方法，但是对这些方法点到为止。现在不妨在共时的、更宏观的层面上来思考李福清先生的文学研究的路径和方法。尤其应该思考，李福清先生的中国文学研究方法对我们自身的研究有什么启发。

第一节　注重多语种学术资料

　　李福清先生每做一个题目总要竭尽全力在中国搜寻各种资料，这是前述的文章多加赞美的他的优长之处。但我在这里想强调的是，他对世界各语种资源的重视和搜集。他总是以中国的文学为核心问题，以世界学术界对此问题的研究作为自己考察的对象，更作为自己研究的起点。他曾说："我还要指出一点，就是我研究一个问题时尽量穷尽在俄罗斯的、中国的和西方的资料，既要注意研究对象的原始材料，有时有关学者发现了新材料，你要注意吸取，又要注意搜集学者新出的研究著作。真正的理论著作是不能根据局部的材料来写的，如同植物学著作，不可以只用一个地区的植物来谈世界植物的分类及其理论问题。普罗普教授的《神奇故事的历史根源》、梅列金斯基教授的《神奇故事人物研究》和《神话诗学》等都用了全世界的民间故事材料。"[①] 在《中国精神文化大典》第二卷《神话·宗教卷》关于中国神话的序言（长达 77 页）中，李福清先生旁征博引，中、俄、日、欧洲和美国有关中国神话研究的著作一一点评，多有洞见。李福清先生首先介绍俄罗斯汉学家 C. 格奥尔基耶夫斯基发表于 1892 年的《中国人的神话观念与神话》，接着分析了日本学者井上圆了发表于 1882 年的《论儒家的崇拜对象尧舜》和另一位日本学者白鸟库吉的相关研究。李福清先生接着批评 1922 年出版的英国汉学家倭讷（E. T. C. Werner）的《中国神话与传说》，认为其来源甚狭，分类不确，继而较详细介绍鲁迅、沈雁冰、胡适和顾颉刚等中国学者的神话研究。这样就使我们能够回到中国神话研究的"现场"。对 1924 年法国汉学家马伯乐（Henri Maspero）对

---

　　① 刘亚丁：《"我钟爱中国文学"——俄罗斯汉学家李福清通讯院士访谈录》（上），《文艺研究》2007 年第 7 期。

《尚书》中的神话传说的研究,李先生则不吝赞词。李福清先生谈及德国汉学家何可思(Eduard Erkes)对后羿神话的研究,称赞其将该神话与太平洋周边的相似神话研究。李福清先生叙及德国学者艾伯华的有关研究、瑞典学者高本汉1946年出版的《古代中国的神话和崇拜》,还注意到高本汉对这些神话文本展开的历史语文学研究,高本汉同闻一多的"对话"。20世纪50年代的神话研究,贝塚茂树的《众神的产生》、芬斯特布施(Finsterbusch)的《山海经与造型艺术》。对卜德(D. Bodde)的《世界神话》、袁珂的《中国神话》、王孝廉的《中国神话传说》等,李福清先生皆有介绍点评。① 这样详尽的学术综述,直接把《神话·宗教卷》中的神话研究部分推到世界中国神话研究的学术前沿。

商榷纠谬,推进学术,是李福清先生广泛征引资料的目的。在《三国演义与民间传说》中,为了考察平话体裁的源流,李福清先生几乎是考镜源流,分别引用中国学者张政烺、鲁迅的观点,刘大杰的《中国文学发展史》,游国恩、王起等的《中国文学史》,以及美国学者约翰·克兰普赞、捷克学者雅·普实克的观点或材料,与之商榷或驳难,得出了平话与世界流传的"民间读物"相类似的结论。② 虽然其结论未必会得到广泛赞同,但广泛搜求各语种的文献资料,以求解的精神,是值得我们学习的。此外,在其《从比较神话的角度再论伏羲等几个神话人物》一文中,李福清先生以闻一多的《伏羲考》作为讨论的起点,以比较神话学为理论支撑,广泛征引中国大陆和台湾地区、越南、蒙古国的神话传说,使人们对伏羲等神话人物的认识有了新的进展。③ 对于学者的错讹,李福清先生总是能直接指出。比如为英文版《回族神话和民间故事》写的书评中,李福清指出:收入故事中的《阿丹和好娃》的故事不是回族神话,而是《古兰经》传说。④

---

① Духовная культура Китая. Энциклопедия. Мифология. Религия. Главный редактор М. Л. Титаренко. М., "Восточная литература" РАН, 2007, сс. 16—77.
② 参见李福清《三国演义与民间文学传统》,上海古籍出版社1997年版,第47—50页。
③ 李福清著,李明滨选编:《古典小说与传说》,中华书局2003年版,第168—208页。
④ Boris Riftin and Boris Parnickel, *Mythology and Folklore of the Hui: A Muslim Chinese People by Li Shujiang*; *Karl W. Luckert*. Asian Folklere Studies, Vol. 57, No. 2 (1998), p. 371.

如果我们放眼俄罗斯汉学界，会发现注重多语种资料的搜集和运用并不是李福清先生一人的创举。阿列克谢耶夫院士的《中国史在中国和欧洲》，将他自己对中国史学的历史沿革和流变的准确描述置于当时中国和欧洲学术界对中国史的研究背景之中，他点评了梁启超的《中国史学研究法》，以及英国学者倭讷，法国学者沙宛、伯希和与马伯乐等学者对中国史学的看法。① 孟列夫对《双恩记变文》的研究也是如此，他首先述评了中国学术界各种关于"变文"的定义和解释，如中国科学院文学所的《中国文学史》、北京大学学生编写的《中国文学史》的定义。他还转述了郑振铎、刘大杰和谭丕模对变文的研究。孟列夫还关注了日本学者川口久雄、金光照光的变文观，② 并分别与之对话、商榷。

关注多语种学术资源可达到若干目的，第一，在广泛的背景上，才能看清楚什么是前沿问题，什么地方是有待开垦的学术处女地，找到有开掘价值的方向或课题。第二，在梳理已有的学术成果的过程中就可以获得材料，或获得研究思路的启发。第三，与多语种的学术同行对话或商榷，切实推进学术发展。第四，要做一个题目，则应以世界的主要国家或地区为考察对象，对材料做竭泽而渔式的全面搜罗，做完后大致可以说，这个问题已经有了"阶段性的成果"。以此观之，制约我国学术的瓶颈甚多，学者对外国语言知晓的数量有限恐怕难辞其咎，学风不够扎实似乎也不无干系。

第二节　运用历史类型学

在研究中国文学过程中，李福清先生整合类型学和历史诗学，形成了新的研究方法——历史类型学。

类型学（Типология）源于希腊语 Typos，类型学"是一种科学认识方

---

① В. М. Алексеев. Китайская история в Китае и в Европе. //Труды по китайской литературе. М., Восточная литература, книга 1, 461 – 488.

② Бяньвэнь о воздаянии за милости, часть 1, Факсимиле рукописи, исследование, перевод с китайского языка, комментарий Л. Меньшикова, М., Наука, 1972, сс. 25 – 36.

法，它的基础是借助概括的和优化的模型或类型来区分客体的系统和它们的亚类。类型学被运用于比较研究，其对象是在时间中并存的，或在时间分化的客体组织的重要特征、联系、功能、关系、层次"①。在俄苏，类型学是化学、生物学、心理学、语言学等广泛使用的研究方法。赫拉普琴科等学者将其运用于文学研究。赫拉普琴科在其《文学的类型学研究》一文中写道：文学的类型学研究"揭示文学现象和因素，可以将这些原则和因素称为众所周知的文学—美学共性，归纳为某种同样的类型和种类"②。由苏联科学院高尔基世界文学研究所为责任单位出版的，以李福清先生等为编委集体编撰的《东方和西方中世纪文学的类型学与联系》，就是以对文学的类型学为研究方法的："一系列文章本身就是对东方和西方的文学现象的类型学共性和文学发展道路的研究。"③ 在这本书里，李福清先生发表了作为代序言的、长达108页的《中世纪文学的类型学和相互联系》。在强调类型学的重要意义的同时，李福清先生清楚地意识到了类型学的比较方法被滥用，被泛化为无边无际的万能工具的可能性："'类型学'的概念在文学范围内有时会在各种各样的意义上使用，有时是不同的文学发展道路的定义，有时与此相反，则是对语言艺术发展中产生的相同的现象的追踪。"④ 他特别担心的是，用东方的文学现象与已经得到充分研究的西方文学做牵强比附的比较。因此，他给自己的类型学研究规定了具体的范围："我想，无论在何种情况下，至多在三个层面（水平）上展开：a. 意识形态层面；b. 描写层面；c. 叙述层面（情节组织、讲述的特殊手法）。"⑤ 我们将看到，三个层面的类型学研究，成了李福清先生整个学术研究的基本方法。

---

① А. П. Огурцов, Э. Г. Юдин. Типология. Большая Советская энциклопедия. М., БСЭ, 1976, т. 25, cc. 563 – 564.

② Храпченко М. Б. Типологическое изучение в литературе//Его «Познание литературы и искусства», М., Наука, с. 180, сс. 180 – 181.

③ Институт мировой литературы им. А. М. Горького Академии наук СССР. Типология и взаимосвязи средневековых литератур Востока и Запада. М., Наука, Главная редакция восточной литературы, 1974. с. 3.

④ Тот же, с. 48.

⑤ Тот же, сс. 48 – 49；参见李福清《三国演义与民间文学传统》中文版自序，上海古籍出版社1997年版，第5页。

正如马昌仪先生所指出的那样，李福清"把苏联历史诗学传统运用于中国文学的分析研究中"①。历史诗学是文艺学的分支，它是研究文学体裁、文学作品和文学风格的发生学，历史诗学在历时性中研究文学。历史诗学的奠基人是19世纪俄罗斯学者韦谢诺夫斯基，在20世纪他曾被当作"世界主义者"受到批判，直到20世纪70年代历史诗学重新得到关注。普罗普和梅列金斯基等都被当成韦谢诺夫斯基的历史诗学的继承者。类型学本身就不拒绝时间意识，但在李福清先生的类型学的研究中，直接引入了历史的维度，时间的重要性被他高度强调。李福清先生自己也谈道："19世纪俄国著名学者韦谢洛夫斯基院士很早就开始研究'历史诗学'问题。历史诗学的任务是研究各种文学的种类、体裁、描写方法等的历史发展，'文学'这个概念的演变，诗学的各种历史类型及其与时代的关系。例如，古代文学是一种类型，有自己的特征；中世纪文学是另一种类型，也有自己的特征；近代文学和现代文学又有自己不同的类型特征。"② 可见，李福清先生自觉地将历史诗学和类型学相结合，开展了历史类型学研究。

他运用历史类型学方法，把研究的范围基本上限定在中世纪③内，即中世纪范围内对中国文学展开纵的、横的研究。李福清或考察某个题材，如孟姜女、三国这样大的题材，在不同的体裁、不同的历史时期的纵的演化；或进行横向研究：将我国台湾原住民的巨人故事，同世界不同民族的相似故事进行比勘，或考察关公、伏羲这类原型在远东的传播。

历史类型学决定了研究的内容是受时代和层次限制的。李福清先生拒绝将中世纪的现象同新时代（即18世纪以后）现象进行类型学的对比。如他明确提出："用比较法一定要注意历史发展阶段，如有中国学者把《三

---

① 李福清：《神话故事论集》，（中国台湾）学生书局1984年版，第xxxii页。
② 刘亚丁：《"我钟爱中国文学"——俄罗斯汉学家李福清通讯院士访谈录》（上），《文艺研究》2007年第7期。
③ 《东方和西方中世纪文学的类型学与联系》编委序言中写道：中世纪指的是公元初到17世纪末，是由于世界基本宗教——佛教、基督教和伊斯兰教形成过程出现在公元初到17世纪（Типология и взаимосвязи среднквековых литератур Востока и Запада. с. 3.）。李福清在《神话与鬼话》中对中国中世纪做了不同的描述：中国的中世纪开始于三国时期，持续到19世纪末至民国初年（李福清：《神话与鬼话——台湾原住民神话故事比较研究》，社会科学文献出版社2001年版，第19—20页）。

国演义》与托尔斯泰的《战争与和平》做比较，那完全无关。前者是典型的中世纪作品，后者是19世纪现实主义的作品。"① 再看层次限制，他明确指出：同样作为中世纪的作品，中国14世纪的书面史诗《三国演义》《水浒传》可以与意大利文艺复兴时期奥里斯托的《疯狂的罗兰》和塔索的《被解放的耶路撒冷》进行比较。但只在这样一点上可以比较，即中国和意大利的作者都从民间文学中吸取材料，并加以提炼。假如着眼于作者的思想表达层面，奥里斯托所表达的讽喻，则是罗贯中或施耐庵的世界观中完全找不到的东西。② 即是说，在思想层面它们是不能比较的。

运用历史类型学可以发现过去被遮蔽的东西。通过历史类型学提供的纵横比较方法，李福清先生实际上发现了中国文化中的一个人们或许忽视的问题：中世纪的中国文学没有从古至今的"全世界纪实"。李福清指出：在拜占庭—斯拉夫文化中历史作品有两种类型，一种是包含了从"创世纪"到与作者接近的时期的"全世界纪实"，另一种是王朝和战争的历史。他指出，在中国第二种历史，即王朝的历史很发达，但没有第一种历史。在中国这样典型的儒教国家里，因为儒生们将其他民族（包括其他接受儒家思想的远东各民族）视为不知正道的"夷狄"，所以中国没有"全世界纪实"。③

李福清先生提供了历史类型学研究的许多范例。在《三国演义与民间传统》中，李福清实际上是以三国的题材为核心，展开对这个题材的历史类型学的考察，换言之，即是对三国题材的流变史做了类型学考察。尼·尼古林指出："在其关于《三国演义》的专著中，李福清在学术界首次（利用罗贯中的小说材料）研究了中世纪东方各种文学方法的主要问题，研究了在这些文学中艺术时间的反映。他非常详尽地研究了中世纪中国文学同民间文学的联系，这对中世纪的中国文学而言是非常重要的……李福清在学术界首次描述了这类三国评话的结构，同时分析了书面的文本是如

---

① 刘亚丁：《"我钟爱中国文学"——俄罗斯汉学家李福清通讯院士访谈录》（上），《文艺研究》2007年第7期。
② Типология и взаимосвязи среднквековых литератур Востока и Запада. с. 52.
③ Там же, cc. 16 – 17.

何变为口头的、由说书人讲述的文本的。意识形态层面的分析，得到了对出场人物外貌的分析，对主人公情感、思想、行动的分析，对言语的分析的补充。"① 从尼古林的评价中我们不难看出，李福清的历史类型学方法得到了俄罗斯同行的关注和认可。

在李福清先生的历史类型学研究中，历史诗学和类型学是互相融合的，如果偶尔出现分离的状况，就会产生疏漏。比如，李福清先生对类型学的框架的设计是比较合理的，涉及了意识形态、描写和叙事层，但是他的《三国演义与民间文学传统》有关三国平话的部分，类型学就同历史诗学分离了。李福清在以类型学来考察《三国演义》之前的三国题材时，有"《三国志平话》的叙事"一节，但他所展开的"艺术时间""说话的影响""情节结构和行为形式""叙事中的前提文件的穿插"等部分符合类型学的分层要求，但并没有从历史诗学的角度说清楚《三国志平话》对《三国演义》的影响，实际上未展开历时性的叙事研究。这或许是因为李福清叙事研究在运用类型学时过于强调"层次性"，而略为忽视了"历时性"这一维度。

从总体上说，李福清先生的历史类型学研究方法，具有横向观照东方西方，纵向注重时间的融通性。在他的历史类型学的观念中，时间是中世纪，关系是远东与西方。由于类型学的内在规定性，他破除了中国传统文学研究中文人文学与民间文学的阻隔，也打破了中国文学与周边民族的阻隔，更突破了中国传统文学研究中以朝代为基本单位造成的时间阻隔。由于李福清先生的历史类型学能够突破这些阻隔，所以收到了豁然贯通的功效。

李福清先生在选择科研道路的时候，没有走向文本的纵深开掘的道路，如后期写作《赞成与反对——陀思妥耶夫斯基札记》时的维·什克洛夫斯基，写作《论俄罗斯诗歌：分析、阐释和概述》时的 M. 加斯帕洛夫；也没有走由对众多本文分析、阐释进而上升到理论层面，提出某些体系性洞见的道路，如他的老师普洛普、同事梅列金斯基。他选择了

---

① Н. Никулин. Синолог, фольклорист, литературовед: К 70-летию Б. Л. Рифтина// Проблемы Дальнего Востока, 2002, №5, с. 181.

同一题材在不同时代、不同地域或不同体裁的演变，它们的亚类的发展，它们在不同历史时代中的集中（各种三国题材集中为《三国演义》，孟姜女故事的集中）分化（《三国演义》向民间评书的分化）。这些都是由他所钟情的历史类型学的研究方法决定的。应该说，李福清先生选择了一条更加艰辛的学术道路，为此，他必须终年奔走于全世界，为他用历史类型学研究中国民间文学（同时也为研究中国年画）寻找大量的第一手资料。

第四章 俄罗斯《中国精神文化大典》：翻译与思考

第一节 《中国精神文化大典》翻译工作简况

由俄罗斯科学院远东所所长、俄中友协主席 И. Л. 季塔连科院士主编，А. И. 科勃泽夫教授和 А. Е. 卢基扬诺夫教授副主编的《中国精神文化大典》（以下简称《大典》）共6卷，编纂历时15年，2010年始告完成。《大典》第一至六卷分别为：《哲学卷》（2006年，727页）、《神话·宗教卷》（2007年，869页）、《文学·语言与文字卷》（2008年，855页）、《历史思想·政治与法律文化卷》（2009年，935页）、《科学·技术·军事思想·卫生·教育卷》（2009年，1087页）和《艺术卷》（2010年，1031页）。《大典》从哲学、宗教、历史观念、政治、法律、科技思想、文学、艺术等多个领域对中国博大精深的历史和当今文化进行了全面诠释，集中体现了俄罗斯汉学研究的最新成果。《大典》的作者团队已获得了各种奖励和荣誉。胡锦涛在2009年6月访俄期间，授予季塔连科院士"中俄关系60周年杰出贡献奖"。《大典》的主编季塔连科，副主编科勃泽夫、卢基扬诺夫2011年因"推动俄罗斯和世界汉学，编纂厚重的、学术性的《中国精神文化大典》"荣获俄罗斯国家奖。2012年9月，季塔连科院士又荣获中国政府"友谊奖"。据新华社报道，2013年3月，习近平访问俄罗斯期间会见俄罗斯汉学家，卢基扬诺夫教授发言，他介绍了《中国精神文化大典》。习近平回应他的发言，赞扬了《中国精神文化大典》。①

四川大学当代俄罗斯研究中心有关人员一直关注《中国精神文化大典》的写作出版，从 2010 年年初开始，笔者和李志强教授分别在《人民日报》《中外文化交流》《中国俄语教学》《俄罗斯中亚东欧研究》等报刊发表有关《大典》的评介文章。2010 年 9 月，四川大学当代俄罗斯研究中心举行成立仪式，以《大典》副主编卢基扬诺夫为团长的俄罗斯汉学家代表团一行 8 人出席成立仪式，将 6 卷《大典》赠送当代俄罗斯研究中心。2011 年 12 月，国家社科基金重大项目征集选题时，笔者代表四川大学当代俄罗斯研究中心提出、论证了"俄罗斯《中国精神文化大典》中文翻译工程"选题。2012 年 6 月，国家社科规划办将该选题列入 2012 年第三批重大项目举行招标。

2012 年 4 月，四川大学当代俄罗斯研究中心同俄罗斯科学院远东所签署了 6 卷本《中国精神文化大典》的翻译合同，学校有关领导要求四川大学组织专家将《大典》翻译成精品大书。我们组成了翻译工作班子，由北京师范大学俄语系主任夏忠宪教授，四川大学当代俄罗斯研究中心学术委员会主席刘亚丁教授，中国俄罗斯文学研究会会长、中国社科院外国文学研究所刘文飞研究员，北京外国语大学俄语学院张建华教授，四川大学当代俄罗斯研究中心主任李志强教授，南开大学文学院王志耕教授共 6 位俄罗斯文学研究、翻译专家，分别出任《大典》的《哲学卷》《神话·宗教卷》《文学·语言与文字卷》《历史思想·政治与法律文化卷》《科学·技术·军事思想·卫生·教育卷》和《艺术卷》的翻译主编。翻译工程聘请国内和俄罗斯的权威学者担任翻译顾问，他们是李明滨教授、吴元迈荣誉学部委员、项楚杰出教授、季塔连科院士、卢基扬诺夫教授和科勃泽夫教授。6 位主编带领各自的团队（六个子课题，即六卷的翻译队伍）。除了上述 5 个单位外，6 个子课题组的成员分别来自北京大学、北京第二外国语学院、复旦大学、天津师范大学、哈尔滨工业大学、哈尔滨师范大学、东北师范大学、大连外国语学院、河北师范大学、解放军外国语学院、四川

---

① 杜尚泽、施晓慧、林雪丹、谢亚宏：《"文化交流是民心工程、未来工程"——记习近平主席会见俄汉学家、学习汉语的学生和媒体代表》，《人民日报》2013 年 3 月 25 日。

外国语学院,他们是俄罗斯语言文学教学研究的精英,绝大多数都有一次或数次访学俄罗斯的经历。经过会议答辩,2012年10月,"俄罗斯《中国精神文化大典》中文翻译工程"获准立项为国家社科基金重大招标项目(2012年第三期)。

中国俄罗斯文学研究会和许多俄罗斯文学翻译研究工作者大力参与支持项目的申报工作,刘文飞会长两次召集有关专家开会,讨论《中国精神文化大典》翻译工作。

2012年12月7—8日,"俄罗斯《中国精神文化大典》中文翻译工程"开题会在四川大学顺利举行。四川大学党委常务副书记罗中枢教授、四川省社科规划办主任黄兵出席会议并讲话。俄罗斯联邦驻华大使馆临时代办陶米恒、卢基扬诺夫教授为开题会发来贺电。项目评审专家和子项目负责人和有关专家对做好翻译工作提出了很多很好的建议。李志强教授还对做好翻译工程的保障工作谈了设想。

第二节 《大典》中文翻译的难点与我们的态度

《大典》研究的对象是中国文化的十来个学科,在词条和文章中涉及大量的中国相应基本理论和专业知识,在行文中有大量的中国古籍和专业文献的引文;而我们的翻译团队的大部分成员是我国的俄罗斯语言文学的研究者、翻译者,对中国文化相应学科未做过研究或了解不够。翻译工作所面临的难点如下。

(一)如何解决对中国本土文化的理解:翻译不仅是语言的对译,而且是对原文所述对象的再阐释。因此,如果我们在《大典》的翻译过程中对中国文化本身理解不到位,则势必会影响翻译的质量。而我们的团队成员在这一点上有着明显的欠缺,所以,解决这一问题,成为整个翻译工程的首要目标。

(二)如何解决对俄罗斯学者学术立场的理解:翻译不仅是对原文所述对象的再阐释,同时也是对原文作者立场的再阐释。因为如果不理解原文作者的文化立场,则无法精细地理解原文所表达的价值观念,也就会影响到翻译的准确性。仅仅做一种文字的对译不是我们的原则,我们的原则是,在翻译过程中准确传达俄罗斯学者的外位视角,从而为我们对本土文化的理解提供参照。因此,解决这一问题,也是保证我们整个工程的关键环节。

(三)如何解决原文还原的问题:《大典》是对中国传统文化的研究,其中有大量对中国典籍和中国现当代文献原文的征引,在整体阐述中,还有大量中国文化相关术语的移用。以往在国内的翻译作品中出现张冠李戴的现象很多,如果不解决这个问题,就难以体现我们整个翻译工程的严肃性与学术品格。

我们整个翻译工作具有学术严肃性,我们的态度将体现在解决上述问题的过程中。我们认为,我们的翻译不是一种普通的文字翻译,甚至也不是一种文学翻译,而是一种文化翻译。我们的学术态度包括以下三个方面的主要内容。

一是理解并确立我们自身的中国文化观。要翻译国外的中国文化研究著作,我们自己首先要成为中国文化的入门者甚至是专家,我们不仅要通过对中国文化典籍的阅读来完善我们的相关知识,还要研究并熟悉本土的中国文化研究学术史,即了解中国本土学者的代表性观点;在这个基础上,确立我们自己的中国文化观。

二是理解俄罗斯学者的中国文化观。《大典》是俄罗斯汉学界的研究成果,而不是对中国精神文化的铺叙和介绍,因此,其中渗透着俄罗斯学者的个人立场和文化价值观,而这种立场和价值观与中国本土学者和我们自身的价值观存在着基于不同文化语境的理解差异。因此,这个翻译工程就不仅是简单的文字理解,而是"文化理解"。

三是在确立我们自身文化观和理解俄罗斯学术文化观的基础上,对原文的文化立场保持一种评判的姿态。这种评判姿态包括两个方面,一是以"他山之石可以攻玉"的姿态,对俄罗斯学者的观点加以重视和借鉴,借以重新审视我们自身的文化,为国内的文化建设提供一种新的活力;二是以评判者的姿态发现问题,洞悉域外学者在不同文化语境下对中国文化作出的"误读"性理解,其目的不是否定他们的研究,而是理解不同的精神文化结构是如何造成对中国文化传统的理解差异的，从而发现两种文化的差异以及二者可以达成沟通的可能性。

这些是我们翻译的基本观念，也是我们进一步做独立研究的基础，更是我们围绕翻译工作撰写学术论文的出发点。

第三节 针对翻译难点的解决方案

基于上述学术态度，我们的翻译不仅是翻译活动，而且是复杂的研究活动。为了使这一工程能真正体现我们的学术态度，保证翻译质量，具体有以下9种解决方案。

（一）"先学后译"法

《中国精神文化大典》涉及中国的精神文化的若干领域，牵扯到政治、经济、法律、哲学、宗教、文学、自然科学等若干学科。显然，在今天的中国学术界，还无法组成一个既精通俄语又精通中国文化各领域的学术团队。因此，学习有关知识就是本翻译团队的首要任务。这里的学习有广义和狭义之分。

首先是广义的学习，可借用严绍璗先生对操作中国学的学者的要求。他指出，作中国学的研究者应具备4种素质：①必须具备本国文化的素养，包括相关的历史哲学素养；②必须具备特定对象国的素养，也包括历史哲学素养；③必须具备文化学史的基本素养；④必须具备两种以上的语文素养，必须具备汉语素养，同时必须具备对象国的语文素养。[①] 本翻译团队成员的俄文水平很高，对俄罗斯文学和文化有深入的理解，但除了第二项、第四项中的第二部分外，其他知识素养是须刻苦学习才能获得的。总的来说，广义的学习就是对所翻译对象的相应知识的整体学习。在进入具体的翻译过程前，不同的翻译团队应针对所译知识领域进行全面系统的学习，使译者成为中国相应学科的行家。如翻译《历史思想·政治与法律文化卷》的团队，首先应学习中国的正史，对二十四史的基本内容，对《资

[①] 严绍璗：《我对 Sinology 的理解和思考》，《国际汉学》2006 年第 1 期。

治通鉴》等有比较全面的了解，对《唐六典》《唐律疏义》《大明律》《大清会典》《大清律例》等要熟悉研究，使团队对历史思想和政治法律文化等有比较全面的认识和了解。翻译《神话·宗教卷》的团队成员，则学习研究相关的神话典籍和学术著作，如《庄子》《淮南子》《山海经》《楚辞·天问》《中国神话辞典》等，应学习了解《十三经注疏》《四书章句》《诸子集成》《新编诸子集成》，道藏（《正统道藏》《万历续道藏》）、佛藏（《新修大正藏》《卍续藏经》《中华大藏经》《五灯会元》）等儒释道基本典籍，使自己成为中国神话宗教专家。

其次是狭义的学习。翻译过程的第一步，是对所译研究文章或词条开列的参考文献进行学习和研究。比如翻译《神话·宗教卷》关于《太上感应经》的词条，就要先研读《太上感应经》的中文原文；翻译《艺术卷》的词条"图画见闻志"，就要先研讨郭若虚著、俞剑华注的《图画见闻志》的中文本，最好是俄罗斯作者使用的人民美术社1963年版本，同时还须参考俄罗斯作者所列参考文献《画论丛刊》，对有关《图画见闻志》的部分加以参阅。再如《历史思想·政治与法律文化卷》中的"中国民族学说"部分，翻译前应先阅读其中涉及、征引的梁启超《中国国民之品格》《论中国之将强》等文章，而且尽量用《大典》作者所用的版本，如《饮冰室文集》等。只有经过这种译前学习，才可能准确理解并写出顺畅无误的翻译文本。

（二）"讨论求解"法

通过发挥团队的作用解决翻译中遇到的疑难问题。个人在翻译中遇到难点，可先向本卷主编求助。若本卷主编依然难以决断，则可发邮件给本卷的成员，大家讨论解决。甚至可能有本卷都不能解决的疑难问题，则可发给其他卷的主编或成员，大家集思广益，总会解决疑难问题。各卷的主编在开题会上也表示，遇到疑难问题时，要就近向本单位的文史专家咨询。

（三）"顾问解惑"法

在翻译过程中充分发挥担任顾问的李明滨先生、吴元迈先生、项楚先生和季塔连科院士、卢基扬诺夫教授和科勃泽夫教授的智力咨询作用。一些关键性的疑难问题，可以向他们求教。还可以通过俄方的顾问，直接与《大典》的文章和词条的原作者联系，在与他们的沟通中解决疑难问题。

（四）"网络光盘查询"法

翻译中最困难的工作是文章词条中所引中国古籍的还原问题。对《大典》所引中文，要杜绝望文生义，避免猜译。借助"先学后译"法，则可确定俄文作者所使用的中国古籍的范围，而现在几乎所有的中国古籍都有网络版，如"国学宝典"等，通过输入相应的关键词，则可查出俄文所引的原文。如在《大典》的《哲学卷》"荀子"词条中，俄文作者引用了这样一句话："благородный муж（цзюнь цзы）почитает находящееся в себе."我觉得很难确定这是《荀子》中的哪句话，不能猜译，于是在互联网上搜索"荀子"，在中青网的"大百科"下有"古典文学"，在其下有"荀子"的目录，于是下载"天论篇第十一"，通过输入与"благородный муж"对应的中文词"君子"查找，得到"故君子敬其在己者"。经核实，《荀子》中的这句原文，与俄文本句和上下文均吻合。再去找中华书局的整理本，也查到了这句话，于是就可以断定，俄文原作者引的就是这句。用同样的方式，找到了"сбережение Небо само приводит к сбережению к Пути-Дао"是"守天，而自为守道也"。

除了网络资源外，现在《文渊阁四库全书》《四部丛刊》《大正藏》《正统道藏》等都有光盘版，勤查这些光盘，可保证翻译中古籍还原的准确性和正确性。

（五）"中俄文典籍对读"法

中国的不少先秦、两汉的古籍都有俄罗斯的汉学家的俄译本，如《论语》《大学》《中庸》《孟子》《荀子》《道德经》《庄子》《诗经》《楚辞》《淮南子》等。首席专家收藏了这些典籍的俄译本，将向有关子课题提供这些典籍的俄译本的复印件。如果翻译者遇到《大典》中一些有俄译本的中国古籍中的引文，可先查俄译本，再根据俄译本的相应卷号，回查相应的中文本，这样就可以确定《大典》所引中国古籍的准确的中文。同时，有一些中国古籍的俄译本在互联网的俄文网站上也有，也可实行俄文的"网络查询法"。

（六）"专有名词统一"法

在《大典》的原著每卷的末尾的附录中都包括两个对照索引表，其一是人名、术语对照兼索引表，其二是书刊名对照兼索引表。对照索引表的左端是人名、术语、书名的俄文音译，右端是相应的中文字，如："чань-сюе——禅学"；有的还加注俄文的意义，如，"Эр я и——《尔雅义疏》(Пояснение к словарю 'Эр я')"。我们翻译遇到原文中所涉及的中国名物的俄文音译时，这两个对照索引表会提供方便。同时，我们统一整套书的专有名词时，也可参照每卷这两个对照索引表。但是应该逐一辨别每个名词，因为其中俄文、中文都有误。如前面的《尔雅义疏》中的俄文音译就缺了"шу"——"疏"。尤其要认真辨析《大典》两个对照索引表中不准确甚至错误的地方。做出音、义完全正确的对照表，用以统一整个《大典》中文翻译中的专有名词，杜绝同一俄文概念，或同一中文词的俄文音译，在不同的卷中译成不同的中文名词的现象。尤其要注意汉学著作的中文译名，有的汉学著作有汉学家自己定的中文名称，一定用这个中文译名。

（七）"引用版本统一"法

我们应充分注意《大典》词条和文章后的参考文献提供的中国古籍的版本，尽量找到这个版本，以它为查中文原文的依据。在《大典》词条和文章没有指定特定的中文古籍的版本的情况下，我们在对俄文中所引用的中文古籍和现当代文献进行还原时，要运用上述的"网络光盘查询"法和"中俄文典籍对读"法，找到中文的原文后，最后一步须核对目前通行的学术性版本，如中华书局和上海古籍社出的点校本，若无这两家出版社的点校本，则应核对《四部丛刊》《诸子集成》等；其他中文文献原文，也须核对公认的优秀出版社的权威版本，以保证《大典》所引中文文献的准确性、可靠性。

（八）"注释纠错"法

对于《中国精神文化大典》的个别观点，即使我们未必同意，作为译者，我们也不必置评，更不能修改。毋庸讳言，《中国精神文化大典》偶然有知识性"硬伤"。作为译者，我们有必要将这些舛误指出来，以避免误导中国读者，同时俄方出增订版时，也可以借此作出修改。中译者在指出这些知识性错误时,要引用可靠的文献、史料来作为纠错的依据。

可通过译注(脚注)说明,应指出译注所依据的文献。除先秦诸子、《二十四史》等常见的古籍外,其他书的版本信息应尽量完整,即应有作者、书名、出版社、出版年、页码。例如,《历史思想·政治与法律文化卷》第363页"唐太宗"词条中有明显的知识性错误,通过脚注出错误,如:

原作为:ЛиЧжи(имп. Гао-цзун, прав. 650—683)。

译文为:李治(高宗,650—683年在位)。

(据《旧唐书·本纪第四》,唐高宗李治于贞观二十三年六月即位,其在位时间应为649—683年——译者注)

(九)"相关学科专家审读"法

四川大学文史学科具有悠久的历史传统和雄厚的科研实力。对一些包含艰深专业知识的文章或词条,在子课题完成译稿后,由首席专家和编委会聘请四川大学相应学科的专家,如哲学、宗教学、历史学、文学、语言学和艺术学等学科专家审稿,发现问题,提出修改建议,及时返回子课题组修改,以确保译文准确无误。如果须审稿的个别学科四川大学没有相应专家,则应在国内其他高校或学术机构聘请审稿专家。

Дополнение 1 《Судьба человека》: реализм или символизм

Первая часть рассказа 《Судьба человека》 М. А. Шолохова вышла в последнем номере 《Правды》 в 1956 г., а вторая в первом номере следующего года. Этот рассказ Шолохова-лебединая песня великого мастера.

Статья 《Шедевр социалистического реализма》 (О 《Судьбе человека》) Д. Благого была опубликована в 1964 г. Уже само её название давало шолоховскому рассказу высокую оценку. В целом, в статье автор чётко проанализировал его художественные достоинства. Например, он отмечает исключительно важный нюанс подтекста рассказа. Д. Благой пишет: 《Совсем иной взгляд у мальчика》, который глядит на автора 《светлыми, как небушко, глазами》. Лев Толстой, как известно, придавал особенное значение в деле искусства тончайшей, филигранной отделке, тем почти незаметным 《чуть-чуть》, посредством которого данное произведение становится под руками настоящего мастера созданием подлинно высокохудожественным. Здесь перед нами-как раз одно из таких 《чуть-чуть》. Он дальше объясняет: 《Скажи автор о глазах мальчика: 《светлые, как небо》,-и получился бы маловыразительный штамп. Но эта народная, уменьшительная, ласкательная, почти колыбельная форма того же самого слова-《небушко》-сверкает в контексте, как драгоценный камень, как бриллиант чистейшей воды». ①

Но Д. Благой тоже не свободен от тех или иных штампов того времени. «С первых же слов рассказа читатель узнает, что описывается «первая послевоенная весна». «Описание это, ——подчеркивает Д. Благой, —— лишено какой-либо аллегоричности, не имеет никакого нарочитого авторского «второго плана», оно предельно реально, изобилует всякого рода бытовыми деталями». ② Д. Благой, будучи членом-корреспондентом Академии наук СССР, являлся сторонником концепции строгого реализма, который исключает любые элементы как символизма, так и модернизма, поэтому его статья может служить препятствием для дальнейшего интерпретирования шолоховского рассказа.

Очень важна на этом фоне статья «Художественная концепция простого советского человека в рассказе М. Шолохова «Судьба человека» Н. Лейдермана и М. Липовецкого. Об исповеди Андрея Соколова, они говорят: «Это пространство и время исповеди ровесника века. Оно поражает своей насыщенностью, доходящей до символичности». ③ Здесь мы видим, что авторы уходят от штампа того времени.

Если речь идет о композиции, то и Д. Благой и Н. Лейдерман, М. Липовецкий имеют свой взгляд. Текст рассказа «Судьба человека», по Д. Благому, состоит из трёх частей, а Н. Лейдерман и М. Липовецкий в исповеди обнаруживают 10 микроновелл: 1-Довоенная жизнь; 2-Прощание с семьей; 3-Пленение; 4-В церкви; 5-Неудачный побег; 6-Поединок с Миллером; 7-Освобождение; 8-Гибель семьи; 9-Смерть сына; 10-Встреча с Ванюшкой.

Моя точка зрения на композицию рассказа М. Шолохова отличается

---

① Благой. Д. Шедевр социалцстического реализма (О «Судьбе человека» http://www.detskiysad.ru/raznlit/sholohov06.html.).

② Там же.

③ Лейдерман. Н. и М. Липовецкий. «Современная русская литература» М.: УРСС, 2011, книга 1, с. 73.

от вышеуказанных и этому посвящена последняя часть этой статьи.

Я также попытался углубиться в анализ рассказа «Судьба человека», определил его, образно говоря, как симфоническое произведение. Давайте вообразим, что перед нами партитура симфонии «Судьба человека». Допустим, одна партия в ней—и это главная часть в повествовании сюжета—исповедь героя Андрея Соколова, в которой царствует принцип реализма, но иногда используется аллегоричность. Может быть, её исполняет группа скрипок. Параллельно мелодии и в тесной взаимосвязи с ней существуют партии, записанные в гармонии (аккорд), в которых царствует аллегоричность. Может быть, доходя до символизма, иногда ее играют некоторые деревянные и медные духовные музыкальные инструменты, иногда даже весь оркестр. Оперируя многозначительной гармонией, своеобразный сюжет развивается, и поэтому рассказ «Судьба человека» носит апокалипсический характер. Мелодия в рассказе-это элемент повествования.

Согласен с господином Д. Благим, и его утверждением о том, что всего три части в рассказе, то есть: пролог, в котором первый повествователь ведет линию рассказа ко второму, конечно, главная часть-исповедь героя, после чего следует эпилог. Конечно, М. Шолохов не новатор такой композиции. Как известно, очень типичен был роман Ю. Лермонтова «Герой нашего времени» из произведений такого рода. Исследователь лермонтовского романа Б. Эйхенбаум раскрывает его достоинства и отмечает, что его идейным и сюжетным центром служит не внешняя биография, а именно личность человека-его духовная и умственная жизнь, взятая изнутри, как процесс.① Хитрый переход от первого рассказчика (путешественник) ко второму (Максим Максимыч) и к третьему рассказчику (Печорин) в пяти повестях замечательно

---

① История русского романа. Редактокционная комиссия А. С. Бушмин и друг., Москва и Ленинград: Издательство Акадеимии наук СССР, 1962, с. 298.

Дополнение 1 《Судьба человека》: реализм или символизм | 253

проанализирован В. Набоковым. ①

В прологе рассказа «Судьба человека» первый повествователь от собственного имени описывает время—первая послевоенная весна, и место-переправа через речку Еланку, где он встретил мужчину с мальчиком. Позже читатели узнают, что мужчина этот—главный герой Андрей Соколов. Но до этого уже началась его исповедь. Если говорить о форме исповеди Соколова, то необходимо упомянуть «Житие протопопа Аввакума». По мнению учёных, «Житие»—это было первое в русской литературе автобиографическое произведение, носившее выраженный проповеднический и вместе с тем исповедальный характер. ②

Что касается исповеди Андрея Соколова, то, может быть, большинство шолоховских исследователей не обратило внимание на то, что в ней две очень отличающихся друг от друга части. Речь Соколова состоит из двух фрагментов. Один из них посвящён мирной жизни, другой-военной. Внутренний драматизм рассказа «Судьба человека», я полагаю, в том, что в этих фрагментах Андрей Соколов сильно отличается духовными качествами и концепциями ценностей. По исповеди Соколова в мирной жизни он обыкновенный человек. В начале фрагмента мирной жизни описывается путь этого обыкновенного человека: он «ишачил» на кулаков, работал в плотницкой артели, на заводе, потом стал шофёром. Андрей Соколов также имеет общий недостаток всех молодых людей: время от времени использует нецензурную брань, склонен к пьянству. Позже Соколов женился, жена Ирина была сирота, очень смирная, весёлая. У них было трое детей—сын и две дочери, они построили свой домик, наладили нормальную жизнь. Давайте сравним Соколова с его «сверстниками»,

---

① Набоков Владимир. Лекция по русской литературе. М.: Из-во Независимая газета, 2001, сс. 424 – 429.

② Литература древней Руси. Хрестоматия. Сост. Л. А. Дмитриева. М.: Высшая школа, 1990, сс. 487 – 488.

описанными в литературе до начала 50-х годов. Он никак не похож как на Павла Корчагина, так и на Глеба Чумалова, которые боролись против голода и лишений, оставленных Гражданской войной, и вместе с другими были вовлечены в дело строительства социализма, также, как и не похож на чудака, подобного Вощеву, наблюдавшему за сильно изменяющимся временем. Андрей Соколов был таким простым, что в таком идейном времени его простота доходила до пошлости. «За десять лет скопили мы немного деньжонок, —сказал Соколов, —поставили себе домишко, Ирина купила двух коз. Дети кашу едят с молоком, крыша над головою есть, одеты, обуты, стало быть, все в порядке…, «Чего больше надо».[1] Шолохов М. А. Собраний сочинений. Сост. В. Висильев. Москва, Терра, 2001, т. В исповеди Соколова, как простого человека, одна из повторяющихся тем-это чувство вины перед погибшей женой: «До самой смерти, -сказал он, -до последнего моего часа, помирать буду, а не прощу себе, что тогда её оттолкнул!»[2] А после войны, когда Соколов жил с Ванюшкой, он рассказывает: «Днем я всегда крепко себя держу, из меня ни «оха», ни вздоха не выжмешь, а ночью проснусь, и вся подушка мокрая от слёз…».[3] Правда, по поведению и психологии, Соколов очень близок к простым людям. Цитируя точку зрения Готхольда Лессинга, Ханс-Роберт Яусс утверждает, что читатель всегда сочувствует обыкновенному герою: «Читатели или зрители могут искать, исходя из своих собственных возможностей, тех героев, кто не совершенен, совсем обыкновенный, и имеет похожий на них самих «характер», поэтому они чувствуют симпатию к ним».[4] Вот возвращение шолоховского героя к обыкновенному и имеет свое эстетическое значение.

---

[1] Шолохов М. А. Собрание сочинений. Сост. В. Васильева. М.: Терра, 2001, т. 7, с. 210.

[2] Там же, с. 211.

[3] Там же, с. 231.

[4] Ханс-Роберт Яусс. Шэньмэй цзиннянь хе вэньсюэ чаньшисюэ. Шанхай, 2006, с. 211.

Во фрагменте, связанном с военной жизнью Андрея Соколова, он как будто становится другим человеком. Здесь на реалистическом фоне уже образуется аллегоричность. На самом деле, имя и фамилия героя этого рассказа-это аллегория. У Соколова есть корень 《сокол》. В русской сказках образ Сокола используется иногда в связи с мотивом его превращения в доброго молодца, который потом совершает различные подвиги. Как символический образ, Сокол, олицетворяющий 《безумство храбрых》, встречается в прозаическом стихотворении М. Горького 《Песня о Соколе》.[1] Что касается Андрея, то в этом имени скрыт богатый смысл. Мы обратились бы к 《Повести временных лет》 и к одному из двенадцати апостолов в христианской мифологии, 《Оньдрею (то есть Андрею——прим. Лю) учащю въ Синопии и пришедшю ему в Корсунь, уведе, яко ис Корсуня близ устье Днепрьское, и въехоте пойти в Рим. и пройде в устье Днепрьское, и оттоле поиде по Днепру горе. И по приключаю приде и ста под горами на березе. И заутра въетав и рече к сущим с ним учеником: 《 Видите ли горы сия? ——Яко на сих горах восияеть благодать Божья; имать град велик быти и церкви многи Бог въздвигнути имать》. И въшед на горы сия, благослови я, и постави крест, и помоливъея Богу, и слез с горы сея, идеже послеже бысть Киев, и поиде по Днепру горе》.[2] Киевская Русь увидела в Андрее покровителя русской государственности. В императорской России он стал по преимуществу и покровителем русского военно-морского флота (Петром I был учреждён Андреевский флаг, а также Андреевский орден-старейший из русских орденов).[3]

---

[1] См.: Брилева. И. С. и др. Русское культурное пространство. Лингвокультурологический словарь. М.: Гнозис, 2004, сс. 160-161.

[2] Литература древней Руси. Хрестоматия. Сост. Л. А. Дмитриев. М.: Высшая школа, 1990, с. 10.

[3] См.: Аверинцев. С. С. Андрей. Мифы народов мира. М.: Большая Российская энциклопедия, 2000, т. 1, сс. 80-81.

Во фрагменте, связанном с военной жизнью, Андрей Соколов презирает того, кто не ведет себя как солдат. « Да и признаться, — сказал он первому повествователю, — и сам я не охотник был на жалобных струнах играть и терпеть не мог этаких слюнявых, какие каждый день, к делу и не к делу, женам и милахам писали, сопли по бумаге размазывали. Трудно, дескать, ему, тяжело, того и гляди убьют. И вот он, сука в штанах, жалуется, сочувствия ищет, слюнявится, а того не хочет понять, что этим разнесчастным бабенкам и детишкам не слаже нашего в тылу приходилось. Вся держава на них оперлась! »①.

Соколов подчёркивает, что мужчина должен быть мужчиной, солдат-солдатом. Он понимает, что мужчина и солдат-это, конечно, две роли, но для Соколова это одно и то же. « На то ты и мужчина, - добавил он, — на то ты и солдат, чтобы все вытерпеть, все снести, если к этому нужда позвала ». ②Хотя Соколов был простым солдатом, у него не было возможности командовать армейской частью, воевавшей с немцами, и он не сделал большой карьеры, но этот Андрей, хотя и не награжденный орденом Андрея, был достойным настоящим солдатом. Независимо от того, был ли он солдатом в Красной Армии, или попал в плен в немецкий лагерь, он всегда сохранял достоинство воина. Когда у действующей батареи почти не было снарядов, он отвечает командиру: « Какой разговор », « Я должен проскочить ». ③

Когда герр лагерфюрер Мюллер вызвал его к себе, сначала у Соколова появилась жалость и сентиментальные чувства. « Что-то жалко стало Иринку и детишек, но, в конце концов, потом жаль эта утихла и стал я собираться с духом, чтобы глянуть в дырку пистолета бесстрашно, как и подобает солдату, чтобы враги не увидали в последнюю мою

---

① Шолохов М. А. Собрание сочинений. Сост. В. Васильева. М. : Терра, 2001, т. 7, с. 212.
② Там же.
③ Там же, с. 213.

минуту, что мне с жизнью расставаться все-таки трудно…》① Здесь чувство достоинства и другие психологические факторы подавили инстинкт самосохранения.

И так, исповедь Андрея Соколова в рассказе 《Судьба человека》 состоит из двух частей, в каждой из которых имеется свой мотив. Один Соколов как будто играет разные роли-то это обыкновенный человек, у которого нет никаких амбиций, либо это солдат, олицетворяющий героизм в прямом смысле. Хочу подчеркнуть, что в изображении своего героя М. А. Шолохов, отражая ценность семейной жизни, написал оду сублимации человечности в ситуации войны. Теперь становится ясным место рассказа 《Судьба человека》 в развитии советской литературы. В нем частично унаследована традиция героического повествования, когда внимание сосредоточено на чувствах и психологии простых бойцов, а попадание героя в плен дает возможность проявить новые черты характера. Кто станет отрицать, что новаторство этого типа начиналось уже в рассказе 《Наука ненависти》, и в первых частях романа 《Они сражались за родину》 М. А. Шолохова? Ранее, только экстраординарный человек имел право стать героем в военном романе, а теперь пришёл простой обыкновенный человек—Андрей Соколов. Так М. А. Шолохов открывает новые возможности военной литературы.

Аллегоричность (иногда до степени символизма), как следует из вышесказанного, царствует в гармонических партиях симфонии 《Судьбы человека》. Использование рецептивной эстетики в проблеме понимания аллегоричности этого шолоховского рассказа в более широком пространстве было бы необходимо. Как известно, рецептивная эстетика в настоящее время становится одним из ведущих направлений современного литературоведения. По рецептивной эстетике читатель представляется

---

① Шолохов М. А. Собрание сочинений. Сост. В. Васильева. М. : Терра, 2001, т. 7, сс. 220 – 221.

неким имплицитным интерпретатором, включенным в последовательный процесс дешифровки текста и им же запрограммированным. Так, Вольфганг Изер, например, говорит о литературном тексте как полном 《пустот-неопределенностей》, которые читатель 《заполняет》 по своему усмотрению. Но все же 《действия》 читателя контролируются автором, будто нарочно оставляющим 《пустоты》.①

Цитируя изречение А. С. Пушкина, С. Бондарчук, режиссёр фильмов 《Судьба человека》,《Они сражались за Родину》и《Тихий Дон》, сказал: 《Судьба человеческая-судьба народная》.②Действительно, шолоховский рассказ через судьбу героя Андрея Соколова отражает судьбу русского народа в первой половине ХХ века. Другими словами, славную историю советские читатели должны ассоциировать с судьбой народа через судьбу героя рассказа.

Подслушав разговор между героем и повествователем, мы знаем, 《Поначалу жизнь моя была обыкновенная》.③ Так что, похоже, обыкновенное, по сути, не является необыкновенным, этот персонаж уже не обычный человек, он носит символический характер.

Одновременно, я полагаю, что рассказ 《Судьба человека》 Шолохова отвечает законам Вольфганга Изера о позовой конструкции, которая позволяет проницательному (опытному) читателю заполнять 《пустоту》, уже вне текста рассказа, воображать новое аллегорическое пространство. Пользуясь многозначностью темы и даже подтекстов, Шолохов стимулирует воображение читателя, который должен через путь Андрея Соколова осознать судьбу всего советского народа в первой половине ХХ

---

① См.: Вединие в литературведение http://litved. rsu. ru/concep. htm.
② Бандарчук. С. Судьба человеческая-судьба народнаяМ. А. Шолохов в воспоминаниях, дневниках, письмах и статьях современников 1941 - 1984, сост. В. Петелин. М.: Шолоховский центр МГОПУ им М. А. Шолохова, 2005, с. 124.
③ Шолохов М. А. Собрание сочинений. Сост. В. Васильева. М.: Терра, 2001, т. 7, с. 208.

века.

Позже Андрей Соколов сам информирует повествователя о том, что в Гражданскую войну он служил в Красной Армии, в голодный двадцать второй год он подался на Кубань, работал на кулаков, а его отец с матерью и сестрой померли от голода. Позже он работал плотником, слесарем, шофером, был женат, имел детей, создал счастливую семью. В Великой Отечественной войне он, как простой боец, храбро воевал с немцами, а потом два года он стойко переносил ужасы фашистского плена, и жестокая война отняла у него всё-и жену, и детей. Снова он остался один.

Стимулируя воображение читателя, М. А. Шолохов, на самом деле, вне текста рассказа формировал широкое символическое пространство. В шолоховском рассказе можно обозначить «судьбу человека» обратной буквой «U», то есть начало которого и конец были низкие, а среднее место было самое высокое. Правда, жизненный путь Андрея Соколова в начале был низким, он остался один в 1922 году, но постепенно возвышался. Но после этого Соколов покинул деревню, переехал в Воронеж и стал рабочим, шофёром, потом женился на Ирине, родились дети. Он немало трудился, обеспечил семью, и были они счастливы. Две дочери учились на «отлично», а его сын Анатолий «оказался таким способным к математике, что про него даже в центральной газете писали». [1] Это было кульминацией его жизненного пути. Но потом его жизнь пошла вниз, началась война. Он служил в Красной Армии, был дважды ранен, попал в плен, мучился более двух лет в концлагере, его домик разрушен немецкой бомбой, погибли жена и две дочери, а сын погиб во время освобождения Берлина. Соколов снова остался один на свете, он принял сироту Ванюшку. Соколов даже думает:

---

[1] Шолохов М. А. Собрание сочинений. Сост. В. Васильева. М.: Терра, 2001, т. 7, с. 210.

《Да уж не приснилась ли мне моя нескладная жизнь?》. ①

Жизненный путь Андрея Соколова, я полагаю, это 《буквальный смысл》, а путь, по которому шёл советский народ в первой половине XX века-это аллегорический текст. Другим словом, жизнь главного героя представляет собой микрокосмос национальной жизни. Можно сопоставить периоды жизни Соколова и всей страны. Как известно, в 1921—1923 гг. в Советской России произошла одна из самых страшных катастроф двадцатого столетия-разразившийся голод унес жизни миллионов людей (по некоторым оценкам, погибло более 5 млн. чел.). До Великой Отечественной войны в Советском Союзе был совершен индустриальный рывок в годы трех пятилеток. По производству электроэнергии, угля, нефти, чугуна, стали, цемента, древесины СССР обогнал Германию, Англию, Францию или вплотную приблизился к ним. ② В 1937 г. в городах было введено всеобщее обязательное семилетнее (неполное среднее) образование, в 1939 г. поставлена задача перехода к всеобщему среднему образованию (десятилетки). (Вспомним, что все дети Соколова на отлично учились в школе, и он ими гордился). Но мирная жизнь и мечты о будущем советского народа были прерваны немецким нашествием. Великая Отечественная война 1941—1945 гг. —справедливая, освободительная война советского народа за свободу и независимость социалистической родины против фашистской Германии и её союзников, важнейшая и решающая часть второй мировой войны 1939—1945. Победа была великая, цена победы— человеческие и имущественные потери—оказалась высока.

Для читателей, даже некоторые детали из соколовской биографии, были параллельны с определёнными периодами пути советского народа. Изменения в жизни Андрея Соколова после Гражданской войны, когда

---

① Шолохов М. А. Собрание сочинений. Сост. В. Васильева. М.: Терра, 2001, т. 7, с. 226.

② См.: Пособие по истории отечества. М.: Простор, 2000, сс. 343 – 344.

он стал водителем, после этого, за десять лет он, работая день и ночь, с женой «скопили немного деньжонок», и «поставили себе домишко об двух комнатках, с кладовкой и коридорчиком».① Эти десять лет для Советского Союза-как раз сравнительно благополучный период развития. А затем разрушительная война, прокатившаяся страшным катком по судьбе главного героя, как и по всей стране. Но, вообще говоря, голод, война, гибель близких и трагедии такого типа——как в жизни Андрея Соколова символизируют традиционный путь народа Советского Союза I половины XX века и который тоже можно обозначить обратной буквой «U».

Андрей Соколов-это мужчина, чья фамилия содержит корень «сокол», это скиталец, но вряд ли «летающий дух». Он был уроженцем Воронежской губернии, в Гражданскую войну служил в Красной Армии, в голодный двадцать второй год он подался на Кубань, потом чтобы заработать на жизнь поехал в Воронеж. Во время Великой Отечественной войны под Белой Церковью на Украине формировалась его воинская часть, Андрей Соколов попал в плен под Лозовеньками на Украине, позже «Куда меня только не гоняли за два года плена! Половину Германии объехал за это время».② Освободившись из плена, Соколов возвратился в Красную Армию под Полоцком в Белоруссии, потом он вернулся в Воронеж. В 1945 году Соколов вступил в ряды Красной Армии, освобождал Берлин. После войны поехал в Урюпинск и там он вернулся к прежней профессии-шофёр. В конце концов, в прологе рассказа повествователь встретился с Соколовым на хуторе Моховском в Ростовской области, и он пытался найти новую работу в Кашарском районе. Андрей Соколов постоянно бродит, постоянно летит как сокол. Его скитание стимулирует читателя, чтобы он «заполнял» по своему

---

① Шолохов М. А. Собрание сочинений. Сост. В. Васильева. М.: Терра, 2001, т. 7, с. 210.

② Там же, с. 218.

усмотрению повествовательную модель скитания в широком чистом поле, довольно много произведений такого типа в русской литературе, например, в древнерусской литературе——《Садко》, а в русской литературе XIX века 《Кому на Руси жить хорошо》 Н. Некрасова и даже в русской литературе XX века——《Чевенгур》 А. Платонова. Конечно, основным мотивом в повествовательной модели скитания в широком чистом поле является искание чего-нибудь. Садко ищет богатство, семь мужиков волнует такой вопрос: 《Кому живётся весело, Вольготно на Руси?》, Саша Дванов ищет правду о счастье. Что ищет Андрей Соколов как странник? Он всегда, кроме периода войны, искал более благополучную жизнь и более удобную окружающую среду. Но самый волнующий соколовское сердце вопрос, это слово в начале рассказа 《За что же ты, жизнь, меня так покалечила? За что так исказнила?》[①] Этот вопрос имеет богатый, глубокий смысл, даже не только для самого Андрея Соколова. Этот вопрос, на который Андрей Соколов не мог найти ответа, значительно подчеркивает трагический характер рассказа 《Судьба человека》.

Почему мало ученых обратили внимание на проблему аллегоричности или символизма в рассказе 《Судьба человека》? Может быть, это было связано с господством социалистического реализма в советском литературоведении. Примером подобной точки зрения и соответствующей оценки рассказа 《Судьба человека》 является статья Д. Д. Благого, где специально подчеркивается, что описание Шолохова лишено какой-либо аллегоричности, 《не имеет никакого нарочитого авторского 《второго плана》.

В заключение хотелось бы подчеркнуть, что в шолоховском рассказе образуется органическое единство, гармония между реализмом и символизмом. Если бы рассказ был без замечательного повествования, близкого к

[①] Шолохов М. А. Собрание сочинений. Сост. В. Васильева. М.: Терра, 2001, т. 7, с. 208.

действительности, то рассказ был бы пустым и бледным, если бы без аллегории, без символизма, без отражения судьбы народа, то поверхностным и мелким, но благодаря единству между двумя сторонами рассказ «Судьба человека» был, есть и будет шедевром.

Эта статья была опубликована на «Вёшенским вестнике», №11, Государственный музей-заповедник М. А. Шолохова, Ростов-на Дону, ЗАО "Книга", 2011, сс. 191 – 203.

附录2　向死而生的人生醒悟:普希金四个小悲剧赏析

1830年，普希金在波尔金诺村写了四个被他自己称为"小悲剧"的剧本，它们是《悭吝骑士》《莫扎特与沙莱里》《石雕客人》《鼠疫流行时期的宴会》。当年秋天，普希金在同纳塔莉娅·冈察洛娃订婚后，前往位于尼日尼诺夫戈诺德省的庄园。可是，当时鼠疫爆发，四处都设立了封锁线，他被阻在波尔金诺庄园，在那里度过了整个秋天，直到12月才离开。四个小悲剧就是"波尔金诺之秋"的产物。这些作品尽管情节和人物不同，但仿佛是内在情致统一的四幕悲剧，它们应该看成一个整体，是诗人复杂内在世界的外化，是向死而生的生存本相的最残酷的展开，仿佛20世纪存在主义思考的死亡问题，在这里已预先触及了。四个小悲剧是普希金观照时代有所洞悉、反观自我有所悔悟的激情告白。人非草木，孰能无情。而普希金所谓的悲剧，就悲在：情致过了头，就会伤及其人，转而为悲剧。四个小悲剧除最后一出外，分别表现一种过度的情致对人的伤害。

《悭吝骑士》

《悭吝骑士》的悲剧性可谓之"贪财"。男爵这个吝啬者，在身份上完全不同于世界文学长廊里的前辈，如莎士比亚的《威尼斯商人》中的夏洛克、莫里哀的《悭吝人》中的阿巴贡，他们或是犹太人，或处于第三等级。他们贪婪，是因为他们本来就是以挣钱为业的。而普希金的吝啬者却是贵族，这从表面上看形成了强烈反讽。本来，贵族应视金钱如粪土，以追求个人荣誉为人生的最高目标,普希金的主人公却以聚敛和守护金钱为人生的唯一宗旨,乐此不疲,终至因此而一命呜呼。在儿子的描述中,男爵把银钱"当成主子,亲自为他服务。如何服务?像个北非的黑奴,像条看家的狗。在冰冷的狗窝里,喝的是凉水,吃的是干馍。整宿不睡觉,又是跑又是吠叫,而黄金却在柜子里安稳地睡大觉"。妙喻一出,广为传诵,遂为格言。

但是普希金的男爵(骑士)所酷爱的,并不是金钱本身的价值,而是它带来的权利的扩张,从这点来看,他似乎又"回归"了骑士道路。他在风清月白的黑夜,独自来到自己藏金的地窖,面对储满黄金的柜子,唱出了洞察金钱与权利转换秘密的"咏叹调":"国王有一次命令他的士兵,每人抓一把土,把它们堆成堆,于是高高的山冈就拔地而起——国王登上山顶高兴地四下观望,只见山谷里布满了白色的帷幄,只见海面上飞驶着成群的艨艟。我也常把一小把贡品带到地窖里来,于是,我的山冈也会升高,从它的顶上我就能看到——归我支配的一切事物。有什么不归我支配?我好比一个混世魔王,能从这里统治全世界……我南面为王……我的王国十分强大,听从我的指挥……"而且,在他所产生的联想中,也就是在他所使用的典故中,他将自己通过金钱所获得的权利,同亚历山大大帝相提并论。这是一种幻觉,这是由于对权利的贪欲过度,日思夜想,透过日积月累的金钱而氤氲出一种幻觉,其生产机制类似于吸食大麻之后的癫狂想象。在他的幻觉里,他攒钱越多,离上帝越近,只差一步似乎就可以与天地齐寿,与日月同辉了。于是,男爵骑士又同夏洛克们、阿巴贡们区别开来,权力的贪欲使然也。这也是普希金的小手腕,先让金钱骑士在幻觉中升天,然后再让他重重地摔在现实的土地上。

认真咀嚼剧本,又可发现,男爵骑士除了喜好金钱可以满足他对权利的幻想外,居然可以从对聚敛的金钱的把玩中激发特殊的、病态的"美感"。男爵白日里以残酷的方式疯狂地搜刮钱财,他每天最兴奋的时刻就是夜间到地窖里欣赏自己的金黄色的猎物,此时此刻,身为浑浊俗物的他,竟然会有情人的亢奋、诗人的妙喻:"我好比那年轻的浪荡公子,等着去会虚情假意的淫妇,去会那容易哄骗的傻婆娘,于是我整日盼望着那个时刻，走下秘密的地窖，打开忠实的百宝箱。"此处不能不感叹译笔的贴切微妙，将那"妙喻"以打油诗式的语句翻译过来，非常符合金钱骑士的身份和教养。普希金的体悟和深刻见解，也可见诸他描摹的金钱骑士"审"金钱之"美"时强烈的生理性反应："每一次当我动手打开百宝箱，就觉得浑身发烧，心惊肉跳。并非害怕！可心里总是揪得紧，心里头总有一种神秘的感觉……医生使我们相信，有一种人，他们总是以杀人为乐。当我把钥匙插进锁眼的时候，我也感觉到，当他们一刀捅入人体时的这种感觉：又惊又喜。这就是我们的享受。"通常，文学家对笔下人物的心理描写，会借助多种手法，或记其眼色，或述其言语，或描其表情，或绘其动作，然而，普希金却通过生理性反应来表现人物的内心世界，尤显独特深刻。金钱骑士见钱之前感到的是惊恐，由喜爱的正面感觉而转化为恐惧的负面感觉，爱极而生惧，感觉由此而倒错。用钥匙开百宝箱时，则有魔王杀人时的快感，蛇蝎心肠由此而显现，这又是生理反应向对立方面的急遽转化。美丑混淆，"痛""快"颠倒，"喜""惧"倒错，这不是金钱"魔障"了他的身心吗？

金钱的"魔力"更在于，它可窒息人性，令人异化，将人化作禽兽。由于酷爱金钱，骑士男爵已经丧失了正常人的情感。寡妇的哀求，孩提的哭号，不会唤起他丝毫的怜悯之心。对待儿子，他已经没有半点亲子之爱。他不给当骑士的儿子正当的吃穿用度的花销，让他因为没有钱买骑士的行头而出乖露丑。他的揪心之痛是："我南面为王！……可谁继承我的王位？谁接管这个国家的权利？我的继承人！一个疯子！年纪轻轻就乱花钱，那些吃喝嫖赌者的好伙伴！只要等我一死，就是他，就是他！领着一帮奸臣和贪官污吏，穿过寂静的拱门来到这里。从我的尸体上偷出一串钥匙，笑着打开我的一个个箱子，于是我的财宝就像水一般地流进他那有窟窿的缎子衣兜。"想到自己用金钱构筑的王国有朝一日会毁于儿子的抛洒挥霍，他疾首痛心，十倍加剧了他对儿子的愤恨。于是，父子之间反目为仇。结局是，为了金钱，在公爵的面前，父子两人拔剑决斗，惊恐的金钱骑士死于非命。剧本的情节发生于16世纪封建主义解体的时代，而普希金眼前未必没有出现19世纪初聚敛财产的疯狂资产者原型，他的小说《黑桃皇后》就描写了一个为了发财费尽心机不择手段，最终功亏一篑而发疯的军官格尔曼。普希金借助"悭吝骑士"和格尔曼这两个人物，生动而深刻地揭示了金钱对人性的异化。

《悭吝骑士》印证了《共产党宣言》的精辟论断：资产阶级已经"撕下了罩在家庭关系上的温情脉脉的面纱，把这种关系变成了纯粹的金钱关系"。剧本的最后对白——"可怕的时代！可怕的人心！"这是启示录式的呼号，至今依然具有震撼人心的力量。

《莫扎特与沙莱里》

《悭吝骑士》是贪财者和贪权者的悲剧，《莫扎特与沙莱里》则是贪名者、忌妒者的悲剧。其实这出戏的看点不仅在于它揭示了杀人者的悲剧性，更可观的是折射了被杀者和作者本人的悲剧性。在四个小悲剧中，《莫扎特与沙莱里》是唯一以历史中真实存在的人物为主人公的，普希金没有拘泥于史实与传说，而是把自己的作品浸润在对人性、艺术和天才等问题的深刻感悟和激情表达之中。

在剧本中，普希金如同寻开心的上帝，将不同的造物并置起来，然后观察有何后效。两个主人公蕴含并彰显着对立的两种性格，那情形就如同把太阳与月亮、火山与冰峰、诗歌和散文强拉在一起。莫扎特具有太阳的炽热、火山的狂躁、诗歌的激情，沙莱里则不乏月亮的阴鸷、冰峰的冷峻、散文的枯燥，要让他们在奥地利宫廷的小小乐坛里相安无事，怕也不易。难怪沙莱里仰天长叹："为什么上天不把神奇的天赋、不朽的才华拿来奖赏我的热情和勤奋……却用它使一个疯子和懒汉的智能大放异彩？"其实，这就是"既生瑜何生亮"的欧洲版本。认真探究起来，他们的性格里全然包含了不同的艺术天分和艺术素养，更混合着不同的人生态度和职业精神。对音乐，沙莱里是认真、执着的，在研习中他"把技巧看作音乐的台柱""把自己造就成一名工匠：练得手指弹琴敏捷自如，练得耳朵听音准确无误""把旋律搞得毫无生气：分析乐谱犹如解剖尸体，用数学的方法检验和声"。沙莱里的自白是坦率的，他并没有自吹自擂，拔高自己，也可以说他很有自知之明。是的，沙莱里不是艺术家，而是匠人，他越是勤勉，其作品就越发平庸，他搜索枯肠、绞尽脑汁得来的只是中规中矩的及格之作，他居然可以将本该鲜活灵动的音乐，肢解成僵硬可怖的尸体式的下品。莫扎特是艺术家，就连沙莱里都不得不承认，他"像一位天使下凡，他给我们带来了几支天堂里的歌曲"。沙莱里是匠人，在音乐中，他索取，他追求回报，他期待以自己的并非卓越的作品去博得殊荣和嘉奖。莫扎特是艺术家，他"鄙视一切物质利益""献身于唯美的艺术"，他可以从创作和演奏音乐本身得到满足和慰藉，而不必期待，甚至也毫不在乎世人的褒贬臧否。沙莱里是匠人，是操持音乐并赖以谋生的匠人，音乐于他，是职业，是饭碗，因而对威胁到他饭碗的人，他势必动怒，使狠招，下毒手。莫扎特是音乐家，音乐于他就是一切，就是生命。除音乐外，俗世的肮脏龌龊、尔虞我诈他浑然不知：敌人给他酒里下毒，他却为与敌人的友谊而干杯，因而稀里糊涂地成了阴谋的祭品。在那政治黑暗、人心险恶、嫉贤妒能的时代，天才的普希金莫非是要借莫扎特来"夫子自道"一番？是呀，普希金所坠入的人生陷阱、悲剧结局都能佐证，即使他已敏锐地料定了自己与莫扎特会有同样的宿命，但是由于他那幼稚和率直的诗人天性，他无法，也不屑去禳解它。这是悲剧作家的人生悲剧，活生生的性格悲剧。

纵使普希金再天真率直，他也能看出无才无德者的行为逻辑。普希金非常关注有关莫扎特和沙莱里的种种传说，他认为，沙莱里出于嫉妒杀死莫扎特是完全可能的，他曾写过关于沙莱里的如下评论："歌剧《唐璜》公演的时候，这个剧场坐满了感到吃惊的音乐家，无声地陶醉在莫扎特和谐的旋律之中，突然响起了一声呼哨——大家都投以愤怒的目光，只见著名的沙莱里走出大厅——他因为忌妒而感到难受，气得发狂……一些德国的杂志上说，他临死前承认干了件可怕的勾当，毒死了伟大的莫扎特。一个怀有忌妒心的人，既然能够给《唐璜》喝倒彩，就有可能毒死其作者。"在《莫扎特和沙莱里》中，对于自己的平庸，自己灵感不再，沙莱里不是反躬自省，再图发奋，而是迁怒他人——那个叫莫扎特的小子"搅得我们这些凡夫俗子失去了创作的能力和愿望"，因而妒火中烧，怒不可遏，直至当面投毒。在自家的棋盘上把后、车、马都丢弃后，卒子自然而然就会充当老大，这就是沙莱里犯罪的内在动机。对自己病态的忌妒，沙莱里一方面心知肚明，另一方面又想文过饰非："我无法拒绝命运的安排：我被选来阻止他飞黄腾达——否则我们大伙儿都得完蛋，而我们大伙儿都献身于音乐，岂止我一个人名声不响亮……"虽说这有点在未来的审判中预先替自己辩解的意思，将自己的罪责分摊在同样的平庸之辈身上，但这里确乎有某种值得思考的因素。在短短的剧本中提到了两起杀人案：莫扎特问及博马舍杀妻的传闻，沙莱里回忆起米开朗基罗杀模特儿的旧案。这些凶杀案好像只是偶然提及，似无深意，但一而再再而三，就暗示杀人不是一种孤立的、偶发的行为。实际上，剧本中还隐含着一桩古老的凶杀案。《旧约·创世记》载：亚当、夏娃被逐出伊甸园后，他们同房生了该隐，后来又生了亚伯。亚伯是牧羊的，该隐是种地的。一天，该隐拿地里出产的献给耶和华，亚伯也拿头生的羊和油脂献给他。耶和华看中了亚伯的贡物和亚伯，看不中该隐的贡物和该隐。于是，该隐就把亚伯杀了。正如该隐的出产物不蒙上帝悦纳一样，沙莱里的作品也不被上帝和听众接纳，于是沙莱里就变成了新时代的该隐，愤而毒杀了自己的同行。足见，沙莱里之杀人，已不是某种个人的、偶然性的罪行，而成了某类人病态基因的定时性显现。

在《莫扎特和沙莱里》中，还有一个看点不可错过：莫扎特的《安魂曲》与他的夭亡及沙莱里的阴谋的微妙关联。《安魂曲》（Requiem）其实是一种特殊的弥撒曲，是天主教用于超度亡灵的特殊弥撒中的音乐作品。在第一场里，莫扎特已经提到他在构思创作这部宿命般的作品了。他说，他前两天，夜里怎么也睡不着，于是脑子里产生了两三个构思。那虽隐而不现却如影相随挥之不去的黑衣人，以及黑衣人所订购的《安魂曲》，已然把浓重的死的阴影投进了莫扎特的身心。莫扎特向沙莱里叙述自己写《安魂曲》想表达的情绪："我很快活……可突然看到一口棺材，于是心境沮丧起来。"实际上这正是莫扎特见到黑衣人之后的真实心境。到了第二场，黑衣人、阴谋、毒药、死、安魂曲，或隐或显地沉浮在莫扎特对沙莱里说的每句话中。莫扎特的这些台词可谓句句谶语，字字机锋。请认真玩味:"这位黑衣人使我日夜不得安宁……他好像总是跟我们在一起坐着";"听说博马舍毒死过人……他可是个天才,如同你我一样。而天才和邪恶——水火不相容"。仿佛他已经看穿了沙莱里的阴谋,识破了他的毒计。然而,这只是觉而不悟:虽然其神已觉,但其智抵死不悟。换言之,第六感官已有感应,却没有能够上升到意识层面。所以他依然天真,依然轻信,依然是个傻不愣登的音乐神童,热心而真诚地同沙莱里干杯,毫不在意地喝下了其炮制的毒酒。莫扎特生前最后的创作就是写《安魂曲》,最后演奏的曲目也是《安魂曲》。悲耶,欣耶,悲欣交集。若读者把自己设想为秉持天主教信仰者,就会如此解读这个情节:音乐神童如此忘我地谱写《安魂曲》,与其说是完成订货,不如说是在冥冥之中他已预感到大限将至,欲为自己身后做一妥善安排——让自己的灵魂尽快往生天界,好早到那里去书写弹奏新的华彩乐章。

于是,忌妒与大器、匠人与天才、毁灭与创造、骂名与永生,就成了普希金的《莫扎特与沙莱里》的主题。20世纪80年代的大片《莫扎特》轰动一时,让全球亿万观众动心抹泪。其制作主演者,既深得普希金的神韵,又不乏当代的感悟,所以讨了个头彩。

《石雕客人》

2002年,俄罗斯萨拉托夫国立音乐学院一组学生的毕业作品是演《石雕客人》。主演马克西姆·马特维耶夫认为,普希金的这出戏里有许多"搞笑的元素"。西谚云:趣味不必争论,看戏本来就该见仁见智。我们且从另一位俄国作家说起。

1862年9月,列夫·托尔斯泰三十有五,这位闻名遐迩的作家正忙于婚事。一天,他无声无息地将自己的日记本交给未婚妻索菲娅。后来,托尔斯泰夫人回忆说,这些日记使她异常震惊,"看他的过去,我哭得很伤心"。以这种独特的方式,作家向未婚妻忏悔自己先前的放荡不羁的生活。作家托尔斯泰以朴实的行为完成了忏悔。此前32年,1830年在波尔金诺的金色秋天里,年届而立的诗人普希金以一出凄婉的诗剧做了披肝沥胆的忏悔。在笔者看来，这就是《石雕客人》的创作缘由及精神内涵——唐璜，其实是普希金用来自我清算的精神弟兄。忏悔风流过愆，洗清灵魂垢染，然后坦然面对爱侣。

《石雕客人》刚一拉开帷幕，唐璜与他的创造者普希金，在"身份"上大可同病相怜：他们都是从流放地归来的异己分子。唐璜是个从流放地逃出的人犯：由于以武犯禁，手刃情敌之类，或不为人知的缘故，他被国王放逐。然而他老兄吃不了苦头，耐不住寂寞，索性潜逃，溜回了京城马德里。莱波雷洛对唐璜说："一旦明天消息传入国王耳中，说唐璜擅自离开流放的地方，跑到了马德里城——请问，那时他将如何处置您？"唐璜这个身份，几乎就是作者普希金本人的自画像，当然由于自己身份的特殊性，他不得不做些掩饰。普希金深受法国大革命的影响，写下了一系列抨击俄国腐朽的农奴制、指斥皇位上的暴君、渴求幸福的北极星升起的作品，如《自由颂》《乡村》《致恰达耶夫》等激情澎湃的诗歌，这些作品几乎成了激励贵族革命家十二月党人的精神食粮。秘密宪兵将搜到的这些手抄本送到沙皇亚历山大一世那里，于是龙颜震怒，普希金即刻成了钦定的流放犯。南方的监管，北方的软禁，五年的放逐，偶然结束于亚历山大一世的去世。在尼古拉一世的统治下，普希金虽被允许住在京城，但依然是沙皇和宪兵总司令监管下的"囚徒"。普希金让唐璜与自己拥有相似的身份，大概是为了借他的酒杯浇自己的块垒。

唐璜是西欧民间传说中著名的登徒子，他视诱惑自己中意的女性为人生的第一要务。他曾被多位艺术家演绎得栩栩如生，如莫里哀、莫扎特和拜伦分别创作了同名戏剧、歌剧和叙事长诗。普希金的剧本在情节方面对莫扎特的歌剧略有借鉴，但他赋予了这个题材全新的意义。在普希金的剧本里，描写了唐璜的两次艳情，一次是同劳拉的旧情复燃，一次是对安娜夫人的狂热追求。在同劳拉重温旧梦时，唐璜依然不失花花公子的本色。请看唐璜杀死唐卡洛斯后，他与劳拉在做亲密状时的对白：

唐璜：劳拉！你早就在爱着他？

劳拉：爱谁？你别说胡话。

> 唐璜：老实告诉我，我不在的时候，你共有几次，对我变了心？
> 劳拉：你呢？浪荡公子！
> 唐璜：告诉我……不用啦，以后再说。

可见唐璜的逢场作戏、虚与委蛇。在前两场中，还有唐璜多次对往昔恋人的轻浮的回忆，很难把这些情感同真诚的爱情相联系。自从见到安娜夫人后，唐璜对她的情感则一往情深，真挚感人，仿佛这个花花公子一夜间已经脱胎换骨。他一改油腔滑调，开始对安娜夫人真诚地吐露心迹："……但从我爱上你的那个时候起，我才懂得了短暂的人生的价值；只有从我爱上您的时候起，我才懂得了'幸福'二字的含义。"在这种真诚的爱的激励下，唐璜向安娜夫人忏悔了两宗罪，其一是"长久地沉湎于声色"，其二是他是杀死她丈夫的罪人。若非真挚相爱，唐璜怎么会如此披肝沥胆？

创作《石雕客人》，描写唐璜的改邪归正，宣泄着 1830 年秋天普希金对未婚妻冈察洛娃的真挚忏悔。当其时也，肆虐的鼠疫令普希金与他热恋的莫斯科美人冈察洛娃天各一方：婚期在即，所谓伊人，如在云端，白露未晞，秋草萋萋，道阻且长；若有不测，多半是劳燕分飞，阴阳陌路。因此他通过诗剧表达了自己心迹，这是普希金向冈察洛娃所做的真诚忏悔，假如此时不向她忏悔，要命的鼠疫也许将剥夺他表白的机会。四个小悲剧中，普希金生前只有此剧没有发表，当然更无从演出，这大概因为这是他向未婚妻做的心灵告白，与世人无干。唐璜在见到安娜夫人前，用言辞和行为对妇人们所做的情感诱惑，恰恰是普希金在与冈察洛娃订婚前用情诗对众多淑女贵妇所行的诗意催眠。普希金有"情歌王子"的雅号（另外，细心的读者也许还会发现，除归来的流放犯外，唐璜与普希金还有一种相同的身份——唐璜也是"情歌的即兴创作者"），从尚在皇村中学就读的 1815 年起，维纳斯、丘比特就频频被普希金祭起，巴库尼娜、凯恩夫人、沃龙佐娃、奥列宁娜、拉耶夫斯卡娅姐妹、里姆斯基—科萨科娃等时常成为他倾诉情感或情欲的对象，《致凯恩》《您和你》等成了广为传诵的情诗名篇。忽然一天，这一切似乎都成了过去，因为冈察洛娃占据了普希金的心灵。普希金向她求婚,几经波折,终被应允。当时未来的岳母要普希金回答几个问题,第一个就是:他过去生活放荡,他是否有能力使单纯的冈察洛娃幸福?于是,普希金在当时的一篇日记中写道:"结婚,就意味着我要放弃我的独立,我的奢侈习惯,我那漂泊不定的流浪生活,我的孤单和寻花问柳的性格。"我们无缘读到普希金对冈察洛娃当面情感忏悔的记载,但是我们有幸从《石雕客人》中听到普希金心灵的倾诉:"端详您的玉容是我唯一的欢乐……既然注定我要活下去,我就必须把您看个够","我一定会怀着万分的喜悦把我的名位、财产和一切,一切的一切,全都向您奉献,就只为了博得您的青睐;我会甘愿做您意志的奴隶,我会仔细地揣摩您的脾性,以便抢先迎合您的心意,使您的生活永远充满魅力"。还有就是上文提到的对过去沉湎于声色的真诚忏悔。《石雕客人》的前两场似乎以唐璜对劳拉等的轻薄或意淫浓缩了普希金先前的"寻花问柳",但"自从我见到您的那一刻起,我发觉我完全变成另一个人";在写与安娜夫人交往的第三、第四场里,没有任何唐璜原来特有的轻薄之举,他对安娜夫人始终尊称为"您"。更动人心魄的是,当"唐璜"(即在文字障眼法后的普希金)向"安娜夫人"(不妨读作"冈察洛娃")倾诉衷肠后,石雕客人突然出现,夺走了"唐璜"的生命。这里固然有对莫扎特的歌剧《唐璜》的结局的借鉴:改邪归正的浪子却因为原先的孟浪受到了惩罚,惩罚降临于改过之际,其训导意义由此而彰显。这一暴亡也是鼠疫的鬼影在作品中的投射,还有"唐璜"对自己诺言的履践:"死算得了什么?为了幽会甜蜜的一瞬,我虽一死也心甘情愿。"唐璜死的时候还一往情深地呼唤着"安娜",令人不能不为之动容。

看来,《石雕客人》是很难找到"搞笑元素"的。在这出悲剧中,对女主人公安娜夫人的描写也是非常有光彩的。被唐璜的一片痴情感动时,安娜夫人"发乎情,止乎礼",竭力想保持自己的冷静和矜持。她对化名为杰戈的唐璜说:"听您说话,我都感到有罪——我不可能再来爱您,寡妇必须对自己亡夫忠诚。"而在普希金的《叶甫盖尼·奥涅金》中,女主人达吉娅娜对追求她的奥涅金说:"我至今爱你,但是我既然嫁了别人,就要对他忠诚。"安娜夫人与达吉娅娜的表白何其相似。再看唐璜对安娜夫人的赞美："您头上的三尺青丝披撒在苍白的大理石上"，这里色彩和形貌都形成了汉语诗歌对仗般的对比："冰冷的大理石艳福非浅，您的天仙的鼻息使它温暖，您的爱情的泪水把它浸润……"温柔的想象，将安娜夫人神化，这也是剧作家一往情深的神来之笔。

《鼠疫流行时期的宴会》

《鼠疫流行时期的宴会》是普希金"波尔金诺之秋"四个小悲剧的最后一出，大概可以说是"波尔金诺之秋"百花园中灿烂秋花中最夺目的一朵。秋花有知有灵，似乎能预感到屠杀自己颜色和生命的严霜冰雪即将骤降，故而倾力绽放，尽吐芳颜；普希金也深知铺天卷地呼啸而来的鼠疫没有识别力，不管你是尽心行善的，还是终生作恶的，也不管你是才情齐天的，还是平庸度日的，它通通收入毂中，一网打尽，毫不容情，所以诗人要将他对生命与人世、灵魂与宗教的深刻感悟，以诗剧的形式告诉世人，这就让《鼠疫流行时期的宴会》成了天鹅之歌，哀哀绝唱。

这出戏是诗人普希金感悟人生的肺腑之言，同时又接续着欧洲大陆曾有过的"生命觉醒"。《鼠疫流行时期的宴会》是对英国诗人约翰·威尔逊（1785—1854）的诗剧《鼠疫城》的仿写。那出戏是对1666年伦敦流行鼠疫的恐怖场景的描写。但是普希金的《鼠疫流行时期的宴会》的情节要素和精神内核，则是源于文艺复兴时期意大利作家薄伽丘（1313—1375）的《十日谈》。在《十日谈》中，1348年黑死病猖獗时，在一片悲惨的气氛中，十名青年男女集聚在佛罗伦萨城外一处别墅，他们终日游玩、欢宴，每人每天讲一个故事，每天推举一个"国王"，以及时行乐来抗拒必死无疑的厄运。小说虽小道，实则反映了大道理。在死亡的威胁下，意大利人反而产生了生命意识的觉醒：在死神面前，上帝、福音书、牧师等全都无能为力，反而不如及时行乐。因此，《十日谈》成了人的自觉，生命意识苏醒的先声，成了文艺复兴时期人的高亢的赞歌。俄罗斯在文明的进程中晚于西欧，988年，弗拉基米尔大公从君士坦丁堡引入了基督教的分支——东正教，此后，俄罗斯处于宗教和后起的专制农奴制压抑之下，这犹如黑暗的"中世纪"漂移到俄罗斯（当然任何比喻都是跛足的，俄罗斯的现实与西欧中世纪有极大的不同），生命意识尚在上帝的"光辉"之下酣睡。普希金所处的19世纪上半叶，俄罗斯人开始近距离接触历经文艺复兴、启蒙运动、英国工业革命和法国大革命后的欧洲，因而开始了全面精神开悟。普希金正是俄国人当中最具先知先觉慧根的一位。俄罗斯以《鼠疫流行时期的宴会》与《十日谈》式的生命意识和人文意识的觉醒遥相呼应。

　　普希金的灵感是内外契合的结晶：既是作者在死亡将至时思考生死问题的最后升华，又是《十日谈》的文艺复兴式的人的生命意识觉醒的俄罗斯式表述。这出篇幅短小的悲剧突破了自988年以来俄罗斯人的精神取向：在灵与肉、天国与尘世的选择中，压抑和弃绝肉体（即感性生活）、尘世，以期获得灵魂的安宁，更追寻死后灵魂往生天国、回归上帝怀抱。普希金转而肯定尘世中现实生命本身的价值，唱出了哀艳的生命之歌。《鼠疫流行时期的宴会》一开始，死亡恐惧笼罩舞台，鼠疫肆虐，横行猖獗，几至人畜倒毙，十室九空。从青年的台词中我们得知，才高八斗、妙语连珠的杰克逊昨天还在座上谈笑，席位余温尚存，其人已去了冰冷的阴曹地府。梅丽的台词更描绘了凄怆的情景：教堂里空荡荡，学校锁了门，死人连续不断运来，活人呼天抢地地呻吟，一刻不停地掘土下葬，一个新坟接一个旧坟。如何抵御这飞来的横祸，拯救厄运难逃的生灵？剧本中提供了两种方案。

　　其一是青年男女们的及时行乐，青春放歌。他们将酒食摆在十字街，一面喝酒，一面唱歌，以此来度过死神猖獗、恐惧游荡的阴郁时光。宴会的主席瓦尔辛加姆则变消极逃避为积极迎战，他在夜深人静之时灵感泉涌，勇气倍增，信口吟出了《鼠疫颂》：

　　　　乐在亲赴沙场，战斗厮杀，
　　　　乐在面临深渊，无所惧怕，
　　　　乐在航行于怒吼的海洋——
　　　　恶浪翻滚，天昏地暗，

乐在狂飙大作，一片迷茫。
乐在鼠疫猖獗，肆意蔓延。
以死亡相威胁的一切事物，
在视死如归的人们心中，
激起了无法形容的乐趣——
或许死亡会使他青史留名！
只有置身惶恐不安之中，
他才能品尝到永生的欣幸！

活脱脱一个沙场军勇、决斗场骑士，两强相遇，勇者定操胜券。当你不畏惧死神的时候，死神奈你何？他的歌，与其说是"鼠疫颂"，不如说是"人颂"，恰好表达了人在死亡和灾难面前不屈不挠的坚强意志。

其二是老神父的回归神灵的法子。青年的青春放歌与神父的回归神灵势必产生冲突。而当男女青年在喝酒行乐，甚至调笑鼠疫时，老神父悄然而至，愤然怒斥道："不信神的狂人……这时恶鬼正在撕裂不信神者的堕落有罪的灵魂，狞笑着把他拖进漆黑的地狱。"他试图让这些人回到笃信上帝、灵魂、地狱等旧俗中，他受到了青年们和瓦尔辛加姆的嘲笑。可是神父并不气馁，接着，他与瓦尔辛加姆的一番对答，揭示了瓦尔辛加姆的踟蹰和犹疑。神父提到瓦尔辛加姆在母亲死前的哀痛："莫非你认为，她的在天之灵……听到你唱着疯狂的歌子的嗓音，看见你在筵席上花天酒地的情景，不会痛苦地哭泣？"这触及了他的心灵，使他几乎动摇了意志，但他最后坚定了信念，他拒绝神父说："我承认您是在极力地挽救我……（晚了）老人，祝您一路顺风；可谁要是跟您走，他定遭诅咒。"神父又以马蒂尔达的灵魂的召唤来打动他，这使他产生了良心的震颤（这里译本漏掉了作者的提示词：在瓦尔辛加姆的关于马蒂尔达的台词前有"他站起来"——встаёт），因为马蒂尔达是他的妻子（译本没有把"妻子"这个词译出来，原文应是："他发疯了，他老在念叨着死去的妻子。"ОН cywat-meyruuu—Он бредит жене похороненной），显然，她生前是位虔诚的信徒。所以瓦尔辛加姆再一次动摇了，但他最后拒绝了神父。短短的对话，一唱三叹，一波三折，愁肠寸断。这既是个体的犹疑和决断瞬息间的三反三复，又有新时代的大精神的显现：当人已经摆脱了神、教会、天堂和地狱这些外在的羁绊后，他就要孤零零地独立面对世界，承担起自己的责任，更要无畏地去面对死亡。于是自在的人，终于成长为自为的人。这里，瓦尔辛加姆从忧郁到决断，仿佛只是瞬息之间的事，但这仿佛是俄罗斯的精神历程的缩写：从罗蒙诺索夫等诗人那咏唱上帝、沙皇的诗歌，走到普希金这告别上帝和地狱的人的世界，委实不易，其间的反复何止三次。

《鼠疫流行时期的宴会》是总结性的。从人类生存价值的角度看，"四个小悲剧"的前三部小悲剧思考人性的弱点导致的悲剧性死亡的意义：在《悭吝骑士》中，主人公死于贪婪，否定了贪财在生存中的价值；在《莫扎特和沙莱里》中，莫扎特死于他人的嫉妒和自己的天真，否定了贪名者沙莱里的生存价值，在《石雕客人》中，主人公死于滥情，否定了贪情在生存上的价值。《鼠疫流行时期的宴会》中，人在死神的威逼下，摆脱了神的庇荫，大胆地站立起来。在四个小悲剧中普希金朦胧地触及了20世纪存在主义者海德格尔思考的一个核心问题：向死而生的问题，面对死时观照另一个生存者的不在世，也就使观照者自己有了大彻大悟的可能性。大哉思也，诗人普希金。